本书获得山东科技大学科研启动基金、
山东科技大学马克思主义学院学术著作出版基金资助出版

消费时代的“人”与“城”

马克思主义人学视域中的城市叙事研究

曹丙燕 著

中国社会科学出版社

图书在版编目(CIP)数据

消费时代的"人"与"城":马克思主义人学视域中的城市叙事研究/曹丙燕著. —北京:中国社会科学出版社,2024.3
ISBN 978-7-5227-3211-4

Ⅰ.①消… Ⅱ.①曹… Ⅲ.①中国文学—当代文学—文学评论 Ⅳ.①I206.7

中国国家版本馆 CIP 数据核字(2024)第 050029 号

出 版 人 赵剑英
责任编辑 陈肖静
责任校对 周 昊
责任印制 戴 宽

出 版 中国社会科学出版社
社 址 北京鼓楼西大街甲 158 号
邮 编 100720
网 址 http://www.csspw.cn
发 行 部 010-84083685
门 市 部 010-84029450
经 销 新华书店及其他书店

印 刷 北京明恒达印务有限公司
装 订 廊坊市广阳区广增装订厂
版 次 2024 年 3 月第 1 版
印 次 2024 年 3 月第 1 次印刷

开 本 710×1000 1/16
印 张 18
插 页 2
字 数 253 千字
定 价 99.00 元

目　　录

导言　城市化、城市病与城市叙事

城市是人类的栖息之地，也是文明孕育之所；是人的物质生活之所在，也是精神生活之所在。

作为居住之地，城市要满足人类的衣食住行之需，要有房屋、街道、商场、医院、工厂……所以，城市首先是一个物质的聚集所，物质丰富成为城市繁荣的象征。放眼世界，纽约的自由女神像、时报广场、帝国大厦；巴黎的埃菲尔铁塔、凯旋门、卢浮宫；伦敦的伊丽莎白塔、白金汉宫、圣保罗大教堂，正是这些物象承载着世人对国际大都市的想象。在国内同样如此，如果没有东方明珠塔、环球金融中心、和平饭店、外白渡桥、百乐门，“魔都”上海的魅力也许要逊色许多；北京也正是有了故宫、天安门、鸟巢、国家大剧院、中信大厦这些传统物象与现代物象的汇集，才满足了人们对于历史古都、现代政治经济文化中心的想象。人口集聚、财富积累、高楼林立、交通发达成为城市现代化的重要标志。

然而城市不只是物质形态和空间结构，它在源头上就是精神性的。刘易斯·芒福德强调城市产生于神灵祭祀，在成为人类住所之前，城市是神灵的居住之所，“古代城市的每一处特征都体现出，人生到世界上来的目的无非是为着赞颂和侍奉他的神明，这就是城市存在的终极原因”①。所

---

① ［美］刘易斯·芒福德：《城市发展史》，宋俊岭、倪文彦译，中国建筑工业出版社2005年版，第80页。

以西方古代城市一直有着强烈的宗教属性。我国古代城市是政治权力的象征，从空间结构到功能设置都反映了中国古代宗法礼制文化，体现了以儒家为代表的维护礼制、皇权至上的理念。总之，无论东方还是西方，古代城市的精神属性、文化功能远大于物质属性、经济功能，城市不仅在经济上要依赖于乡村，而且和乡村有着统一价值信仰体系，马克思把古代城市的这一特征概括为“城市乡村化”①。

城市物质属性和经济功能的凸显是城市现代化的结果。马克思、恩格斯认为第三次大分工导致了城市与乡村的分离，“一个民族内部的分工，首先引起工商业劳动同农业劳动的分离，从而也引起城乡的分离和城乡利益的对立”②。工场手工业的出现使生产的目的不再是满足内部的消费需求，而是以交换为主要目标，于是产生了专门从事贸易工作的商人阶级。商人不断聚积于工场手工业周围，随之带来财富与其他社会资源的集聚，于是产生了现代意义上的城市。马克思说：“城市本身表明了人口、生产、工具、资本、享乐和需求的集中。”③集聚正是现代城市的特征，近代工业革命极大地推动了城市的集聚效应，从而推动了世界范围内的城市化浪潮。在18世纪中期到20世纪中期的200年时间里，欧美各国纷纷完成了城市化，西方模式的城市化把经济作为核心功能，引领了世界城市现代化的方向。时至今日，城市化的程度仍是衡量一个国家和地区经济发展水平的重要标志。

我国作为一个古老的农业国，在几千年的漫长历史上，城市一直保持着以政权为中心的传统特色，并形成了以政权中心带动文化中心的模式。直到近代被迫纳入世界体系，现代城市才开始逐渐兴起，而且在很长一段时间里城市化的速度非常缓慢。新中国成立时，城市化水平为7.3%，1978年中国城市化率也仅为17.9%。改革开放后，尤其是社会主义市场经济体制确立以来，我国的城市化进入持续高速发

---

① 马克思、恩格斯：《马克思恩格斯全集（第46卷）》，人民出版社1979年版，第480页。
② 马克思、恩格斯：《马克思恩格斯文集（第1卷）》，人民出版社2009年版，第520页。
③ 马克思、恩格斯：《马克思恩格斯文集（第1卷）》，人民出版社2009年版，第56页。

展时期，2011 年城镇人口达到 6.9 亿，首次超过农村人口，城市化率达到了 51.27%，这意味着我们这个古老“乡土中国”在结构上转变成了“城市中国”。到 2019 年底我国城镇化率达到了 60.6%，东部沿海地区常住人口城镇化率已超过 70%，达到了世界发达国家水平。可以说，城市已成为当代中国经济、政治、文化的中心。我们用四十年的时间走完了西方国家两百年的城市化历程，城市的面貌、人们的生活水平都发生了翻天覆地的变化。

城市文学是伴随着城市化进程而兴起、发展的文学形态。与现实城市的日新月异、蓬勃发展不同，文学从失意的城市人的视角发现了“可怕的现实、内心的痛苦以及没来由的恨”①。尤其是自 20 世纪 90 年代以来，文学中的城市成了一个异化的场所。城市变得华丽又单调，无论邱华栋笔下的北京，朱文颖笔下的上海，还是张欣笔下的广州，都失去了时间上的丰富性和空间上多样性，一样的高楼林立、一样的符号化景观，甚至让人分不清这是中国的北京、上海，还是美国的纽约、休斯敦，城市至少在景观上失去了历史根性和地域个性。对于人，城市失去了家园性，成为充满诱惑的陷阱，它“把机会和成功顺便抛给一些幸运的人”，也会“把那些失败的人的梦想一点点碾得粉碎”（邱华栋《手上的星光》）；它是“一只倒覆之碗，一朵毒蛇缠身的花”（慕容雪村《天堂向左，深圳往右》）。而城市中的人——无论行为叛逆、追求自我的都市青年，还是带着梦想闯入城市的乡下人，抑或认同了城市法则、一味追求财富的都市男女，最终都成为城市里的失败者。一些作家试图突破现代城市生活中物质的支配性地位，探寻城市的精神命脉，发掘精神的力量，重构城市的“家园性”。这类城市书写通过道德自省、城市精神寻根等方式创造了另一种风格的城市文学，写出了城市生活的精神性所在和诗性之美。但是作为书写现代城市生活的文学，这类作品的不足非常明显，它回避了城市现代化带来的矛

① 石华鹏：《诗歌对一座城市意味着什么》，《文学自由谈》2013 年第 1 期。

盾、悖谬，无法表达当下城市生活的丰富性和复杂性，因此仍然无法真正实现叙事困境的突围。文学如何写出与中国城市化进程相匹配的经典作品，是当下文学研究的重要课题。而问题的起点在于城市文学为什么陷入叙事困境。

从“现实”城市到“文学”城市，叙事是关键。叙事不仅是讲故事的方法和技巧，它关联着时代、社会、传统等文化问题，以及伦理、观念等价值问题，因此，“叙事是一种文化现象”[①]。我国城市化不仅是从传统城市向现代城市的转型，而且是从几千年的乡土文明向工业文明和后工业文明的跨越，其间各种因素的冲撞远大于融合，乡土文明孕育的根深蒂固的观念失去了有效性，祖辈传承的生活理想变得不合时宜，城市生活的变数和不确定性在这样的文化冲撞中被放大。在城市这个物质和欲望的集合场，适者生存的法则让城市人变得理性、冷漠、自私，失去了作为命运共同体的归属感，也失去了自我的自足圆满。人们一面迷恋城市的丰富与便捷，一面挣扎于城市带给人的巨大压力。人的“本然状态”与“应然状态”之间的激烈矛盾，本是城市叙事的张力所在，但是城市现代化在经济上和理论上的合理性，使人们形成了对文化断裂历史必然性的认同、对消费驱动的城市发展的合理性的认同，这自然成为了城市文学的价值立场。而另一方面，文学本来的人性立场又排斥断裂感和异化感等“非人性化”因素，两者的矛盾使得城市叙事在历史合理性与人性本位之间左右游移，叙事缺少了稳定的、超越性的价值支撑，消弭了触及时代灵魂的叙事力量。城市叙事价值立场的混乱，不仅是作家个人的问题，也是时代的共同问题。城市文学的叙事困境一定程度上反映了城市化过程中文化领域的“城市病”。与社会层面的“城市病”相比，文化领域的“城市病”更隐晦、更复杂，也更棘手，需要我们进一步澄清对中国式现代化的认识，重新理解人的现代化与社会现代化的关系，重新定义“人”与

① ［荷］米克·巴尔：《叙述学：叙事理论导引》，谭君强译，北京师范大学出版社2015年版，第7页。

“城”的关系。

根据马克思的观点，城市产生于人的需要，是人的意识和实践的结果。无论城市的形态与功能怎样发展变化，城市都以满足人的需要为目的，“人”是城市最终的目的和归宿。显然，以经济指标为主要考量标准的城市化颠倒了“人”与“城”的关系，城市发展成为目的，而人成了手段。无论定克服社会领域的“城市病”还是文化领域的“城市病”，都要在底层逻辑上回到“以人为本”的关系中去。党的十九大以来，我国的城市建设以高质量发展为目标，满足人们对美好城市生活的需求，明确了“以人民中心”的发展思想。党的二十大进一步强调“高质量发展是全面建设社会主义现代化国家的首要任务”。如果说过去的城市建设偏重经济指标是由当时的生产力水平决定的，如今我国已实现了全面小康，衣食住行、医疗、教育等生活基本问题得到保障，人们对美好生活的需求必然更多取决于精神生活，取决于人的价值感的实现。城市人究竟处于什么样的精神处境？渴望什么样的生活？这是城市高质量发展必须面对和解决的问题。城市发展要更加关注人的生活感受和情感诉求，满足城市人内心深处的自由渴望。“文学即人学”，城市文学自始至终都在关注城市中“人”的生存境遇，既写出了城市人对物质和欲望执着追求，也写出了他们内心深处对城市家园性的渴望，对人的尊严、价值与自由的吁求。既展现了文化转型时期人们的迷茫、困顿，又对人的精神困境报以同情，并试图寻找救赎的道路。相比经济学、社会学依据数据、案例对城市的宏观研究，对抽象的概念化的人把握；城市文学是以想象的方式对精神性城市的关照，是对具体的情感化的人的生存处境与精神吁求的表达，它可以说是我们观察与反省当代城市建设的精神档案。从这一角度来说，城市文学研究也具有不可低估的现实意义。

人与世界的关系是哲学的终极问题，也是文学的永恒主题。在中外哲学史上，只有马克思主义人学从“现实的人”出发，把每个人的全面而自由发展作为终极追求，在逻辑起点和终极目标上与文学相为佐证，为回答文学中人与世界的关系问题提供了理论基础。对于城市文学来说，以马克思主义人学为指导有助于理顺现代化进程中人与城的关系、人的现代化与社会现代化的关系，从而确立观照和书写人的精神困境的合理立场。因此，本书以 20 世纪 90 年代以来城市文学（主要是城市小说）为研究对象，以马克思主义人学为理论指导，分析“人与城”的存在关系，探究在不同的关系场域中人的主体性建构问题。笔者不揣浅陋，希望本书能够实现两个方面的研究目的：其一，尝试以马克思主义人学为理论指导建构符合中国式现代性的城市文学批评话语，把脉城市文学的叙事问题，探寻提升城市文学创造力的路径。其二，基于文学城市与现实城市的密切关系，把城市文学研究作为洞察和反思中国城市现代化的一种方式，以文学经验为当下的城市建设和规划提供参考。

第一章　基于马克思主义人学的城市文学批评话语建构

城市文学①研究兴起于20世纪80年代，学界一般以1983年北戴河召开的城市文学研讨会为其开端，到90年代已成为现当代文学研究领域的热点内容，并一直延续至今。纵观四十年的研究历程，无论宏观研究还是微观研究都取得了显著成就，其中有一个现象不容忽视，即学界一直把城市文学的属性作为研究的逻辑起点，围绕着城市文学"是什么"建构批评话语，基于对城市文学属性的不同认识，形成了各具特色又壁垒分明的研究范式。城市文学不同于乡土文学是不证自明的概念，它的内涵一直充满争议，当下城市文化、城市精神正处于建构的时期，城市叙事体系也远未成熟，在这种情况下，关注城市文学"写什么"和"怎么写"也许比急于回答城市文学"是什么"更贴近当下城市文学创作的实际。在前所未有的城市化进程中，文学如何表现人的生存境遇？如何展现人性的复杂？这些问题更能体现城市文学的价值。因此，笔者认为"人性"是建构城市文学批评话语的立足点，人性问题不仅是一个文学问题，也是一个哲学问题，有必要从马

---

① 学界一直存在城市文学、都市文学两个概念，20世纪90年代前期二者基本是可以相互替换的概念。1994年《特区文学》推出"新都市文学"后，部分研究者希望区分城市文学和都市文学，并重新界定了都市文学，但就已有的概念界定来看，二者依然很难做出明确区分，在学界也没得到广泛认可。本文认为城市文学概念的涵盖性更广泛，更符合当下城市书写的现状，因此将都市文学、新都市文学一并纳入城市文学的讨论范畴。

克思主义人性论中寻求思想的支撑。马克思和恩格斯关于人性的论述是从“现实的人”出发对人的本质的科学阐释，是对人的解放与自由的坚定追求，对于认识当下城市化进程人的生存困境、对于城市叙事的人性立场建构，具有重要的理论指导和实践意义，为本书写作提供了理论基础和方法论指导。

第一节　现代性、地域性与城市文学的批评范式

基于城市文学的属性问题，学界形成了城市文学的“现代性”研究和“地域性”研究两类最具代表性的研究范式。前者认为“现代性”是城市文学的基本属性，后者认为“地域性”才是城市文学的根本内涵。基于对城市文学属性认识的差异，两种研究在文学观念、研究范畴、研究方法上产生了巨大差异，并由此建构了相去甚远的城市文学景观，使两种研究在不断深入的同时也走向偏狭。笔者梳理了城市文学“现代性”研究和“地域性”研究的发展流变历程，分析它们的内在理论基础和外在社会文化因素，以期打破概念理解差异导致的研究壁垒，转换研究思路，寻找更贴近城市文学自身特征并能够开掘转型期城市文学复杂内涵的批评话语。

一　基于“现代性”属性的城市文学研究

把城市文学纳入“现代性”研究范畴是城市文学概念论争的结果。城市文学不是一个自明性概念，学界对这一概念的理解不仅与城市文学自身有关，也深受我国的城市化进程的影响。在1983年北戴河召开的城市文学研讨会上，与会者提出：“凡以写城市人、城市生活为主，传出城市风味、城市之意识的作品，都可称为城市文学。”① 在

① 幽渊：《城市文学理论笔谈会在北戴河举行》，《光明日报》1983年9月15日第3版。

20 世纪 80 年代初期，大规模的城市化还没到来，此时出现的反映城市风貌的文学作品——如“市井文学”“改革文学”——不过是文坛的一种新动向，无论对于创作者还是研究者，城市经验都还非常模糊和陌生，何为城市风味、城市意识？城市文学区别于乡土文学的本质属性是什么？这些根本问题却是这一界定所不能回答的，所以此时的城市文学只是个题材概念。几年之后这一界定就受到了研究者的质疑，1987 年徐剑艺在《城市文化和城市文学——当代城市小说的文化特征及其形成》一文中指出，城市文学“首先固然是题材上的城市生活，但同时必须以城市意识来艺术地观照城市、表现城市”①。作者认为只有当作家具备了现代城市意识，并以此来作艺术形象上的价值判断和价值表现，这样的文学才能称之为严格意义上的城市文学。张韧进一步肯定了城市意识对于城市文学的核心意义，认为“现代城市意识才是城市文学的灵魂”②。把城市意识作为城市文学的内涵规定，这种观点在 20 世纪 90 年代获得了广泛认同。例如，陈辽认为：“所谓城市文学是指作家以现代城市意识反映、观照和描写城市现代化进程的文学作品。”③ 司徒杰、钟晓毅把城市文学置于乡土文学的比照中来凸显它的特性：“都市文学首先应该是‘都市的’文学，以期在题材上和‘乡土的’文学区别开来。”其次，应更多地“把它理解为现代都市意识观照下的文学，以期在文化的指谓上和建立在自然经济基础上的传统意识观照下的文学相区别。”④ 把“城市生活”“城市意识”作为城市文学的两个基本要素，并把“城市意识”作为内在规定，这几乎成为 20 世纪 90 年代城市文学概念在整体把握上达成的共识。

新的分歧在于如何理解“城市意识”，是地域文化赋予的特殊性还是现代化赋予的现代性？徐剑艺认为城市意识是“在新的生产力和

① 徐剑艺：《城市文化和城市文学——当代城市小说的文化特征及其形成》，《文艺评论》1987 年第 5 期。

② 张韧：《现代都市意识与城市文学》，《开拓文学》1988 年第 1 期。

③ 陈辽：《城市文学的可能与选择》，《唯实》1994 年第 8 期。

④ 司徒杰、钟晓毅：《圆梦都市文学》，《广州文艺》1995 年第 2 期。

生产方式作用下所构成的现代化城市生存中形成的都市人的心理方式和精神内容的总和”①。正是因为城市化与现代化的密切关系，自20世纪80年代后期开始许多研究者把城市文学纳入现代性范畴，“现代性”研究逐渐成为城市文学研究的主流范式。就我国当下城市的经济形态和文化形态来看，“现代性”的确是富有阐释力度的理论话语，但是由于现代性理论的复杂性、外源性，也因为我国的城市正在现代化的进程中而非完成状态，城市文学“现代性”也成为不断更新、富有争议的话语，考察三十多年来城市文学批评，以下三种观点具有代表性：

1. 二元论的现代性

囿于我国的现代化进程，20世纪80年代很多学者喜欢用“二元结构”描述城乡的文化差异，这种差异不仅存在于城市和农村两个物理空间，也存在于城市内部。晓华、汪政在《一种文学两种文化》一文中提出，中国城市的生成历史决定，城市与农村在文化上是一体的，城市文化往往是乡村文化的典范体现，是某一地域性文化的代表。因此，转型期的中国现代城市必然包含乡村文化，现代城市意识不仅包含学院派所倡导的西方话语中的现代性，也包含城市“下层社会”的传统文化心理在城市现代意识熏陶下形成的特殊的文化观念②，指出了我国作为后发性、外源型现代化国家，具有现代性的复杂性和本土化特色。徐剑艺将城市意识归结为更加具体的新旧文化的冲突，他认为中国城市正处在从乡村文化向现代城市文化急剧转型期，城市意识表现为工业文明基础上建立起来的价值体系与传统价值观念的矛盾冲突，因此，城市文学“不仅要关注被描述者的城市意识中传统文化和现代城市文化的冲突，同时评价描述者的城市意识中的这种冲突”③。以1985年为界，徐剑艺把新时期城市文学中城市意识的冲突分为两个

① 徐剑艺：《导论》，《新都市小说选》，徐剑艺主编，浙江文艺出版社1993年版，第6页。

② 晓华、汪政：《一种文学两种文化——论城市和乡村两种文化意识》，《文艺争鸣》1987年第4期。

③ 徐剑艺：《城市文化和城市文学——当代城市小说的文化特征及其形成》，《文艺评论》1987年第5期。

阶段：第一阶段是城市观念与乡村观念的冲突；第二阶段是传统观念与现代观念的冲突，这是在摆脱乡村经济模式和乡村化文化观念、物质文明和人的文化价值观念同时现代化的时候出现的文化冲突。[①] 上述研究把城市意识置于“文化转型”的历史背景下考量，对城市文学中乡村与城市两种文化交织冲突中带来的城市经验、城市意识的多样性与层次性的关注，城市与人关系的复杂化的关注，体现了对城市文学“现代性”较为客观的思考，但是我们的城市文学和城市文学批评都还没来得及在这一方面进行更深入的探索，20 世纪 90 年代突如其来的城市化浪潮又把城市文学推向更激进的层面。

2. 世俗化的现代性

卡林内斯库提出了“两种现代性”的说法，一种是“作为西方文明史阶段的现代性”，即世俗化的现代性（也称为启蒙现代性），它是“科学技术进步、工业革命和资本主义带来的全面经济社会变化的产物”；另一种是美学现代性，它是对社会领域现代性的反思和批判。[②]“在作为西方文明史一个阶段的现代性同作为美学概念的现代性之间发生了无法弥合的分裂。”[③] 但是“在中国并不存在或者不主要地存在‘两种现代性’的分裂与斗争，中国的美学现代性、文学现代性并非出于对社会现代性的抗争而兴起，相反，它就是社会现代化意义上的现实性实践的产物，主要地是因为推进社会现代化转型而生发的美学和文学的连带反应或主动策应，是一个时代有一个时代之文学的现代性的顺应式的进化与建构，而不是逆反性的破坏与抗争”[④]。这恰好诠释了 20 世纪 90 年代城市文学的现代性，研究者认为“城市现代化进程”“市场经济”“商品交换”等社会领域的现代化，不仅是城市文学

① 徐剑艺：《论新都市小说》，《当代作家评论》1992 年第 5 期。

② ［美］马泰·卡林内斯库：《现代性的五副面孔》，顾爱彬、李瑞华译，译林出版社 2015 年版，第 42—43 页。

③ ［美］马泰·卡林内斯库：《现代性的五副面孔》，顾爱彬、李瑞华译，译林出版社 2015 年版，第 42 页。

④ 张未民：《中国“新现代性”与新世纪文学的兴起》，《文艺争鸣》2008 年第 2 期。

产生的前提也是表现内容。李广鼐说：“有了以商品交换为基础的市场经济，城市才能成为有别于乡村的社会形态，真正的城市文学才能产生。”① 李洁非认为：“真正的城市文学中，必须包含物和商品的理念，人的命运和他们彼此的冲突、压迫，不论表面上看起来是不是采取了人格化形式，必须在其背后抽取出和归结到物、商品的属性。”②也就是说，城市文学表现的是人与物的冲突，而非人与人的冲突，支配人物命运的是物化力量而非制度与人的道德善恶，城市文学要在商品交换法则下而非道德批判立场上来思考、表现社会关系和人物命运。李洁非的观点因其系统性和理论深度而成为20世纪90年代城市文学现代性研究的代表。新世纪的城市文学研究中，许多研究者仍然把社会领域的现代化视作城市文学产生的第一要素，尤其是经济、物质层面的高度现代化。例如，陈晓明认为20世纪90年代中国城市化的发展方向是后现代消费性城市，“我们现在讨论的‘城市文学’更侧重于关注那些表现大都市生活的作品，关于大都市的生活经验具有更强烈的城市感，小城市与乡村相去未远，其现代感并不强烈”③。赵勇也表达了相同的观点，“我们谈论现代性，应该从城市谈起。而且，这个城市还不是一般的小城镇，而是现代化的大都市。唯有这样的城市才会带来一种崭新的时空经验”④。

城市文学现代性的世俗化显然与人们对现代化认识的经济化具有一致性。自市场经济以来，无论是对于城市文学的创作者还是研究者，城市化带给人们最直观、最强烈的感受是由社会经济结构变化带来的生活方式、文化形态、价值观念上的激荡，“我们看到人类居住的这个星球，全心全意只在为‘经济’而转动了……‘经济’对社会的笼罩，‘经济’对人性的遮蔽所滋生的新问题已经产生”⑤。经济的转型

① 李广鼐：《城市文学的诞生》，《文学自由谈》1997年第4期。
② 李洁非：《城市文学之崛起：社会和文学背景》，《当代作家评论》1998年第3期。
③ 陈晓明：《城市文学：无法现身的“他者”》，《文艺研究》2006年第1期。
④ 赵勇：《城市经验与文学现代性断想》，《南方文坛》2008年第1期。
⑤《编者的话》，《上海文学》1995年第1期。

直接促成了文学方向和文学观念的转型，20 世纪 90 年代城市文学一跃成为文坛主流，“城市题材作品毋庸置疑地击败了乡村题材作品，第一次在中国文学中占据主位”[①]。众多的文学刊物也为城市文学摇旗呐喊：1994 年，《特区文学》打出“新都市文学”的旗号；1994 年第九期《当代文坛》推出“新都市小说系列站”；1995 年，《上海文学》开辟了“新市民小说专栏”；1996 年第六期《北京文学》以“新生代作家专号”为名推出的一大批城市文学新作。在对城市文学特质的阐释上，世俗化现代性的确能够凸显它在城市经验、城市主体、审美风格等层面的特殊性，厘清城市文学与乡土文学的区别，也能将它与工业题材文学、改革文学等传统城市书写划清边界。但是这种现代性理论以西方现代都市形态为参照，把成熟的城市经济形态作为城市文学产生的前提，使得城市文学研究在取得显著成绩的同时其局限性也越来越明显。一方面，城市文学的空间越来越小。把是否具备成熟的城市经济形态作为城市文学产生与否的标准，使研究者对城市文学的起点产生了质疑，徐剑艺认为城市文学产生于 1985 年前后，城市“摆脱乡村经济模式和乡村化文化观念的制约，在物质文明和人的文化价值观念同时现代化，城市真正进入现代型大都市的时候”[②]；李洁非、葛红兵、陈辽、李广鼐等学者认为中国只有到了 20 世纪 90 年代以后才出现了真正的城市文学，如葛红兵说：“20 世纪 90 年代以前中国历史上是没有真正的城市文学的，有的只是反城市文学和拟城市文学。”[③]陈晓明在《城市文学：无法现身的“他者”》一文中详细梳理了从 19 世纪末至 21 世纪百余年的城市写作历史，认为：“迄今为止，我们的城市精神依然是现代主义形而上的观念，城市文学只是以碎片化的形式和他者化的方式在不同阶段显现的踪迹。”[④] 基于世俗化现代性基础

① 李洁非：《城市文学之崛起：社会和文学背景》，《当代作家评论》1998 年第 3 期。

② 徐剑艺：《论新都市小说》，《当代作家评论》1992 年第 5 期。

③ 葛红兵：《建构都市精神与发展城市文学》，《文艺报》2001 年 8 月 14 日。

④ 陈晓明：《城市文学：无法现身的“他者”》，《文艺研究》2006 年第 1 期。

上的城市文学研究，不仅大大压缩甚至消解了城市文学的历史，在横向空间里，仅把新生代欲望化的城市写作视为城市文学，其他如打工者的城市书写、乡土作家的城市书写、普通市民的世情常态书写等都被排除在外，这既背离了城市文学研究的初衷，也不符合转型期的文学语境。另一方面，过度强调“物质”的力量与“欲望”的合理性，城市文学失去精神向度。现代都市意识“须从人类历史进程无法阻挡的角度首先投入对都市和工业化社会的都市化进程的热爱而非厌恶，对都市生活方式（如繁忙、喧嚣、复杂、流动等）的理解而非抗拒……而恪守传统的农业社会和非都市社会的价值立场去评价当代的都市生活，则不是隔靴搔痒，就是盲人摸象”①。李洁非认为：“‘物’与‘欲’就像一枚硬币的两面，两者如影随形，此增彼长，它们可谓当下城市社会一曲最为流行的二重奏。‘欲望化叙述’恰恰也是城市文学的一个能够恰当地表现现实的形式。”② 陈晓明也表达了相同观点，“文学只有融合到消费文化中去，成为其中的一部分，才能与城市文化打成一片，成为当代城市文化激进的表达部分，而不是站在其对立面来表达反思性”③。在商业大潮和消费文化的影响下，欲望的张扬具有了个体自由的形而上意义，成为现代城市的精神表征，但在肯定欲望合理的同时，还要追问如何使其具备生命自由的内涵？是否具有抵达灵魂深处的精神向度？事实证明，将世俗化的现代性作为城市文学的现代性，失去美学现代性的批判力量，造成没有精神关照的欲望化写作，导致城市文学陷入物与欲的迷乱之中，失去应有的精神深度。

3. 社会主义现代性

新世纪以来一些研究者以汪晖等学者提出的“社会主义现代性”来关照城市文学，扩大了城市文学的研究范畴。以“社会主义现代性”理论来关照1949—1976年间的城市写作，因具备了社会主义现代

① 扬苗燕：《摇动的风景——都市文学与都市意识随想》，《特区文学》1996年第2期。

② 李洁非：《躯体的欲望》，《当代作家评论》1998年第5期。

③ 陈晓明：《城市文学：无法现身的“他者”》，《文艺研究》2006年第1期。

性而被纳入城市文学范畴。如：黄道友认为17年城市文学在反现代性书写中，隐含着觉醒/蒙昧、个体/群体（阶级）、进步/落后、革命/反动、光明/黑暗、理想/现实等二元对立的概念，这种二元对立、永远向前的思维模式正是典型的现代性思维特征[①]。刘宏志认为，尽管1949—1976年间城市文学有反现代性的一面，但是对资本主义现代性反叛的背后，隐含着建立社会主义现代性的努力和过程，“这恰恰是这一时期新中国城市文学叙事的现代性伦理”[②]。张鸿声在《城市现代性的另一种表述》一书中，对1949—1976年间的城市文学，从时代背景、题材与主题、文本形式做了系统深入的阐释。他认为1949—1976年间城市现代性并不缺乏，只是这种现代性特征与此前和此后都不同，“带上了后发国家现代化特征，即经济上的工业化，文化上的东方化”[③]，因此在城市题材文学中，民族国家的现代性被强化，现代性表达主要是对国家工业化和社会“公共性”的表现，城市生活中消费性、日常性的现代性被排除。以社会主义现代性来关注1949—1976年间的城市写作，立足于中国现代化的特殊性，在一定程度上弥补了世俗化现代性研究的不足。这类研究更大的意义在于将因现代性缺失而被归为工业题材的城市写作纳入城市文学范畴，使城市文学研究范畴大大延展，弥合了现代与当代城市文学发展的历史断层，具有建构起较为完整的发展历史的可能。但是这种批评话语对民族国家现代性的强调、对日常现代性的遮蔽，使它只适用于1949—1976年间的城市写作，不能一以贯之地去诠释三四十年代和新时期以来的城市文学，使城市文学的现代性内涵具有明显的断裂性。

在以“现代性”为核心的城市文学批评话语建构过程中，对现代性认知的差异正体现了中国城市现代化的特殊性和复杂性。上述三种

① 黄道友：《现代性视域下的17年城市文学》，《武汉理工大学学报》2009年第1期。

② 刘宏志：《现代性的追求——1949—1976年间城市文学叙事伦理的考察》，《河南师范大学学报》（哲学社会科学版）2010年第4期。

③ 张鸿生：《城市现代性的另一种表述》，北京大学出版社2014年版，第30页。

现代性观念并非均衡发展，无论是从理论上还是从研究实绩上，世俗化的现代性理论都具有明显优势，同样它的不足也成为城市文学现代性研究的显在弊端，受到学界批评和质疑的主要也是世俗化的现代性理论研究。

二　基于“地域性”内涵的城市文学研究

城市文学现代性研究的不足之处，正是其他范式研究发生和发展的空间。对城市文学“地域性”的倡导，从一开始便是对现代性研究弊端的自觉反拨。早在1987年晓华、汪政就提出中国城市的“现代性”和“地域性”并不是冲突的观念，他们认为现代城市由传统发展而来必然要受到民族的、地域的、历史的等因素影响而呈现出不同的地域色彩，而且不同城市现代化的发展速度和进程不同，因此城市的现代性也会呈现地域差异。[①] 这是对城市文学“地域性”特质的最早倡导。后来李旭东在《文化中的都市与都市小说——论中国现代都市小说的文化品性》一文中，指出都市小说的要素应该包括“较为鲜明的都市地域特色和较为鲜明的都市文化意识”，并在此基础上提出了“中国式”的都市小说的研究视角，“地域性都市文化的异质，揭示了中国近现代都市发展的独特性。这种独特性深刻影响着现代都市小说的文化风貌”。[②] 这应该是20世纪90年代对城市文学的“地域性”属性较为明确和深入地阐述。之后，杨扬在《城市化与转型期》笔谈中也曾谈到“我们谈城市文学倒是应该注意到文学、文化的地域分布情况，不要被城市的物质外观所迷惑，以为写城市的便是城市文学。”[③] 上述观点无疑是对于20世纪80年代末以来城市文学现代性研究的有效补

---

① 晓华、汪政：《一种文学两种文化——论城市和乡村两种文化意识》，《文艺争鸣》1987年第4期。

② 李旭东：《文化中的都市与都市小说——论中国现代都市小说的文化品性》，《湖北大学学报》（哲学社会科学版）1993年第2期。

③ 邹平：《城市化与转型期文学》，《上海文学》1995年第5期。

充，但当时的城市文学研究以现代性为主导，这些零散的观点并没有引起太多关注。

随着全球化时代的到来，在人文研究领域，如何在全新的世界文化格局中建构自主的话语方式、彰显中国文化的个性成为格外有感召力的话题。哲学社会科学界对中国问题、中国经验、中国话语、中国风格等进行了积极的理论探索与建构，"中华性""中国性"这些学术概念被不断提出。在城市文学研究领域，许多学者也自觉回应着全球化主题，试图从本土化和地域性视角构建城市文学的批评话语，这成为新世纪以来城市文学研究的重要转向，这一研究在两个维度展开：一是在传统文化和地域文化的传承中寻找中国城市经验，寻找当下城市文化的历史根性，凸显中国城市文学"本土化"特点；二是根据不同地域的城市文化，发掘中国城市文学的丰富性和多元性。施战军在《论中国式城市文学的生成》中明确提出了"中国式"城市文学一说，他认为百年以来，城市书写大体沿着"都市小说""市民文学""上海书写"的顺序演进，新时期以来，上海书写、北京书写先后繁荣，继之深圳、成都等地域性城市书写崛起，预示着以多元丰富的地域文化为特色的中国式城市文学正在生成①。梁凤莲主旨鲜明地提出"文学的地域属性就是其本根属性。……而这种本根属性的深浅与长短，又促成了都市文学安身立命的基点和支持"②。吴福辉认为城市文化的个性源于它的地域文化，"为了了解中国的都市文化，先要了解它们各自的文化'根系'。而且，文化色彩愈浓重的都市，它的'根系'愈深。""都市文化的丰富多样、都市文化的个性，第一位可以分析的，便是这个都市的地域意识，它的或长或短的乡土文化记忆"③。2011 年 4 月，"新世纪城市文学创作的问题与出路"研讨会在上海召开，众多

① 施战军：《论中国式的城市文学的生成》，《文艺研究》2006 年第 1 期。

② 梁凤莲：《关于血脉——谈都市文学的地域属性》，见杨宏海《全球化语境下的当代都市文学》，社会科学文献出版社 2007 年版，第 107 页。

③ 吴福辉：《关于都市、都市文化和都市文学》，《上海师范大学学报》（哲学社会科学版）2007 年第 2 期。

学者在构建本土化、多样化城市文学方面提出了自己的见解，如张永禄提出“在世界城市文学的大家族里，要保持中国元素和基因，获得城市文学的‘中国制造’注册权”①。和平提出了“我城”概念，对城市文学的本土化写作提出了更高要求，“我城”不仅是城市样态、精神气质在古与今、东与西、城与乡上的差异，还要有渗透作家独特城市体验的想象与建构，为中国文学乃至世界文学提供创新。② 张惠苑在如何建构本土化的城市文学上，主张借助地域属性和传统诗性文化对文学中的城市展开本土化想象。③ 目前来讲，城市文学地域性内涵的阐释还处在比较松散的状态，缺少更为系统深入的论述。这类研究突出的成绩表现在城市文学地域属性与“文学中的城市”研究视角的结合带来的研究视野与方法的开拓，产生了丰硕的研究成果，尤其是城市的个案研究，如陈平原的《北京记忆与记忆北京》（生活·读书·新知三联书店2008年版），张鸿声的《文学中的上海想象》（《文学评论》2005年第4期），刘勇、许江的《20世纪中国文学进程中的“北京”》（《北京师范大学学报》2009年第3期）等。

从地域性特征来阐释城市文学，可以看出研究者在全球化语境中，自觉建构中国批评话语的努力，有效弥补了现代性研究过度西化、过度依赖现代化物质基础带来的不足，使城市意识具有了历史感及个性化的文化内涵。另外，从地域属性考察城市文学，使城市文学的范畴与历史也大大延展，市井文学、改革文学、新写实文学等都被纳入典型的城市文学，甚至将城市文学的历史延伸到古代文学领域，从汉代班固的《两都赋》、张衡的《二京赋》、左思的《三都赋》到唐传奇、宋话本、元杂剧、明清小说都被纳入城市文学。但是笔者认为，在从乡土文明向现代文明转型的文化语境中，把地域性作为城市文学的本

① 张永禄：《城市文学亟待突破五重困境》，《探索与争鸣》2011年第4期。

② 何平：《何为“我城”，如何“文学”》，《探索与争鸣》2011年第4期。

③ 张惠苑：《城市书写如何本土化？——以1980年代以来文学为中心》，《南京师大学报》（社会科学版）2013年第1期。

质属性，不能突出城市文学的异质性，也不能有力阐释文化转型带给人们的城市经验、价值观念等方面的断裂感，而这正是城市文学概念提出的意义。倘若在城市化业已完成，成熟的城市文化、城市精神业已建立，将地域性作为城市文学的本质属性或许能行得通，但是目前我国的城市还处在现代化进程中，前现代、现代、后现代意识杂陈，成熟的现代城市意识、城市风格与精神尚未建立，即便是在上海这样作为中国现代化引领者的城市里，狭窄拥挤的弄堂里依然能看到与乡土文明剪不断的小市民意识，而众多历史悠久、个性鲜明的城市，如北京、南京、西安等，它们的城市底蕴并不是在现代化历史而是在几千年的乡土文明中孕育成熟的，在此情况下，以地域性为城市文学的本质属性不仅困难重重，也容易背离城市文学研究的初衷。城市文学以地域文化为内在起点，对城市的个性与精神的追寻尽管建立起了与历史的联系，但是难免又回到乡土的老路上去了，因为中国传统城市文化本就不是与乡土文化分离的独立存在，而是某一区域乡土文化的中心。如此，地域性更是乡土文学的本质属性，那么城市文学与乡土文学还有什么本质区别？“城市文学”概念提出的最初目的也就被解构了。因此，笔者认为如何把握与表现城市的现代气息、时代精神、未来走向，是当下城市文学意义所在。以地域性为城市文学根本属性的缺失在于不能在文本与时代语境之间建立有效的联系。另外，以地域性为城市文学的本质属性容易造成概念的泛化，无论古今写城市的文学都可纳入城市文学范畴，城市文学又成了一个题材概念，城市文学的内涵又回到了命名的起点。在城市文学并未成熟的时期，概念的泛化更不利于对这一文学现象的认识。再者，这类研究在方法上容易脱离文本，呈现泛文化研究的倾向，这一点在目前的研究中已有所呈现。

三　城市文学研究视角转向的必要与可能

根据前文的分析可以看出，“现代性”和“地域性”两种研究尽管存在巨大差异，但都是基于城市文学属性认识上的研究范式。在城市文学属性认识上，两者都表现出自我认同的焦虑，无论是向西方现代理论的附和还是对本土化特色的强调，或显或隐都在以西方的城市化历史和理论为参照，急于对现代化进程中的城市精神、城市经验、城市文化盖棺定论。前者渴望现代化业已完成，在话语层面上与西方接轨；后者希望融入传统谱系，在西方的强势话语中彰显主体性。但是当下城市是处在转型期的复杂存在，它告别乡土文明中的传统城市，向着现代化、后现代化的商业城市、消费城市的方向发展。在这个历史的夹缝中，以城市文化为核心的新文明正在形成，城市文学的内在精神和外延边界也处在不断变化之中，无论是"现代性"还是"地域性"，任何一元性的属性界定都会脱离了转型期的文化语境，从而遮蔽城市文学精神内涵的丰富性和复杂性。就现代性理论来看，自 20 世纪 90 年代社会主义市场经济体制确立以来，我国已进入快速的、广泛的城市化时期，大城市、小城镇都在朝着现代城市方向发展，工业文化、商业文化、消费文化都在影响和改变着城市的外在形态及内在精神，城市已经具有经济上、文化上处于主宰地位，因此，现代性必然是城市文学的内涵特性。不过文学的现代性毕竟不完全等同于世俗化的现代性，"文学现代性"以"'人'的自由，以人道去和社会现代性发生关系，是沿着人的价值这一线路和社会现代性相应，而不是跟在社会现代性的后面亦步亦趋做历史的工具"①。它要有对抗和批判世俗化现代性的力量，但是"只有当两种现代性都是已然的现实存在并且得以充分发展时，才能够形成真正的对话与对抗"②，文学的现代性才能建构起超越现实的精神内涵，然而我国目前两种现代性都没有成熟起来，美学现代性还没有从世俗化的现代性中分离出来，因此城市文学现代性研究的困境是它自身无法克服的。另一方面，当下中国的现

---

① 王学谦：《社会现代性与文学现代性》，《文艺争鸣》2000 年第 5 期。

② 张剑：《论"两种现代性"的中西差异》，《南京大学学报》（哲学人文科学社会科学版）2008 年第 5 期。

代化又是一个复杂的、参差不齐的过程，不同地域、不同城市现代化进程不同、速度不同，甚至同一城市也存在几种文化状态共存的情形，孙立平教授曾以北京为例分析了我国现代化进程的不均衡现象，他说北京的中关村是名副其实的第三次文明浪潮，而十几公里以外的首钢是典型的第二次文明浪潮，到了广袤的农村则是典型的第一次文明的情景，“一个社会的不同部分几乎是存在不同的时代之中”①。这必然带来人的城市经验、城市意识的差异性、多元性、层次性，在这种情况下城市统一的、鲜明的地域属性是难以建立的，比如同是北京，邱华栋笔下的北京和荆永鸣笔下的北京是没有相同的“地域性”的，卫慧笔下的摩登上海和王安忆笔下的怀旧上海也大相径庭。因此，在转型期的文化语境中，城市文学地域性理论研究的理念意义大于可操作性。

在这里指出城市文学现代性研究和地域性研究的不足，不是否定城市文学的现代性和地域性，而是认为在城市文学还处于转型与建构的特殊时期，城市文学研究应该尝试从基于属性认识的研究思维中转移出来，关注城市文学怎样表现城市化进程中人性与命运的丰富与复杂，即在研究视角上，从关注城市文学“是什么”转向关注城市文学“写什么”和“怎么写”。“城市文学”这一概念提出在20世纪80年代，我国城市化刚刚揭开高速发展与全面发展序幕，面对陌生的文化形态和文学形态，我们不断追问它“是什么”具有历史合理性，那么在城市文学发展了三十多年以后，城市和城市文学的边界都在不断拓展，城市已经成为社会生活的中心，城市文学也已经成为文坛主流，文学研究更应该关注它独特的精神性和审美性，正如米兰·昆德拉所说：“没有发现过去始终未知的一部分存在的小说是不道德的。认识是小说的唯一道德。”② 人类本性及其与世界的关系是文学表现的核

① 孙立平：《断裂——20世纪90年代以来的中国社会》，社会科学文献出版社2003年版，第6—8页。

② ［捷克］米兰·昆德拉：《小说的艺术》，孟湄译，生活·读书·新知三联书店1995年版，第4页。

心，具体到城市文学来说，“人”与“城”的关系是城市文学表现的核心，但因处于文化转型期，两者的关系更加复杂、尖锐，充满撕裂的痛楚。欲望的诱惑与生存的焦虑、灵魂漂泊与价值找寻、灵与肉分裂等，城市文学中所呈现的这些生存困境，正是当代城市人或中国人正在面对的生存难题和精神难题。面对这样复杂多元的生命书写，探讨城市文学呈现了怎样的生存样态，展示了怎样的生命关怀，比把它归属于某单一的文化属性更接近城市文学的本意，也更能揭示城市文学的价值和意义。相比于乡土文学，城市文学没有那种与生俱来的历史感和厚重的精神意蕴，城市文学的意义也不在于现代性的更高等级，而在于它能揭示文化转型时期中国社会所面临的典型矛盾和问题，展现当代人的生存状态和心灵际遇。城市文学的精神向度也不在于是否具备成熟的现代性或鲜明的地域性，而在于它所揭示的城市文明与人性的复杂关系的深广度。这正是本书认为城市文学研究应该转向“写什么”和“怎么写”的可能性与必要性。

第二节　马克思主义人学与城市文学批评话语建构

当我们试图从城市文学“是什么”的研究模式，转向关注城市文学“写什么”和“怎么写”的时候，一个逻辑前提是城市文学作为一种文学形态已经具有了自足性的内涵，而不再是乡土文学参照下的概念，这一转变发生在20世纪90年代，因此本书在研究的时间段上以20世纪90年代为起点。

一　走向自足的城市文学

城市作为人类基本的生存空间，和文学有着天然的联系，在我国古代也一直受到文学的关注，如汉代“京都赋”、唐代“京城诗”都是脍炙人口的描写城市景观的作品，宋元话本、明清小说更是涉猎城市人群的生活风貌，城市生活世俗性、消费性的一面已经开始呈现。但是由于我国古代城市与乡村同属于农耕文明，在社会和文明形态上并不存在属性差异，所以在文学创作上并不存在“城市”与“乡土”的划分。近现代以来，中国城市开始了面向现代的转型，相比于传统城市，它的异质性内涵在文学中有了鲜明呈现，但是由于当时文化语境的复杂，城市的现代性常常处于道德或审美的劣势地位，在文学中被视作异端或处于遮蔽状态，城市书写并未被视作独立的文学形态。20 世纪 80 年代初，改革开放确立了以经济为中心的发展目标，城市化进程随之加快，城市作为审美对象在文学领域备受关注，涌现出一批反映城市风貌的文学作品，如蒋子龙的《乔厂长上任记》（1980 年）、陈建功的《辘梦把胡同号》（1981 年）、陆文夫的《美食家》（1982 年）、刘心武的《钟鼓楼》（1985 年）、范小青的《裤裆巷风流记》（1987 年）等。在乡土文学的参照下，“城市文学”的异质性内容与风格受到关注。随着改革开放的深入，城市文化的异质性特征越来越鲜明，“城市”已不仅仅是一个物理空间，而是一个与工业化、现代化、商品经济、公共空间、市民社会等概念相关联的复杂价值空间。与传统的城市或乡村相比，现代城市凸显的是它在文化内涵和文明层次上的异质性，这些异质性的内涵解构了人与城市传统的、稳定的关系，同时也给予了文学对城市新的想象与建构方式。当我们把 20 世纪 80 年代城市文化中的新倾向、新内涵定性为“异质”的时候，我们已经先在地选择了一种文化立场，即把传统的乡土文化作为主体。相应的，“城市文学”也是在乡土文学参照下产生的文学形态。如今站在四十年后的今天，我们再去回望这种“异质性”文化，它早已成为我们日常生活的一部分，也就是说它已经不是异质性的、他者化的存在，而是今天城市生活、城市文化的主体和主导精神，城市在文学中不是需要刻意表现的客体，而是自然呈现的生存空间、生活方式和生活经验，甚至是人的价值背景。这一实质性的转变发生在 20 世纪 90 年代，而与这一现实密切相关的城市文学也在九十年代成为文坛的主流，如果仅从文学成就上衡量，20 世纪 90 年代具有绝对优势的仍然是以莫言、贾平凹、余华等为代表的乡土写作和历史写作，但文学无法回避的使命是对现实和当下的把握与言说。城市是 20 世纪 90 年代社会和文化的中心，城市书写的繁荣是文学与介入现实的有效证明。无论是在城市文学范畴内和 20 世纪 80 年代的创作相比较，还是和 20 世纪 90 年代的乡土写作、历史写作相比较，我们都可以自信地说，20 世纪 90 年代是城市文学走向自足和成熟的时期。

首先，表现在作家作品数量上，进入 20 世纪 90 年代"城市题材作品毋庸置疑地击败了乡村题材作品，第一次在中国文学中占据主位"，"今天，若翻开个文学杂志，上面所载作品，十之六七要归在城市文学范围之内；若统计新生的作家，更是十之八九要归在城市文学作家的队列之内"①。在 20 世纪 90 年代的文坛上，60 年代出生的作家是城市文学创作的主力军，朱文、韩东、鲁羊、艾伟、刁斗、李冯、东西等作家将"城市"作为他们创作的重要或主要方向，并且出现了邱华栋、何顿、张欣等专力进行城市文学创作的作家。90 年代中后期在文坛集体亮相的"70 后"的作家，如卫慧、棉棉、朱文颖、魏微、盛可以、戴来、金仁顺、李师江、徐则臣、张楚等，这一代人大部分都在城市长大，城市经验是他们创作的主要经验资源。如今"70 后"作家们正处于最具创造力的时期，城市文学也正是在他们笔下变得成熟、稳健起来。而且，在 20 世纪 90 年代一些乡土经验丰富的作家，如孙惠芬、刘庆邦、陈应松、荆永鸣等，扩展了乡土写作的边界，把创作视野从农村转向城市里的农民工，写出了商业化和消费时代进城农民工的城市经验和生存境遇。这类作品丰富了当代的城市经验，理应属于城市文学。除了上述在 20 世纪 90 年代开始活跃于文坛的作家，那些早在 20 世纪 80 年代就已经在文坛占有一席之地的作家，也开始把视角转向城市，王安忆就是一个典型，她在经历了多种题材和写作

① 李洁非：《城市文学之崛起：社会和文学背景》，《当代作家评论》1998 年第 3 期。

风格变化之后，从20世纪90年代开始在城市题材领域稳定下来，并创作出《长恨歌》《我爱比尔》这样的典型的城市文学作品。一些乡土文学的实力作家，也从不同立场和视角对90年代的城市给予关注，如贾平凹的《废都》《白夜》，尤凤伟《泥鳅》，张炜《能不忆蜀葵》等。贾平凹在《废都》的“后记”里写道，“一晃荡，我在城里住罢了二十年，却没有写过一部关于城的小说。越是有一种愧疚，越是不敢贸然下笔”[①]，一个作家自然不必为他的写作题材而愧疚，但是一个乡土作家意识到他应该写城市时，这种态度恰恰说明“城市”已经取代“乡村”成为时代文化和精神的承载者，并因此唤起了作家的创作使命。

其次，文学刊物对城市文学作品大力推介。20世纪90年代的市场化改革改变了刊物的运营方式，政府降低甚至取消了对刊物的财政支持。为了生存，刊物采取了一些系列改制措施，“文学期刊自觉地通过期刊策划来介入、干预、引导文学实践与文学进程，在九十年代以后风起云涌，成为一种普遍的现象”[②]。在这一背景下，城市文学被刊物大张旗鼓地推向读者和市场：1994年4月，《钟山》推出“新状态文学”；同年，《特区文学》打出“新都市文学”的旗号；1994年第9期《当代文坛》推出“新都市小说系列站”；1994年9月《上海文学》与《佛山文艺》联合推出“新市民小说专栏”；1995年3月，《山花》联合《作家》《钟山》《大家》《作家报》，开设了“联网四重奏”栏目，四刊一报共同推出新人新作；1996年第6期《北京文学》推出“新生代作家专号”；同年，《小说界》推出“七十年代以后专栏”；1998年《作家》在8期推出了“70年代出生的女作家小说专号”；1999年，《时代文学》《作家》《青年文学》联袂举办“后先锋小说联展”……“新状态”“新市民”“新都市”“新生代”“后先锋”等，尽管不同期刊的文学口号和命名各有侧重，但所推出的文学作品

① 贾平凹：《废都》，译林出版社2012年版，第418页。
② 黄发有：《九十年代以来的文学期刊改制》，《南方文坛》2007年第5期。

在题材、内容上大部分都指向了“城市”，这些刊物也成为城市文学的主要阵地，当前活跃在文坛的主要的城市文学作家也在这一时期被推出。另外，在期刊的这些策划活动中，同时重视理论建构与传播，例如1994年的“新状态文学”，《钟山》推出作品，《文艺争鸣》推出理论研讨和作品研讨，以及作家的创作谈。“联网四重奏”由《山花》等四家刊物逢单月同步推出同一位作家的不同作品，《作家报》刊出该作家的评论专版。在这一系列轰轰烈烈、锣鼓喧天的期刊改革中，城市文学顺势成为惹人注目的文学景观。

上述两个方面促成了城市文学在20世纪90年代的崛起，同时也是城市文学发展和繁荣的外部表征，而更能说明这一文学形态崛起的是它在内涵上呈现出的自足性。从20世纪90年代开始，城市文学不再仅是作为乡土文学参照下的文学形式，而是获得了本体意义。作家观察城市的视角由外部转向内部，不再是站在社会发展、历史进步的立场上，呼唤和赞美“改革家”来解决宏观性的社会、历史的问题和矛盾，而是关注普通人的日常生活和精神诉求；对于现代城市文明所表现出来的种种矛盾、焦虑、困惑，不再仅仅站在乡土文明的立场上做出道德评判和价值评判，而是在人性的立场，给予宽容、理解和抱慰，写出了具有时代气象的城市经验和文化精神。莫言曾这样解释他在城市书写上的不足，“在较为原始、自然的乡村生活中，人们生活的核心以道德标准为最高，一个人的道德圆满可能是老百姓的最高追求。而都市生活相对来说是物欲化的，是各种各样的人的欲望的集合，来来往往的人群，追求着金钱、权力、欲，传统的道德彻底沦丧。……过分偏激说明我还缺乏一种客观态度，缺乏一种宽容的理解精神，说明我还没有真正进入城市生活，没有抓住它的脉搏跳动的方式。如果进入了，那么我应该像宽容农村的丑恶一样宽容城市”①。20世纪90年代以来的城市文学在叙事上越来越表现出这样的超越世俗善恶的宽容。城市文学自足性的另

① 林舟、莫言：《心灵的游历与归途——莫言访谈录》，《花城》1997年第3期。

一个表征是创造出了一批具有鲜明时代感的新的城市人物形象，也许他们还不能和当代文学史上那些经典人物形象相媲美，还存在着概念化、同质化的缺点，但是在一定程度上，这些人物形象的含混也是转型期的城市无法避免的观念的矛盾与含混的结果。更不容忽视的是这些城市新人已具有了鲜明的时代辨识度，相比于老舍笔下的旧市民、张爱玲笔下的城市没落贵族、20 世纪 80 年代文学中的城市改革者，这些城市人群是商业文化和消费文化的产物，是这一个时代的代言人，他们的城市经验、生存过方式、价值观念、伦理诉求代表着这个时代的特征，他们性格中的贪婪、迷茫、叛逆、向上都与当下的城市精神息息相通。

回到城市文学概念的两个要素“城市生活”“城市意识”，今天我们无须为城市意识是“现代性”还是“地域性”而争执，因为它就包含在我们的实实在在、切实可感的城市经验里，而城市文学的价值就在于它传达了独特的城市经验。2005 年陈晓明曾为城市文学下了一个内涵规定明确的定义：“准确地说，只有那些直接呈示城市的存在本身，建立城市的客体形象，并且表达作者对城市生活的明确反思，表现人物与城市的精神冲突的作品才能称之为典型的城市文学。”①，2014 年他再次为城市文学下定义：“所谓城市文学就是表现了城市生活并包含了一定城市意识的作品。”② 两者比较，城市文学的定义不是更加严谨周密了，而是更简洁、更宽泛了。如今我们已经很少看到有研究者为城市文学下定义了，这并不是研究者的妥协，而是随着城市文学自身的不断成熟，尽管我们依然难以确切表述城市意识，但是它凝聚在人们日益丰富的城市经验之中，逐渐成为一种不言自明的存在，这正是城市文学走向成熟的表现。

---

① 陈晓明：《城市文学：无法现身的“他者”》，《文艺研究》2006 年第 1 期。

② 陈晓明：《城市文学：弯路与困境》，《文艺争鸣》2014 年第 12 期。

二　城市文学是关于"城市人"的文学

20世纪50年代钱谷融先生提出了"文学是人学"的著名论断，认为这是理解一切文学问题的一把总钥匙，并指出"不仅要把人当做描写的中心，而且还要把怎样描写人、怎样对待人作为评价作家和他的作品的标准"①。城市文学观照的核心仍然是人。但是在从"乡土中国"向"城市中国"急剧转型的过程中，现代城市作为具有强大形塑作用的生存场域，模糊了"人"与"城"的主客关系，使得"写人"和"怎样写人"都具有重要的主旨意义和美学价值。

1. "城市人"是城市文学叙事的中心

"城市人"是城市文学叙事的中心，这是一个题材层面的命题。很长一段时间以来，无论作家还是评论家都认为"写什么"并不重要，重要的是"怎么写"即叙事问题。"在文学领域，叙事对象并不具有决定性，尤其是在叙事经验日益丰富的当代文坛，但是，我们的确无法否定叙事对象本身所蕴涵的巨大审美力量。"② 城市文学更是如此，城市和人是构成城市文学生态的两个基本要素，两者的互动构成了城市文学的内容景观，但是因为转型期文化的复杂，人与城市的关系呈现出前所未有的丰富、矛盾和复杂，所以对于城市文学，"写什么"不仅是简单的题材问题，更是一种新的生活方式、新的生存经验、新的生命感受和新的价值观念，而这其中蕴含着城市文学对新的时代精神的发现，对新的生存境遇中世道人心的体察，"没有发现过去始终未知的一部分存在的小说是不道德的。认识是小说唯一的道德"③。这正是城市题材对于城市文学的重要意义。

---

① 路文彬主编：《中国当代文学史料文论选 1949—2000》，中国文联出版社 2006 年版，第 73 页。

② 王学谦：《〈狼图腾〉与新世纪文学的生命叙事》，《文艺争鸣》2005 年第 2 期。

③ ［捷克］米兰·昆德拉：《小说的艺术》，孟湄译，生活·读书·新知三联书店 1995 年版，第 157 页。

现代化包括多个层面和维度，而人的现代化是其核心。但是在20世纪90年代的城市化进程中，经济领域的现代化突飞猛进，而人的现代化要滞后于经济层面的现代化，两者的落差使人与城市之间失去了和谐安稳的关系，人们的道德伦理、价值观念、心理状态都处在矛盾与动荡中，个人的社会定位、人际关系都处在不断的变动中，人们不得不在变动不居的城市中重新寻找自己的位置。“世纪末的时间紧迫感像一匹狼一样追击着我们，我们无法止息，不断僭越、突围、摆脱成了强迫症，人们害怕自己成为陈旧的，不得不一刻不停地刷新自己。在这样的时代流风中，没有什么东西可以成为固定、永恒、透明和彻底的，一切都在变化无常之中，就像照相机慢速快门拍快速移动的对象一样，我们的眼睛对于这个变化得过快的世界所能得到的图像只能是模糊的闪动的光影。”① 在这场巨大变革中，人与城市失去了内在的、稳固的精神性联系，城市已经失去它的家园性，成为陌生、矛盾、多元混融的场所。在《手上的星光》里邱华栋这样描述北京：“这座城市几乎能够包容一切，它容纳各种梦境，妄想和激情，最保守的与最激进的，最地方的与最世界的，最传统的与最现代的，最喧嚣的与最沉默的，最物质的与最精神的，最贫穷的与最富有的，最理想的与最现实的，最大众的与最先锋的，仿佛一切对立东西都可以在这座城市里存在并和平共处，互相对话、对峙与互相消解，从而构成了这座城市奇特的景观。”② 北京并非个案，上海、广州这样的现代化程度较高的城市同样呈现出多元混融的文化特征，这是转型期城市文化必有的特征：一方面城市高度开放，吸纳来自全国各个地方、各个层次的人群，城市出现大量的流动人口，据统计“上海、广州和北京等城市的当地常住居民中，约40%是流动人口”③；另一方面城市又高度排他，给外来者打上“异乡人”的标签，使他们始终徘徊在城市的边缘，

① 葛红兵：《非激情时代的暧昧意象——晚生代小说的主题》，《文艺争鸣》1998年第4期。

② 邱华栋：《午夜狂欢》，《闯入者》，湖南文艺出版社2011年版，第256页。

③ 郑真真、杨舸：《中国人口流动现状及未来趋势》，《人民论坛》2013年第11期。

无法真正融入。一方面城市为人们提供了广阔的自由空间，为个人的自由发展和自我实现提供机会，《啊，北京》（徐则臣）里的“我”认为：“北京是个机遇遍地的地方，只要你肯弯腰去捡，想什么来什么。”[①] 邱华栋也在《城市战车》中写道：“城市意味着机会，意味着每一个人来的话都可以捞上一把。”[②] 另一方面它又以无形而强大的力量扭曲人格、异化人性，把人们挤入生存和精神的双重困境，使人们始终处于东奔西逐的焦虑中。一方面城市总是标新立异、追求个性和创新；另一方面它又抹杀了人的丰富性，使人成为单向度的人，如邱华栋笔下的“平面人”“广告人”“公关人”等。一方面城市制造出物质繁华的景象，流光溢彩、琳琅满目；另一方面它又使人总是处于欲望不得满足的匮乏感中。一方面城市允诺了人人平等的社会秩序，另一方面又通过消费把人置于不平等的价值体系中。这些矛盾的特征说明 20 世纪 90 年代以来的城市成为一个复杂、纠缠着的生存场域，它既激发了人们向上的激情和欲望，又带来新的生存困境、精神难题。王朔笔下的“顽主”是第一批被转型的城市甩出原有生活轨迹的城市青年，他们没有正当职业、没有生活目标，整天吃喝玩乐、游手好闲，甚至投机倒把、坑蒙骗混，但是他们身上又显现出自由率真的可贵品质。朱文、韩东等新生代作家塑造了一批游荡在体制与市场经济夹缝中的落魄文人形象，他们既无法忍受体制内循规蹈矩的生活，也不能适应市场经济唯利是图、金钱至上的观念，但是无论对体制还是世俗社会，他们都无力反抗，成为城市里孤独、迷惘而又真实的游荡者。卫慧、棉棉塑造了消费主义城市中沉迷于欲望中的“新新人类”，他们流连忘返于酒吧、咖啡厅，热衷于各种 Party，生活离经叛道，嗜酒、吸毒、打架、纵欲、疯狂游戏，在物质和欲望中追逐虚幻的自己，成为消费社会最具时尚感的文化符号。邱华栋作为一个具有城市闯入者经验的作家，他惯常以外来者视角打量人与城市的关系，他笔下的人物大都是

① 徐则臣：《啊，北京》，《人民文学》2004 年第 4 期。

② 邱华栋：《城市战车》，作家出版社 1997 年版，第 93 页。

“拉斯蒂涅”式的城市闯入者，心怀梦想、野心勃勃，但是最终他们从理想主义者变成了物质主义者，无论是否取得了世俗的成功，都引发出个性扭曲、人性异化的阵痛和虚无。荆永鸣、徐则臣等作家把视角投向了城市里的底层打工者，三轮车夫、小商贩、捡垃圾人、办假证者、小报编辑、不成功的作家等，他们很多人身上都有着勤劳、善良、坚韧的品质，但是优秀的品质并不能带给他们一个可预期的光明未来，他们常常处于生存和精神的双重困境中。何顿、张欣、朱文颖等作家的作品展示了商业化和消费主义大潮中精神和物质的较量，人们在欲望的驱使下节节败退，不断突破道德底线，在实现物质目标的同时又总是处于精神的焦虑和虚无中。

总之，在20世纪90年代以来的城市文学中，城市和人总是处于冲撞、矛盾的紧张状态，城市对人的塑造力、人对物的依赖度，远远超出了历史积累的生存经验。这是急剧的社会转型期才有的生存体验，也是文学对时代的独特发现。米兰·昆德拉说：“我们不能仅仅根据一个世纪的思想和理论观念来判断这个世纪的精神，而不重视它的艺术，特别是小说。十九世纪发明了蒸汽机，黑格尔坚信作家把握了宇宙历史的精神。福楼拜发现了傻。我敢说这是那个对自己的科学理性如此骄傲的世纪的最伟大的发现。”① 这正是文学的可贵之处，也是人类需要文学的原因。在经济学和社会学领域，20世纪90年代以来的城市发展创造了前所有未有的奇迹，而文学却发现了人与城市关系的断裂，人对重构和谐城市关系的渴望，以及在这个过程中人的抗争与挫败，希望与失望，尊严与堕落。城市尽管成为矛盾的一极，但它是被人的情感和精神对象化了的城市，因此，从题材上说城市文学是写“城市人”的文学。

2. 城市文学如何写“城市人”

20世纪90年代以来，城市最重要的文化现象莫过于消费文化的

① ［捷克］米兰·昆德拉：《小说的艺术》，孟湄译，生活·读书·新知三联书店1995年版，第157页。

兴起。消费文化直接指涉日常生活中的物质性满足，物质空前丰富，人的欲望空前解放，但是“物的生活时代不是取消了‘人的问题’，而是突显了人的问题的重要性价值”①。面对这样的文化语境和时代语境，城市文学怎样表达人的“存在”与“如何存在”，首要的不是叙事的技巧而是人的价值问题。如何理解人性，决定了城市文学的叙事风格和精神内涵。

在当代文学史上，十七年文学中的城市工业题材、80 年代的改革文学都是关于城市题材的文学，在叙事上两者都是立足于国家、社会进步的宏大叙事，个人的问题都是作为社会问题出现，并在社会进步的方案中得以解决。而 20 世纪 90 年代以来的城市文学是基于个体生命体验的叙事，叙事的视角转向了普通人的日常生活。从宏大叙事到个人化叙事，有可喜的进步，也有堪忧的弊病，例如城市叙事对个体生命的困境给予同情，对人的局限性给予宽容，对人性中的善意、温情给予尊重和赞赏，体现出对个体生命的关怀；而其中的欲望化、平面化、碎片化倾向，也让城市文学缺少了应有的精神内涵。20 世纪 90 年代以来的个人化城市叙事的贡献是发现了时代洪流中那个失意的人，或人的不自由。正如米兰·昆德拉所说：“所谓小说‘存在的唯一理由’，就是个体偶在的喃喃叙事，就是小说的叙事本身：在没有最高道德法官的生存处境，小说围绕某个个人的生命经历的呢喃与人生悖论中的模糊性和相对性厮守在一起，陪伴和支撑每一个在自己身体上撞见悖论的个人挨过被撕裂的人生伤痛时刻。”② 这种基于个体生命体验的叙事，使我们看到站在城市文化内部对人性的肯定性写作，它在整体上肯定了人对物质自由和欲望合理的价值追求，肯定了人与城市冲撞过程中表现出来的生命的力量和意志，肯定人的个性与自由，应当说这是城市文学在人的主体性建构上的进步。

但是我们也看到，城市文学的人性书写存在以概念化的人或生命

① 张未民：《中国“新现代性”与新世纪文学的兴起》，《文艺争鸣》2008 年第 2 期。

② 刘小枫：《沉重的肉身》，华夏出版社 2015 年版，第 167 页。

本原层面的人为标尺的现象，以此为叙事视点很容易在精神层面走向虚无，使城市文学变成苦难的展示或者欲望的表演。事实上这一叙事特征早已出现，尤其是在标注着“新生代写作”“美女写作”等名目的城市书写中，总是充斥着情绪化的咆哮与虚无主义的微吟；对人性的乏味无力反复渲染；把欲望放任视作个性张扬；等等。这些表面化、碎片化、欲望化的叙事造成了城市文学的乱象。学界也早对这一现象表现出不满和忧虑，例如黄发有认为：“晚生代和70年代作家群的作品算得上是卷入城市的写作，他们不作保留地纵跳进欲望的波涛，在无边的追逐中沉入一种晕眩的陶醉，‘流浪’和‘孤独’这类泛滥成灾的格式化语言不可能传达主体对城市的抗拒与抵触，这种语言空壳包藏的恰恰是主体对城市的一种克制着的殷勤，他们将都市的挤压奇异地转化成一种充电方式，借此积蓄情绪宣泄的感性燃料和内在动力。”[①] 随着城市经验的积累，作家们也在努力提升城市文学叙事的深广度，通过对个体生命的关照抵达时代的普遍性生存境遇与人性的共通状态，为重塑城市与人的和谐关系而积极探索。例如，徐则臣对“北漂”族充满了真诚的情感认同和价值认同，“我想在这些人物和故事的基础上认真探讨一下，在这个时代，城市与人的关系。我相信，写好了，它就不仅仅是一群生活在北京的边缘小人物的故事，而是生活在这个现代的世界上人的故事。……我想和大家一起，努力看清楚他们与这个城市的来龙去脉，努力看清楚我们是谁，从哪里来，要到哪里去”[②]。哲贵打开了城市富人阶层华丽外表下的精神困境，“他们的人生出了问题，他们的精神世界也出了问题。这个问题是他们的，也是中国的，可能也是人类的”[③]。作品中包含对时代问题的思考，对人性困境的深层追问，对物质异化力量的对抗，这些都是对城市消费

① 黄发有：《90年代小说的城市焦虑》，《渤海大学学报》（哲学社会科学版）2008年第1期。

② 徐则臣、张艳梅：《我们对自身的疑虑如此凶猛》，《创作与评论》2014年第6期。

③ 金理、哲贵：《写作使我更宽容地看待世界》，《创作与评论》2014年第18期。

主义的质疑和对健康人性的文学建构。尤其是进入21世纪，城市文学在叙事上呈现了新倾向，从物质城市的书写转向精神城市的探寻，例如，王安忆对上海从弄堂到郊区的书写、魏微对南京胡同的书写、徐则臣对“花街”的书写，都带着明显的城市精神“寻根”的色彩，而其根性则呈现出明显的乡土意蕴。从积极意义上说，这种转向体现了传统文化基因的传承；但从另一个角度看，这类城市书写具有明显的“去城市化”色彩，它回避了物质化的城市空间，回避了城市现代化场域中人与城、人与物的冲突，这显然不是面向时代、面对人的真正吁求的城市书写。

回到原初的问题，城市文学是关于城市人的文学，但是如何写出时代的、真实的、触及灵魂的城市人，不仅需要叙事技巧的支撑，更需要对人的存在、人的本质、个性自由的意义有深刻理解。

三　马克思主义人学对城市叙事的建构意义

城市文学中，人的困境表现为“物质”/“欲望”与“个性自由”的冲突。究其深层原因，在社会层面则是人的现代化与社会领域的现代化的矛盾；在人性层面则是人的存在与人的本质的冲突。

“物质”/“欲望”与“个性自由”的冲突是现代主义文学的共性主题，如果以西方的现代性理论为圭臬，我们的城市文学很难写出中国城市化的真实性和独特性。中国式现代化既有世界现代化的共性特征，也有立足于中国国情的特殊性。就共性而言，中国式现代化仍然离不开生产力发展、科技进步、社会财富积累这些基本前提，在现代化的起始阶段经济总量、城市规模、基础设施等物质化因素必然成为衡量城市化水平的重要指标。就特殊性而言，中国式现代化是全面发展的现代化，是物质文明和精神文明协调发展的现代化，是以人为中心的现代化。中国式现代化以人为价值追求，人的现代化与社会现代化是一体的，不同于西方以资本为驱动的现代化，造成人的现代化与社会现代化二元对立。那么，我们该如何认识城市化进程中人的困境？文学又该如何把握和表达人的诉求？这是关乎人的历史观与价值观的矛盾与统一的问题，城市文学要提升叙事能力，创作出与中国的现代化进程相匹配的作品，必须处理好叙事立场的人本维度与历史维度的关系、人的现代化与社会现代化的关系，马克思主义人学从“现实的人”出发完成了对人的本质、人的发展的认识，为城市文学如何确立人的主体性、如何表达人与城的关系、如何认识人的个性自由与社会发展的关系提供了学理支撑。

1. 从人的现实规定性中，认识人的主体性

城市文学如何表达城市人的主体性是叙事的核心问题。马克思主义人学认为人的主体性是在实践活动中人的本质力量的对象化，而人的本质只能在实践和社会关系中得以实现。这一论断的起点是“现实的个人”，“现实的个人”是“从事活动的，进行物质生产的，因而是在一定的物质的、不受他们任意支配的界限、前提和条件下活动着的”①。这里不仅指明了“现实的个人”与“抽象的人”的区别，而且明确了现实的个人的历史规定性，他是处于具体社会物质条件和社会关系中的人。因此，对人的本质的认识必须进入到社会历史活动中，发现社会历史对人的主体性的制约作用。

首先，人的主体性受到社会历史的物质基础的制约。“现实的个人”是从事物质生产活动的人，尽管人是活动的主体，但主体的自主性是有限的，既要受制于既定的生活环境，又受制于生产力、生产方式等物质基础，所以说人的存在首先要与他们的物质基础和物质生产活动相统一，正如马克思所说：“个人怎样表现自己的生活，他们自己就是怎样。因此，他们是什么样的，这同他们的生产是一致的——既和他们生产什么一致，又和他们怎样生产一致。”② 因此，社会物质基础是人的主体性的前提。其次，人的主体性受到一定的社会关系的

① 马克思、恩格斯：《马克思恩格斯选集（第1卷）》，人民出版社1995年版，第71—72页。
② 马克思、恩格斯：《马克思恩格斯选集（第1卷）》，人民出版社1995年版，第68页。

制约。"现实的个人"不是孤立的存在，他总是处于一定的社会关系中。"为了进行生产，人们便发生一定的联系和关系；只有在这些社会联系和社会关系的范围内，才会有他们对自然界的关系，才会有生产。"① 生产产生了交往，交往构成了关系，人只有在关系中才得以存在、活动和发展。人在不同历史时期、从事不同的实践活动，就会形成不同的社会关系，社会关系不仅是人区别于动物的根本特征，也显现了人与人存在的主体性差异，因此马克思认为"人的本质并不是个人所固有的抽象物，在其现实性上，它是一切社会关系的总和"②。总之，具体的社会物质基础、社会关系构成了"现实的个人"的内在规定性，它制约和规定着人的生活方式、社会习俗、价值观念、思想状态，是认识和把握人的主体性的出发点。

城市文学对"人"的塑造同样离不开具体的社会条件和社会关系对人的规定性。

首先，要在城市化的时代背景下考量人的主体性。20 世纪 90 年代社会主义市场确立以来，我国的城市向着消费城市的方向发展，城市的功能、结构、人口规模等发生重大变化，由此又带来了城市人的生活方式、价值观念的巨大改变。这些社会现实的因素构成了城市人主体性建构的现实规定性，只有在能够被经验感知的现实中，探讨城市人的"在"与"如何在"，才能对人的生存境遇和精神吁求有全面深刻的理解，把握时代赋予人的本质的特殊性。因此，无论城市文学创作还是批评都要以开放的、历史的视野观照城市人的问题。其次，在"人与城"的关系中把握人的主体性。城市不仅是人从事实践活动的物理空间，更是人生存、发展、自我实现的所有社会关系的集合。"人与城"的关系构成了人的主体性建构的场域，在人与城的交互关系中，人的本质得以具体化，既包含了作为社会人的共性也体现了作为独立自我的个性。20 世纪 90 年代以来城市的快速现代化甚至后现

① 马克思、恩格斯：《马克思恩格斯选集（第 1 卷）》，人民出版社 1995 年版，第 344 页。

② 马克思、恩格斯：《马克思恩格斯选集（第 1 卷）》，人民出版社 1995 年版，第 96 页。

代化，人与城市传统的稳固关系被打破，形成了新型关系模式，本书把人与城市的关系概括为四种类型，这既是本书对城市人主体性建构的研究方法，也构成了本书的主体框架：

一是城市游荡者与景观之城：城市原本是游荡者生存的家园，但是急剧的文化转型把他们甩出了原有的生活轨道，成了生活在城市边缘的游荡者，游荡者主动和城市以及大众保持着若即若离的距离，在东游西逛中观察城市，发现城市的秘密。二是城市闯入者与他者之城：闯入者是被城市化的大潮卷入城市的外来者，他们来自落后的农村和中小城市，带着各种梦想积极融入城市，却始终是城市的他者。闯入者和城市之间始终处于一种紧张的对立状态，在他们身上典型体现了现代性对人的异化。三是财富捕猎者与物化之城：消费社会最大的特征就是肯定欲望合理，这类城市人认同物质主义和工具理性原则，城市成为物质与欲望的场所，在精神与物质的二元对立中前者让位于后者，但是物质的满足并未给他们带来精神的自足，而是常常陷入精神的虚无。四是欲望突围与城市家园探寻：突围不是背离城市，他们在接纳现代城市文化的基础上，试图找回城市恒久的、稳定的精神，试图在物质与精神、感性与理性、肉体与灵魂的较量中找到新的平衡点，使城市重新成为人类生存的家园。

2. 从人的社会性与个体性统一关系中，确立城市文学的叙事立场

马克思主义人学强调社会历史对人的本质的规定性，同时也肯定了人在社会历史中的主体地位。现实的个人具有“历史的剧中人”和“历史的剧作者”双重角色，“‘历史’并不是把人当作达到自己目的的工具来利用的某种特殊的人格。历史不过是追求着自己目的的人的活动而已”①。城市是人的行为和意识的产物，是人的力量的对象化，它展示的是物的力量，归根结底却是人的价值的反映，城市的存在与发展以满足人的需要为目的，任何颠倒人与城主客关系的，

① 马克思、恩格斯：《马克思恩格斯选集（第2卷）》，人民出版社1995年版，第118—119页。

都是对人的主体性异化。这为城市叙事和城市文学批评提供了基本的价值立场。

人与城的关系根本上是人的发展与社会发展的关系。城市化是现代化的结果，也是现代化的必由之路，但是社会进步的整体利益和长远利益，对于具体的个人并非总是那么友好，甚至要以牺牲掉一部分人的当前利益为代价。在西方个体与社会二元对立的现代化模式中，形成了宏大叙事和个人化叙事两种截然不同的叙事美学。基于社会历史进步的宏大叙事，在带给人光明和理想的同时，也遮蔽了个体生命的价值，忽视了日常生活的意义。同样，基于个体生命的个人化叙事，肯定了人的个体性存在价值和日常生活的丰富，却又在社会的强大力量面前呈现出结构主义的虚无。20 世纪 90 年代以来的城市文学也受到西方个人化叙事的影响，对人性的理解纳入社会性与个体性二元模式，文本中对现代化这一历史必然趋势的认同和对个人存在价值的肯定同时存在，却没有实现统一，或表现为充满解构色彩的虚无主义；或表现为叙事立场左右游移的价值含混；或表现为回避社会性的“去城市化”牧歌情调，难以从深层表达我国城市化进程中城市人的独特经验。

马克思主义人学从“现实的个人”出发，实现了人的社会性与个体性的统一。在我们的传统观念中，集体总是比个人更有价值优势；而西方的资产阶级人性论，则认为个人价值至高无上，反对一切外在因素对个人利益的侵害。马克思强调从人的社会属性认识人的本质，同时也不意味着社会、历史作为宏大概念对人的个体存在的遮蔽。马克思和恩格斯指出：“全部人类历史的第一个前提无疑是有生命的个人的存在。”① 现实的个人首先是感性的个体存在物，同时这个个体无时无刻不处于某种社会关系中，体现为社会性存在。因此，现实的个人是一个包含人的个人性与社会性的整体性的概念，不存在二者的分

① 马克思、恩格斯：《马克思恩格斯选集（第 1 卷）》，人民出版社 1995 年版，第 67 页。

离与对立。作为历史范畴中的“现实的个人”是在具体历史情境中从事感性的活动的个人，个人需要的满足、个人能力的展现、个性意识的确立，这些个人化的需求正是社会历史发展的动力和目的，人类历史与人的日常活动密不可分。为了更好体现人的个体性与社会性的统一关系，马克思使用“共同体”这一概念取代“类”概念，从而取消了“类”和个体的二元对立。马克思和恩格斯认为真正的共同体是自由人的联合，他们在《共产党宣言》明确宣告：“在那里，每个人的自由发展是一切人自由发展的条件。”① 个人的自由是自由人联合体的条件，而自由联合体是个人自由的归宿，两者的关系充分说明人的个人化存在与社会性存在的统一性，也揭示了马克思主义人学的人本维度与资本主义的个人本位思想的根本不同。

由是观之，人们微观的日常生活同时也是大时代中的日常生活，立足日常生活和个人经验的城市叙事并不必然导向叙事的碎片化、平面化；对日常生活的诗化写作也不等于向后看的“去城市化”书写。个人化叙事的弊端恰是由于割裂了人的个体性存在与社会性存在的统一性，站在孤立的“原子化”个人的立场，展示城市化给个人带来的精神创伤，或回避现代城市寻求乡土文明的精神慰藉。我国城市的发展理念是“以人为本”，整个社会的发展方向是人的自由和全面发展。现阶段城市人的困境既不同于资本主义社会的制度弊端，也不能归结为现代化的恶果。个人发展和社会进步同样是一个不断超越和扬弃历史既定性的过程，“人不仅要用自己的对象化活动扬弃自然存在物的给定性，而且要不断超越和扬弃人的造物及人的活动的异化”②。我国城市化进程中人的不自由主要源自人的价值目标与现实既定性的冲突，因此，城市文学从人的社会性与个体性统一的立场上关照人，展现城市人在困境中为自我发展、个性独立采取的行动、付出的努力，在这一过程中彰显人的本质力量。

① 马克思、恩格斯：《马克思恩格斯选集（第4卷）》，人民出版社1995年版，第731页。

② 衣俊卿：《马克思思想：人之存在的文化精神》，《中国社会科学》2001年第3期。

3. 从人的需要而非消费理念，确立叙事的价值尺度

文学最深厚的力量永远来自人性本身，人的自由和全面发展是马克思主义人学的旨归，也是文学的终极关怀。欲望是城市文学绕不开的话题，它是人对城市迅速流转的物质化时空的经验表达，但是如果没有从经验向精神的提升，城市文学便无法获得超越性的人性力量。其中的关键便是以“人的尺度”还是“物的尺度”来衡量人的主体性。目前城市文学中“见物不见人”“见情绪不见精神”的现象正是以消费主义的“物的尺度”为人的价值尺度的结果。

消费主义通过虚构人的需要实现物对人的支配。首先，消费主义把人的物质需要定义为人的根本需要。物的丰盛是消费社会产生的基础，人对物的消耗成为社会再生产的动力。占有更丰富、更高档的物质不仅是城市人追求的生活方式，也成为人的价值目标。从对个人成功与否的评价到社会发达程度的评估，财富都成为最重要的指标。所以，人们在追求物质财富的路上永远快马加鞭，吊诡的是物的丰富并没有给人带来满足感，反而加重了人的匮乏感。其次，消费主义支配下，人对物的过度需要不是人的真实需要，而是被控制的需要。消费主义赋予了物品使用价值之外的符号价值，并把符号价值与人的价值绑定，人们对物的需要并非单纯从物质的使用价值出发，而是从商品的符号价值出发，导致人们的需要被外在于自我的消费理念所控制。这即是马尔库塞所说的“虚假的需要”，“为了特定的社会利益而从外部强加给个人身上的那些需求，使艰辛、侵略、痛苦和非正义永恒化的需要，是虚假的需要”①。马克思认为人的需要即人的本性，是人天然的、内在的规定性，消费主义以“虚假的需要”取消了需要的内在性，成为对人的外在控制。城市文学若不能突破消费主义的窠臼自然无法写出有主体精神的人。

马克思对人的需要的认识与人的本质相连。马克思认为人的属性

① ［美］马尔库塞（Marcuse，H.）：《单向度的人发达工业社会意识形态研究》，刘继译，上海译文出版社 2006 年版，第 6 页。

包括自然属性、社会属性与精神属性三个层面，与之相应人的需要包括自然需要、社会需要、精神需要。人的自由和全面发展是人的三重属性的自由、协调、全面发展，也是人的三重需要获得协调全面的满足。人的自然属性表现为以人的生理结构为物质前提的食欲、性欲和自我保存等基本机能，是人类存在与发展的前提和基础。对物的需要是人作为自然存在物的必然要求，具有天然的合理性。但真正决定了人的本质，把人从动物中区别开来是人的社会属性。正如马克思所说："吃、喝、性行为等，固然也是真正的人的机能，但是，如果使这些机能脱离了人的其他活动，并使它们成为最后的和唯一的终极目的，那么，在这种抽象中，它们就是动物的机能。"① 马克思和恩格斯认为人的本质在于人的社会属性，这决定了人的需求必须以一种社会的形式获得满足。因而，人的自然需求也是一种社会化行为。更重要的是作为社会存在物的个人，必然产生高于自然需要的社会性需要，如个人的能力的发展、社会关系的改善、社会地位的提升等，这些需要有物的因素，但根本上是对社会关系的依赖，在关系的基础上确立人的地位、价值与意义。人的精神性存在表现为情感、道德、意识等方面，而独立的主体意识是人之为人的重要特征，马克思和恩格斯多次强调："人的类特性恰恰就是自由的有意识的活动。"② 这种自由的有意识的活动是不以外在规定性为依赖的真正的自我对象化活动，它体现了人之为人的自主性和独特性。所以，人的需要的最高层次是自我的确立和自由个性的实现。而消费主义则把人的发展需求、价值需求等高层次的社会需求和精神需求全部以物的形式来确证，是对人的本质的异化。

人的需要实现到什么程度，人的主体力量就呈现到什么程度。城市文学中欲望叙事的弊端不在于叙事的起点，而在叙事的人性向度。如果把笔触停留在欲望的经验层面，没有开掘出其中包含的人的社会

① 马克思、恩格斯：《马克思恩格斯选集（第1卷）》，人民出版社1995年版，第67页。
② 马克思、恩格斯：《马克思恩格斯选集（第1卷）》，人民出版社1995年版，第46页。

需求与精神需求，把人对个性自由的终极追求降格为欲望满足，人的主体性必然因本质力量的弱化而走向虚无和破碎。需要是人的内在规定，而欲望则是消费主义异己的外在规训，叙事要始终以人为尺度，在人与城市的纠缠与较量中，发现人的本质力量，才能突破经验层面的虚无与破碎，呈现出超越现实的精神力量。

人的此在困境与终极自由的思考是文学永恒的主题。自由而全面发展的人是人存在的理想状态，这一理想的实现是历史的不断生成的过程。在这一过程中，人总是处于被制约、不自由的状态，而人总是以有意识的实践活动不断突破受动，从而实现人与社会的共同提升，这一过程正是人的主体性确立的过程。在文学史的宏观视野上，城市文学是对城市化这一特殊时期人的存在与时代、社会、世界紧张关系的思考，它所呈现的种种不自由并不代表城市文学的消极意义，恰是对人的主体性的积极维护，也是文学的自觉精神的体现。本书希望以人性为基点，建构起更贴近当下城市文学现状、揭示城市文学价值的批评话语。尤其是在马克思主义人学论的指导下，对人的本质、人的发展、人与社会的关系有更科学的认识，从而把脉当下城市叙事的病灶，提升城市文学的精神向度与叙事能力，使城市文学在精神意蕴上更具人性的深厚度与时代的宽广度。

第二章　20世纪90年代的城市化与城市叙事

从20世纪80年代到90年代，历史内部的“断裂”已是多个领域的共识，例如，汪晖认为尽管国家体制的改革从70年代中期开始，但是整个80年代“我们仍然可以从党—国体制内部和体制外部发现充满张力的政治文化”，而90年代开始，中国社会急剧转入去政治化的时期，“市场时代的形成以及由此产生的复杂巨变……是以革命世纪的终结为前提展开的，新的戏剧，经济、政治、文化以至军事的含义在这个时代发生了根本性的转变”①。孙立平认为20世纪90年代以来的中国社会是一个“断裂的社会”②。这种断裂不仅是从前现代文明到现代文明的历时性的断裂，而且在共时性范围内，城市与乡村之间、城市内部也发生了文明层次的断裂。在文学领域，从80年代到90年代“断裂”特征也是显在的，“历史在此以1989为界被鲜明地割裂开来：一边似乎是正在被抛弃的过去，一边似乎是未来；也就是说，一边是八十年代，一边是九十年代”③。研究者们用各种术语来描述文学从80年代到90年代的“转型”与“断裂”，例如，1991—1992年间谢冕、

① 汪晖：《去政治化的政治　短20世纪的终结与90年代》，生活·读书·新知三联书店2008年版，第1页。

② 孙立平：《断裂——20世纪90年代以来的中国社会》，社会科学文献出版社2003年版，第104页。

③ 王世诚：《断裂时代的肯定性写作（上）——九十年代文学精神及其思考》，《扬子江评论》2008年第5期。

张颐武等人提出了“后新时期”的概念；1994 年王干提出“新状态”的概念；1996 年陈思和提出了“无名时代”的说法；1998 年韩东、朱文发起的“断裂”调查问卷更是引起文坛轰动，各种命名不一而足。尽管这些命名和事件存在颇多争议，但对于 20 世纪 90 年代以来中国社会的转型以及由此带来的文学变革已成为批评界的共识。而这些变革在城市文学领域体现得更为集中和鲜明，使 20 世纪 90 年代的城市文学呈现出与 20 世纪 80 年代颇为不同的特点，并且使城市文学获得了自足性内涵，不再是乡土文学比照下的概念，它的精神内涵、叙事方式、审美风格等都日渐成熟。另外，20 世纪 90 年代以来城市文学的转折性变化，与外部环境的变化密切相关，社会主义市场经济的确立和发展，消费时代的到来，使中国真正进入城市化的快速时期，经济结构的转型所带来的人的价值观念、生活方式、伦理诉求等方面的变化广泛而深刻，而这一切既是促成城市文学的繁荣的外部因素，也是城市文学关注、思考、表达的内容。

第一节　20 世纪 90 年代的城市化与消费主义的兴起

一　20 世纪 90 年代的城市神话

城市化是现代化的必然结果，也是一种世界性的现象，但是在新中国成立后一直到改革开放前的几十年里，由于种种原因城市化一直发展缓慢，大规模的城市化从 20 世纪 90 年代发展社会主义市场经济才真正开始。

孙立平教授认为：“从 60 年代初到 70 年代末的近 20 年的时间里，中国的城市化的过程实际上一直处于停滞状态。1960 年，中国市镇总人口为 13073 万人，市镇人口在总人口中的比重为 19.75%。1978 年市镇总人口虽增加到 17245 万人，增加了约 4200 万人，但市镇人口在总人口中的比重却仅为 17.92%，下降了近两个百分点。与此同时，在 1961—1978 年间，农村人口由 53152 万人增加到 79014 万人。也就是说，在中国从 20 世纪 50 年代至 80 年代初这一段时间里，中国的城市化不仅没有进展，甚至可以说是倒退了。”[①] 20 世纪 80 年代开始，随着改革开放政策的确立，城市化发展比以前有较大进步，1980 年中国城镇人口占全国人口的 19.39%，1990 年城镇人口比例达到 26.4%。[②] 尽管如此，这一时期中国城市人口比例上升幅度仍然要低于世界城市人口比例上升幅度。

1992 年社会主义市场经济制度确立，加快了城市经济的发展，我国的城市化进程随之加快，“1990 年我国城市只有 467 个，而到 1995 年则增加到 640 个，1999 年更达到 668 个，城市以每年几十个的惊人速度在增长着，而我国城市人口从 1990 年的 1.1825 亿增加到 1999 年的 2.3 亿”[③]。城市化的过程是把一个以农业为主的乡村社会转变成以工业和商业为主的城市社会。20 世纪 90 年代的城市化不仅表现为北京、上海、广州这些一线城市朝着商业化、国际化、消费化的方向快速行进，而且也以迅猛的势态波及了中小城市和农村。费孝通曾说：“从基层上看去，中国社会是乡土性的。”[④] 而 20 世纪 90 年代确立的小城镇发展策略将中国的基层也卷入到城市化进程中，“到 2007 年全国建制镇数量达到 1.93 万个，小城镇已经成为推进农村城市化的主力军”[⑤]。不过这种城镇化方式主要集中在东南沿海城市，对于大多数落后地区的农村和农民来讲，参与到城市化的最直接的方式是进城打工，因此大量流动人口出现是我国急剧的城市化进程的另一表现，“中国流动人口的规模在改革开放后的 30 多年中持续增长，尤其是 20 世纪

---

① 孙立平：《断裂——20 世纪 90 年代以来的中国社会》，社会科学文献出版社 2003 年版，第 104 页。

② 中国社会科学院人口研究所：《中国人口年鉴 1994》，中国经济管理出版社 1994 年版，第 125 页。

③ 薛小和：《城市化道路该怎么走》，《经济日报》2000 年 5 月 19 日。

④ 费孝通：《乡土中国》，中华书局 2014 年版，第 1 页。

⑤ 傅莹：《中国城市化与经济增长》，博士学位论文，华中科技大学，2011 年，第 44 页。

90年代以后增长速度明显加快，从1982年的657万人增长到2010年的2.2亿人，达到了前所未有的规模，占全国总人口的17%左右。上海、广州和北京等城市的当地常住居民中，约40%是流动人口。大部分流动人口是从农村流动到城市的年轻劳动力，2010年全国流动人口中约有1.5亿人来自农村，省内流动人口中有54%来自农村，跨省流动人口中则有近82%来自农村。迄今为止流动人口规模仍继续增长，根据国家统计局发布的《2012年国民经济和社会发展统计公报》，2012年全国流动人口约为2.36亿人，比上年末增加669万人”①。这股潮流改变了城乡格局，也改变着中国社会的性质。

国家统计局在2012年8月17日发布的数据显示，2011年我国城镇化人口比例为51.27%②，城镇人口首次超过半数，达到世界平均水平，城市真正成为社会结构的主体。如今，我们仍在城市化的快车道上急速前行，2016年达到57.35%③，2020达到63.89%④，而北京、上海、重庆、成都等都是常住人口在1000万以上的超大城市。由此可见自20世纪90年代至今，中国正在以前所未有的速度大跨步地迈入城市化时代。

二 城市消费文化的兴起

城市化对社会的影响是全方位的，改变了城市的功能性质、产业结构、城市景观，改变了人们的生活方式、价值观念、人与城市的关系等，而其中最根本的改变是把一个有几千年历史的农业国家直接用

① 郑真真、杨舸：《中国人口流动现状及未来趋势》，《人民论坛》2013年第11期。

② 《从十六大到十八大经济社会发展成就系列报告之三》，http://www.stats.gov.cn/ztjc/ztfx/kxfzcjhh/201208/t20120817_72839.html，2012-08-17。

③ 《中华人民共和国2016年国民经济和社会发展统计公报》，《经济日报》2017年3月1日（第05版：特别报道）。

④ 《第七次全国人口普查公报》，http://www.gov.cn/guoqing/2021-05/13/content_5606149.htm，2021-05-11。

进了消费社会。20 世纪 90 年代中国的城市化发展进入内涵建构阶段，渐趋成型的消费文化影响着城市人的生存方式和价值观念。迈克·费瑟斯通这样定义消费文化："消费文化，顾名思义，即指消费社会的文化。它基于这样一个假设，即认为大众运动伴随着符号生产、日常体验和实践活动的重新组织"。[①] 特别是费瑟斯通对商品的"符号性"的发现成为认识消费社会的一把钥匙。鲍曼则进一步看到了商品的"符号性"对人的形塑作用，认为消费文化在现代社会掌控了生活各个层面，"消费，不只是一种满足物质欲求或满足胃纳需要的行为，所以，强调象征性物质的重要性就显得十分有必要。在生活层面上，消费是为了达到建构身份、建构自身以及建构与他人的关系等目的；在社会层面上，消费是为了支撑体制、团体、机构与他人的关系等目的；在制度层面上，消费是为了保证种种条件的再生产，而正是这些条件使得所有上述这些活动得以成为可能"[②]。因此，消费文化是我们了解转型期城市文化和城市伦理的重要视角。

消费社会是以生产力水平的高度发展和物质的极大丰富为前提的社会形态，如鲍德里亚所说："今天，在我们的周围，存在着一种由不断增长的物、服务和物质财富所构成的惊人的消费和丰盛现象。它构成了人类自然环境中的一种根本变化。恰当地说，富裕的人们不再像过去那样受到人的包围，而是受到物（Objets）的包围。"[③] 如果从经济和物质层面考量，中国尽管出现了北京、上海、广州这样在物质形态、生产方式、文化形态方面能够实现向消费社会转型的大城市，但是城乡之间、地区之间、大城市与小城镇之间存在着巨大的经济差异，很难说中国在 20 世纪 90 年代就全面进入了消费社会，但是"在

① ［英］迈克·费瑟斯通：《消费文化与后现代主义》，刘精明译，译林出版社 2000 年版，第 113 页。

② 包亚明：《游荡者的权力消费社会与都市文化研究》，中国人民大学出版社 2010 年版，第 7 页。

③ ［法］让·鲍德里亚：《消费社会》，刘成富、全志钢译，南京大学出版社 2014 年版，第 1 页。

20世纪90年代的历史情境中，中国的消费主义文化的兴起并不仅仅是一个经济事件，而且是一个政治性的事件，因为这种消费主义的文化对公众日常生活的渗透实际上完成了一个统治意识形态的再造过程；在这个过程中，大众文化与官方意识形态互相渗透并占据了中国当代意识形态的主导地位”①，社会主义市场经济体制的确立，从制度上促进了社会形态从工业社会向消费社会的转型。“1992年，中国出现了第三次消费高潮，这是一次以一系列千元级商品为代表的，中间性、多元性消费高潮。即：以空调器为代表的家庭设备系列；以电话为代表的通讯系列；以出租车为代表的交通系列；以化妆品和高档服装为代表的高档文化消费系列。”② 从这一时期开始占据人们消费重心的不再是蔬菜粮油等日常生活用品，而是住房、汽车、家用电器等耐用品，标志着我国在消费模式上实现了转型——从日常必需品消费转向耐用品消费。而这背后是社会形态的转变，在日常必需品的消费时代，社会以生产为中心，而在耐用品的消费时代，“消费”成为社会运转的中心，以消费推动生产，而不是由生产决定消费，这就预示着从90年代开始我国开始了从生产型社会向消费型社会的转变。1996年开始为了推动经济发展，国家又制定了一系列刺激消费的政策，消费作为促进经济发展的手段，以国家主导政策的方式得以贯彻。不过消费主义文化一旦形成，它的主导权就不再受官方控制。社会学家曹锦清曾说：“当前中国意识形态的领导既不在官方手中，也不在知识分子手中，而在先富者的集体无意识之中，即通过享受与攀比形成的消费标准与消费方式中。”③ 那些先富起来并有一定文化素养的民营企业家、高级白领等被大众传媒打造成中国“中产阶级”，他们高度物质化、欲望化的生活方式和价值观念，作为一种现代社会的“品位”和“时尚”，

① 汪晖：《死火重温》，人民文学出版社2000年版，第70页。

② 杨帆：《市场经济一周年》，《战略与管理》1993年创刊号。

③ 曹锦清：《黄河边的中国一个学者对乡村社会的观察与思考》，上海文艺出版社2000年版，第193页。

在大众传媒的推动下，向社会的各个层面渗透。作为一种生活方式，消费文化直接指涉着日常生活中的物质性满足，“遵循享乐主义、追逐眼前的快感、培养自我表现的生活方式、发展自恋和自私的人格类型，这一切都是消费文化所强调的内容”①。

在国家政策和大众传媒的共同推动下，20 世纪 90 年代消费主义的生活方式和价值观念得到了广泛传播，并对大众起到了引领作用。不仅是北京、上海这样的大城市，即便在中小城市，从物质景观到生活方式一派消费社会的繁荣景象，正如戴锦华在《隐形书写》中所描述：“90 年代，在中国都市铺展开去的全球化风景，尽情地渲染着金钱的魅力和奢华的物的奇观。不仅是商场、商厦，也不仅是短短几年间爆炸式的星罗棋布地分散于中国主要城市的麦当劳、必胜客，而且是充满‘欧陆风情’的‘布艺商店’（家居、室内装饰店）、‘饼屋’（面包房，这一次是来自台湾译名）、咖啡馆、酒吧和迪厅，是拔地而起的‘高尚住宅’区，以及以‘一方世外桃源，欧世家别墅’‘时代经典、现代传奇’或‘艺术天地’为广告、名称的别墅群。”② 这便是 1990 年以来最重要的城市景观，消费主义已成为城市文化建构的方向和内容。更重要的是，消费主义从根本上把消费对象塑造成一个完整的符号象征体系，“消费是用某种编码及某种与此编码相适应的竞争性合作的、无意识的纪律来驯化他们；这不是通过取消便利，而相反是让他们进入游戏规则。这样，消费才能只身取代一切意识形态，并同时只身担负起整个社会一体化的重任，就像原始社会的等级或宗教礼仪所做到的那样”③。因此消费具有了意识形态功能。

总之，20 世纪 90 年代消费主义为现代城市文化注入了新的精神内涵，成为占主流地位的文化形态。它不仅影响着人们的日常生活，

---

① ［英］迈克·费瑟斯通：《消费文化与后现代主义》，刘精明译，译林出版社 2000 年版，第 165 页。

② 戴锦华：《隐形书写 90 年代中国文化研究》，江苏人民出版社 1999 年版，第 267 页。

③ ［法］让·鲍德里亚：《消费社会》，刘成富、全志钢译，南京大学出版社 2014 年版，第 78 页。

作为一种价值观念，我们传统文化中的重义轻利、崇德尚俭的美德，新中国成立以来倡导的重节约、讲奉献的主导思想对人的日常行为选择失去了价值引导意义和约束力，人与城市关系建构、新的城市伦理的生成，以及个体的自我实现方式等都随之改变。这既是转型期城市文化的语境，也成为城市文学崭新的时代语境，是考察人与城市伦理关系和城市文学叙事中的人性关怀的现实起点。

第二节　消费主义下的城市伦理困境

“伦理，一般被定义为：指一定社会的基本人际关系规范及其相应的道德原则。”① “城市”在现当代文学话语中，一直存在道德和伦理劣势。在沈从文笔下城市是侵害美好人性的场所，在左翼作家笔下是剥削和压迫的场所，新中国成立后十七年的文学中，城市的生活方式和价值观念更是和享乐、腐朽、反动等消极话语联系在一起。而在20世纪90年代，城市在经济学、社会学话语中具有了巨大优越性，但在文学话语中陷入复杂纠缠的伦理困境中，“新的价值体系导致被动性与社会道德标准之间的矛盾。从总体上看，社会道德仍然是意志、行为、效率以及奉献的道德。由此便产生了与新的享乐主义行为相伴随的强烈的犯罪感，以及‘欲望战略家’认为不要把被动性视为犯罪的紧迫感”②。就目前来看，人们在理念上仍然信奉基于传统的熟人社会和生产型城市形成的道德伦理，如对爱情、亲情的渴望，以勤劳、诚实为美德，等等。消费文化中的放纵欲望、追求享乐的行为仍然与非道德联系在一起，但是后者又往往是他们在生存困境中不得已或更理性的选择，这使文化转型期的人们陷入了社会伦理和个人伦理的矛盾与困境中。

---

① 吾淳：《中国社会的伦理生活：主要关于儒家伦理可能性问题的研究》，中华书局2007年版，第6页。

② ［法］让·鲍德里亚：《消费社会》，刘成富、全志钢译，南京大学出版社2014年版，第12页。

一　从“社会性大我”到“原子化自我”

马克思主义人学认为社会的现代化首先是人的现代化，因为“其实，正是人，现实的、活生生的人在创造这一切，拥有这一切并且进行战斗。并不是‘历史’把人当做手段来达到自己——仿佛历史是一个独具魅力的人——的目的。历史不过是追求着自己目的的人的活动而已”①。在我国漫长的封建伦理制度下，一直强调人的群体性，个体的自我意识一直处于被压制状态。“个体的主体性和自我意识的生成或走向自觉，是现代性的本质规定性之一，是全部现代文化精神的基础和载体”②。因此，我国自面向现代化转向以来，个体的解放、自我的建构一直是现代化的重要内容，而且个体的主体性的建构总是通过对传统或现实的否定与反叛来实现。

在五四时期，觉醒的知识分子致力于把个人从封建家族和伦理观念的束缚中解放出来，在对个体价值的认识上，不仅冲破了几千年的宗法伦理观念束缚，把个人从家族中解放出来，而且超越了辛亥革命时期的国家、民族等群体意志对个人意志的抑制，个人作为独立的实体存在而被肯定。“我是我自己的，谁也没有干涉我的权利。”③《伤逝》中子君的这句话喊出了五四时期个人的主体性解放的最强音，充分肯定个体价值、张扬主体的自我意识，这是五四启蒙在个人的主体性建构上的重大贡献。但是没有社会制度的保障，五四时期的个性解放很快走向消沉，加之民族矛盾与社会危机的深化，社会解放成为时代主题。新中国成立以后，人民当家做主的政治体制为人的主体性建设提供了制度保障，此一时期人们作为个体最强烈的感受就是国家的主人，人的政治意识、国家意识、阶级意识被唤醒，社会属性给予个

---

① 马克思、恩格斯：《马克思恩格斯文集（第 1 卷）》，人民出版社 2009 年版，第 295 页。

② 衣俊卿：《现代性的维度及其当代命运》，《中国社会科学》2004 年第 4 期。

③ 鲁迅：《伤逝》，《彷徨》，人民文学出版社 1979 年版，第 106 页。

人的存在感远远大于人的个体化存在，人的个性意识、世俗要求被淡化。直到“文革”期间，在“以阶级斗争为纲”极端思想影响下，个体人完全被政治人所代替。新时期的思想解放运动将人从封闭的政治话语中解放出来，使个体存在的自由与多元成为可能；20 世纪 80 年代的新启蒙主义对个体人的定位回归到本体论层面，“人，既是一个理性的存在，又是情感的存在，充满了各种合理的自然欲望。……这样的人，超越于国家、阶级和各种自然社会关系，内含着普遍的人性，他具有自主的意志和无限的自我创造能力，唯一需要的是要从各种束缚中解放出来，回归自我的本性。这是在审美和哲学人类学意义上的人，是被抽离了具体历史语境的人”①。这一时期人的自由与解放一方面指向精神层面，另一方面指向世俗层面，追求“灵”与“肉”的和谐与统一，但是由于此时主体建构与自上而下的体制改革在目标上的一致性，自我处于精英立场，是典型的理想主义者和群体主义者，而不是个人主义者，正如鲁羊所说“那时候关心文化启蒙，关心政体对人们带来的影响，关心是不是要改革人民生活的环境，这个环境不是居住环境，它有意识形态环境、政治环境等，包括自由和民主的概念，可以说是当时一批学子和学者的心理，是一个理想主义者，当时大家都在想，我能做点什么，能贡献出来，能使这个环境改善。……你可能是各个方向的理想主义者，理想主义者意味着什么，意味着不仅仅是个人，意味着是群体，甚至为了自己的理想可以牺牲，像当年的革命者是可以献身的”②。新启蒙主义呼唤的个体仍然是面对国家、民族、时代承担责任的“大我”形象，这使得个体的主体性呈现出与目标相悖的特点，一是个人的公共性大于私人性，仍然是抽象的类群体的代言人，二是其理想性压抑了世俗性。例如，北岛的《回答》、顾城的《一代人》，其抒情主人公仍然是“大我”的形象，而且充满了

① 许纪霖、罗岗等：《启蒙的自我瓦解：1990 年代以来中国思想文化界重大论争研究》，吉林出版集团有限责任公司 2007 年版，第 26 页。

② 李小杰：《九十年代南京青年作家群论》，博士学位论文，复旦大学，2010 年，第 83 页。

普罗米修斯般的济世情怀和英雄主义精神。这种理想主义随着市场经济的到来而终止。

总之，20 世纪 90 年代之前的个体的主体性建构，基本属于精英话语中抽象的主体性概念，公共性大于私人性，只有个体自我退出公共性话语空间，个体人的私人性才能真正呈现。这种转变在 20 世纪 80 年代后期已经出现端倪，例如，第三代诗人的诗歌创作《你见过大海》《有关大雁塔》；现代主义小说《摇滚青年》《你别无选择》《无主题变奏》等，以反主体、反道德、反崇高的方式回归本体的自我。而将这一倾向真正坐实是在 20 世纪 90 年代，在市场经济和消费主义文化推动下，个体自我真正从理想主义、公共性中解放出来，把抽象性的、精神性的自我落实到了世俗层面。1992 年社会主义市场经济体制确立后，私营经济迅速发展，外资企业大量出现，各种自由职业纷纷出现，之前那些与计划经济相配套的单位体制的吸引力和约束性变得越来越小，产生了大量游离于体制之外的自由人；而体制内人群也开始向职业化转变，职业的政治性内涵和道德内涵弱化，成为一种谋生工具。那些依托于单位体制的宏大理想、虚幻幸福自然解体，自我对政治关系的依赖弱化，直接进入以物质和欲望为核心的消费文化，不仅单位体制与个人的紧张关系被消解，传统道德和价值观念也失去了原有的约束力，欲望成为推动个人行为选择的原动力。也就是说，一直以来通过对抗和否定方式来完成的个人的主体性建构，因为对立面的消解而失去了意义。从体制约束解放出来的自我成了孤独的、破碎的原子化存在。许纪霖曾说："世俗时代的原子式个人，既没有历史，也没有精神，只是一个充满了物欲和追求的经济理性人。他孤独地面对整个世界，而这个外部世界，是一个以利益为轴心的市场世界，缺乏温情，也没有意义。"① 从公共性的压抑中解放出来的自我一下跌入既真实又散漫的状态，这样前所未有的个体自由并没有带来相应的

① 许纪霖：《世俗社会的中国人精神生活》，《天涯》2007 年第 1 期。

自我的丰富和自足，而是对自我局限性的深切感知，在转瞬即逝的现代社会，自我的时间连续性被切断，成为平面化、碎片化的本原存在，失去了把捉和批判现实的能力。失去了能动性的自我，必然失去了自我的主体性。汪晖认为：“中国的市场化改革始终是和国家的强大存在相关的，在国家推动下形成的所谓‘市民社会’是否像许多人期待的那样处于社会/国家的两极结构之中，是令人生疑的。”① 这在20世纪90年代的城市文学中有着集中的表现，无论是被学界称之为底层文学或打工者文学的批判性写作，还是邱华栋、何顿、张欣等人的城市欲望书写都包含着对消费文化的价值认同，表现出对现实的屈服与无奈，卫慧等所谓美女作家的都市书写更是带着夸饰性欲望和迷茫迎合了人们对消费社会的想象。这些作品中的城市人群都是独孤离散的个人，而没有形成一个稳固的、能够给予安全感和归属感的类群体。

总之，进入20世纪90年代以后，包含政治意识、精英意识的“大我”真正转向了个体存在的“小我”，自我失去了公共性压抑的同时也失去了群体性存在的安全感和归属感，自由的个体成了孤独的原子化的个体，面对浮华、陌生、功利的世界充满无力感，所以，主体破碎和迷失后的孤独与虚无成为20世纪90年代最普遍的城市经验，“这是一个人口爆炸的时代，我们并不为这个世界所需要，可是我们依然来到了这个世界，在这个拥挤的世界上我们的降生就宣告了我们的零余处境”②。“我怎么觉得自己就像是这个社会的一个疣呢？活着却不是这个身体上的一部分，呼吸却没有温度，感觉不到这个身体的新陈代谢，我们是一颗增生出来的疣。”③ 曾经人们为个人只是革命机器上的螺丝钉而悲哀，而此时个体被抛弃在社会有机体之外而显得卑微和孤独。更有意思的是那个曾经以公共性的“大我”压制了个人化

① 汪晖：《当代中国的思想状况与现代性问题》，《文艺争鸣》1998年第6期。

② 葛红兵：《非激情时代的暧昧意象——晚生代小说的主题》，《文艺争鸣》1998年第4期。

③ 朱文：《什么是垃圾什么是爱》，华夏出版社2004年版，第243页。

"小我"的年代，在魏微笔下变得温情脉脉："在我爷爷做主任的那个时代，一切则显得简单淳朴。那时候，人们不为了钱操心，国家兴修水利——那是微湖闸的盛世，人员庞杂，人心单纯，每个人恪尽岗位，连看门人、灯塔看守人都是正式职工，有着做国家主人翁的自豪感和身份感。想一想也是，他们还怕什么呢，他们的一切，生老病死，甚至他们的儿孙，都是国家包下来的呀。"① 以这样的情感评价来叙述"文革"那个特殊的年代，一定会引发对其真实性的质疑，但无论如何作者都表达了一种情感真实，对历史的怀念正是因为现实的缺失，是孤独漂泊的都市人对归属感和安全感的渴望。

人是个人化与社会化的统一。对于"小我"长期处于压抑状态下的中国人，个体性建设是人的现代化的必然阶段，但是"只有在集体中，个人才能获得全面发展其才能的手段，也就是说，只有在集体中才可能有个人的自由"②。当人的社会性、群体意识被弱化后，孤独的个体如何作为群体的一员获得安全感和归属感？人的主体性建设需要唤醒人的个体意识，但不能割裂人的社会化，当下城市伦理显然没有解决好这一问题。

二　欲望合理与道德模糊

无论是基于乡土文明的传统伦理还是新中国建立后的城市伦理，欲望都一直被视作道德上的"恶"而被压制，强化人的精神性存在，将人的价值实现定位在精神性层面。而在消费社会，欲望成为经济发展的直接推动力，对个人来讲，对财富的占有也成为衡量人的价值的尺码，无论是社会的宏观视角还是个体的微观视角，欲望都具有了能动力量，这种巨大转变直接冲击了人们对财富、价值、善恶、情感等方面的认知，使人们陷入行为与认知分裂的伦理困境中。

---

① 魏微：《储小宝的婚姻》，《化妆》，江苏凤凰文艺出版社2016年版，第179页。

② 马克思、恩格斯：《马克思恩格斯全集（第3卷）》，人民出版社1960年版，第84页。

市场经济和消费时代的到来，首先激发了人们对物质和财富的欲望，物质化、功利性的价值观念和生存方式迅速取代传统非功利性的、精神性的人生形式，成为时代精神的主导。杨帆在《市场经济一周年》中写道：“在少数人暴富的刺激下，人们追财富的欲望空前强烈，商品经济原则彻底地侵蚀了一切。教育文化降到了最低点，大批知识分子和政府官员下海经商。商业成为收入最高、最受社会尊敬的职业。全社会的活动，开始围绕一个‘钱’字进行。严肃的大报出周末版，选美盛行，招商活动遍及国内外，大学的自费生达到了25%，影剧院经过装修，把价格提高了5—10倍。宾馆、汽车、宴席越来越高级，大款一掷千金，争风斗富，拜金主义盛行。”① 长期处于压抑状态的欲望被市场经济激活，整个社会都处在追名逐利的热烈与躁动中，呈现一片生机勃勃的景象，同时又因精神的退场而尽显世俗相，社会上一度出现了“造原子弹的不如卖茶叶蛋的”，“拿手术刀的不如拿剃头刀的”这样的脑体倒挂现象，“万般皆下品，唯有读书高”“学而优则仕”的古训在市场经济时代完全不合时宜，20世纪90年代初官员下海、文人下海成为一时风尚。在精神与物质、知识与金钱、道德与欲望的二元关系中，彻底颠覆了前者对于后者的优越性。何顿的一系列城市小说——如《就这么回事》《生活无罪》《只要你过得比我好》《太阳很好》《我们像葵花》等，反映了市场经济和消费主义如何激起了人的欲望，人在物质欲望的驱动下怎样放弃理想、抽空精神成为被金钱和物质支配的单向度的人。

> “我大学一毕业就把二胡挂在墙上再也没取下来过。这个世界被流行音乐和流行歌曲的泡沫浇灌着，商店的音响里、街头的广播以及电视机里，都充斥着港台歌曲和大陆一些通俗歌手的歌声。二胡和小提琴都成了文物了，确实没有单位要我们这种专业

① 杨帆：《市场经济一周年》，《战略与管理》1993年创刊号。

人才。”

我吸一口烟，不屑于他的话地一笑：“我真想做一个浪迹天涯的艺术家。”“你睡着了还没醒，大白天讲宝话，这个时代还有谁谈艺术?”

“怎么就不能谈艺术？那谈什么?”

“现在这个社会只谈论两件事情，谈钱玩钱，人玩人。”①

——何顿《只要你过得比我好》

“钱可以重新塑造人……钱是一个魔鬼，魔鬼附身自然壮气如牛。人一有钱，脸上的味道就不同……要发狠赚钱。你不赚钱，你这一世就只能生活在这个社会的最下层，死了跟一条狗一样。好多快活的事情，你都看不到，不是冤枉来到这个世界上了？所以人要发狠赚钱，不然你斗别人不赢!”②

——何顿《我们像葵花》

可以看出，在市场经济之初，面对欲望膨胀的社会、扭曲的价值观，人们一方面痛心疾首，表现出本能的轻蔑；另一方面人们又无力批判，随波逐流。在消费社会，物质和财富不仅是生存资料，还是人进入社会秩序的符码。根据鲍德里亚的观点，消费社会消费的东西不是物品而是关系，人与物的关系折射出的是个人与他人、世界的关系，个人的权利、尊严、价值等正是建立在这样的关系之上。从这一意义讲，人对物质的追求具有了自我实现的善的意义，在消费社会，欲望不仅是道德范畴的问题，还是一个价值范畴的问题。正因为如此，我们看到何顿对于他笔下那些粗俗拜金的人物从不做道德评判，甚至带着无可奈何的宽容和理解。邱华栋甚至对笔下那些野心勃勃的青年在追逐欲望过程中表现出来的生命力给予情不自禁的理解和赞赏，“一个物质长期贫乏的国度在攫取物质的时代里所流露出的极度贪婪是正

① 何顿：《只要你过得比我好》，《上海文学》1996年第2期。

② 何顿：《我们像葵花》，《收获》1995年第4期。

常的，因为道德在今天已经不是首要的标尺，金钱正在成为一个新的杠杆，来确定与重组人与人之间的关系"①。当然这些无节制的欲望总是在短暂的满足后不免进入悲剧的结局，但是显然在消费主义城市伦理中，欲望已经不是"恶"本身，而是缺少实现欲望的合理途径才导致"恶"产生。

在20世纪90年代，和物质欲望一同被解禁的还有身体的欲望，彻底颠覆了传统的"性"观念。性叙事在城市文学中几乎成为人们基本的城市生存经验，无论是取得世俗成功的城市新贵，还是追求生命形而上意义的文艺青年，抑或在生存困境中挣扎的城市打工者，"性"都成为他们生命展开的重要方式。"性"的象征意义和精神性内涵被刨除，还原为纯粹身体的行为，性不仅与爱无关，也与道德无关，例如在《我爱美元》中"我"说："我们知道性并不是坏东西，也不是好东西，我们需要它，这是事实。如果我们生活中没有，正好商场里有卖，为什么不呢？从商场里买来的也是货真价实的，它在我们的菜篮里，同其他菜一样，我们不要对它有更多的想法。就像吃肉一样，你张开嘴把性也吃下去吧，只要别噎着。"② 卫慧的《上海宝贝》是典型的性与爱分离的故事，倪可与天天、马克的关系并不是世俗所谓的三角恋，而是泾渭分明的爱情关系和性关系，倪可对天天的爱来自灵魂的吸引，但天天却是一个性障碍者，这使他们的爱是纯粹精神性的事情，与性无关；倪可旺盛的性欲在德国人马克那里得到了满足，倪可对马克欲罢不能的性欲不仅没有道德上的谴责，反而借马克之口肯定倪可的女性魅力。性与爱的分离剥离了沉积于性之上的种种话语权力与禁忌，仿佛成为高度个性自由的表现，但性从来都不是纯粹的生理行为，在消费主义观念的影响下，性的生理性还原不可避免地走向了自由的反面。欲望的禁忌与罪恶感被清除，性被物化为可以交换和买卖的商品，带来了社会层面和人性意义上的巨大不平等，这在女性

---

① 邱华栋：《天使的洁白》，《闯入者》，湖南文艺出版社2011年版，第234页。

② 朱文：《我爱美元》，作家出版社1995年版，第392页。

身上表现得更为明显，那些底层的女性，把性当作商品换回生存资料，如《北妹》中的那些发廊女、按摩女；初入社会的知识女性又把性作为爬向上层的阶梯，如《手上的星光》中的林薇、《高跟鞋》中王小蕊。可见消费时代，性从传统道德伦理中被解放出来，却被资本编码，它披着“性自由”的华丽外衣，而实质上仍是对人性的扭曲和异化。

毫无疑问，城市的急剧转型使解禁的欲望处于善恶交织的道德模糊中，个体的伦理诉求和社会伦理的矛盾、传统伦理与现实秩序的巨大差距，正是这些伦理的困境导致了人的生存困境和精神困境，文学不以建构适应现实的新的城市伦理为目的，但它以人性为基点昭示出以更大程度地肯定和满足人的欲求为目的的新的城市伦理的生成。

三　工具理性下的情感缺失

马克思把人的发展划分了三个阶段：人的依赖关系占统治地位的阶段；以物的依赖关系为基础的人的独立性的阶段；人的自由和全面发展的阶段。我国漫长的封建社会显然处于“人的依赖关系”阶段，以宗族为代表的群体利益凌驾于个人利益之上，限制了人的自我意识、独立人格的形成。不过同时，人与人之间也以血缘为纽带形成了稳定的、温情的社会关系，它不是契约的，但却因价值的统一性和延续性而被习惯性遵守。现代化的过程就是把人从没有独立个性的“人的依赖”阶段推进到有了相对独立性的“物的依赖”关系中，消费城市中的人显然处于“物的依赖”阶段，历史的进步总是伴随着断裂的阵痛。消费主义文化把城市从熟人社会变为陌生人社会，把人与人之间感性的伦理关系变为理性的契约关系。

我国的传统城市以政治功能而不是经济功能为主，在生产方式、空间结构、人际关系上都呈现出稳定性和连续性，尽管人与人之间的关系不是以血缘为联结，但是胡同、街巷这些封闭性的城市空间使人们的生活具有了稳定性和同一性，除非是灾祸或乱世，大家几十年或几代人都住在同一街巷，彼此熟悉，人与人之间的关系仍然靠道德礼制来维系，街坊邻里之间建立的是人情关系。新中国成立后的城市朝着现代化的方向发展，城市性质、功能与格局与传统城市有了重大改变，但是体制上的“单位制度”仍然把城市纳入了熟人社会的范畴。城市以“单位”为依托形成了新的封闭性城市空间，单位通过配套齐全的福利制度形成了自给自足的封闭结构，同一单位的人们工作在一起，居住在同一个大院，子女在同一学校受教育，生病、养老也由单位负责，这使得单位内部人员在各个方面具有了同一性，产生了极大的认同感，单位人员间的“业缘”关系也就转换为亲情关系。当然它的另一面是对非本单位的人员产生惯性的排他情绪。王朔在《动物凶猛》中侧面展示出单位制中人的生活状态，马小军是军队大院子弟，他与高晋、高洋等人的友谊就是基于大院空间的稳定性形成的情感关系，而大院对于外部人员则形成了交往限制。“我们是不和没身份的人打交道的。我记得当时我们曾认识了一个既英俊又潇洒的小伙子，他号称是‘北炮’的，后来被人揭发，父母其实是北京灯泡厂的，从此他就消失了。”[①] 总之，在“单位”这个特殊的城市空间，人情依然在发挥着维系伦理秩序的作用。

20世纪90年代的改革将单位的福利功能社会化，住房、教育、医疗、养老都开始社会化，以单位为纽带的封闭空间被打破；户籍制度的松动使城市里的外来人口越来越多，城市的开放性、流动性大大增加；城市结构转型，社会分工越来越细，城市生活呈现出高度的差异性和异质性，人们在社会结构中担任不同的角色，各种实践活动需要在不同行业的陌生人之间完成，人际交往呈现出明显的暂时性和非情感化特征，正如鲍曼所说，“如果现代生活要持续下去，就必须保持和培养陌生关系（Strangehood）”[②]。城市真正成了一个开放的陌生

① 王朔：《动物凶猛》，《顽主》，江苏文艺出版社2005年版，第154页。

② ［英］齐格蒙特·鲍曼：《后现代伦理学》，张成岗译，江苏人民出版社2003年版，第188页。

人社会，基于血缘、地缘、业缘建立起来的情感关系弱化，以商品交换为基础的经济关系成为最重要的人际关系，这种关系是外在于人的心灵的，是利益的而非道德伦理的，也就是说现代城市人际关系不是以情感为主导，而是以理性为基准，这使得20世纪90年代的城市实现了从人情社会向契约社会的转型。费孝通认为在乡土文明中，中国的社会关系"以'己'为中心，像石子一般投入水中，和别人所联系成的社会关系，不像团体中的分子一般大家立在一个平面上的，而是像水的波纹一般，一圈圈推出去，欲推愈远，也欲推欲薄"，形成了"差序格局"。[①] 契约关系避免了乡土社会"差序格局"人情导致的攀关系、讲人情等不公平现象，是社会文明进步的表现。但是在文化转型的过渡时期，普遍的契约精神尚未形成，而工具理性已经冲击了人情，在陌生人集中的城市，功利的、算计的人际关系消解了熟人社会的互助和信任，亲情缺失、人情冷漠、信任危机成为城市人普遍的精神困境。

西美尔在他著名的《大都市与精神生活》一文中指出了现代城市工具理性精神产生的原因。他认为小城镇生活更多依赖感觉和感情，而大都市生活以理性为主导精神，感觉和感情适用于稳定、连续的时间节奏，理性才能应付复杂的、瞬时既变的都市生活，"思维能力是我们最强的适应性的内在动力。未来适应现象的变化和对比，思维能力不需要任何震撼和内在的变革；然而，正是通过这样的内在变革，更加保守的思维才能够适应大都市时间的变化节奏"[②]。都市是货币经济的所在地，理性和货币经济的结合产生了都市人的工具理性精神。从社会文明角度看，从情感关系转向理性精神是历史的进步，但是从人性角度却未必如此，尤其是像我国这样突然从情感型的熟人社会转向理性为指导的陌生人社会，理性精神对人的伦理亲情的伤害尤其明显。

---

① 费孝通：《乡土中国》，中华书局2014年版，第28页。

② ［德］西美尔：《大都市与精神生活》，陈恒主编：《都市社会学》，上海人民出版社2014年版，第294页。

鬼子的《瓦城上空的麦田》是一个极其荒诞的悲剧故事，笔者认为李四的悲剧从根本上源自乡土文明中的情感伦理和现代城市的理性精神的冲突。乡下老汉李四最骄傲的事情是把三个儿女送进城市，做了城里人，这里已经暗示出在文明层次上城市较于农村的绝对优越性。按照传统伦理，六十岁生日是具有重大意义的纪念日，但是李四生日这天儿女们全忘了，李四一怒之下要进城找他们。面对父亲的突然到来，儿女们谁也没想起父亲的生日，并且各自忙碌，冷落了父亲。失望至极的李四游荡到大街上，巧遇捡垃圾的老头胡来，胡来为李四过了生日并要帮他教训儿女们，结果路上遇车祸去世。李四为了教训儿女们，把胡来的骨灰盒连同自己的身份证放在女儿家门前，“让他们的脑子愣一愣，让他们在心里疼一疼，让他们想一想”①。没想到儿女们毫不怀疑，连夜赶回家奔丧，李四老伴不堪打击去世，李四的身份证被烧、老宅被卖，转瞬之间成了无家可归、没有身份的可怜人。李四一次次接近儿女们，希望他们认出父亲，反被儿女们视作诈骗，遭受羞辱和谩骂，绝望的李四当着儿女的面撞车自杀。李四恶作剧式地冒充死亡，结果导致了他真正死亡。如果李四和儿女之间有一次有效沟通，这样的悲剧不会发生，但是他们从未达成沟通，李四的倔强、儿女的冷漠并非他们的性格缺陷或人格异化，而是各自固守自己的道德立场，互不妥协。李四的行为依据是情感的，他从不用证据证明自己是李四，他认为自己和儿女的联系是天然的，不需要证明的，“他们只要往我身上闻一闻，他们都能闻出我是他们的父亲来”。“他希望他们在看到他的时候，突然找回到他们心里的印象。”② 他偷偷来到儿女家里，把遗像摔掉，把和他相关的物件摔掉，想以此唤醒儿女们对他的记忆。但是儿女们能够想到诈骗、想到灵魂显灵也不会想到父亲还活着。李四的三个子女并非道德败坏，城市人的道德伦理是建立在理性精神上的，骨灰盒上放的是“李四”的身份证、火化记录用的是

① 鬼子：《瓦城上空的麦田》，《人民文学》2002 年第 10 期。
② 鬼子：《瓦城上空的麦田》，《人民文学》2002 年第 10 期。

“李四”的身份证，李四持有的是“胡来”的身份证，这些都是死者是“李四”，活者是“胡来”的有效证明。身份证本是人存在的象征符号，但是在理性文化中符号具有了主体作用，李四自己不能证明李四的存在，身份证才能证明李四的存在。没了身份证的李四，在瓦城、在儿女心目中吊销了存在的依据。

这种理性精神普遍扩大开来，造成了人与人之间普遍的情感冷漠，对此作者《瓦城上空的麦田》也有意识地做了揭示，李四不断用身份证打开儿女家的门，“我们在开门的时候也碰着有人上楼下楼，但没有人怀疑我们是坏人，就连一丝怀疑的眼光也没有。其实他们咳嗽一声都能把我们吓得半死，但他们好像见了我们，反而把嘴巴闭上了，闭得紧紧的”①。这些居住在同一社区甚至同一栋楼的居民，彼此之间并没有形成关系紧密的熟人群体，人与人之间相互戒备、疏远，而没有熟人社会相互关照、信任的关系，如西美尔所说，城市人“对待人和事物时都采用实用主义态度；而且在这种态度中，形式公正经常与不为他人着想的冷漠结合在一起”②。与之形成鲜明对比的是李四与胡来的相识，两个偶然相遇的老人，彼此也是陌生人，但他们都来自乡下，奉行的是熟人社会的道德伦理，他们不加思索地建立起信任，李四和胡来分享他的米酒，胡来为李四买来红烧肉庆祝生日，这种基于情感的交往方式充满人性的温暖。这也正是现代人所缺失的。从情感关系到理性精神是社会文明的进步，但是当人们的行为选择完全基于头脑的理性分析而非情感和心灵需要，理性精神成为对自由和健全人性的伤害，情感冷漠、交流困难、孤独幽闭这些早已是普遍的城市病，也成为城市文学所关注和思索的主题，戴来《练习生活练习爱》中迷恋上“偷窥”的范典典、鲁敏《惹尘埃》里的“不信任症”患者肖黎、朱文颖《哑》里面那个患上“孤独症”的小女孩，他们都陷入深

① 鬼子：《瓦城上空的麦田》，《人民文学》2002年第10期。

② ［德］西美尔：《大都市与精神生活》，陈恒主编：《都市社会学》，上海人民出版社2014年版，第295页。

深的孤独与焦虑，失去了和他人、和世界正常交往的能力。反观熟人社会中的"从熟悉得到信任"，"对一种行为的规矩熟悉到不假思索的可靠性"[①]，是多么的温暖和可贵！

总之，20世纪90年代以来的城市转型导致的伦理及道德秩序的不确定性，给各个阶层的城市人带来普遍的焦虑和不安全感，最终造成了人与城市的紧张关系，使城市人的"存在"与"如何存在"的问题成为普遍性的时代难题，也使"城市"成为具有丰富精神内涵和巨大审美魅力的书写领域。

第三节　20世纪90年代城市文学的叙事转向

文学的叙事立场和叙事视角并不单纯是文学本身或作家的事情，它总要受到时代环境、时代精神的影响和制约。20世纪90年代市场经济的兴起，消费主义文化的蔓延，改变了整个的文化语境和时代精神，人们的生存方式、伦理秩序以及价值观念迅速发生变化，八十年代初期所形成的理想精神瓦解。文化语境的转型最终促成了文学与时代关系的转变，作家的文学观、叙事立场和视角都发生了重大的转变，使得20世纪90年代的城市文学呈现出与以往不同的思想意蕴和风格特征。

一　个人化叙事与城市文学的崛起

与20世纪80年代相比，90年代文学的重要贡献是个人化叙事的兴起。市场经济和消费文化使个人成为原子化、欲望化、理性主义的存在，个体日益被封闭在固化的空间里，埋藏于日常生活之中，宏大叙事、理想主义的文学观难以捕捉和呈现真实的、深层次的时代精神，

① 费孝通：《乡土中国》，中华书局2015年版，第7页。

个人化成为文学介入 90 年代社会现实的最佳视角。戴锦华曾从三个层面对“个人化”进行界定，一是“个性风格”，二是“从个人的视点、角度去切入历史。……一个从颇为个人的视点切入的叙事，可能构成对权威话语和主流叙事的消解、颠覆，至少可能成为一道完整的想象图景上的裂隙。”三是专指女作家的具有“有着自传的意义”的写作[①]。具体到 20 世纪 90 年代的城市文学，个人化叙事主要是体现在第二个层面，从个人视角切入现实，对城市的关注从公共性回到私人化、日常性，肯定个人化的、感性的生存体验，呈现实实在在的生活质感，而非先验的、教化的理念，文学视角实现由外向内的转化。叙事视角的内转表现为城市文学由对城市所代表的时代、社会、国家的宏大主题转向对个体生命的生存状态和精神状态的关注。“乡土历史叙事当然也有对个人命运的书写，但其重点总是在历史冲突中，在乡村宗法制习俗制度的体系里来书写，相比较而言，现代城市中生存的个人则更经常要面对个人孤绝的生活，面对个人与社会的隔阂，个人与他人的矛盾。”[②] 因此，个人化叙事既是城市文学的叙事特征，也是促成城市文学走向成熟的内部原因。

20 世纪 50 年代至改革开放前，城市题材在文学创作中仍然广泛存在，如《我们夫妇之间》《霓虹灯下的哨兵》《年青的一代》等，但这类作品的叙事视角是国家的、阶级的，而不是个人的，人物的个性及其命运成为验证意识形态的符号，个人与城市的关系转化为个人的阶级立场、意识形态问题。所以，在这类作品“城市”仅是事件展开的场域，叙事的载道和教化功能显著。20 世纪 80 年代初的《开拓者》《乔厂长上任记》《沉重的翅膀》《男人的风格》《花园街五号》《大上海沉没》等作品，在主题、题材、人物上都体现出宏大叙事的特点，故事的主人公都是时代精英，他们所遇到的矛盾困难、他们的精神困境都不是个人的，而是国家的、民族的、时代的。这样的宏大叙事与

① 王干、戴锦华：《女性文学与个人化写作》，《大家》1996 年第 1 期。

② 陈晓明：《城市文学：弯路与困境》，《文艺争鸣》2014 年第 12 期。

时代精神是一致的，改革开放之初，城市百废待兴，处处洋溢着生机和希望，个人发展与国家社会的进步具有同一性，无论社会精英还是普通百姓都是时代大潮中奋勇向前的一分子。在这样具有使命感和理想主义精神的时代，宏大叙事是与之相契合的叙事方式。王安忆的《庸常之辈》从小人物入手，是充满日常生活气息的城市作品，主人公何芬是勤劳、克制、务实的一个普通的职工，也没有高远的生活目标，但是作品最终还是把一个普通人的私人性工作生活提升到了国家社会的意识形态层面，作品写到“她的劳动也为国家创造了财富，尽管甚微。她的行为，也在为社会风貌、人类精神增添一份光彩，自然也是甚微”①，叙事视点由私人性开始，最终落实到公共性上。直到20世纪80年代中期，刘索拉的《你别无选择》、徐星的《无主题变奏》、刘毅然的《摇滚青年》等现代派作品出现，个体的“小我”与时代“大我”发生了裂变，城市写作的关注点才由国家民族的命运转向对自我的个性的尊重与张扬，写出了改革开放之初，城市青年狂躁、叛逆又虚无困惑的精神状态。叙事视角开始从时代转向个人、从外部转向内部。稍后出现的新写实小说叙述的是城市里普通市民的故事，如刘震云的《单位》《一地鸡毛》，池莉的《烦恼人生》《冷也好热也好活着就好》，这类叙事也放弃了宏大叙事，而专注于小人物平庸、琐碎的世俗生活，尽管是不介入情感和价值判断的“冷叙事”，但绝对认同了市民生活的价值观念，对小人物的灰色人生，生命的无力与匮乏，不动声色地报以同情。但是新写实小说的叙事主体没有强烈的自我意识和反叛意识，而是“谋求一种同现实的妥协关系，这种现实仍然残留着传统的体制痕迹，或者更准确地说，是一种体制内的现实，他们努力做到承认现状并在这种现状中好好地过日子”②，不过新写实小说回避主流意识形态、拒绝集体想象的民间立场，使叙事更加人性化。

① 王安忆：《庸常之辈》，《王安忆中短篇小说集》，中国青年出版社1983年版，第102页。

② 蔡翔：《日常生活的诗情消解》，学林出版社1994年版，第181页。

20世纪80年代末90年代初，王朔的“顽主”系列作品，旗帜鲜明地站到了宏大叙事和精英立场的对立面，以嬉笑怒骂的姿态解构和颠覆了权威话语和主流价值观，塑造了一批被甩出体制的没落的大院子弟形象，他们没有固定职业，整日游手好闲、东游西逛是当代文学史上第一批体制文化的叛逆者和城市商业文化的践行者。20世纪90年代中期以后，文学语境更加零散化，中心话语的瓦解意味着一个普遍个人化时代的到来，个人化叙事在20世纪90年代中期得到强化，从20世纪90年代至今活跃在文坛的城市文学作家，如韩东、朱文、鲁羊、刁斗、东西、李洱、徐坤、何顿、邱华栋、卫慧、棉棉、朱文颖、周洁茹、金仁顺、魏微、戴来、李师江等，毫无疑问都是秉持个人化写作的作家，可以说个人化写作自20世纪90年代以来成为城市文学写作的主导方式。“作家们不再依照对社会的共同理解进行创作，而是以个体的生命直面人生，从每个人都不相同的个人体验与独特方式出发，来描述自己眼中的世界。”[①] 例如，韩东、朱文建构了“游荡者”的城市体验，他们作品中的主人公大都是落魄的文人，既无法忍受体制的约束，也不能接受市场经济的金钱观念，同时又无力向任何一方做出反抗，成为时代夹缝中的边缘人。在这些文本中，现代人的隔绝感、无力感、匮乏感，得到了深入的挖掘和表现。邱华栋一直以城市“闯入者”的身份对北京展开想象和建构，他笔下的北京是一个充斥着强烈的商业文化、消费理念和国际化气息的欲望之都，高楼林立、霓虹闪烁，城市吸引着闯入者又排斥和挤压着闯入者，这类作品以对“闯入者”生存和精神双重困境的挖掘，宿命般的悲剧命运的揭示，写出了文化转型期一代人必然经历的心灵阵痛。何顿、张欣、朱文颖等人塑造了一批城市里的“财富捕猎者”，人们的精神退场，道德滑坡，在欲望的驱使下赤裸裸地追逐名利，成为被金钱掏空灵魂的麻木、虚无的存在。卫慧、棉棉自传式的写作，以迷茫、颓废又自恋

① 陈思和：《中国当代文学史教程（第二版）》，复旦大学出版社2011年版，第338页。

的笔调展示出物与性带来的感官愉悦，以及灵魂无处安放的成长之痛，是消费都市中最时髦、最前卫的风景。这些眼花缭乱的城市书写，全方位展示了消费城市的样貌，正是基于经验之上的个人化写作，才具备了叙事的穿透力，透过繁华热闹的城市表面，抵达人们精神和心灵的最幽暗处，建立起属于城市领域的文学审美世界，使城市文学成为这个时代的精神镜像。

二　个人化叙事的变形：欲望叙事

个人化叙事作为对宏大叙事的反叛，它突破意识形态对个人经验的控制，肯定私人化的、感性的生存体验，是更接近人性的观察角度，对人性的理解和表达也应更具灵魂高度，这些是个人化叙事在理论上的优势。很遗憾的是在20世纪90年代的城市文学中，个人化叙事的理论优势并没有充分转化成实际效果，在城市文学一味解除宏大叙事的话语桎梏，摒弃文学的意识形态和教化功能的同时，也出现了矫枉过正的现象。欲望成了个人经验的主要内容，加上消费主义文化的催化，城市文学的个人化叙事在20世纪90年代建构起欲望叙事和虚无主义的图景。

关于个人化叙事的变形，让我们从1998年轰动一时的“断裂”调查问卷说起，这可以说是作家们对个人化叙事文学观的一次集中展示。1998年5月“新生代”作家韩东、朱文、鲁羊向全国73位作家分发了一份调查问卷，参与这次活动的作家基本都是活跃于90年代的城市文学的创作者。1998年10月《北京文学》发表了这份问卷及其反馈的答卷，题为：《断裂：一份问卷和五十六份答卷》，同期还发表了韩东的《备忘：有关“断裂”问题的回答》，作为对问卷行动及其文学观念的阐释。问卷包括13个问题：

1. 你认为中国当代作家中有谁对你产生过或者正在产生着不

可忽略的影响？那些活跃于五十年代、六十年代、七十年代、八十年代文坛的作家中，是否有谁给予你的写作以一种根本的指引？

2. 你认为中国当代文学批评对你的写作有无重大意义？当代文学评论家是否有权利或足够的才智对你的写作进行指导？

3. 大专院校里的现当代文学研究对你产生任何影响吗？你认为相对于真正的写作现状，这样的研究是否成立？

4. 你是否重视汉学家对自己作品的评价，他们的观点重要吗？

5. 你觉得陈寅恪、顾准、海子、王小波等人是我们应该崇拜的新偶像吗？他们的书对你的写作有无影响？

6. 你读过海德格尔、罗兰？巴特、福科、法兰克福学派……的书吗？你认为这些思想权威或理论权威对你的写作有无影响？它们对进行中的中国文学是必要的吗？

7. 你是否以鲁迅作为自己写作的楷模？你认为作为思想权威的鲁迅对当代中国文学有无指导意义？

8. 你是否把基督教、伊斯兰教、佛教等宗教教义作为最高原则对你的写作进行规范？

9. 你认为中国作家协会这样的组织和机构对你的写作有切实的帮助吗？你对它作何评价？

10. 你对《读书》和《收获》杂志所代表的趣味和标榜的立场如何评价？

11. 对于《小说月报》《小说选刊》等文学选刊，你认为它们能够真实地体现中国目前文学的状况和进程吗？

12. 对于茅盾文学奖、鲁迅文学奖，你是否承认它们的权威性？

13. 你是否认为穿一身绿衣服的人就像，一只青菜虫子？①

——朱文《断裂：一份问卷和五十六份答卷》

① 朱文：《断裂：一份问卷和五六十份答卷》，《北京文学》1998年第10期。

“断裂”问卷问题犀利尖锐，多次使用“指导”“指引”“影响”“权威”“偶像”等干预和压制个人主体性的语汇，将外在的文学秩序和个人写作放在非此即彼的对立状态中；而56份答卷更是表现出一致性的否定态度，言辞激烈、态度狂放。例如，“100%的作家认为那些活跃于五十年代、六十年代、七十年代、八十年代文坛的作家中没有人给予他（她）的写作以一种根本指引。”“100%的作家认为，当代文学评论家没有权利和足够的才智对作家的写作进行指导。”“100%的作家认为不应该把陈等当作新偶像，反对造神运动。”“98.2%的作家不以鲁迅为自己的写作楷模。91%的作家认为鲁迅对当代中国文学无指导意义。”“96.4%作家对作协持完全否定态度”，“91%的作家对《小说月报》《小说选刊》持完全否定态度”，“94.6%的作家不承认茅盾文学奖、鲁迅文学奖的权威性”①。这份明显带有宣战性、进攻性的调查问卷明确昭示了年青一代作家对当代文学的文学传统、文学体制、主导思想的叛逆，文坛顿时一片哗然，责难者有之，赞赏者有之，嘲讽者有之，鼓吹者有之，褒贬不一、争执激烈。这一事件被称之为“世纪末的文学事故”②。

今天看来，“断裂”事件中，作家们这种偏激、狂放的姿态很大程度上是策略性的，最大的意义是表明了一种不同于文坛主流的文学观念和写作立场，为个人化写作挣得了更大的话语空间。在《备忘》一文中，韩东提出了“两种水火不容的写作”，一种是体制内的写作，迎合秩序同时谋求秩序给予的实惠，两者既互惠互利又存在实际上的不平等，韩东认为这是功利性的、丧失灵魂和尊严的庸俗写作；另一种写作对现有的文学秩序和写作环境抱有天然的不信任和警惕的态度，“它认为真实、艺术和创造是最为紧迫的事，远远大于个人的功利和永垂不朽。在一定的条件下谋求好处和重要性（无论是个人的还是作品的）都是无聊猥琐之举。写作应成为一件有其精神价值的事，为了

① 朱文：《断裂：一份问卷和五六十份答卷》，《北京文学》1998年第10期。

② 参见汪继芳《断裂世纪末的文学事故——自由作家访谈录》，江苏文艺出版社2000年版。

这一目的与环境的对峙中绝不退缩避让。”[1] 这后一种写作就是“断裂”作家们追求的个人化写作。韩东认为这两种截然不同的写作，不仅是历时性存在，也是共时性存在，他们的目的是要在同一时间里划分出这两种写作的空间，韩东具体指出了这种写作的传承性，“和我们的写作实践有比照关系的是早期的‘今天’、‘他们’的民间立场，真实的王小波，不为人知的胡宽、于小韦，不幸的食指，以及天才的马原，而绝不是王蒙、刘心武、贾平凹、韩少功、张玮、莫言、王朔、刘震云、余华、舒婷以及所谓的伤痕文学、寻根文学和先锋文学”[2]。在这份名单里，他们把启蒙主义的、理想主义的、历史主义的等宏大叙事、载道文学排除在外；把凌空高蹈的形式主义写作也排除在外；把同样具有反叛精神和平民立场的王朔也排除在外（大概是因为王朔在90年代对市场的迎合）。他们承接王小波、胡宽、于小韦、食指的个人的、自由的、不受利益驱使的理想性写作。可见，韩东所崇尚的个人化写作是追求“自由”与“真实”的纯文学写作。

但是就问卷来看，它所表现出来的彻底、决绝的断裂姿态只是一种情绪化的效果，在文学观上是解构性的，而不是建设性的，在他们的创作实践上表现出来的也正是这种解构特性。文学对政治话语和宏大叙事的解构，从20世纪80年代的先锋小说、新写实小说，以及王朔的顽主小说就已经开始，而90年代的个人化写作在上述基础上走得更远，在解构宏大叙事、集体想象和政治隐喻的同时，也消解了文学的现实批判功能和精神超越性，作品的意义就在文本表面。韩东肯定了“虚无”的本体意义，“我的小说是指向虚无的，这就是说人所珍视的那些价值观，我就是要打破这些东西，在我看来，人世间无善，只有局部的善、相对的善，而没有绝对的善，那么这种局部的善、相对的善它不是善，所以人顶多是卑微的可怜的”[3]。何顿更是把写作的

① 韩东：《备忘：有关“断裂”行为的问题回答》，《北京文学》1998年第10期。
② 韩东：《备忘：有关“断裂”行为的问题回答》，《北京文学》1998年第10期。
③ 张钧：《小说的立场新生代作家访谈录》，广西师范大学出版社2002年版，第32页。

个人化放到了世俗层面，“我深有体会地觉得文学是极个人的事情，是面对自己……我觉得作家只要对自己负责就足够，用不着想那么多，想多了反而写不好。”“我纯粹是靠写小说卖钱而维持生计的人，这就跟街头上炸糖油粑粑的农民一样，所不同的是我是在一心‘炸’自己。这么说吧，我从来没把自己视为作家，我只是感到写小说居然也能让我活下来且还做到了养家糊口而由衷地感到好玩”[①]。在这样失去理性深度和精神追求的写作中，欲望成为最主要的素材，在韩东、朱文、何顿等人的作品中，金钱、性欲的描写非常随意，从不用理想、爱情等加以美化，也不赋予任何的象征意义。韩东就直言不讳地说“我写性，不是写禁欲纵欲中性的压力或释放，它不是一种纯粹的生理能力与社会道德之间的纠葛，也不像一些女作家那样热衷于描述肉体的欢悦、受损、衰老和堕落的种种情况——她们在私人性的是非标准下自我辩护或自怜不已。我写性，就是写那种心理上的下流、性的心理过程中的曲折、卑劣、折磨、负荷以及无意义的状态。”“性与爱有联系，但的确是两码事。通常人们习惯将二者混淆等同起来，似乎和异性联系在一起，和情人、配偶联系在一起就是爱了。爱被降至性的层次上，爱这种伟大的情感显得多么廉价？它被作为一件漂亮的衣裳用来遮掩人的羞愧。”[②]

性道德是传统道德中最保守的一环，这样的性叙事不仅颠覆了传统视性为“恶”的观念，也颠覆了新时期以来文学中的具有启蒙意义的性观念。韩东把“性”指向赤裸裸的欲望而否定其附加意义时，最大限度地肯定了个人存在之“真”，以及基于真实之上的人性的“自由”，对“真实”和“自由”的追求对于个人化叙事的作家具有根本性意义，它标识了与宏大叙事、中心话语的根本不同，在意识形态话语和启蒙话语中的“性”因被赋予了意义而存在，那么在个人化叙事中“性”因解构了意义而获得自由和真。正是在这个意义上，韩东认

① 何顿：《写作状态》，《上海文学》1996 年第 2 期。

② 林舟：《清醒的文学梦——韩东访谈录》1995 年第 6 期。

为他们的写作承接了王小波。

我们的论述到这里仍然在说 20 世纪 90 年代个人化写作的积极意义，即对宏大叙事的彻底解构，但是这里已经隐含了个人化写作的先天不足，它在宏大叙事和意识形态话语的压抑下才能显现叙事的魅力。借用希利斯·米勒的话说，断裂作家们强调的个人化写作是一种“次生性的文本”，韩东、朱文、何顿等作家，他们的城市写作以随意、粗俗、虚无的欲望叙事为魅力，正源自于意识形态话语的持久影响。文学去政治化是 20 世纪 80 年代文学转型的重要贡献，20 世纪 90 年代政治话语对文学的干预已经大大减少，当然或隐或显的制约依然存在，加上多年来政治对文学的压制和扭曲的记忆依然鲜明，无疑仍然会强化作家们对现实体制的不满，“《断裂》问卷”所展示的文学观正是如此。但是 20 世纪 90 年代以来，对文学形成挤压的除了体制，还有市场经济，甚至市场的挤压比体制更为强烈，但是问卷只表达了对文学体制的断裂，却没有对市场经济的警惕。不仅如此，市场经济和消费文化所标榜的自由、平等、包容的精神，一定程度上契合他们对文学的自由与真的想象，使秉持个人化写作的作家们自然与市场结成联盟，更加声势浩荡地摆出解构的姿态指向已经不那么强大的体制。当终极意义上的“虚无”和本体意义上的“欲望”，与市场经济的商品理念、与消费文化相结合的时候，个人化写作追求的“自由”与“真实”就走向了它的反面。在众多的城市文学作品中，看到了不加节制的肉体的狂欢，无处不在的性交易，物质与财富的展览，个人化的写作陷入欲望化、平面化的虚无之中。

三　回归人性立场的个人化叙事

20 世纪 90 年代城市文学中的欲望化叙事把对宏大叙事的颠覆推向极致。它通过不断地放逐文学的精神性内涵，切断与中心性、公共性话语的联系使文学的本体得以澄清，不过走向极致的解构一定会导致新的控制，无论是城市游荡者的叙事，还是城市闯入者的叙事，抑或是财富捕猎者的叙事，泛滥的欲望主题、千篇一律的虚无主义情调，已经违背了个人化叙事对自由和真实的追求。文学本就是个人经验的凝聚和表达，城市文学欲望化、虚无主义的弊端并不是个人化叙事的必然结果，而是对抗宏大叙事的目的和策略使然，在政治意识形态弱化，消费意识形态兴起的时期，解构的个人化叙事已经失去了它曾经的魅力，城市文学需要面向现实，回到建构性的写作上来。

许多作家已经意识到封闭性的个人化写作存在的危险，开始反思并寻找突破点，例如魏微说："我们应该往回走，去写一种简单的文字，若不能把文学玩出新花样来，那就老老实实地写生活，写我们内心的东西……文学已经无路可走了，在这种情况下，'往回走'可能是唯一的生路。每一代作家都将面临创新。'现代派'已经不新了，所以我们现在要做的，可能还是要回到原点——回到我们的传统和生活里，再设法找出一条新路来。"[①] 徐则臣也主张"回到最基本、最朴素的小说立场"，"只要你盯紧这个世界和你自己，然后真诚而不是虚伪地、纯粹而不是功利地、艺术而不是懈怠地表达出来，我以为，就是好的小说"[②]。任何时代人与世界的关系都是文学的核心内容，文学是关于人生和人性的艺术，这是对文学最传统最朴素的认识，也是文学永恒的使命，城市文学也不例外，关键是如何在文学中建构个人与世界的联结。周作人在1920年所作的《新文学的要求》至今对我们有所启发，他认为人生的文学应该包括两个方面，"一，这文学是人性的，不是兽性的，也不是神性的。二，这文学是人类的，也是个人的；却不是种族的，国家的，乡土及家族的。""浅一点说，我是人类之一；我要幸福，须得先使人类幸福了，才有我的分。若更进一层，那就是说我即是人类。所以这个人与人类的两重特色，不仅不相冲突，

① 魏微：《手记2003—2007》，《作家》2008年第13期。

② 徐则臣：《回到最基本、最朴素的小说立场》，《当代文坛》2007年第6期。

而且反是相成的。”[①] 正是在人性的基点上，个体的自我和人类的大我才是相通的，通过个人化、日常性、经验性的写作与世界建立联结，获得博大的，充满爱与悲悯的人类情怀。人性的文学不是“兽性的”，也不是“神性”的，而“兽性”和“神性”却使我们的文学常常走向两个极端。20世纪90年代城市文学泛滥的欲望主题和虚无主义情调，正是对“兽性”的肯定性写作，而宏大叙事又不断把人往“神性”里提拔，两者都背离了人性的丰富和真实。在消费文化的驱动下，文学常常打着现实主义的旗号，朝着“兽性”化的庸俗现实主义滑去。所以，当下的城市文学创作既要警惕文学的“神性”化，也要警惕“兽性”化。无论是面对人内在的精神世界，还是瞬息万变的外部世界，人性化的写作立场在今天都尤为重要。作家石一枫说：“我一直觉得，当我们认识现实的时候，应该还是存在着两个层面，一个是‘实然的世界’，就是世界是什么样的，还有一个是‘应然的世界’，世界应该是什么样的。一部容量足够大的作品，能够表现的矛盾冲突很多，如利益矛盾、情感矛盾、阶级矛盾，但更加内在、更加高远的矛盾冲突，往往是‘实然世界’和‘应然世界’之间的矛盾。……我觉得现实主义除了要看清实然的世界，更重要的也许是应该看清应然的世界。”[②] 文学对于“应然世界”的探索不以现实世界的普遍理则为标准，不从世俗的是非与善恶中寻求生活的答案，“在世俗道德的意义上审判‘恶人恶事’，抵达的不过是文学的社会学层面，而文学所要深入的是人性和精神的层面”[③]。站在人性的基点上，当下的城市文学才能走出“欲望”和“虚无”的泥淖，抵达人性的“善”与“美”，获得超越性的精神内涵。

在实际创作中城市文学也正在走过个人化叙事的幽暗，越来越开

---

① 周作人：《新文学的要求——一九二〇年一月六日在北平少年学会讲演》，李玉珍、周春东、刘裕莲主编：《文学研究会资料》（上），中国文学史资料全编现代卷，2010年，第54—55页。

② 石一枫：《对于“写现实”的一点想法》，《文艺报》2016年4月8日第二版。

③ 谢有顺：《中国小说叙事伦理的现代转向》，博士学位论文，复旦大学，2010年，第15页。

阔丰满起来，尤其是新世纪以来的城市文学在叙事中益显现出人性关怀的宽容和大气。以“城市闯入者”的写作为例，邱华栋、徐则臣、荆永鸣、盛可以等作家，他们写作的姿态都不是高高在上的命运的安排者和审判者，也没有把这些城市外来者写成一无是处的可怜虫，他们是把自己作为闯入者中的一员来写作，真诚地写出城市异乡人的希望与失望、挣扎与失败、温暖与冷寂，他们有着种种的人性缺点，或贪婪、或自私、或虚荣，但是在陌生的城市他们都表现出了向上的努力和坚韧不拔的毅力，作者对他们悲剧的命运、人性的缺点充满了理解、宽容，对他们身上爆发出来的生命的热情和力量充满欣赏。例如，徐则臣并不回避小说中的那些底层闯入者的物欲和性欲，敦煌和夏小容第一次见面，甚至还没有搞清楚对方的姓名、年龄，两个人就发生了性关系；敦煌为了兑现对保定的承诺，打了四百多个电话找到保定的女友七宝，却很快跟七宝同居。但是徐则臣在文本中很少赤裸裸地性描写，那些关于性的描写也不是为了展示人纯粹的身体欲望，而是作品展现人物性格和境遇的方式——夏小容的委屈与矜持，七宝的泼辣与率性，更重要的是其中的肉欲气息被清空，取而代之的是作为城市里漂泊无依的闯入者相互抱慰的人情和温暖：

> 夜深人静，两个人躺在一起，七宝抱着敦煌。七宝说：“抱着你真实在。”
>
> “现在瘦了，胖的时候抱着更实在。”
>
> “贫嘴！我是说，抱着你有种落了地的感觉。有时候一个人孤单了，想哭都哭不出来。”①
>
> ——徐则臣《跑步穿过中关村》

正是站在人性的立场上，性叙事才能超越肉欲的层面，也不会超

① 徐则臣：《跑步穿过中关村》，北京十月文艺出版社 2015 年版，第 52 页。

拔到伪善的道德领域，在这里世俗的道德、正义、是非都失去了评判的力量，而其中展示的世道与人心的冷与暖却有打动人心的力量。基于人性的叙事立场，使文学成为一个独立的创造性的世界，通过对具体的人和事的叙述，最终展示作家对一个时代的思考，正如石一枫在《世间已无陈金芳》的结尾中说："我的灵魂仿佛出窍，越升越高，透过重重雾霾俯瞰这我出生、长大、长年混迹的城市。在这座城市里，我看到无数豪杰归于落寞，也看到无数作女变成怨妇。我看到美梦惊醒，也看到青春老去。人们焕发出来的能量无穷无尽，在半空中盘旋，合奏成周而复始的乐章。"① 在这里我们看到了谅解和宽容，对于人的局限性和世界的冷酷的谅解与宽容，这并不同于新写实小说中小人物对现实无奈的妥协，它给人的是从现实残酷、个人不幸、世俗欲求超越出来的精神力量。面对现实世界的残酷，文学并不能虚构一个完满的世界，但是在不完美的世界里文学绽放了人性的善与美，展示了作者的生命关怀，个人化、经验性的叙事便具有了超越世俗的力量。

个人化叙事从对宏大叙事的反叛，到重新寻找个人与时代、与社会的连接点，正验证了马克思关于人的本质是一切社会关系总和的观点。自 20 世纪 80 年代以来，以个人化叙事解构宏大叙事被视为文学创作之进步。在这股潮流下，个人化叙事成为城市文学创作的首选。但这并不意味着现代城市人的个体性存在可以从国家、民族、社会、时代的关系中分离出来，进入纯粹的、本原的个人空间。割裂了人的个体性与社会性，人性便不再完整，也不可能产生真正的个人化叙事，所以个人化叙事最终走向了虚无。进入 21 世纪以来，城市文学积极对话时代，拓展精神空间，我们应当警惕把这一现象简单归结为宏大叙事的回归，那样就又回到了二元论的认知思维。这一叙事倾向的真正建构性在于底层逻辑上对人的个体性与社会性统一的回归，一方面克

① 石一枫：《世间已无陈金芳》，北京十月文艺出版社 2016 年版，第 96 页。

服工具理性对人的个体性的压制；另一方面通过人的社会性存在赋予生命意义，从而摆脱虚无主义。因此，回到马克思主义人学，以此为理论指引关照人的自由与全面发展，城市叙事才能承担起“文学是人学”的使命。

第三章　城市游荡者与景观之城

本雅明说："大城市并不在那些由它造就的人群中的人身上得到表现，相反，却是在那些穿过城市，迷失在自己的思绪中的人那里被揭示出来。"① 这类人被本雅明称之为"游荡者"②。"游荡者"形象最初特指法国第二帝国时期游荡在巴黎街头的一类特殊族群，如密谋家、文人、妓女、赌徒、拾垃圾者、业余侦探等。如今这一概念的内涵和外延都大大拓展，游荡者成为现代城市经验的象征性意象。作为文学形象，"游荡者"也频繁出现在20世纪90年代以来的城市文学中，他们"无一例外地均为游离在体制之外的社会边缘人，他们没有正式的职业，也没有任何社会身份，他们只是一个个按照自己的方式自由自在地生活的都市青年"③。他们主动从生活的主流退出，以边缘人的身份在城市游荡、观察，成为城市的观察者、体验者、思考者和代言人。他们以反叛为姿态，游离于大众的生活之外，在体制与主流观念的边缘中寻找自我实现的途径，对一切钳制和违背自由意志的外在规范和道德律令保持本能的怀疑，并以此标榜生命的自在性，这使得城市游荡者成为20世纪90年代以来的城市文学中最具现代气质的城市主体

① ［德］本雅明：《发达资本主义时代的抒情诗人》，张旭东、魏文生译，生活·读书·新知三联书店2014年版，第6页。

② 游荡者 flaneur，也有学者将其译为"漫游者""闲逛者""浪荡子"等，本文除引文外一概使用"游荡者"。

③ 蒋述卓等：《城市的想象与呈现》，中国社会科学出版社2003年版，第17页。

形象，也是最具主体意识的文学形象。“城市也只有在游荡者的眼中，才能展开自身的秘密。”① 游荡者与现代城市文化相互依存、互为建构：一方面，20 世纪 90 年代转型期的城市文化催生了游荡者这一特殊人群，并赋予他们特定的气质与内涵；另一方面，透过游荡者的眼睛也可以看到城市的转型与发展中所涌现的各种纷繁复杂的现象。因此，游荡者为我们提供了解读“人与城”关系的可靠视角。这一章以王朔，朱文、韩东、鲁羊，卫慧、棉棉三组作家的城市“游荡者”小说为案例，历时性考察 20 世纪 90 年代以来城市文学中的游荡者形象特征、分析游荡者与城市的关系以及游荡者的主体性建构的问题。

第一节　20 世纪 90 年代以来城市文学中的游荡者形象

一　游荡者意象及其现代性内涵

在法语中“Flaneur”——游荡，原意是指：“生活艺术的漫不经心，有着闲散、晃荡、漫游、慵懒等意涵”②，它并不是一个有现代性内涵的概念，但“游荡者”却是一个具有现代性内涵的意象，它的首创者是波德莱尔，20 世纪德国批评家本雅明在对波德莱尔的研究中发现了“游荡者”意象，并对其进行了深入研究，形成了一个系统的现代性概念，“游荡者”概念也由此得到广泛传播和接受。

波德莱尔在《现代生活的画家》一文中塑造的画家贡斯・居伊（ConstantinGuys）成为最早的游荡者的形象。居伊“生性好动、四海为家”，是“社交界人物……洞察社会及其全部习惯的神秘而合法的理由”③，而且对游荡和观察富有激情，同时又与外界保持冷静克制的

① 汪民安：《游荡与现代性经验》，《求是学刊》2009 年第 4 期。

② 段祥贵：《拱廊漫步：论本雅明的“闲逛者”及其当代文化意义》，硕士学位论文，广西师范大学，2007 年，第 23 页。

③ ［法］波德莱尔：《波德莱尔美学论文选》，人民文学出版社 1987 年版，第 478、479 页。

姿态，随时迎接变化的到来。对现代生活的这种超脱态度，使居伊抓住了艺术的现代性品质，“现代性就是过渡、短暂、偶然，就是艺术的一半，另一半是永恒和不变”[①]。正是游荡者的品质使居伊成为具有创造性的现代艺术家，波德莱尔赋予“游荡者”极高的精神内涵，“浪荡子一词包含着这个世界的道德机制所具有的性格精髓和微妙智力；但是另一方面，浪荡子又追求冷漠，因此，被一种不可满足的激情，即观察和感觉的激情所左右的 G 先生又激烈地摆脱浪荡”[②]。对观察对象保持热情又不沉浸其中，这是波德莱尔的游荡者最核心的品质。正是与城市这种若即若离的关系，使游荡者摆脱了现代社会对人的异化，在人群中保持独立个性，使他具有发现现代生活隐秘的能力，所以本雅明称波德莱尔的游荡者是从人群中分离出来的英雄。

本雅明对于游荡者概念的创造性研究在于，“他将游荡者从资产阶级群体中剥离出来，将他身上的性格特征予以强化、放大，以他所生活的城市空间为背景，探讨现代性的问题”[③]。在本雅明看来，业余侦探、收藏家以及妓女、捡垃圾者等都具有游荡者品质，漫步与观察是其主要特征。本雅明擅长从物质性要素入手分析现代性问题，他把城市空间作为游荡者兴衰发展的物质性基础，拱门街、林荫大道、百货商店是与游荡者命运密切相关的城市意象，其中拱门街是他研究游荡者的切入点。“拱门街是室内与街道的交接处。……街道成了游荡者的居所。他靠在房屋外的墙壁上，就像一般的市民在家中的四壁里一样安然自得。”[④] 拱门街把街道变成室内，给人室内的安全与舒适，琳琅满目的店铺又刺激着游荡者的观赏热情，这成为游荡者最适宜的空间。所以本雅明说：“假如没有拱门街，游荡就不可能显得那么重

---

① ［法］波德莱尔：《波德莱尔美学论文选》，人民文学出版社 1987 年版，第 485 页。

② ［法］波德莱尔：《波德莱尔美学论文选》，人民文学出版社 1987 年版，第 481 页。

③ 上官燕：《巴黎城里的游荡者和游荡者眼中的巴黎城》，《外国文学》2013 年第 1 期。

④ ［德］本雅明：《发达资本主义时代的抒情诗人》，张旭东、魏文生译，生活·读书·新知三联书店 2014 年版，第 60 页。

要了。”[①] 20世纪60年代后奥斯曼的城市改革使宽阔的林荫大道取代了拱门街，游荡者的活动场所由室内转向室外。游荡者在林荫大道遭遇了被现代工业文明异化的人群，他们行为打扮一致，循规蹈矩，行色匆匆，毫不迟疑地走向自己的目的地。在本雅明看来，游荡者在人群中获得了个体经验碎片化的震惊体验，“‘震惊’则当之无愧的是本雅明的第一主题”[②]。

百货商店是游荡者的另一个新场所，与在拱门街的安然自得不同，在百货商店“心神不安”，“不问货价，也不说话，用茫然、野性的凝视看着一切东西”[③]。他自以为去观察，事实上他已经成为猎物，商品的移情诱惑使游荡者卷入其中，从观察者成为消费者，游荡者的主体性也就消失了。所以，本雅明说“市场是游荡者的最后一个场所”[④]。拱门街把室外变成室内，林荫大道是完全的室外，百货商店把室内变成了室外，城市空间结构和功能的不同导致主体经验的不同。游荡者在拱门街感受审美幻想，在林荫大道体验震惊，在百货商店则被商品解构了主体性，那些曾经带着乌龟散步的游荡者变成了“农夫、酒商、纺织工、制糖工、钢铁大王”[⑤]，成了功利化、目标化、秩序化的步履匆匆的大众中的一员。在本雅明看来，“人群和商品”是发达资本主义时期的巴黎的最大特征，游荡者在人群和商品的迷宫里，通过漫无目的的行走和张望对资本主义统治下的单向度生活进行抵抗，却身不由己地卷入商业文化，迷失在商品的大潮里。本雅明从城市空间

---

① ［德］本雅明：《发达资本主义时代的抒情诗人》，张旭东、魏文生译，生活·读书·新知三联书店2014年版，第60页。

② 张旭东：《中文译本第一版序本雅明的意义》，［德］本雅明：《发达资本主义时代的抒情诗人》，张旭东、魏文生译，生活·读书·新知三联书店2014年版，第6页。

③ ［德］本雅明：《发达资本主义时代的抒情诗人》，张旭东、魏文生译，生活·读书·新知三联书店2014年版，第77页。

④ 张旭东：《中文译本第一版序本雅明的意义》，［德］本雅明：《发达资本主义时代的抒情诗人》，张旭东、魏文生译，生活·读书·新知三联书店2014年版，第20页。

⑤ ［德］本雅明：《发达资本主义时代的抒情诗人》，张旭东、魏文生译，生活·读书·新知三联书店2014年版，第77页。

意象发现了消费社会对个人主体性的消解与异化。“游荡者既是现代性的产物，同时，也是现代性的抗议者。现代性锻造了游荡者来抵制自身。”但是“他注定要被现代性所排挤——他们注定是些城市的剩余者。这就是游荡者的命运，不过，这种命运也是他的诗意所在：游荡成为一个笼罩着其形象的光晕”①。

总之，真正的游荡者是现代性的体验者和抵抗者，他漫步在城市，对城市景观充满观望的激情，又不为各种诱惑所动，他在人群中游来逛去又不被人群吞没裹挟而去，“独立性、流动性、偶然性、不可预知性是其最典型的特征。然而，也恰恰是由于这些特征，游荡者掌握了城市的秘密”②，无论是游荡者主体性的凝聚还是消散，都为我们展开了现代城市及其文化研究的独特视角。

二　20世纪90年代以来城市文学中的三类游荡者形象

游荡者作为城市经验和城市文化的解密者，他在不同时期、不同地域的城市文学文本中不断地被叙述、演绎。我国现当代文学中的游荡者形象并非在20世纪90年代才开始出现，早在20世纪30年代的新感觉派，便塑造了具有现代意义的都市游荡者形象。在新感觉派作家笔下，主人公常常是衣食无忧又颇有品位的城市中产者，他们漫步在商店林立、霓虹闪烁的南京路，出入于夜总会、跑马场、咖啡馆、电影院，品味着咖啡和白兰地，享受着进口汽车，热衷于各种时髦女郎的艳遇，借助他们的视角我们看到了一个色彩炫目、物质繁华、欲望膨胀的现代都市。他们又本能地和都市保持了距离，以批判的目光审视着繁华背后的虚无，这种矛盾的姿态使他们成为稠人广众中孤独的个体，也正是这一点使他和本雅明所说的游荡者有了精神上的契合。

① 汪民安：《游荡者、商品和垃圾》，《中国图书评论》2009年第12期。

② 上官燕：《从城市漫步者到现代英雄》，《中华读书报》2016年7月20日（第13版：文化周刊）。

但是新感觉派笔下的游荡者缺少了游荡的光晕，游荡行为展示的不是主体性的凝聚而是精神的漂泊和主体性的涣散，他们是彻底的幻灭者，只能通过游戏的态度获得了短暂的主体自由，他们在悲哀的脸上戴了快乐的面具，与本雅明的游荡者相比，他们孤独但不自在，更像都市里的“丑角”（Pierrot——穆时英同名小说），呈现出在畸形繁荣的都市中自我的破碎与荒谬。

新中国成立后的三十年里，文学叙事的意识形态性被强化，涉及城市题材的作品主要是批判资产阶级的腐朽思想或表现工人阶级在工厂的矛盾斗争与社会主义工业建设，如艾芜的《百炼成钢》、周立波的《铁水奔流》、萧军的《五月的矿山》等，叙事主体以极大的热情投入到轰轰烈烈的集体生活中，城市空间的政治意义突出，娱乐休闲功能弱化，因此城市游荡者形象在文学中失去合法性。20 世纪 80 年代初与城市相关的改革文学，主人公作为体制改革的代言人彰显着强烈的政治意识和精英意识，文学也不可能关注游荡者形象。反而在现代派小说《你别无选择》（刘索拉）、《无主题变奏》（徐星）、《摇滚青年》（刘毅然）等作品中，主人公开始在街头、酒吧等闲逛，展示了城市欲望化的消费场景，他们对体制化时空的反叛、鲜明的个性意识呈现出城市游荡者的气质。对游荡者形象的自觉关注和集中书写始于王朔，他创作的“顽主”是典型的城市游荡者形象。紧随其后，众多的作家如韩东、何顿、鲁羊、朱文、卫慧、棉棉、李师江、戴来等作家创作了大量具有游荡者的气质文学形象，游荡者成为转型期的城市文学中不可忽视的群体。

（一）作为“顽主”的游荡者

20 世纪八九十年代之交，市场经济的大潮还未到来，消费文化还未破土萌生，文学上个人化叙事还未对主流文坛形成威胁，在“断裂”时代将到未到之际，王朔突然带着他的“顽主”们操着调侃戏谑的语言，以一副玩世不恭的姿态登上了文坛。当时有评论者曾这样描述王朔带给文坛的震惊，“正当市场原装‘茅台’供不应求，王朔的酒精兑水点上一二滴‘敌敌畏’的假活儿也‘昧着良心’上市了。”“他以特有的‘激情、悬疑、机智、幽默甚至无耻’引发了读者的愉悦、吃惊、乃至激愤、憎恶。总之，你读了王朔，他不会让你太舒坦。”①

王朔在他的一系列小说——如《浮出水面》《一半是海水，一半是火焰》《橡皮人》《顽主》《一点正经也没有》《玩的就是心跳》《动物凶猛》等，创造了一批前所未有的主人公形象——顽主。他们或是倒买倒卖走私贩子，或是五花八门的“三T公司”职员、“海马创作中心”的作家，在20世纪80年代初期的价值观念中，这样的社会身份被视为城市浪荡青年。他们没有正当职业、没有明确的生活目标，整天吃喝玩乐、游手好闲，甚至投机倒把、坑蒙骗混。他们是计划经济向市场经济转型过程中被甩出既定轨道的城市青年，上学、参军、入党曾经是摆在他们面前的人生坦途，但是改革截断了这条无须奋斗就已成功的路子，他们主动或被动地脱离了公职，东游西逛，放浪形骸。对于被体制抛弃的边缘化处境，他们报之以完全无所谓的姿态，既没有脱序的恐慌也没有无所皈依的迷茫，更没有内心的挣扎与撕裂。相反，他们成了挣脱体制约束和世俗道德规范的“自由人”：没有单位制度的规约、没有升沉荣辱的折磨、没有情感道德的负累，此时，商业社会的金钱观念还没有对日常生活形成冲击，所以他们甚至没有物质匮乏的压力。他们就这样无所事事，放浪形骸，在《顽主》中于观、杨重、马青三人成立了“替人解难、替人解闷、替人受过”的三T公司，在一场场闹剧中嘲讽了体制内人群在一本正经面具后面的虚伪可笑。在《一半是海水，一半是火焰》中，“我”混迹于不同女性之间，明明不乏真爱，却摆出游戏的姿态既不让自己陷入爱情也拒绝接受对方的真爱。《一点正经也没有》中的方言等人整日打牌聊天，无聊至极成立了“海马创作中心”，摇身一变成了作家，借机对体制

① 常清华：《论王朔的“顽主世界”》，《郑州大学学报》（哲学社会科学版）1991年第3期。

内的知识分子极尽挖苦。总之，脱离体制的边缘化姿态，使他们获得了观察体制内人群的个人化视角，突破主流价值观和世俗道德的约束，顽主们以戏谑调侃的姿态审视着体制内人群循规蹈矩、迂腐虚伪的生活。如此，王朔的顽主系列小说便创造了两个既相互依存又相互对立的世界——顽主的体制外世界和人群的体制内世界。“顽主”也因此成为20世纪90年代城市文学中的第一批特立独行的游荡者。

顽主们以旁观者的姿态打量着体制内的人群，在《一点正经没有》里有一个极具画面感和象征性的场景，代表着“顽主”和体制内人群截然不同的生存姿态：

> 马青吟唱着，双手插在裤兜里，拖着步子在大街上漫无目的地晃荡着。逆着潮水般的人流毫不避让地走，方向、步态、节奏与他四周急匆匆拥来拥去的人群恰成鲜明对照。还是那些商店房屋，还是那些车辆人群，还是那些装潢广告，还是那些色彩形状那样的空气味道那样的神态举止口音嗓门。马青的吟唱变成尖锐响亮的口哨，仍然吹着那首歌，同一旋律反反复复。人们从五花八门形状各异颜色不一的商店涌出涌入，大声喧吟窃窃私语，人流中马青若隐若现，市声中口哨时断时续。①
>
> ——王朔《一点正经没有》

马青的姿态不仅在王朔的小说中极具象征意义，也成为20世纪80年代城市商业化转型初期极具时代感的城市文化符码。马青优哉游哉、漫无目的的闲逛和人群朝特定的目的地行进的行色匆匆形成鲜明对比，马青在人群中逆流而行，镇定自若，在漫无目的的游荡中享受着游荡和观望带来的快乐，对观察对象富有热情又与之保持适度的距离，维持着自己的个性不卷入其中，这是游荡者最核心的特征。王朔

① 王朔：《一点正经没有》，中国电影出版社2004年版，第32页。

笔下的“顽主”在人群中游荡和观望的轻松愉悦一目了然，不像新感觉派笔下的游荡者愉快的面具下是无法排遣的孤独与漂泊，因此，王朔的“顽主”比新感觉派的“丑角”更具游荡者的品质。不过值得注意的是，他们的游荡性主要不在于行动上东游西逛，而是精神上对主流价值观的疏离与反叛，他们观望的对象不在于城市街景，而是体制内的人群。顽主们对主流价值观念的反叛不是英雄主义的颠覆和对抗，而是具体化为语言上的油嘴滑舌，嘲讽和挖苦一切正经严肃的事情，他们调侃的不是美好的道德本身，而是在那个特殊的时期他们根本不相信美好道德的存在。《一点正经也没有》中方言看到阳光照耀下花园里天真无邪的女儿，触景生情产生了一回正经的怜惜之情，他慈爱地跟女儿说：“扣子，听爸的，街上全是坏人——他们都叫你学好，好自个使坏。”①

王朔笔下顽主们对主流价值观念的戏谑与调侃，他们游戏人生、享乐主义的人生态度，一直备受争议，然而这一点也没影响王朔的走红，1988 年王朔的四部小说被改编成电影，《顽主》（米家山执导）、《一半是火焰，一半是海水》（夏钢执导）、《浮出海面》（改编成《轮回》，黄建新执导）、《橡皮人》（改编成《大喘气》，叶大鹰执导）这一年被文学界、电影界命名为“王朔年”。在城市消费文化悄然兴起的社会转型时期，在这场涉及从精英文化到大众文化，从集体主义到个人主义，从计划经济到市场经济，从政治国家到市民社会等领域的文化裂变里，王朔的“顽主”成为正在脱序的“青年共同体”的“历史代言人”②。和体制内的大众相比，他们身上有着鲜明的主体意识和叛逆者的光晕。随着城市消费文化的进一步成熟，享乐主义、金钱崇拜正是消费社会中大众文化的重要特征，它作为一种异化力量正在消逝着个人的主体精神，顽主的个性成了大众的普遍性，顽主作为游荡

① 王朔：《一点正经没有》，中国电影出版社 2004 年版，第 56 页。

② 黄平：《反讽、共同体和参与性危机——重读王朔〈顽主〉》，《中国现代文学研究丛刊》2013 年第 7 期。

者的光晕也渐渐消失。张颐武在《王朔与电影——一个时代精神史的侧影》中谈道：“王的‘顽主’其实是过去时代最后的终结者，他们的潇洒和看透世事都显示出过去时代的‘多余者’的形象。这种‘多余者’其实也在召唤一个新的时代的来临。但他们其实并不属于这个新的市场经济的时代，于是在真正的新时代来到，过渡时期终结之后，他们最终悄然隐遁，消失在新时代的深处。”① 顽主作为消费文化来临前的游荡者，游戏人生、追求享乐、崇拜金钱的品质只是在那个特殊时期嘲讽和解构虚伪的社会道德的武器，对真实、自由人格的追求才是王朔笔下游荡者精神的核心，正是这一点使“顽主”获得了独特的审美意义。随着消费时代的到来，尽管顽主的时代过去了，其追求真实、自由人格的精神在其他游荡者身上得到延续。

（二）边缘化文人的游荡

随着城市文化转型的加剧，更多的人被甩在城市列车的轨道之外，城市文学中的“游荡者”形象也更加突出，尤其是在新生代作家笔下，“游荡”成为一个具有共性意义的创作主题，如朱文的《我爱美元》《没有的脚在痒》《疯狂游戏》《什么是垃圾什么是爱》；韩东的《三人行》《在码头》《新版黄山游》；鲁羊的《黄金夜色》《出去》《在北京奔跑》等。在这些作品中，主人公常常是自由作家、边缘化的高校教师、身份模糊的文艺青年等，相对自由的身份使得“游荡”成为可能，就像小丁自述“除了写作，我一度把闲逛当成我的职业。”“我经常十天半个月都不干一点事情，整天就在外面或者里面转悠。”② 在边缘化的处境和无目的游荡姿态上，新生代笔下的游荡者与王朔的“顽主”有着精神上的一脉相承，又呈现出时代文化的影响。

和王朔的顽主不同，新生代笔下的游荡者基本都是知识分子，他们的游荡是文人的游荡，可悲的是在世俗价值观念里他们是不成功的知识分子，诗人、小说家无不生活惨淡，没名、没钱、也看不到前途；

① 张颐武：《王朔与电影——一个时代精神史的侧影》，《电影艺术》2011 年第 3 期。

② 朱文：《没有了的脚在痒》，《大家》1995 年第 5 期。

高校教师全然没有文化精英的尊严与自信，在马老师的课堂上“前排女生有一半把头埋进胳膊弯，只露出后脑勺。马老师弄不清楚，后脑勺们究竟睡着了，还是仅仅做出厌倦的姿态。”“后排有一个穿背带牛仔裤女生忽然站起，出了教室后门。她目无旁顾。”对此，马老师只能暗自解构知识的价值和自我价值，“伟大的著作尽管是伟大的，动辄上千页，可对孩子们有什么用，能让他们毕业后的境况有所改善么。奢侈的东西。我所搬运的，不是必需品”①。韩东说他笔下的主人公“皆是穷途末路者，身份卑微，精神痛苦”②。这也代表了新生代小说主人公的基本面貌。在市场经济已经蔚然成风的20世纪90年代，知识分子早已从政治和文化的中心走向边缘，这一身份已不能给他们带来任何精神和物质上的优越性，只剩下与时代格格不入的文人的“穷酸”③。这种边缘化的生存样态在新生代笔下表现为主人公心理或生理的病态，身体虚弱、神经敏感、交际困难、个性犹疑、态度含混。但是作为知识分子，他们拥有比大众更清醒的自我意识，对形而上意义的追求，对自由的渴望，对任何违背自由人性的束缚的本能抗拒。市场经济以来的中国主流社会“是权力、金钱与科技职业三者之间的互动，而在业余时间是几乎全民共享的电视音像俗文化。唯一非要知识分子不可的地方，只剩下学院”④。但是他们又无法忍受体制内循规蹈矩的生活，拒绝以精英自居的假道学做派，大都选择离开体制，做一名自由职业者。即便不得不依赖体制，也与之最大限度保持距离，就像《我的柏拉图》里的王舒“平时除了上课他只是每周两次来这里参加政治和业务学习（各一次）。学习时他不发一言，像个傻子（手放在抽屉里看着什么）。课间休息他也从不去教员休息室。王舒声称自己从未使用过学校的任何设施，食堂、浴室、图书馆等一概不曾去过。

① 鲁羊：《出去》，《在北京奔跑》，陕西师范大学出版社2000年版，第78页。

② 韩东：《我的中篇小说（序）》，《我的柏拉图》，陕西师范大学出版社2000年版，第3页。

③ 郜元宝：《卑污者说——韩东、朱文与江苏作家群》，《小说评论》2006年第6期。

④ 赵毅衡：《走向边缘》，《读书》1994年第1期。

也许他上过厕所，那也是迫不得已，但他可以负责地说只是在那儿小便，绝没有大过便”[①]。王舒与单位最大限度地保持距离，以消极的方式表达对体制规范和观念的消解和对抗。那些做了自由职业者的文人，无法适应市场经济的价值观，鄙夷以金钱为目标、唯利是图的人，在朱文的《什么是垃圾什么是爱》中，李总送走不可一世的客人，面对小丁立马找到了优越感，

> 他指着桌上的菜说，要不要再吃一点，现在没有外人了，不必拘礼。小丁说，不用啦。李总说，我看，多少还是尝一点吧，这都是平时不太容易吃到的东西啊。他自己又重新拿起筷子，点点这个，又指指那个。你能猜出这个菜是用什么做的吗？小丁摇了摇头。那么那个呢？李总把他的金边眼镜取下，擦了一下镜片，又戴上，他的小眼睛看起来更亮了。小丁还是摇摇头。你猜一猜嘛。李总坚持他的要求。小丁磨不过，只好说，我猜不出，我想这饭桌上最出意外的莫过两样：人肉或者狗屎。李总用手指着小丁，不住地点头，脸色发青，就是半天不说话。[②]
>
> ——朱文《什么是垃圾什么是爱》

在体制与市场经济的夹缝中，他们是保持了知识分子独立精神的一类人，这种独立精神在与主流社会的批判与对抗中实现，但是知识赋予了他们超越世俗、对抗体制的秉性，却没有赋予他们相应的力量和机遇，在体制与市场经济的夹缝中，他们既无法拥有独立批判姿态，也拒绝为某一阶层代言的精英姿态，更不能像古代知识分子一样遁入山林，因此，“游荡”成为他们最终的选择。

这些边缘化文人的游荡毫无目的，“他们在街上漫游，但是却没

① 韩东：《我的柏拉图》，《美元硬过人民币》，上海人民出版社2006年版，第96页。

② 朱文：《什么是垃圾什么是爱》，华夏出版社2004年版，第243页。

有明确的目的，甚至连娱乐的目的都没有”[①]。小丁为了一粒纽扣可以游荡一整天（朱文《小羊皮纽扣》）；刘松每年从南方来到 N 市与东平过春节，但是他们没有特别的事要办，没有重要的话要谈，没有什么地方非去不可，只是不停地游荡（韩东《三人行》）。在韩东的长篇小说《小城好汉之英特迈往》中有一次特别经典的游荡经历：傍晚丁小海骑车邀请“我”去中山陵，“我”以为他有重要的话要跟我说。等骑到了地方，游人已经走光了。我们坐在台阶上，抽烟、闲聊。抽完烟，丁小海就对我说：“我们回去吧。”[②] 此次游荡经历在情节上类似“王子猷雪夜访友”的故事，“乘兴而来，尽兴而归”，但是丁小海们连游荡的兴致都没有，只是一次空间上的物理位移。这些边缘化的文人们在游荡中放空一切抽象的、超验的价值和意义，不寄托理想、不建构意义，只通过无目的游荡感知生命的本然状态。本雅明说：“文人的流浪为他提供了工作和休息，更重要的是，为他提供了自我意识，这成为他生命的最高意义。”[③] 正是通过放空游荡的目的和意义，游荡者保持了自我，实现了对主流社会的双重对抗：一是对体制内虚伪的道德至上观念的解构，二是对金钱和利益至上的市场经济观念的嘲讽。在这一点上新生代笔下的游荡者最接近本雅明笔下的游荡者的文化意义。不同的是，在本雅明笔下，巴黎拱门街的游荡者被描述成孤独又自在的形象，对城市充满阅读的激情，而新生代笔下的游荡者的视角是内转的，他们对城市景观没有多少观赏的激情，也没有街头漫步的闲适与洒脱，他们无目的的游荡隐匿着对生命无意义的恐慌。这样，游荡又成为觉醒者对此在生命无意义的逃避。在朱文笔下表现为游荡过程中的停滞和延宕，主人公的出行仿佛是有目标的，但目标总是被转移、被延宕，以至于使出行变成了游荡，出行的目的反而无意义了。

---

① 葛红兵：《非激情时代的暧昧意象——晚生代小说的主题》，《文艺争鸣》1998 年第 4 期。

② 韩东：《小城好汉之英特迈往》，《长篇小说选刊》2010 年第 2 期。

③ 张旭东：《中文译本第一版序本雅明的意义》，［德］本雅明：《发达资本主义时代的抒情诗人》，张旭东、魏文生译，生活·读书·新知三联书店 2014 年版，第 6 页。

《尽情狂欢》中小丁因为朋友的恶作剧留言而万分紧张，为了拯救朋友他大清早打车从郊区出发去光华门，一路上一个又一个意外使得小丁的行程被打乱，不断滞留，时间被空间置换，小丁结束了一天的游荡终于联系上朋友时，却发现那不过是一个几乎被朋友忘记了的玩笑而已。《我爱美元》中，我和父亲一大早出来找弟弟，在这过程中我不断说服父亲改变性观念并一次次为父亲寻找性对象，结果我和父亲总是错过弟弟，父亲最终也没实现性的跨越，父子俩一无所获地在大街上游荡了一天。与小丁孤独的游荡不同，韩东笔下游荡者总是成群结队、兴高采烈，以笑闹喧哗填补意义的虚空。《在码头》中，王智、马宁、费俊为老卜送行，因错过火车而节外生枝，赶轮渡、在码头与漂亮的售货员搭讪、与码头混混冲突、被抓到警室审问等，使整个故事从为老卜的送行中游离出来，充满演戏与看戏的震惊与刺激。《三人行》中的刘松、东平、小夏自始至终都处在游戏的状态中：他们在地摊上买了几把仿真手枪，在熟人之间一次次煞有介事地展开枪战；在金贸大厦假装卖衣服；捉弄一只叫黑孩的猫；在酒吧试图与一位女子发生性关系；深夜潜入学校踹开别人的家门只为给朋友送杂志。他们把游戏当作真实热情高涨地投入，却看不到他们对生活的真实态度。相比之下，鲁羊笔下的游荡者有了一点主动追寻生命意义的诉求，小说《出去》中，马老师有四天的假期，一天要开讨论会，“在其余的三天里，马老师想出去，想离开落城到别处去转转。事实上，他是先想到‘出去’这个词，而且对这个词产生了特殊的感应，马老师觉得这个词具有一种特殊的魔力。甚至，马老师想，它还暗示了一种解脱的方式”①。马老师的出去既没有明确目标，也没有明确目的地，最终只是一种精神逃离的渴望。“是要出去了，不是离开住处，也不是离开落城，而是离开自己。”② 最终，马老师哪里也没有去，只是用醉酒的方式暂时获得了精神上的逃离。《如梦令》中马余不断地出门远行，

---

① 鲁羊：《出去》，《在北京奔跑》，陕西师范大学出版社 2000 年版，第 86 页。

② 鲁羊：《出去》，《在北京奔跑》，陕西师范大学出版社 2000 年版，第 86—87 页。

每次都打定主意一去不还，可是他总得回来。“他太脆弱了，他在房间里酝酿成熟的幻象，只要一出门，就会跌得粉碎。”[①] 马余的一次次“出去”都变成短暂的游荡，不是因为自身的脆弱，而是他根本不相信有作为家园存在的异地，家园无法抵达，出去注定要返回原地。

王晓明说：“我们正生活在一个重大的时代末端。……它更将许许多多衣食暂时无忧、利欲却尚未熏心的人，赶进了深广的无聊之中。”[②] 新生代笔下的游荡者正是这样一类人，他们在漫无目的游荡中揭示了生命悖论式的存在：主体的意义在于保持生命的本真，维护这种本真就要主流价值观念的悬置，而这又将导致心灵和精神的虚无。因而，在文化转型时期，这些游荡的文人成了一群漂泊的符号，孤独、迷惘而又真实，成为这个时代典型的精神侧面。

（三）消费文化中的“新新人类”

“看，这就是上海一位摇滚明星和他的迷人瓷娃娃，他们代表上海新新人类对于时代前卫文化的高峰体验。”[③] “新人类”是日本作家界屋太一发明的词，用来描述大都市里成长的新的青年族群，当代文坛上一度用“新人类”或“新新人类”特指卫慧、棉棉等 1970 年后出生的作家。在这里我们借用“新新人类”一词特指城市文学中那些与消费文化同气相求的游荡者。随着市场经济的进一步发展和全球化的到来，城市——尤其是上海、北京这样的大都市——和世界上最先进的文化接轨，由生产型城市转变为消费型城市，为游荡者提供了更加丰富多彩、更充满感官刺激的空间，他们在喧闹的酒吧、晦暗的咖啡馆、富丽堂皇的商场等新兴消费和娱乐空间流连忘返，追求新的风格和新的体验。王安忆、卫慧、棉棉、安妮宝贝，以及更年轻的“80后”作家春树等在作品中塑造了一批都市消费背景下的游荡者，如

---

① 鲁羊：《如梦令》，《在北京奔跑》，陕西师范大学出版社 2000 年版，第 22 页。

② 王晓明：《在“无聊”的逼视下》，王晓明主编《在新意识形态的笼罩下 90 年代的文化和文学分析》，江苏人民出版社 2000 年版，第 204—205 页。

③ 卫慧：《硬汉不跳舞》，《像卫慧一样疯狂》，珠海出版社 1999 年版，第 213 页。

《我爱比尔》中的阿三，《上海宝贝》里的Coco和她的朋友们，《糖》里的“我”、赛宁、三毛们，《八月未央》里的乔和未央，《北京娃娃》中的林嘉芙等，他们是消费文化滋养起来的“新新人类”，他们的游荡与消费文化息息相关，通过他们的身体和眼睛，展现了消费主义观念支配下的城市景观和城市人的处境与诉求。其中，卫慧、棉棉的笔下的游荡者形象最集中、最丰富，因此接下来对消费城市游荡者的分析主要以两者的作品为文本基础。

不同于王朔笔下顽主的嬉笑怒骂毫无正形，也不同于新生代笔下的边缘文人的落魄不堪，卫慧、棉棉等作家笔下的游荡者是消费社会时尚的“新新人类”：从事着充满创意和自由的新兴职业——自由撰稿人、经纪人、画家、造型师、摄影师、歌手，他们大都有不错的家庭背景，受过良好的教育，对艺术敏感又富有天赋，他们追求时尚，性感灵动，欲望张扬，率性而为，就连他们时常表现出的不知所措的迷茫、病态的追求也带着浓郁的都市小资产阶级情调。他们的生活哲学是：“简简单单的物质消费，无拘无束的精神游戏，任何时候都相信内心冲动，服从灵魂深处的燃烧，对即兴的疯狂不作抵抗，对各种欲望顶礼膜拜，尽情地交流各种生命狂喜包括性高潮的奥秘，同时对媚俗肤浅、小市民、地痞作风敬而远之。”[①] 这种生活方式和价值观念使他们的“游荡”既是对传统价值观念的反叛，又是对消费社会价值观念的宣扬。在王朔和新生代笔下作为人的异化力量存在的“体制”，对于消费社会的游荡者已经失去了约束力。在邱华栋的《天使的洁白》中孟叶宁愿用身体换来杂志社编辑的工作，但是《上海宝贝》中Coco对高薪稳定的杂志社记者的职务毫不在意，宁愿到咖啡厅做个穿着迷你裙的女招待，男友天天的一句话又让她辞去咖啡厅的工作在家里写小说。《糖》的“我”高中就退学，16岁随着小乐团四处游荡，后来和赛宁过着白天睡觉，傍晚购物，晚上看书喝酒听音乐看电影弹

① 卫慧：《像卫慧一样疯狂》，《水中的处女》，花山文艺出版社2000年版，第190页。

琴唱歌的日子。就像 Coco 所说：“辞掉一份工作，离开一个人，丢掉一个东西，这种背弃行为对像我这样的女孩来说几乎是一种生活本能，易如反掌。从一个目标漂移到另一个目标，尽情操练，保持活力。”①对于他们，音乐、画画、写作和做爱、喝酒、抽烟一样是性情所致而不是谋生的工作，是身体内在需要而不是外在规约。他们的游荡不是对外在力量的反抗，而是内在自我的展开。

> 走到街上，她戴上墨镜，像过时的洋娃娃在路边发了一会儿呆。手在衣服口袋里摸到了一张纸片，拿出来一看，是那个保险代理人的名片。旁边就有一个电话亭，她按名片的号码拨了一个电话，没人接。她放下电话，不清楚自己想干嘛，又拨了一个手机号码，电话通了。喂，一个年轻男人的声音。她搁下电话，有些心跳，像做了件不应该的事。一辆 TAXI 慢慢向她驶来，她跳了上去。随便兜，她说。②
>
> ——卫慧《爱人的房间》

这句率性的“随便兜”恰切地解释了这些新新人类的游荡姿态：生活瞬息万变、不可预知，因此人生不必有方向，不预设目标，而是随心所欲、率性而为。面对生命随意性和不确定性，他们放弃焦虑和对抗，而是接纳暂时、享受当下，毫无目的随意游荡是他们顺应生命形式的选择。他们流连忘返于酒吧、咖啡厅，热衷于各种 Party，游荡在不同异性之间，既要寻找真正的爱情，也要满足性生活的刺激。这让他们仿佛具有了比前两类游荡者更加叛逆的姿态，拒绝理性的、按部就班的日常生活，寻求感官的刺激，生活离经叛道，嗜酒、吸毒、打架、纵欲、疯狂游戏、制造各种名目奇怪的聚会，生活支离破碎，在不断的游走、变动中追逐虚幻的自己。作为消费社会的游荡者，他

---

① 卫慧：《上海宝贝》，春风文艺出版社 1999 年版，第 21—22 页。

② 卫慧：《爱人的房间》，《水中的处女》，花山文艺出版社 2000 年版，第 68 页。

们如此前卫、尖锐、叛逆。但是这种叛逆挑战了传统观念中世俗伦理，却迎合着消费社会的消费伦理，“他们有反叛，却没有创新，也就是说他们在否定了传统之后，自己却没有提供新的东西，他们所做的只是强化世俗。这样他们的反叛就滑向物质味道极浓的前卫。实际上，反叛到了这里，已经达成了一种与市场的交换”①。首先，“游荡者”不是被挤出主流社会的边缘人，而是超越了生存困境的中产阶级或有中产阶级情调的文艺青年，这些都市青年没有固定职业甚至不必工作，他们没有物质匮乏的记忆和焦虑，Coco（《上海宝贝》）和“我”（《糖》）出身于知识分子家庭，“那时周围没有人家像我们一样拥有唱机和电视机，那时肉、布、油等物品还在实行配给制，那时周围有很多邻居还靠到菜场拣菜叶过生活，而我们是这幢楼里唯一的知识分子家庭，父亲认为我应该感到幸运”②。天天、赛宁靠着父母的供给衣食无忧，马当娜是拥有巨额财产的富孀，他们有足够的资本随心所欲地生活。在膨胀着物与欲的幻境的消费社会，人人都在追赶发财或出名的末班车，这些“新新人类”之所以成为无所事事的游荡者，一个重要的前提不是因为他们脱离了主流价值观，而是他们从生存压力中摆脱了出来，就像《糖》中旗对“我”和赛宁的评价：“你和赛宁是用钱堆出来的两个人，你们的生活是傲慢的、苍白的、虚弱的，你们是闭着眼睛生活的。”③ 其次，游荡者营造了消费社会日常生活的诗意。“我们已看到消费逻辑被定义为符号操纵”④，符号体系的营构是消费文化的重要方面，卫慧、棉棉等作家笔下的游荡者借助物质化符号经营出城市中产阶级日常生活的诗意和情调，例如《上海宝贝》中 Coco 穿 Chanel 长裙，用法国进口的香水，吃“德芙”牌巧克力，喝“马丁

---

① 杜素娟：《断裂·传媒·商业化叙事——当下文坛的三大陷阱》，《小说评论》2001 年第 2 期。

② 棉棉：《糖》，中国戏剧出版社 2000 年版，第 1 页。

③ 棉棉：《糖》，中国戏剧出版社 2000 年版，第 39 页。

④ ［法］让·鲍德里亚：《消费社会》，刘成富、全志钢译，南京大学出版社 2014 年版，第 102 页。

尼酒”。天天家里摆放着 IKEA 沙发，施特劳斯牌钢琴。《甜蜜蜜》中的男主人公穿着“范思哲的时装”，戴着水晶片墨镜，用“古龙香水”，喝掺了“BACARDI 朗姆酒的可乐”。《糖》中的“我”，“看过《恶之花》，看过徐星，看过陈先发”①。“对于美国年代文化”有一种“古怪激情”，《像卫慧那样疯狂》中的“阿慧”每次写作前要听着老唱机里放出来的音乐，涂银蔻丹指甲，描眼线，搽极暗的口红，喷品质不错的香水，还要准备好水、烟、水果，“几本玛格利特、达利、杜桑、米罗的超现实主义画册，一面精美的小镜子”②。他们的日常生活展示着消费社会的时尚图景，是一种附着在消费符号之上的生活品位和情趣，那些品牌是身份和价值观念的象征，他们不仅认可消费社会的价值观，并以消费符号营造诗意，赋予这些物质符号以审美品质，从而制造和引领了消费时尚，就像《上海宝贝》中描述“我的朋友们都是用越来越夸张越来越失控的话语制造追命夺魂的快感的一群纨绔子弟，一群吃着想象的翅膀和蓝色、诱惑、不惹真实的默默温情互相依存的小虫子，是附在这座城市骨头上的蛆虫，但又万分性感，甜蜜地蠕动，城市古怪的浪漫与真正的诗意正是由我们这群人创造的”③。

本雅明说“市场是游荡者最后一个场所”④。游荡者来到商店自以为只是观察者，把商品和消费者作为观察对象，事实上当他踏进商店他已经成为商品的猎物，商品的移情诱惑使游荡者不自觉地卷入其中，从观察者变成消费者，游荡者的主体性也就消失了。《上海宝贝》中的 Coco 是典型的消费社会滋养起来的欲望的化身，渴望出名，追求时尚，自恋自赏，一方面沉溺于与天天的纯洁爱情，另一方面又在性爱上迎合西方的想象，陷入与德国人马克的性生活无法自拔。最后天天

---

① 棉棉：《糖》，中国戏剧出版社 2000 年版，第 14 页。

② 卫慧：《像卫慧那样疯狂》，《水中的处女》，花山文艺出版社 2000 年版，第 196 页。

③ 卫慧：《上海宝贝》，春风文艺出版社 1999 年版，第 234—235 页。

④ ［德］本雅明：《发达资本主义时代的抒情诗人》，张旭东、魏文生译，生活·读书·新知三联书店 2014 年版，第 77 页。

自杀，德国情人也远走高飞，Coco 陷入“我是谁”的虚无。《蝴蝶的尖叫》中的无依无靠的女孩朱迪单纯、迷茫又偏执，把对落魄歌手“小鱼”的爱视作生命的稻草，被抛弃后陷入自毁的疯狂。这些“新新人类”是城市消费文化的产物，他们迷恋城市，享受纵欲的快乐，又试图从物质与欲望中挣扎出来，抵达精神的自我，但从最终结局来看，这种目的被消费社会的物质主体消解了。

综上所述，20 世纪 90 年代以来城市文学中的游荡者是城市文化转型的产物，近几十年体制持续、深入的变革，使一批批城市青年被甩出既定的生活轨迹，成为游离在主流社会之外的游荡者，同时他们的主体意识也被唤醒，个体诉求与主流价值观念、现存体制之间的关系成为影响他们游荡品质的主要因素。游荡者们都以叛逆的姿态出现，王朔的顽主们以轻蔑的神情打量着体制内的世界，用戏谑调侃的语言对主流价值观和世俗道德进行了辛辣的嘲讽。新生代笔下的边缘文人对体制和商业社会的金钱观念都主动保持了距离，但是他们缺少与之抗衡的力量，不打算以任何方式向这个世界宣战，也不打算向这个世界低头献媚，游荡在他们身上表现为对主流价值观的放逐，以无意义的方式保持自我。这两类游荡者与城市的关系都是紧张的，他们的游荡是以对世界的怀疑为基础的，无暇顾及也无法感受现代城市生活之美。卫慧、棉棉等作家笔下“新新人类”对飞速流转的城市节奏和物质诱惑充满激悦之情，在官能上与消费主义城市融为一体，依赖和享受城市现代化带来的一切便利。现代城市第一次带着美感进入文本，但是他们过于沉迷其中，无法保持观察者的距离，游荡者变成了都市青年对消费文化的审美演绎者。这些“新新人类”能够在大众面表现得特立独行，是消费社会的价值体系与传统社会价值体系之间的冲突。正是因为他们超越了生存的困境，才获得了游荡的权利——有钱有闲，能从一个空间自由地进入另一个空间，成为消费价值观念的代言人。因此，消费社会“新新人类”的游荡只是一种姿态，游荡者的主体性已经消散在流光溢彩的消费文化中。

第二节　游荡者与城市空间

游荡者与城市是双向建构的关系，“只有在城市中，游荡者才能获得自己的意义和生存，同样，城市也只有在游荡者的眼中，才能展开自身的秘密”[1]。因此，关注城市里的游荡者必然要关注他活动的空间和观察对象，游荡者通过对城市空间和人群的观察发现了城市的秘密，同时在城市空间和城市人群的背景下映衬出自身的精神气质。这一节我们从城市空间、城市人群两个方面来探讨游荡者的生存样态、生命诉求以及他与转型期城市的关系。

一　游荡者文本中的城市景观

在城市文学中，城市空间不仅仅是建筑学上的物理空间，还是一种生活方式和价值观念。赵园说：“北京四合院是爱好和平、耽于和谐的北京人的文化创造，是他们创造的生存——文化环境；这创造物又参与创造，与北京人共同创造着北京文化。弄堂则是生存空间狭小的上海人对于生活方式的选择。当然，北京还有大杂院文化，反映着生存条件的匮乏和人对于物质限制的屈从。”[2] 对于城市游荡者，空间的价值意义更为明显，在本雅明的研究中，居室、拱廊街、林荫大道、百货商店，这些城市空间与游荡者的命运与品质密切相关。在 20 世纪 90 年代以来的城市文学中，北京四合院、上海弄堂这些传统的标志性空间不再是游荡者光顾的主要场所，而那些代表着现代城市生活的流动性、暂时性、物质性、消费性的新兴城市空间，如临时居室（公寓或宾馆）、酒吧、咖啡馆、商场、街道等才是与游荡者密切联系的空间意象。下面将选择作为私人空间的居室、作为公共消费空间的酒吧、

---

① 汪民安：《游荡者、商品和垃圾》，《中国图书评论》2009 年第 12 期。

② 赵园：《北京：城与人》，北京大学出版社 2014 年版，第 189 页。

作为室外空间的街道这三类活动空间来解读游荡者与城市的关系。

（一）居室

本雅明认为，私人居室是与工作场所对立的空间，超越了现实世界的工具理性，保留了大量个性化的痕迹，因此透过居室可以看到主人的精神世界。[①] 居室作为特殊的城市空间，意味着隐私性、封闭性和安全性。在王朔的"顽主"系列小说中，作为私人居所的"家"是游荡者重要的活动空间，它不是和亲人共享的、伦理的、亲情的空间，而是游荡者共享的、具有开放性和公共性的"类"空间。例如，《顽主》中丁小鲁家就是游荡者们经常聚会的场所，"丁小鲁家是五十年代苏联援建期间盖的那种俄国风格的笨重结实的灰夸楼房，厚屋顶，窗户巨大，每套单元开间不多但面积宽阔。家具也都是那时公家配发的，式样陈旧，油漆剥落，皮沙发的弹簧已经塌陷"[②]。王朔笔下的游荡者大都有丁小鲁一样的私人居所，它的建筑形式、美学风格、空间布局、家具陈设都彰显了那个已经逝去的年代的意识形态特征以及主人的阶层属性，这些特征在历史的巨变中只剩下颓败的痕迹，它的政治属性已被日常性取代，成为一群无所事事的年轻人聚会、聊天、打牌、消磨时光的场所。这群游荡者在丁小鲁家打了一夜的牌，清晨杨重伸着懒腰说："又过了一夜，打牌是好混。"[③] "类"空间的公共性使居室变成时间的麻醉剂。在《浮出海面》中，"我"的家几乎成为一个公共场所，作为主人的"我"不知道谁那儿有我家的钥匙，每次回家，公寓里总是一大堆不认识的人又玩又闹，有几次我都不得不睡在地板上，民警还从我家里抓走一些嫌疑犯，到后来民警也有我家钥匙。[④] 总之，王朔笔下游荡者的"家"的私人性被公共性取代，成为一个自在的半开放的"类"的空间，不仅不受社会公共领域中的理

---

① ［德］本雅明：《巴黎，19 世纪的首都》，刘北成译，上海人民出版社 2006 年版，第 17—19 页。

② 王朔：《顽主》，江苏文艺出版社 2005 年版，第 12 页。

③ 王朔：《顽主》，江苏文艺出版社 2005 年版，第 25 页。

④ 王朔：《王朔自选集》，华艺出版社 1998 年版，第 3 页。

性、秩序和规则的约束，也不受世俗伦理道德的约束。“家”的这种特殊性质，为游荡者提供了安全、自由、舒适的精神游荡空间。首先，家的开放性让这些具有相同境遇和价值观念的游荡者时常聚在一起，个体空间得以延伸成为游荡者公共空间，驱逐了作为个体边缘人的孤独，获得了“类”的归属感。其次，家的封闭性和私人性又为游荡者提供了安全感，使他们能够在“类”的空间里肆意地调侃主流价值观念，感受着对抗主流世界的随意与放松，甚至为他们的违法行为提供了庇护，例如《一半是海水，一半是火焰》中民警来到“我”的公寓暗访，公寓俭朴、雅洁，摆了很多法律、文艺书籍，我和吴迪都在准备考试，“家”的日常性场景让民警不但没有对我产生怀疑，还被我和吴迪积极进取、相亲相爱的状态所感动。可见，顽主的居室是把他们和主流社会隔离开来的安全区域，使他们的个性和个体意志得以自由彰显。

20世纪90年代的城市化在经济和社会层面上日新月异、蓬勃向上，但在人的精神和心理层面最鲜明的是由于文化断裂导致的无根性的生存体验，其中“家”的观念的改变首当其冲。在传统文化中“家”是生命的出发点也是归宿，是灵魂和情感的依托之所，而现代生活的碎片化体验使家和其他城市空间一样成为个体生命的异化场所，转瞬即逝的现代体验进入居室，在新生代笔下，游荡者的“家”亲情缺失，连私人空间的自在性和安全感也没有了，成为一个陌生化、临时性场所。在韩东的《三人行》中，刘松是有家室的人，但是他像自己没家一样，几乎每年都来N市和东平一起过年，在刘松看来：“女人、房子加孩子，三者构成了经得起任何推敲的家的概念，可时间轻轻的一击就把它彻底地推翻了。”“在今天那最有诱惑力的家的概念是什么呢？……对他们而言最理想的家就是一所空房子，空得让人心慌，空得让人发怵，那该多么让人神往呀！”[①] 刘松对家的逃避是他对异化

① 韩东：《障碍》，《美元硬过人民币》，上海人民出版社2006年版，第249页。

的突围。在鲁羊笔下“家”同样是让人焦虑和压抑的空间，鲁羊在《出去》的题记中说“我们怎能把房间改造的可以住人呢”[①]。而在朱文笔下，游荡者已经摒除了家的概念，主人公总是寓居于出租屋或宿舍，居所的临时性与游荡者的游荡性相得益彰。在《我爱美元》《没有的脚在痒》《什么是垃圾什么是爱》《尽情狂欢》等作品中，小丁的居室总是简陋又凌乱，房间没有稳定的、日常性生活所具备的布局陈设，在这个房间里出现的女性主要是小丁性伙伴，可以被称之为女朋友的女性与小丁也仅仅维持同居关系，小丁从没打算与哪个女性结婚，建立稳定的家庭结构。在新生代笔下，家对于游荡者只是一个临时性的居所，失去了归宿意义。对家的稳定性与安全感的怀疑透射出游荡者对现代城市生活的绝望，但怀疑和绝望的另一面是对自我纯粹性的渴望和坚守，这些“穿过城市”的精神流浪者对于“家”的态度是矛盾的，并在矛盾和游移中保持了游荡者遗世独立的品质。

消费主义之下的大城市像一个“永动机”，无止境地生产、制造出新的时尚、新的空间、新的风格，不断带给游荡者新的刺激，也使他们感到迷茫和倦怠。居室对消费时代的游荡者依然不是归宿，而是一个休憩的场所，是在路上的游荡状态的弥补。“房间是一种逼近人生内核的象征，与外部的世界是截然不同的对立，很多故事是在房间里发生的因此而具备另类气质，那是与逻辑和秩序无关的一种状态。”[②] 居室的封闭性和安全感让居住者毫无顾忌地宣泄和释放内心的隐秘，所以在卫慧、棉棉等作家笔下，居室不是一个明亮、整洁、温暖的家，而是自由与混乱交织的非理性的场所，垃圾无处不在，“金鱼缸里的鱼又一次全部死光了，死鱼和水草共同散发出一股令人不悦的味道”[③]。生活毫无规律，叫外卖、吃快餐，肆无忌惮的做爱、吵架、甚至吸毒，他们随时都能拉起行李箱干脆利索地离开。居室是游

---

① 鲁羊：《出去》，《在北京奔跑》，陕西师范大学出版社 2000 年版，第 77 页。

② 卫慧：《甜蜜蜜》，《水中的处女》，花山文艺出版社 2000 年版，第 106 页。

③ 卫慧：《像卫慧那样疯狂》，《水中的处女》，花山文艺出版社 2000 年版，第 206 页。

荡者的驿站，不是目的地，他们只是暂时栖息，进去的时候就知道要离开。游荡者真正需要的是一个临时性的房间，“房间里有舒适阔气的席梦思，有柔软漂亮的织花地毯，有厚窗帘，暗暗的灯，热水浴”[①]。对于游荡者，临时性的房间与稳固的家相比，它“充满了令人向往的陌生感，是一个适合坠落的陌生天堂”[②]。

（二）酒吧

酒吧是西方文化的舶来品，它在中国城市的兴起与经济发展、社会开放程度密切相关，以上海为例，1980 年上海出现了第一家音乐酒吧，1992 年下半年到 1993 年上半年是上海娱乐业发展的关键期，1998 年、1999 年上海酒吧迎来了它的黄金岁月，衡山路酒吧一条街崛起[③]。20 世纪 90 年代，不止上海，在众多城市，酒吧都成为现代城市的地标式空间。相比于居室，酒吧是非日常的公共空间，一些陌生又有认同感的人聚集在一起，没有熟人交际的规范和约束，彼此掩饰身份，又释放内心，是一个摒除秩序的自由的社交空间。相比于街道，酒吧是暧昧幽秘的室内空间，朦胧的格调、虚幻的光影、挑逗的气息、各怀心事的饮酒者，具有隔绝现实的虚幻性。这些特性使酒吧成为现代人的街头驿站，“它提供一个立体的虚象空间，使他沉溺其内，在享乐主义的感性维度中确立个人的中心幻想”[④]。游荡者与酒吧的关系，是他与城市关系的侧影。

王朔的顽主们已经处于经济文化时代，但是消费主义方兴未艾，酒吧还没有成为城市人主要的消闲空间，只有在为数不多的作品中——如《浮出海面》，出现过“酒吧”空间，“那些收外汇的餐厅酒吧灯红酒绿，香港和内地的三流歌星荟萃，通宵唱着流行歌曲。喝得醉醺醺的外国技术人员、黑市商人和举止可疑的浓妆少女聚在一

① 卫慧：《像卫慧那样疯狂》，《水中的处女》，花山文艺出版社 2000 年版，第 226 页。

② 卫慧：《像卫慧那样疯狂》，《水中的处女》，花山文艺出版社 2000 年版，第 227 页。

③ 包亚明：《消费空间、地域性知识与“上海精神”》，《游荡者的权力》，中国人民大学出版社 2004 年版，第 206—207 页。

④ 吴亮：《酒吧类型学》，《文艺评论》1992 年第 4 期。

起寻欢作乐"①。主人公与"酒吧"这类现代消费空间的联系，使他们具有了现代性品质，不再像沉溺于居室油嘴滑舌的聊天、没日没夜的打牌的顽主们，以过去的时代为背景，通过与体制的对抗来完成自我，出入于酒吧的游荡者直接与现代性发生联系并在其中彰显自我。新生代笔下的酒吧已经成为游荡者经常出入的场所。在朱文的小说《什么是垃圾什么是爱》中，酒吧既是叙事开始的地方，也是叙事结束的地方，小说开头"小丁坐在窄窄的满是烟头烫痕的木桌边，用左臂撑着脑袋，几次想张大嘴巴惊叫上几声。当然最终没有声音，他只是重复着张大、张大、再张大的动作"②。小说的结尾又重现了故事开头的场景，小丁不想回家，又无处可去，只能再次来到白天也营业的那个酒吧，坐在烟头烫痕的木桌边，无声地张大嘴巴。小说在叙事时间上是以四季为顺序的，空间上的重复、时间上的四季轮回是一致的，使小丁始终处在一个封闭的场景中，游荡并没有使他抵达一个新的状态。酒吧只有在客人充盈的夜晚才能展现它的魅力，小丁两次都是在白天闯入，他见证了游荡者和酒吧的真正关系，"酒吧不属于任何寻欢作乐之辈。它的空无一人，这就是唯一不变的真相"。酒吧和游荡者只是"彼此租用"③，新生代笔下的游荡者发现了他和酒吧之间的不和谐关系，酒吧不过是一个异己的幻化空间。

如果说小丁们在理性的白天发现了酒吧的"异己"本质，那么卫慧、棉棉笔下的游荡者们则陶醉于酒吧"愈夜愈美丽"（卫慧同名小说）的审美幻境。"我喜欢 GOYA 酒吧。这里的光线使每个人看上去都很美。这里有美丽的女老板，这里有 60 种马添尼。"④"那是一种能让你一头栽下去的爵士乐，轻软如丝绒，丰厚如仙人掌，如此肉感地挑逗着你，又仿佛是从各色美女那蛊惑人心的小嘴里嘶嘶嘶嘶发出来

① 王朔：《浮出海面》，《王朔自选集》，华艺出版社 1998 年版，第 43 页。

② 朱文：《什么是垃圾什么是爱》，华夏出版社 2004 年版，第 3 页。

③ 吴亮：《酒吧类型学》，《文艺评论》1992 年第 4 期。

④ 棉棉：《我是个坏男人或者生日快乐》，《白色在白色之上》，群言出版社 2005 年版，第 120 页。

的五颜六色的音符，这些音符既饱蘸毒汁又有玫瑰般的魔力，总之这音乐让人心旌神摇。”[①] 这个空间给人们允诺了非日常的自由：禁忌被打破、道德被悬置、意识深处堕落的快感和飞翔的自由被发掘，“一旦置身于酒吧这类特殊的空间，人们原有的镜像世界便开始动摇碎裂。先前貌似坚不可摧的铆钉、搭扣一齐哗啦啦地松动滑脱，各式零散的元素在酒吧这类恍惚迷离的氛围里漂浮。随后，在这一特殊的环境的刺激与暗示下，它们纷纷重新组合，耦合成了新型的自我与世界的镜像”[②]。卫慧、棉棉等笔下，主人公总是游荡在“一个酒吧通往另一个酒吧的路上”[③]，非日常的酒吧成为日常生活的必不可少的一部分。若没有酒吧这样非理性的空间，我们无法想象那些叛逆、迷茫、狂躁的“新新人类”如何把破碎的自我传递得如此生动有力，在光影交错中无所顾忌的酗酒、吸毒、做爱，把伤痛和残缺推向极致。日常生活的庸庸碌碌是游荡者无法忍受的，酒吧虚幻性、欲望化、刺激性的体验，给了他们超越日常秩序的兴奋和震惊，不过“欲望本身则是最没有想象力的，那些划一的概念性的欲望对象本身体现了现代社会的集体意志”[④]。酒吧的另类图景无非是消费社会所鼓吹的时尚，当游荡者把酒吧作为自我的对应物而沉迷其中时，游荡者的个性也被酒吧自由的幻象消耗了。

（三）街道

“要认识一个城市，人们必须在它的街道上行走。”[⑤] 街道之于城市的意义，也是街道之于游荡者的意义，漫步于街道是观察城市的最好方式，早在20世纪30年代穆时英就对光影变幻的街道有过精彩描

① 卫慧：《像卫慧那样疯狂》，《水中的处女》，花山文艺出版社2000年版，第223页。

② 包亚明、王宏图、朱生坚等：《上海酒吧》，江苏人民出版社2001年版，第119页。

③ 棉棉：《告诉我通向下一个威士忌酒吧的路》，《白色在白色之上》，群言出版社2005年版，第4页。

④ 包亚明、王宏图、朱生坚等：《上海酒吧》，江苏人民出版社2001年版，第61页。

⑤ ［美］丹尼尔·贝尔：《资本主义文化矛盾》，赵一凡等译，生活·读书·新知三联书店1989年版，第155页。

写，“红的街，绿的街，蓝的街，紫的街……强烈的色调化装着都市啊！霓虹灯跳跃着——五色的光潮，变化着的光潮，没有色的光潮——泛滥着光潮的天空，天空中有了酒，有了灯，有了高跟儿鞋，也有了钟……”① 街道的景观呈现出现代城市飞速流转、变幻莫测的节奏，它裹挟着观察者，使之产生无法抑制的躁动。穆时英笔下的街道预示了城市和人的新型关系：城市是主动的，人是被动的。

20 世纪八九十年代之交的北京，正在经历巨大的文化转型，与之相应，城市景观也发生着巨大的变化，“这个城市的一切都是在迅速变化着——房屋、街道以及人们的穿着和话题，时至今日，它已完全改观，成为一个崭新的、按我们的标准挺时髦的城市”②。王朔笔下的游荡者是被这场变革甩出轨道的边缘人，他们曾将生于斯长于斯的北京视为故乡，变革斩断了他们对北京的固有想象以及与北京的故乡般的亲密关系，但是这样的情感疏离也无法使游荡者对日新月异的城市景观产生观赏的激情，他们感兴趣的是街道上的人群，尤其是心无旁骛、热热闹闹行进在主流社会轨道上的人群。相反，在今天来明天走的“异地”游荡者与城市保持了观赏距离，“天色已晚，临街的高楼大厦间灯火通明，雪亮的外国汽车川流不息，大街犹如一条快速流动的明晃晃的河。我随着密集的人群急急走着。商业区林立的霓虹灯使鲜丽的广告牌，琳琅的商品，花团锦簇的少男少女笼罩在红红绿绿，忽明忽暗的氛围中”③。不过对于“异地”，游荡者已经不是游荡者，而是观光者，观光者只漫游在城市宽阔的大道上，无暇顾及城市纵横交错的内街小巷，而那里才真正掩藏着城市的秘密，所以身在“异地”的游荡者欣赏了城市的外在景观却无法发现城市的内在秘密。新生代笔下的游荡者既会漫步于宽阔的大街，也会穿行于仄逼的小巷，游荡者眼中的街景或热闹繁华或混乱无序，这些景观既不像邱华栋所

---

① 穆时英：《穆时英文集》，线装书局 2009 年版，第 49 页。

② 王朔：《动物凶猛》，《顽主》，江苏文艺出版社 2005 年版，第 143 页。

③ 王朔：《浮出海面》，《王朔自选集》，华艺出版社 1998 年版，第 1 页。

钟情的北京商业街的现代气派；也不像王安忆、陈丹燕偏爱上海的内巷老街，于细腻处见城市个性。游荡者没有预设的目标，街道上的行人、车辆、街道两旁的建筑皆可以成为悉心观望的风景；也无意勾画某个城市的个性图样，街景是游荡者内在生命体验的投射，在这些对象化的景物上引发的想象和意义寻求才是这一空间的最大魅力。朱文的《尽情狂欢》是游荡者在街道漫游的典型文本，“我”穿越了大半个南京城，从城市西南郊外奔波到城中，然后一路经过升州路、健康路、大光路、光华门、御道街、瑞金路、解放路、中山东路、新街口在南京城游荡了一天。“我”四处观望，清晰地勾画出走过的路线，记下每一条街道的名字，但是吸引游荡者的不是路旁的建筑，而是一路遇见的各色人群：出租车司机、戴棒球帽的小个子男人、抬电焊机的工人、摆摊的老头、摔倒的孩子及冷漠的看客、黄牛贩子、搭讪的妓女等，“我”好奇的不是他们的身份、职业、性格，而是发生在他们身上或者他们和我之间的非常经历，“我”对一切刺激性的事物保持警觉。但是这一天没有任何传奇，他们和我也没有发生特别的关系，然而“我”与人群的每一次遭遇都被叙述得跌宕起伏、惊险刺激，原因是“我”把想象中惊世骇俗的南京大屠杀场景与游荡中的场景叠加在一起，以叙述宏大历史的方式叙述平淡无奇的游荡经历。“我”这一天的游荡是身体和精神的双重游荡，正是精神上随便出入于虚构与现实的尽情狂欢，才使毫无意义的身体上的游荡获得了精神上的刺激。许强的恶作剧之所以能够吸引我，不是因为我对朋友两肋插刀的义气，而是对我来说事情“有点意思，有点刺激，有那么一点可贵的血腥味，我需要这些，我渴望这些，这才是真正吸引我的地方”[①]。在人群中寻求刺激，以此驱逐生命的无意义是“我”在南京城游荡一整天的最大目的，就像艾伦·坡的《人群中的人》中那位孤独的老人一样，东钻西窜，走遍伦敦的大街小巷，追逐着热闹的人群，以此来驱逐孤

① 朱文：《尽情狂欢》，《山花》1995 年第 11 期。

独。然而现实总是一次次落空，老人始终是“人群中的人”而无法融入人群，“我”也注定只能以虚构的方式暂时摆脱日常的平庸。同样，《达马的语气》（朱文）中达马的出格的玩笑；《三人行》（韩东）中东平、刘松、小夏在夫子庙的枪战；《在码头》（韩东）中老卜等四人与壮汉的冲突，都是以虚构或游戏的刺激来驱逐生命无意义的虚妄。根据前面一节的分析，生命的无意义是新生代笔下游荡在城市文化转型中最基本的生命体验，街道为他们提供了东游西逛寻求刺激的场所，因此游戏和虚构是这类游荡者的重要主题，从中我们也体会到在体制与金钱夹缝中的边缘人的无奈。

到了消费时代，街道景观为之一新，街道也被赋予了新的功能和意义。街道两旁的风景成为城市地标式景观，林立的商店、华美的橱窗、炫目的广告招牌，街道被打造成商品广告和时尚展示的场所，成为商业性和消费性的空间，是物与欲竞相绽放的舞台。街道在建筑和商品的粉饰下，呈现出梦幻般的美。

淮海路是上海的标志性空间意象。卫慧和陈丹燕同样肯定了淮海路之于上海的意义，“上海本地人总是说，外地人去南京路，上海人去淮海路，因为淮海路更符合上海人的胃口”①。淮海路“被真正懂上海情调的上海人喻为‘后花园’”。② 两者也同样肯定了商品带给淮海路的时尚、繁华，陈丹燕写道：“像纽约的第五大街，东京的银座，巴黎的香榭丽舍大道，还有彼得堡的涅瓦大街。最贵的商店，最好看的商品都在这里闪闪发光。”③ 卫慧笔下“美美百货、巴黎春天、伊势丹这样的顶尖百货的进驻使这条五彩斑斓充斥着时尚和垃圾的河流更以加倍的时速流动、奔涌”④。但是人与街道的关系，在两者笔下有着

① 陈丹燕：《上海女子的相克相生之地》，《上海的风花雪月》，上海文艺出版社 2015 年版，第 256 页。

② 卫慧：《愈夜愈美丽》，《水中的处女》，花山文艺出版社 2000 年版，第 10 页。

③ 陈丹燕：《上海女子的相克相生之地》，《上海的风花雪月》，上海文艺出版社 2015 年版，第 256 页。

④ 卫慧：《愈夜愈美丽》，《水中的处女》，花山文艺出版社 2000 年版，第 10 页。

巨大的差距。在陈丹燕笔下，淮海路的商业气息与上海人追求的精致与浪漫是一致的，她用“相生相克”来描述淮海路与上海女子的关系，杜小姐每次从日本回国总是精心装扮，然后到淮海中路上去散步，因为那里才是真正看得懂她的大街。淮海路的气息与情调和散步者是交融的，两者互为映衬、相得益彰。但是卫慧笔下，淮海路是异己的、抽象的、符号化的，“看两边鳞次栉比的建筑群峨然耸立，玻璃幕墙在阳光下激棱闪光让你睁不开眼，这些现代建筑是人类追求工业文明最疯狂的产物。他们干扰光线辐射，影响空气流速，压迫着城市地表的密度，使城市以每秒0.0001微米的速率下陷入海，同时它们还挑衅着城市人日益荒芜的视野和渐增渐高的智商”[①]。两者的根本不同在于观察者的视角，以及由此产生的观察的心态。陈丹燕是以城市主人的身份欣赏和品味着淮海路的优雅与华美，而卫慧采取的是游荡者的观察视角，“你属于这个城市，但你不是在享受它（因为由于种种原因，你没能处在这个物质化的金字塔的上层），你是在感受它，你的身上开了很多灵敏的小口子，你用这些全力地感受着眼前的肮脏与繁华”[②]。游荡者敏锐地观察和捕捉着街道上的风景，但是这是个异己的空间，进入游荡者视野的景观是建筑物的堆积，尽管富丽堂皇却难以感受到由内而外散发出的温度、情感和质地。这样的街道，它的主角是建筑和商品，行走在这样的街道上人是渺小的，游荡者失去了观望的从容和优雅。“我们走在茂名路上，我们路过迪生百货、国泰电影院、花园酒店，穿过淮海路。”[③] “这城市的街道像一张通往明天的车票，穿过这些轨道，我们像两块干燥的木料，渺小而宿命。”[④] 街道对于游荡者只是行走和观望的空间，不是生活空间，而在消费社会，街

---

① 卫慧：《愈夜愈美丽》，《水中的处女》，花山文艺出版社2000年版，第9—10页。

② 卫慧：《像卫慧那样疯狂》，《水中的处女》，花山文艺出版社2000年版，第172页。

③ 棉棉：《告诉我通向下一个威士忌酒吧的路》，《白色在白色之上》，群言出版社2005年版，第58页。

④ 棉棉：《告诉我通向下一个威士忌酒吧的路》，《白色在白色之上》，群言出版社2005年版，第58页。

道以其鲜明的商业性和消费性形成物质对游荡者个体的淹没。

综上所述，在20世纪90年代以来的游荡者文本中，城市空间越来越呈现出临时性、过渡性的特点，主人公从来没有流露出对固定场所、稳定生活的渴望，他们只需要短暂停留的驿站，居室、酒吧、街道共同营造了游荡者"在路上"的叙事模式。城市不再是可以获得安全感的居所，而是临时性的寄居地，城市不能给游荡者提供一个可以依靠的精神家园。

二　游荡者与人群

在本雅明的论述中，游荡者与人群的关系是矛盾的：一方面，游荡者与人群是疏离的，人群是职业化的人，是主流社会中观念、秩序、规范的代表，他们的节奏是现代化机器的节奏，而游荡者没有时间和效率的观念，他们的节奏随心所欲，所以游荡者的气质与人群格格不入；另一方面，游荡者又离不开人群，为了躲避孤独而一次次置身于人群，以好奇和警觉的目光在人群中寻找震惊体验。20世纪90年代以来的城市文学中，游荡者是文化转型的产物，当城市在极短的时间内从政治文化向商业文化、消费文化高歌猛进时，游荡者的主动疏离的文化包括两个方面：一是代表主流观念的体制文化，二是流行的商业文化和消费文化。与之相应，在游荡者的文本中，作为游荡者对立面的人群包括两类形象，一类是代表体制内道德理想的父亲形象；另一类是被转型期的文化裹挟前行的盲目的大众形象。

（一）游荡者与观念性的"父亲"

自新时期以来，快速、持续的社会转型，使父辈们的价值观念与生活方式总是追不上时代的步伐，在新一代城市青年面前失去了父亲应有的权威性。对父亲的反叛彰显了游荡者的自我意识与个性，也强化了游荡者的无所归依的漂泊感。

王朔笔下，游荡者的父辈们大多是政治年代道德神话的代言人，他们所经历的时代赋予了他们太高的理想和激情，他们总是充满使命感与神圣感，把个体“自我”与时代社会“大我”合二为一，或者很自然地以“大我”取代“自我”。在已经到来的经济时代，他们依然想通过父亲的权威保持道德话语权，却因其不合实际而变得苍白无力、迂腐可笑。《顽主》中于观的父亲是有革命履历的退休老干部，父亲和于观的一段对话，典型反映了被颠覆的父亲形象及其价值观：

> “不许你用这种无赖腔调跟我说话！我现在很为你担心，你也老大不小了，就这么一天天晃荡下去？该想想将来了，该想想怎么能多为人民做些有益的事。”
>
> 于观看着一本正经的老头子笑起来。
>
> “你笑什么？”老头子涨红脸，“我难道说得不对？”
>
> “对，我没说不对，我在笑我自个。”
>
> “没说不对？我从你的眼睛里就能看出你对我的这番话不以为然。难道现在就没什么能打动你的？前两天我听了一个报告，老山前线英模团讲他们的英雄事迹。我听了很感动，眼睛瞎了还在顽强战斗，都是比你还年轻的青年人，对比人家你就不惭愧？”
>
> “惭愧。”
>
> “不感动？”
>
> “感动。”
>
> “我们这些老头子都流了泪。”
>
> “我也流了泪。”
>
> “唉——”老头子长叹一声站起来，“真拿你没办法，我怎么养了你这么个寡廉鲜耻的儿子？”
>
> “那你叫我说什么呀？”于观也站起来，“非得让我说自个是混蛋、寄生虫？我怎么就那么不顺你眼？我也没去杀人放火、上街游行，我乖乖的招谁惹谁了？非绷着块儿坚挺昂扬的样子才算

好孩子？我不就庸俗点吗？”①

——王朔《顽主》

父亲和于观在两套价值体系里进行了一场自说自话式的无效沟通，父亲不仅没有说服于观，他那引以为豪的革命记忆也被于观调侃、解构：“你怎么变得这么好吃懒做，我记得你也是苦出身，小时候讨饭让地主的狗咬过，好久没有掀裤腿给别人看了吧？”② 在于观看来，父亲的苦难在一次次说教中，早就失去了道德感化意义，变成父亲自我标榜和炫耀的资本，无异于一场虚伪又乏味的表演。

朱文笔下的父子关系不像王朔笔下那么紧张，而是更加平等随意，仿佛也更有亲情味。《什么是垃圾什么是爱》中父亲看到小丁像见到同龄的老朋友一样地叫了一声。《我爱美元》中“我”认为父亲是不可多得的好朋友，甚至直言“我爱我的父亲”。但两代人的观念对立与冲突不可避免，而且父亲身体健康，对自己的形象和人生智慧都颇为自信，他并不打算在儿子面前放弃父亲的权威，只是他更智慧，不盛气凌人也不喋喋不休，他主动放低姿态，对儿子的教导含蓄收敛、适可而止，以退为进地维持父亲的体面和尊严。但是儿子并不买账，小丁第一眼看到父亲，就毫不留情地解构了父亲的体面，“房间里烟雾弥漫，父亲穿着一条宽松的大裤衩，盘腿坐在一张床上，嘴里含着一支烟，眯缝着双眼，正兴致勃发地和另外三个年轻得多的人玩着纸牌。”③《我爱美元》从“性”——传统伦理禁忌的角度——切入父子关系，这一叙述视角的选择就已经解构了父亲的权威。父亲的性观念是伦理的，和婚姻、道德、责任联系在一起，所以他因我的性观念而担心我的健康和未来；无论如何也不能对年龄像“我”妹妹的女性产生性欲；见到我与弟弟女朋友聊天，立刻警告别打她的主意。而在

① 王朔：《顽主》，江苏文艺出版社 2005 年版，第 45—46 页。

② 王朔：《顽主》，江苏文艺出版社 2005 年版，第 46 页。

③ 朱文：《什么是垃圾什么是爱》，华夏出版社 2004 年版，第 17 页。

“我”的观念里，性是生理性的，既不邪恶也不神圣，在“我”看来，父亲被理想主义压抑的性欲、扭曲的性观念导致了他人性的不健全，而父亲对此却感觉良好，这让我发现了父亲本质上自我的缺失，缺失了自我的父亲在儿子面前是没有权威可言的。更残酷的是，在这场父子性观念的较量中，父亲最终半推半就地接受了儿子荒诞的孝心。经过这么折腾，父亲的权威被击垮，在“我”眼里一下子就老了，充满道德感的性观念不是父亲的伪装，而是那一代人的价值观，当我试图把父亲从性的道德藩篱中解放出来的时候，也把父亲维系体面和尊严的道德优越感抽走了。尽管“我”不认同父亲的性观念，但是终于认识到“我们眼下仍然还需要一个体面的令人尊敬的父亲”①，这是“我”向父亲的妥协。在对性的态度上，“我”质疑父亲的道德至上，也厌倦自己的纯粹肉体满足，所以“我”对父亲所代表的价值观念的断裂与叛逆并不自信，从中可以窥见新生代笔下的游荡者的迷茫与游移。

到了卫慧、棉棉笔下，父亲在游荡者的生命中面目模糊，可有可无，就像他们走过的街道、去过的酒吧一样成为一个符号，既不能成为为他们树立精神榜样的力量，也无法成为他们超越和颠覆的对象。《上海宝贝》中天天的父亲、《像卫慧那样疯狂》中“我”的生父，都在主人公的童年时期不明不白地意外死亡，给他们留下的是无法治愈的心灵创伤。《像卫慧那样疯狂》中“我”的继父猥琐又卑鄙，一面偷窥“我”洗澡，一面装作若无其事，“他永远成不了我真正意义上的父亲”②。《糖》中“我”的父亲、赛宁的父亲经历了非正常的政治至上的年代，承受了那个时代的灾难与痛苦，也把生活的残酷性传递给了还是孩子的“我”和赛宁。父亲强行把我带到蒙娜丽莎画像前，“我”恐惧到失声尖叫，而赛宁的父亲则强迫他学提琴。“在他们的成长史上，父母，师长，举凡可以引为榜样、当作中心的人，几乎全和

① 朱文：《我爱美元》，作家出版社 1995 年版，第 411—412 页。

② 卫慧：《像卫慧那样疯狂》，《水中的处女》，花山文艺出版社 2000 年版，第 152 页。

他们相互排斥。每当提到小镇上的‘父亲’和长大后在大都市结识的父辈时，卫慧的处理方法和苏童、余华等兄长们毫无二致：一律写得卑鄙下流，丑陋不堪。”[①] 金钱是这些游荡者和父亲之间唯一可靠的联系，《艾夏》中父亲艾仲国从未出现，只是以一张张巨额汇票标志着父亲的存在；《糖》中在“我”成年后，“父亲”只是一个为“我”提供婚姻经费、支付医药费的经济资助者，赛宁的父母也只能以源源不断的金钱来弥补亲情的缺失。除了金钱上的帮助，父辈们已经无力介入他们的生活，但是金钱根本不能让游荡者与父亲搭建起精神联系。《上海宝贝》中 Coco 的父亲是最有角色意识的，“爸爸是个微胖的喜欢抽雪茄喜欢和年轻人谈心的大学历史系教授，风度翩翩，从小就对我溺爱有加，在我 3 岁的时候就训练我欣赏‘波西米亚人’这样的歌剧。他总是担心我长大后会被色狼骗色骗心，他说我是他一生最重要的宝贝，我应该慎重地对待男人，不要为了男人哭泣”[②]。但是 Coco 依然认为和父亲隔了 100 条代沟，坚决离开父母的家。父亲的缺失使这些游荡者成为无根的一代，从生活方式到价值观念都斩断了与传统的联系，他们吃西餐、喝咖啡、听摇滚、参加 Party、混迹各类酒吧，对香水有极高要求，他们用青春、身体和性与世界肉搏，追求泡沫般短暂的快乐，他们真正成了断裂的一代，这种断裂也把他们从游荡者推向更加孤独的漂泊者。

（二）游荡者与人群

前文已经分析在王朔和新生代笔下吸引游荡者目光的不是城市街景，而是城市里的人群。王朔作品中多次写到顽主们观望的人群的场景，人群之所以能引起他们阅读和观望的兴趣，是因为他们以边缘人的清醒透视了体制内人群正经严肃的外表下精神上的虚妄混沌。《顽主》用漫画手法描写了赶来参加三 T 文学奖发奖大会的人群：

---

① 郜元宝：《荒芜的悸动——谈谈卫慧的小说》，《水中的处女》，花山文艺出版社 2000 年版，第 6 页。

② 卫慧：《上海宝贝》，春风文艺出版社 1999 年版，第 17—18 页。

他们像攻进冬宫的赤卫队员们一样黑压压地移动着，涌了进来，而且立刻肃静了。走在最前排的是清一色高大强壮、身手矫健的青年男子，他们轻盈整齐地走着，像是国庆检阅时的步兵方阵，对前面桌上的啤酒行注目礼。尽管不断涌进的人群给他们的排面形成越来越大的压力，他们仍顽强地保持着队形，只是步伐越来越快，最后终于撒腿跑了起来，冲向所有的长条桌，服务员东跑西闪，四处躲藏，大厅里充满胜利的欢呼。在震耳欲聋的喧嚣声中，最先跑到桌边的人开始挨个杯子喝下去，飞快地、不眨眼地喝光一杯又一杯。源源不断的人群挤到桌边，无数只手伸出去抢酒瓶、抢杯子，把几十张长桌上的酒水一扫而光。

于观、宝康、丁小鲁一群人步入舞会大厅时，展现在他们面前的是一个大型庆丰收群雕，一组组造型迥异的痛饮形象叠错有致地环布四周，男人们和女人们从堵住嘴遮住脸的倒竖的酒瓶后面露出喜悦的眼睛。①

——王朔《顽主》

如此荒唐的三 T 文学奖发奖大会之所以能够成功举办，是因为人群的捧场，但是人群并不关心他们参加的是什么会，发言人讲了什么内容，他们在乎的是会后有没有“舞会”、有没有“饮料”。当他们终于等到舞会开始时刻，并看到了“数以百计装好啤酒的玻璃杯和丛林般揭了盖的瓶装啤酒”②，人群爆发出满足的狂欢，因为这些啤酒，他们并不在乎自己被利用了，或者根本没有意识到被利用，于观不禁感慨：“天哪！中国老百姓真是世界上最好的老百姓。”“他们其实并没有什么过奢的要求。”③ 在游荡者眼中，这些人把生活表面的诱饵当作本质和目标，热情高涨地去追求和拥抱，无知、贪婪、势力又易于满

① 王朔：《顽主》，江苏文艺出版社 2005 年版，第 20—21 页。
② 王朔：《顽主》，江苏文艺出版社 2005 年版，第 20 页。
③ 王朔：《顽主》，江苏文艺出版社 2005 年版，第 21 页。

足。可以看出，此时的游荡者以觉醒者的姿态与人群拉开了距离，他没有像对以精神导师自居的人那样冷嘲热讽，而是居高临下地审视着这些晦暗不明的人，既震惊又悲悯，同时也显现出游荡者之于人群的精神优越感。

新生代笔下的游荡者与人群的遭遇，已经全无王朔笔下的这种优越感。在韩东的《美元硬过人民币》中，有一个极具代表性的场景，成寅和杭小华在街头游荡，欣赏着暧昧的夜色，“暮色中行人来往不歇，有的还与他们擦肩而过，不在意地碰着了他们。这些人心怀坦荡，目的明确，兜里有的是钱，与他们错过时竟流露出轻蔑之情，或者对他们视而不见”[①]。在这里游荡者和人群是一种颠覆性关系，游荡者成寅步履悠闲，但心情并不轻松，甚至是压抑的；人群尽管匆匆忙忙，但“心怀坦荡，目的明确”，并表现出对游荡者的轻蔑和漠视。游荡者在人群中毫无优越感，也没有观察者的冷静与理性，成寅对朋友说“你看谁不顺眼尽管上去揍”[②]。之所以形成这种颠倒的关系，根本原因是对金钱的占有，成寅兜里没钱，而人群兜里有的是钱。在朱文的《什么是垃圾什么是爱》中，当小丁和李总的一群五花八门的朋友们在一起时，游荡者与人群“看与被看”的关系也被颠倒了。当李总介绍小丁是作家时，小丁被团团围住，“老李和他的朋友以一种不容回避的关心姿态就小丁的个人生活全方位地提出了他们的问题。”当他们得知小丁不过是一个没钱、没名、没有出路的作家后，“沙发里的那圈人心满意足地一哄而散，有的跟小丁连个招呼都不打就走了”[③]。小丁在人群中被观察、被品评、被轻视，小丁尽管对人群的势利表示不屑但毫无反抗之力。在金钱至上的商品社会，人群盲目地随着金钱的指挥棒团团转，而游荡者是清醒的，他拒绝被金钱役使，以无所事事的游荡对抗现代社会对人的异化。但是金钱成了衡量人的价值的标

---

① 韩东：《美元硬过人民币》，上海人民出版社 2006 年版，第 24 页。

② 韩东：《美元硬过人民币》，上海人民出版社 2006 年版，第 24 页。

③ 朱文：《什么是垃圾什么是爱》，华夏出版社 2004 年版，第 230 页。

准，没有物质的支撑，游荡者的精神优越感也荡然无存，面对人群，他变得矛盾又忧郁，很难保持超然的姿态。

更加尴尬的是游荡者在体制内的人群中也面临着被轻视的困窘。《没有了的脚在痒》中，“我”一厢情愿地把因退休而脱离体制束缚的人们引为同类，欲欣然融入这一群体，“就是这样一群在社会意义上已经死掉的人让我倍感亲切，他们终于结束了作为物种角色忙忙碌碌、繁衍生息的苦难生涯，开始过上了人的日子。他们带着日薄西山的悲哀被迫完成了一次伟大的不自觉的超越。”“而当我第一次袖着双手晃晃荡荡地来到他们中间时，他们却用异样的目光打量我。我知道自己是不受欢迎的，不被接纳的。”① 尽管这些退休的人群和“我”一样无所事事，但是他们曾是体制内法则的顺应者和巩固者，也不会因为退休而对既定秩序怀疑，而“我”从他们身上看到了理想、意义的虚妄，因此“我”更加坚定地放弃了对世俗人生的追求，“我能感觉到，他们就要结束的一生使我的某些理想深刻地堕落了。同样，他们曾经耿耿于怀的可以称作某种理想、某种希望的东西也正在我的渗透里腐烂变质”②。所以，在这样一个群体中游荡者仍然是被孤立的。

新生代笔下的游荡者与两类人群的对立，体现出他们对体制和金钱观念的双重疏离，遗憾的是这双重的疏离没有带给他们英雄的光晕，而是虚无和匮乏，尽管如此，游荡者仍然在双重夹击的社会中保持了个性独立。

卫慧、棉棉笔下的游荡者观察城市的视角是向内的，紧紧盯着自己或小圈子内人的敏感脆弱的灵魂。他们很少去关注和他们不一样的圈外的人群，他们和世俗大众划清了界限，以与人群保持距离来标榜自己的品位与个性，“我们自以为是这个城市里日益珍惜的浪漫主义者，对世俗凡庸的人群、流言、冷语讨厌之极的愤怒青年”③。游荡者

① 朱文：《没有了的脚在痒》，《大家》1995 年第 5 期。

② 朱文：《没有了的脚在痒》，《大家》1995 年第 5 期。

③ 卫慧：《像卫慧那样疯狂》，《水中的处女》，花山文艺出版社 2000 年版，第 159 页。

在凡庸人群前的这份骄傲自赏源自他们对独立、自由、真实自我的张扬，“简简单单的物质消费，无拘无束的精神游戏，任何时候都相信内心冲动，服从灵魂深处的燃烧，对即兴的疯狂不作抵抗，对各种欲望顶礼膜拜，尽情地交流各种生命狂喜包括性高潮的奥秘”①。而人群是庸俗、虚伪，没有自我的可怜虫：“在我眼里，许多教授门下的弟子简直就是一群应声虫，或者奴隶，他们首先得附和导师的治学思路，藏起自己的疑问，然后在取得导师的垂青后跟随导师四处开研讨会，在导师推荐下在杂志上发论文，甚至在导师关怀下结婚生子，谋取职业，直到他地位稳固能发出自己声音的那一天。”② 现世安稳是世俗大众生活的“乌托邦”，即便是披上了现代外衣的“雅皮”生活，内里仍是“以不变应万变的”前现代的理想。如朱砂和丈夫婚前是大学同学，情感经历单纯，婚后相敬如宾，同为外企精英，拥有不菲的收入，高雅健康的社交与娱乐。这无疑是大众理想婚姻的典范，但在游荡者看来这样的生活是乏味的，大众比拼的是耐力和生活的坚韧，游荡者渴望的是独立、自由、随心所欲，不会为维护世俗眼里的光鲜而忍受任何一种乏味。

游荡者的气质与大众格格不入，对人群也没有观望的兴趣，不过这并没有使他们走向人群的反面。游荡者对短暂、即兴的生活的热爱，使他们在官能上与城市融为一体，“生活就是如此惊人的生动，时光嗖嗖而过，一切都在撕碎的空气里迅疾后退，什么都是即兴的欢乐，欢乐只是短暂的存在，而文字，只有走火入魔的文字像激情的野马一样在草地上留下被永久毁坏的痕迹。而我，只想在马尾巴上做一只陶醉的虱子”③。人群永远行进在主流观念所规定的大道上，游荡者不再是主流观念的异化力量而是消费时代城市精神的演绎者，成为城市文化符号的一部分，因此他们也成了人群的引领者。就像马当娜所说，

① 卫慧：《像卫慧那样疯狂》，《水中的处女》，花山文艺出版社 2000 年版，第 190 页。
② 卫慧：《上海宝贝》，春风文艺出版社 1999 年版，第 131 页。
③ 卫慧：《像卫慧那样疯狂》，《水中的处女》，花山文艺出版社 2000 年版，第 229 页。

她说的圈子“游移于公众的视线内外，若隐若现，却始终占据了城市时尚生活的绝对部分”①。

三　游荡者与城市的关系

在本雅明笔下，游荡者与城市建立的是审美关系，他热爱城市但反对城市工业化、现代化对人的异化，以超功利的审美对抗资本主义的工具理性。但是在我国城市文学中的游荡者是城市文化转型的产物，他所面对的城市及其文化内涵是变化的、多元的，游荡者与城市的关系也随着现代化的进程不断变动。王朔笔下的游荡者和城市是对抗关系不是审美关系，这时的城市正处于从政治型城市向经济型城市转型的过程中，游荡者对抗的是体制化的城市对人性的压抑与扭曲，正在兴起的金钱经济对人的影响还没有引起他们的足够关注。这些嘻嘻哈哈的游荡者与体制的对抗不是英雄主义的直面抗争，而是具体化为语言上的油嘴滑舌，但是他们对体制内人群的居高临下的审视态度、对道德主义的“父亲”的不留情面的讽刺，足以表现出游荡者与城市对抗态度的坚定果决。新生代笔下的游荡者生活的时代更自由也更混乱，旧体制的制约依然强大，经济社会的金钱观已大行其道，游荡者以文人的敏感和对独立人格的恪守与城市建立的仍是对抗关系，不过他们的对抗姿态已经不像王朔笔下的游荡者那样舒展、洒脱，由于对体制的脱离，他们分散成原子化的人，孤独地面对体制的庞然大物，他们显然力不从心；由于对金钱社会的疏离，物质匮乏导致的不自由是他们不得不面对的困境，这些边缘化的文人在孤独、虚妄中保持个体独立。消费时代的游荡者与城市相互欣赏，游荡者陶醉于商品社会的欲望化、虚幻性，而商品社会也借游荡者的放荡不羁建构自己的文化符码，使游荡者与城市更像彼此对应的镜像关系。消费社会价值理念和

① 卫慧:《上海宝贝》，春风文艺出版社 1999 年版，第 39 页。

行为逻辑改变了人对城市的感知与想象，游荡者眼中的上海既丰富又单调，所有耀眼的繁华折射出相同的内质，这是一个物与欲膨胀的场所：“站在顶楼看黄浦江两岸的灯火楼影，特别是有亚洲第一塔之称的东方明珠塔，长长的钢柱像阴茎直刺云霄，是这座城市生殖崇拜的一个明证。轮船、水波、黑黢黢的草地、刺眼的霓虹、惊人的建筑，这种植根于物质文明基础上的繁华只是城市用以自我陶醉的催情剂。”① 文本中的上海，通过消费文化的三棱镜折射出物质的大丰富、欲望的大解放、人的大自由的城市幻象。卫慧笔下的阿慧、阿碧、马格、“媚眼”、Coco、表姐；棉棉笔下的“我”、赛宁都被城市光怪陆离的消费景观所吸引，尽管他们的结局并不都是美好的，但他们的气质与城市消费文化相得益彰。

在城市文化持续的转型时期，三类游荡者都无法和城市建立起真正的审美关系，尽管他们都是城市的非主流群体，但毕竟是时代潮流中的人，他们的精神气质都是时代赋予的。真正能与城市建立起审美关系的，恰恰不是时代洪流中的人，例如《长恨歌》中的王琦瑶、《高跟鞋》中的王建军姨妈，她们经历了三四十年代上海的绝代风华，任时事变换她们依然固守原来的生活方式与价值观念，与浮华躁动的上海保持距离。游荡者要与城市建立起审美关系，从游荡者自身来说有两个前提，一是一定的物质基础，“有钱财支撑而无须劳动”；二是独立自主的主体精神。“它们来自于对生活的高度自信，来自于对生活方式的顽强固守。这本身已经构成了力量的来源。”② 而后者却是三种类型的游荡者都缺失的。

第三节　游荡者的主体性建构

20 世纪 90 年代以来城市文学中的游荡者尽管与城市没有建立起

① 卫慧：《上海宝贝》，春风文艺出版社 1999 年版，第 14 页。
② 朱文颖：《高跟鞋》，《水姻缘》，作家出版社 2012 年版，第 185 页。

审美的关系，但是游荡者及游荡行为在本质上仍然体现了从个人主义立场上对人的自由健全人格、存在意义以及个人与城市（世界）关系的思考。相比于世俗大众，游荡者是有独立主体意识的一类人，他们始终和城市主流的价值观念、生活方式保持距离。从王朔的“顽主”到新生代笔下的边缘文人，再到卫慧、棉棉等笔下的“新新人类”，这些游荡者都是城市文化转型的产物，他们一方面要面对城市的体制文化；另一方面也要面对席卷而来的商业文化和消费文化，游荡者的主体性特征就在他们面对两类文化时所秉持的态度中展开。

一　从怀疑主义到虚无主义

西方现代哲学认为：“主体性是主体一种自由的、自律的意识特质。”[①] 新中国成立后的很长时间里，个人的主体性要认同和服从于国家和集体的规训，“当代中国的社会结构主要以身份制、单位制和行政制为基础”，通过户籍制度使个人从属于一个固定地域。在城市，“单位”又使每一个人都从属于一个固定机构，同时又通过认识制度和劳动用工制度把社会成员划分为“干部”“工人”“农民”三种不同的社会身份[②]。在这样的社会结构中，“革命的乌托邦理想和实践事业作为终极的价值，成为至高无上的主体，而个人只是整个革命机器中微不足道的螺丝钉”[③]，个人主义的“小我”被时代、国家的“大我”所置换。

改革开放是新中国成立以来城市文化的分水岭，这之前以政治文化为主导，之后转向经济文化时代。城市文化的转型带来了主体自我意识的觉醒，王朔小说中塑造的顽主们就是被这次城市文化转型抛出

① 傅其林：《主体性》，王晓路等：《文化批评关键词研究》，北京大学出版社 2007 年版，第 132 页。

② 王本朝：《中国当代文学制度研究》，新星出版社 2007 年版，第 132 页。

③ 许纪霖、罗岗等：《启蒙的自我瓦解：1990 年代以来中国思想文化界重大论争研究》，吉林出版集团有限责任公司 2007 年版，第 26 页。

既定生活轨道的时代牺牲者，生命轨迹的改变也促进了主体意识的觉醒。不过，游荡者的主体意识觉醒不同于“伤痕文学”“反思文学”对主体价值、尊严、权利的热切呼唤，而是抽掉主流价值观念赋予人的理想主义和宏大意义，让人恢复自由真实的本来面目。从文本或隐或显的叙述中可以看出，顽主们大都是“大院”子弟，改革之前，他们都是居于体制中心、获得了某种特权的人物，他们的身份已经预设了光明的未来：“我一点不用担心自己的前程，这前程已经决定：中学毕业后我将入伍，在军队中当一名四个兜的排级军官，这就是我的全部梦想。”“一切都无须争取，我只要等待，十八岁时自然会轮到我。”①但是改革却造成了他们生命轨迹的断裂，“回到北京家里，脱下紧身束腰的军装……走到街上，看到日新月异的城市建设，越发熙攘的车辆人群，我感到一种生活正在迅速向前冲去的头晕目眩，我去看了几个同学，他们有的在念大学，有的已经成为工作单位的骨干，曾经和我要过好的一个女同学已成了别人的妻子。换句话说，他们都有自己正确的生活轨道，并都在努力向前，坚定不移而且乐观。当年我们是作为最优秀的青年被送入部队，现在却成了生活的迟到者”②。曾经的政治文化赋予他们的信仰和梦想，在现实面前瞬间破碎，而且荒唐可笑。城市文化转型使这些曾经居于体制中心的优秀青年，一下跌落到社会的边缘，成了无所事事的街头游荡者。断裂的阵痛使他们对体制内的价值观念和道德理想产生了怀疑，边缘化的地位恰巧给了他们一个重新审视体制的视角，他们不再以国家、集体为本位来规划自我，而是以自我为中心，重新打量和思考个人在社会中的角色、定位与意义，重新思考个人与社会、时代的关系，这一切促成了游荡者自我意识的觉醒。他们从经验出发，发现了体制所推崇的所谓理想、道德的虚伪，以及对人性的扭曲和异化，并对之进行了辛辣的讽刺和调侃。

在20世纪80年代中期，整个社会尽管已经朝着经济的方向转轨，

---

① 王朔：《动物凶猛》，《顽主》，江苏文艺出版社2005年版，第145页。

② 王朔：《空中小姐》，《王朔文集》，华艺出版社1996年版，第39页。

但社会主流的价值观念和生活方式还停留在政治文化的阶段，单位制度不仅是个人及家庭的物质保障、福利和社会保障，也是一个人身份的标签，依靠体制的安稳生活还是大众所追求的社会主流生活。当各种“单位”中的“小林们”还在为了工作晋升、住房、福利、子女教育等不得不察言观色、曲意奉承、钩心斗角的时候，王朔笔下的游荡者洒脱地扔掉铁饭碗，成了脱离单位和体制的自由职业者，也把《无主题变奏》《你别无选择》中叛逆青年模糊的追求变成了现实。游荡者们摆脱了主流社会的体制制约，生活自由自在，玩世不恭，对实利主义、享乐主义的追求直言不讳。这种生活方式和价值观念在世俗道德观念里是应该被唾弃的，但是他们对体制文化所倡导的道德、理想的反讽构成了对传统生活范式的挑战，尤其是顽主们面对实利的率真态度正迎合了方兴未艾的经济社会中大众文化的世俗化心理，顽主们机智反讽的语言让当时的读者们津津乐道、争相传诵，在大众眼中他们自由洒脱、个性凌厉，是个性鲜明的新时代的代言人。这就不难理解，“顽主”系列小说为什么会一面备受争议，另一面又让王朔名利双收。不过，这些游荡者的主体性是建立在对体制内观念的怀疑与否定的基础上的，是破坏性的，而非建构性的。他们的戏谑调侃、玩世不恭只是对抗主流价值观的策略，王朔曾说：“以我之偏见，中国社会最可恶处在于伪善，而伪善风气的养成根子在知识分子。”① 不管王朔的观点是否正确，他的确指出了长久以来体制文化的一些弊病，道德主义的乌托邦把人变得空洞伪善，游荡者通过调侃主流价值观中的理想、严肃、崇高，肯定和张扬人的世俗化的欲望，卸载了意识形态赋予个人的高尚道德和宏大意义，以此来恢复人的真实面目。《顽主》中于观说：“我们可以忍受种种不便并安适自得，因为我们知道没有完美无缺的玩意儿，哪儿都一样。我们对别人没有任何要求，就是我们生活有不如意我们也不想怪别人，实际上也怪不着别人，何况我们

① 王朔：《我的文学动机》，《王朔文集知道分子》，北京十月文艺出版社2016年版，第6页。

并没有觉得受了亏待，愤世嫉俗无由而来。达则兼济天下，穷则独善其身。既然不足以成事我们宁愿安静地等到地老天荒。"① 这可视为顽主们价值观的宣言。王朔在1989年发表的《一点正经也没有》《千万别把我当人》等小说中，语言的戏谑与调侃登峰造极，对主流价值观的否定也到了尖酸刻薄的程度，但是所有这些文本都没有建构一个游荡者的意义世界，体现出游荡者主体性的虚空与非理性的特点。不过王朔笔下的游荡者似乎并没有因此产生失序的恐慌和焦虑，也没有无所皈依的痛苦，其中力量并不是来自游荡者内在的自足性，而是时代对于自我仍处于"解放"的需求中，而顽主们身上的怀疑主义和反叛性特征正符合了时代的这一需求。当20世纪90年代道德主义乌托邦被突如其来的市场经济和大众文化冲垮时，顽主们因调侃和解构对象的消散而失去了英雄的光晕，这类游荡者也在不知不觉中淡出了大众的视野。

新生代笔下的游荡者的主体性仍是建立在怀疑主义精神之上的。20世纪90年代尤其是市场经济确立以后，金钱作为商业社会的符码显示了它的巨大威力，并且作为一种价值观开始影响人们的价值取向和行为选择，欲望的解放、对实利主义的追求不再像王朔笔下的顽主们身上那样具有世俗化的解放力量，而是成为控制个体自由的异化力量，"与政治意识形态体制一样，商业化体制同样是一种基于理性原则的异化形式，不过前者的'国家'、'民族'等核心话语被置换成了作为一半等价物的货币，后者承认与鼓励个人长期以来被宏大话语压抑与置换的欲望，因而其吸附力也更强"②。同时，传统的政治体制在一定范围内仍以集体本位和社会本位的观念对个体自由形成控制与约束，对人的自由意志和个性的压抑依然存在。体制及商业文化两种力量同时作用于20世纪90年代的城市，城市成了矛盾而复杂的场域，游荡者要面对商业社会和传统体制的对自由健全人性的双重压制，游

① 王朔：《顽主》，江苏文艺出版社2005年版，第49页。

② 王志谋：《新生代小说中的"游荡者"研究》，博士学位论文，华中师范大学，2013年，第28页。

荡者既否定了传统体制内以集体和社会为本位的价值观念，也否定了商业社会以金钱和效益为本位的价值观念，他们在怀疑和否定的道路上比王朔的顽主走得更远，顽主们尽管玩世不恭，但依然保留了对爱情的浪漫想象，吴迪之于张明（《一半是海水一半是火焰》）、于晶之于石岜（《浮出海面》）、张露之于“我”（《橡皮人》），都是至纯至真的爱情，这也平添了顽主几分英雄魅力。新生代笔下的游荡者直接否定了超越于生命本原之上的意义，主体只剩下感性的、欲望化的躯体存在。《障碍》中，好朋友的女友王玉只身来到许城，并和“我”同居一室，面对这个比许城的许多女孩都漂亮的女人，“我”的理性告诫自己，她是朱浩的女人，朱浩是我最好的朋友。但是理性最终被欲望打败，“我”和朋友的女人发生了性关系。“身体落实以后（它正在踌躇满志并机械地用力）脑袋又暇想到了另一些问题。我问自己：‘这是真的吗？’我一遍遍地问：‘这是真的吗？这是真的吗？真的吗？……’既没有结论，也没有附加的问题。它没有意义。只是一种节奏，一种进行。”[①] 叙述者不断强调我与王玉发生性关系的非意识性，小说讨论的显然不是一个伦理的问题，而是对人的精神与肉体、理性与欲望关系的思考。在传统观念中，在灵与肉、理性与感性的二元关系中，前者是坚定的、高尚的，后者是破碎的、庸俗的，人的主体精神体现在前者对后者的支配。但是游荡者从经验出发认为前者是虚幻的、抽象的，后者才是真实的、具体的，支配人的行为选择的是形而下的身体的欲望而不是形而上的理性、精神。它彻底消解了理性主义赋予生命的价值意义和审美意义，把生命还原到躯体的层面，但这并非等同于世俗化的欲望张扬，他们要把欲望化的躯体作为生命探索的起点，从形而下抵达形而上，欲望不再是伦理层面的概念而是生命存在的本原状态，这是游荡者的欲望与世俗欲望的根本不同。《我爱美元》中，父亲看过“我”的手稿后说：“一个作家应该给人带来

① 韩东：《障碍》，《美元硬过人民币》，上海人民出版社 2006 年版，第 249 页。

一些积极向上的东西，理想、追求、民主、自由，等等。”“我”回答，“我说爸爸，你说的这些玩意，我的性里都有。”[①] 在“我”看来对意义的追求与探索只能从感性的躯体的经验开始，而不是抽象的、超验的意义附加。至此，游荡者对自我的认知已由对体制的解构走向对理性主义主体的解构。

但是人的理性主体被解构，个体的主体性也只能走向涣散。“原来作为内在和谐的作为主体性的人，也发生了一系列的解体，先是人的精神灵魂与他的世俗肉体发生了分裂”，最后“作为主体性的人也受到了质疑，人被重新置于一个与自然、世界、终极的存在的互动关系中重新理解。”[②] 游荡者总是陷入不能左右又无力挣脱的困境，他们也试图寻找生命的意义。例如，《什么是垃圾什么是爱》中的游荡者小丁想在体制和商业社会之外，找一份能对别人有帮助的事情，小丁找到了爱德基金会，从爱德基金会秘书长与小丁的谈话中可以看出，她根本无法理解小丁的意图：

> “你是不是想找个工作？”
>
> “我在电话中已经说过，我不想工作，我只是想找点事情做。”
>
> “找点事情做不就是工作吗？”
>
> “是工作，但是我的意思是不是在单位上班的那种，上班、下班、拿工资，不是那种。”
>
> “噢。你说的是不是义工？我们这里每年都有一些年轻人自愿来做一段时间义工。但是其中有一些是为了来看看能不能帮助他们出国的。”
>
> ……
>
> “我只是想接触人，做一点确实对别人有帮助的事情。”

---

① 朱文：《我爱美元》，作家出版社1995年版，第404页。

② 许纪霖、罗岗等：《启蒙的自我瓦解：1990年代以来中国思想文化界重大论争研究》，吉林出版集团有限责任公司2007年版，第27页。

"应该说任何一项工作对别人都有所帮助是吗？不一定要做义工。不拿报酬说明不了什么。实际上我们这里的义工都是有一定报酬的。"

"看来，我找的也不是义工。"①

——朱文《什么是垃圾什么是爱》

秘书长作为传统体制的代表，她对于工作的理解就是既定的社会分工，社会意义就是个人的生命意义，她既不能理解小丁所说的无意义也不能理解他所追求的意义。李总和陈洁是商业社会的成功者，他们习惯从钱的角度建构和他人的关系，在他们眼里小丁穷困潦倒一无是处，只有作家的名分是有价值的，他们只想利用小丁掩盖儿子痴呆的事实。基金会的男秘书势力又盲目，在他眼里小丁高傲又无能，他对小丁只有好奇毫无尊重。小丁试图在政治体制传统和商业社会的价值观之外建构生命意义，最终在误解、否定、嘲弄中尴尬收场。就像小丁，新生代笔下的边缘化文人对于自我只有面对传统体制的解构，没有面对世俗化建构，意义的悬置并没有让游荡者获得更高的自由和舒展人生，而是陷入了无所适从的虚无。

可以看出从王朔的顽主到新生代笔下的边缘文人，这两类游荡者并不是具有完美人格的独立主体，他们并没有建构一个独立的意义世界，游荡行为的意义是由他们的对立面赋予的，通过对体制或金钱社会的怀疑与否定来建构自我。游荡者的主体性是从对既定秩序的怀疑开始的，由怀疑走向疏离、叛逆、解构，而始终缺少意义的建构，最后不免走向虚无，这成为游荡者最基本的生命体验。

二　符号化与游荡者的消隐

如果说在新生代笔下游荡者抽掉身体的附加意义，一切回归生命

① 朱文：《什么是垃圾什么是爱》，华夏出版社2004年版，第210、212页。

本原，是以对抗虚伪的道德话语、追求主体自由为目的，那么在消费社会，身体的官能性就被消费理念所利用，人人都生活在物的包围之中，意义世界逐渐隐去，人“慢慢地变成了官能性的人”[①]，人们根据物的节奏和不断代替现实而活着，游荡者和城市消费文化在精神上握手言和，彼此欣赏。在消费价值理念的影响下无论传统的体制还是世俗社会的价值观念，对于游荡者都失去了规约力量，无须怀疑、解构和对抗，但是游荡者的主体性也随之消隐。

消费社会的“新新人类”那里，身体由遮蔽走向了全面“解放”，卸载了诸如道德、伦理、意识形态等传统文化符码，但是他们并没有让身体停留在本源层面，而是以消费文化对身体重新赋予意义，“在广告、时尚、大众文化中的完全出场——人们给它套上的卫生保健学、营养学、医疗学的光环，时时萦绕心头的对青春、美貌阳刚/阴柔之气的追求，以及附带的护理、饮食制度、健身实践和包裹着它的快感神话——今天的一切都证明身体变成了救赎物品。在这一心理和意识形态功能中它彻底取代了灵魂”[②]。消费社会中的游荡者并非不追求精神和意义，但是他们与世界建立联系的媒介是身体而不是理性，在卫慧、棉棉等作家笔下，游荡者的身体是开放式的，在《像卫慧那样疯狂》中马格一针见血地指出了“身体”对于游荡者和城市之间的媒介意义，“你属于这个城市，但你不是在享受它……你是在感受它，你的身上开了很多灵敏的小口子，你用这些全力地感受眼前的肮脏与繁华”[③]。他们在游荡中，把身体敞开于繁华的商场、喧嚣的街道、虚幻的酒吧、混乱的歌厅，把身体沉浸在时装、美食、香水、音乐的美好享受里，也离不开酒精、毒品、性的刺激。身体成为游荡者意义世界建构的主体，《糖》的中的“我”对性高潮的发现和赞美，成为“我”

① ［法］让·鲍德里亚：《消费社会》，刘成富、全志钢译，南京大学出版社2014年版，第2页。

② ［法］让·鲍德里亚：《消费社会》，刘成富、全志钢译，南京大学出版社2014年版，第120—121页。

③ 卫慧：《像卫慧那样疯狂》，《水中的处女》，花山文艺出版社2000年版，第196页。

理解自身和现实的媒介，“我”用生命和灵魂爱着赛宁，因此一次次渴望和赛宁达到性高潮，身体深处敞开才能抵达灵魂。《上海宝贝》中马当娜不断更换性伙伴，以身体的快感抵抗生命的虚无；作为现代淑女的朱砂摆脱了无性的婚姻，发掘了性的激情与和谐，生命的光彩才得以绽放；Coco 为自己旺盛的性欲，既能征服异国男性也能吸引女性的身体而沾沾自喜。

被解放并有了主体意义的身体应该以一种审美的、自由自在的姿态在文本中呈现，但在卫慧、棉棉笔下，身体更多时候通向的是支离破碎的精神世界，他们总是昼伏夜出，“从一个酒吧进入另一个酒吧”（棉棉同名小说），放浪形骸，吸毒、嗜酒、混乱的性关系、自虐自杀，仿佛只有这种极端的方式、强烈的刺激，才能驱逐对生命虚无的恐惧。作为游荡者，他们更像爱伦·坡《人群中的人》里那个寻求刺激的无名老人，对于寻常的刺激已经无动于衷，只有遭遇到强烈的刺激，才可能获得精神上的兴奋。解放了的身体并没有给游荡者带来精神的自主与自由，而是为更大的异化力量所攫取，把主体引向了更大的虚无。在消费文化中，身体的解放不过是一种幻象，游荡者在不知不觉中成为消费文化的猎物，他们的身体成为商品展览和消费理念演绎的场所。“天天在屋里走动着，给我倒‘三得利’牌子的汽水，用‘妈妈之选’牌色拉乳给我做水果色拉，还有‘德芙’黑巧克力有助于启发灵感，唱片选有点刺激但不分散注意力的来放，调试空调的温度，巨大的写字台上有十盒七星牌香烟，像墙那样整齐地堆砌着……”①对物质的依恋成为他们在城市的精神依赖和情感寄托，游荡者用身体及其衍生物存在作为自我的证明，结果却构筑了消费社会的欲望图景。这正是消费社会身体解放的目的，“身体之所以重新被占有，依据的并不是主体的自主目标，而是一种娱乐及享乐主义效益的标准化原则、一种直接与一个生产及指导性消费的社会编码规则及标准相联系的工

① 卫慧：《上海宝贝》，春风文艺出版社 1999 年版，第 23 页。

具约束”[①]。在不知不觉中身体的自然属性被自己的消费行为改写，“它越来越和自己的本性相脱离，甚至成为自我本性的反对者。这个时候，身体越来越成为一个被规划、被塑造之物，它不再是现代景观中追求自我解放和确证的主体，也不再是革命大叙事中的劳动和牺牲，而是主体消溃之后的一抹残存的生存形式”[②]。这些渴望拥有灵魂自由的游荡者，在消费社会身体解放的神话中，成为灵魂与肉体撕裂、精神无处皈依的漂泊者。

三　游荡者的主体性：“自由”与“虚无”

从王朔的“顽主”到新生代笔下的“边缘文人”，再到卫慧、棉棉笔下的“新新人类”，游荡者经历了对抗体制、对体制与商业社会的双重疏离、融入消费社会的过程，游荡者的主体性从怀疑主义一步步走向虚无，最后消隐在消费文化中。如果我们在这里放弃掉“顽主”“边缘文人”“新新人类”的具体差异，把他们看作是具有游荡精神的群体，可以看到追求个体的独立与自由是这三类游荡者共同的、也是根本的精神追求，并且可以看到他们在建构自在自为的主体性上的努力与尝试。在消费文化蓬勃兴起的都市，经济的解放力量为人们预设了一个建立在物质丰富之上的幸福的乌托邦，人群就是它的信仰者，所以他们总是那样的目标明确、行色匆匆。而游荡者边缘化的处境给了他们个人化的观察视角，他们从自我而非时代、个人的而非群体的视角观望城市，依靠个人的经验和感觉而非先验的、既定的观念作为道德的出发点，获得了不同于时代整体气象的生命感受。在时代的洪流中，游荡者的目的是明确的，追求毫不妥协的个性自由，但他

① ［法］让·鲍德里亚：《消费社会》，刘成富、全志钢译，南京大学出版社 2014 年版，第 123—124 页。

② 葛红兵：《身体写作——启蒙叙事、革命叙事之后：“身体”的当下处境》，《当代文坛》2005 年第 3 期。

们的经验却是混乱的、破碎的，充满着困惑、迷惘和生活的失败感。这类叙事抛弃了传统文学的叙事形式也放弃了文学的道德意识和社会责任感，不再是要讲述一个情节完整、人物丰满、情感充沛的故事，而是指向个体的生命和精神处境，但是在生命深处，他们感受到的是生命不能承受之轻的意义虚无。

王朔的顽主系列小说，不仅解构了意识形态化的价值和意义，对个人生命的终极价值也是否定的。正如杨重所说："人生就是那么回事。就是踢足球，一大帮人跑来跑去，可能整场都踢不进去一个球，但还得玩命踢，因为观众在玩命地喝彩，打气。人生就是跑来跑去，听别人叫好。"① 王朔已然看到了世俗观念建构的生命意义的虚妄，个体与历史的对抗有时那样苍白无力，因此玩世不恭的"顽主"姿态既是认清生命虚无的表现也是对抗虚无的方式，这并没有比古人的"及时行乐"更为高明，顽主否定了生命的世俗价值，却没有建构起超越世俗的意义，因此在嘻嘻哈哈、皆无所谓的"顽"的面具下掩藏着无法化解的悲哀。"我们只是一群不安分的怯懦的人，尽管已经长大却永远像小时候一样只能在游戏中充当好汉和凶手。我们都想当主角，除天动地万人战栗的主角，但命中注定我们只是些掀不起大浪的泥鳅。"② 从"主角"的梦想到"顽主"的现实是无奈的选择。

如果说顽主们对自由的追求是"自为"层面的，生命的虚无是因为想有所为而不能，那么新生代笔下那些边缘文人对自由的追求就是"自在"层面的，游荡者对个人"自在"的追求从社会层面走向了哲学层面。因此，那些文人游荡者——如朱文笔下的小丁、鲁羊笔下的马余等，身体的游荡和精神上的理性思考是合二为一的，在《什么是垃圾什么是爱》中，小丁把父亲给他的两条好烟换了八条次烟，"忽然一个念头冒了出来，妈的，把这一千六百支烟抽完，天啦，又是多长时间就这么过去了！"焦躁不堪的小丁居然跑回宾馆问父亲"爸爸，

① 王朔：《顽主》，江苏文艺出版社 2005 年版，第 12 页。
② 王朔：《玩的就是心跳》，云南人民出版社 2004 年版，第 139 页。

我有一个问题一直想问你，但是一直又没有问你，那就是，你已经活那么大岁数了，为什么不想到去死?”① 这个问题显然不是一个生理或道德伦理问题，而是存在的问题。生活要承受各种无从把握的关系的纠缠，要经历漫长的无意义的时间考验，但人们仍然选择了活下去，活着的支撑是什么？生命的意义是什么？小丁发出这样形而上的思考，但不会做出形而上的阐释。韩东笔下的游荡者的“游戏”姿态，鲁羊笔下马老师对“出去”的思考，都隐含着对生命的自由与意义的形而上的思考。新生代作家总是将生命的自在性与本原的身体联系在一起，欲望、性等官能性的身体是生命自在自为的起点，他们对自由的探索追溯到本原的身体，却无法通过身体抵达生命的意义。

王朔和新生代作家对自我主体性的追求都是以怀疑主义为起点，他们解构了施加在个人身上的来自于意识形态、道德主义、历史传统等的教化因素、权威意识，却不能赋予生命意义，这样的虚无主义成为消费文化中游荡者生命探索的起点，“人改变不了什么东西，甚至改变不了自己。人只能做一件事——打开灵魂的窗户，是的，打开窗户，接受生活的馈赠，接受痛苦接受欺骗接受欲望接受毁灭。人惟一的创造只是在于面对命运的态度，哭哭啼啼，还是心花怒放。”② 既然虚无的宿命无法改变，他们不像王朔的顽主们那样尖酸刻薄意气用事，也不像新生代笔下的边缘文人那样游移飘忽，他们很老到地选择接纳，“我告诉自己必须把所有的恐惧和垃圾都吃下去，必须让所有的恐惧和垃圾都变成糖”③。遗憾的是，这样的接纳是把生命的虚无与感官的娱乐相结合，缺少面对现实的坚韧与宽厚，因此，游荡者文本中只有对生命虚无的发泄，没有超越性的灵魂救赎。这样的叙事无疑是解构而非建构的，但它的意义也正在于通过解构而获得的新的叙事空间，

① 朱文：《什么是垃圾什么是爱》，华夏出版社 2004 年版，第 25 页。

② 卫慧：《像卫慧那样疯狂》，《水中的处女》，花山文艺出版社 2000 年版，第 163 页。

③ 棉棉：《关于〈糖〉之四》，《糖》，中国戏剧出版社 2000 年版。

在这个轰轰烈烈的时代，发现了游荡在边缘的个体性存在，“表达出自己这个个体和总体话语之间的错位和差异”[①]。但是当它把“身体解放”作为个性解放的武器，主张回到生命的本体时，把人的生物性存在作为解放的目标，注定是主体性向下的沉沦，正如马克思所说：“吃、喝、性行为等等，固然也是真正的人的机能，但是，如果使这些机能脱离了人的其他活动，并使它们成为最后的和唯一的终极目的，那么，在这种抽象中，它们就是动物的机能。”[②] 人的生物属性体现的是人与生物的统一，而不是人区别于生物的属性，解构了社会属性和精神属性的游荡者最终失去了人的主体性。当消费主义乘虚而入，追求自由的游荡者从身体到精神就进入了消费主义的限制中。

① 谢有顺：《中国小说叙事伦理的现代转向》，博士学位论文，复旦大学，2010 年，第 86 页。

② 马克思、恩格斯：《马克思恩格斯全集》，第 42 卷，人民出版社 1979 年版，第 94 页。

第四章　城市闯入者与他者之城

在20世纪90年代以来多元化的文学创作格局中，众多不同代际、不同文学观念的作家却不约而同地选择了“城市外来者”这一特殊的群体作为创作对象，我们可以轻而易举地列出一大批创作者的名字：邱华栋、徐则臣、孙惠芬、陈应松、荆永鸣、范小青、刘庆邦、盛可以、项小米、李佩甫……这一题材的作品成为最具现实感和时代感的文学，在文学多元化的时代，有关“城市外来者”的创作也成为具有“共名”性的主题。

改革开放以来我国进入了持续的快速的现代化时期，一个显著的结果是城市产生了大量流动人口。改革开放后，城市经济的发展对劳动力需求增加，人口政策开始松动，流动人口逐渐增加，20世纪90年代随着社会主义市场经济体制的确立和城市化水平的不断提高，中国流动人口急剧扩张，“2005年的1%人口抽样调查表明，中国流动人口的规模已经达到1.5亿；根据国家人口计生委统计，2008年中国流动人口规模已经达到2.01亿”[①]。而第七次全国人口普查结果显示，年2020我国流动人口为3.76亿人[②]。从城市角度看，庞大、持续的流动人口的产生和存在，不仅为城市经济的发展提供了劳动力资源，而

---

① 李伯华等：《中国流动人口生存发展状况报告——基于重点地区流动人口监测试点调查》，《人口研究》2010年第1期。

② 《第七次全国人口普查公报》，http：//www.gov.cn/guoqing，2021－05－11。

且引发了城市社会结构和城市伦理的变革：劳动力的行业和职业构成、社会的阶层结构、人们的生活方式和价值观念等都随之发生了巨大的变化。正如张清华所说："城市经验叙事的恢复，很显然是在 90 年代初期。这绝非偶然，一方面是因为这时期中国的城市化进程进入了急速发展的时期，就像本雅明所描述的波德莱尔笔下的'第二帝国的巴黎'一样，城市出现了大量'该隐式的闯入者'，从而肢解了原有的城市伦理；同时更重要的，是因为某种敏感的文化断裂所产生的新的'时代精神'，以更多的为城市这个现代社会的载体所承托。"①

正是这些城市闯入者的存在，改变了人们对于城市的原有想象，成为具有转型期精神的城市经验主体，因此，在 20 世纪 90 年代以来的城市文学中，"闯入者"形象不仅数量众多而且是最具时代象征性和隐喻意义的文学形象，这一文学形象也因其丰富的阐释性而备受关注，"农民工""乡下人""打工者""城市外来者""城市移入者""闯入者""漂泊者"，作为文学批评概念，研究者给予这类文学形象的命名不一而足。笔者更认同"闯入者"的指称：第一，"闯入者"更具概括性。随着城市化的发展和社会结构形态的丰富，城市外来人口在构成上早已由从事简单体力劳动的农民工群体，变为由农民工、职场白领、各类自由职业者等共同构成的庞杂群体，"闯入者"从人与城市关系的角度概括了各个阶层城市外来者的共性，而"农民工""乡下人"是城乡二元对立思维模式下的身份划分。第二，"闯入者"更能生动展示外来者在城市"他者"化的生存样态。他们带着积极的梦想闯入城市，这仿佛是他们主动的、理性的行为选择，但实际上他们既没有认清"自我"和"城市"，也没有认清两者之间的关系，只是被时代的洪流裹挟着进入城市，最终成为流浪在城市的"异乡人"。第三，"闯入者"的命名比"城市外来者""城市移入者""打工者""漂泊者"这些概念更具力量感。这是一个有着强烈生存欲求的群体，

① 张清华：《比较劣势与美学困境——关于当代文学中的城市经验》，《南方文坛》2008 年第 1 期。

带着自我实现的梦想闯入城市，尽管其中大多数免不了悲惨的遭遇和悲剧的结局，但是他们在闯入城市过程中的积极性和主动性使他们成为城市肌体中最具活力的分子。

第一节　20世纪90年代以来城市文学中的“闯入者”形象

对于城市文学，主体形象至关重要，它很大程度上承载着城市文学的风貌特征，大量形象驳杂、身份不一的“闯入者”形象的出现，正体现了处于快速现代化进程中的城市文学的基本特点。为了叙述的方便，笔者根据闯入者在城市中的阶层状况、生存处境及性别等方面的因素，大体分为以下三类：

一　农裔闯入者

在20世纪90年代以来的城市文学中，来自农村的城市闯入者是数量最庞大的群体，以农民工为主体，包括少数通过考学入城者。在城市里，这类闯入者由于在意识观念、生存资本等方面的局限，只能挣扎在城市底层：流水线工人、三轮车夫、建筑工人、小商贩、捡垃圾人等。

城市对农民的吸引首先来自生存层面的巨大优越性。《城乡简史》里，王才因为读了城里人的账本对城市生活充满向往，举家迁往城市。在城市，他们租住在车库里，以收旧货为生，生活的脏乱劳累、甚至城里人的歧视在王才看来都算不得什么，他们是那样满足，因为能够捡到电扇、捡到鱼和青菜，这在他们的家乡是难以想象的，“城里真是好啊，要是我们不到城里来，哪里知道城里有这么好，菜场里有好多青菜叶子可以拣回来吃，都不要出钱买的”①。《闯入者》中的捡垃圾的老人一天的劳动所得不过二十几块钱，但是老人对于这样背井离

① 范小青：《城乡简史》，《山花》2006年第1期。

乡的城市生活非常满意，“在河南老家还是穷啊，我在北京天天捡破烂，挣的钱比俺们的县长还要多哩”①。涂自强和母亲住在武汉最贫困的地方，但是不用烧柴、不用担水、晚上有电灯、吃饭有泡面，这样生活足以让母亲爱上城市，“她就觉得跟山里比，她这过的才叫日子”②。这种廉价的满足感映射出农村的极度贫乏和城乡发展的巨大不平衡。马克思指出：“一个民族内部的分工，首先引起工商业劳动和农业劳动的分离，从而也引起城乡的分离和城乡利益的对立。”③ 城乡的分化与对立是人类社会发展中必然出现的现象，但是我国则从法规制度上强化和固化了城乡差异。1958 年 1 月 9 日，全国人民代表大会常务委员会审核批准了《中华人民共和国户口登记条例》，《户口登记条例》的颁布和实施造成了两个附加式后果，一是以法规和制度的形式限制了人口迁移和流动；二是形成了“城乡二元结构”的社会，“以户籍制度为基础形成了两个在政治、经济和社会权利上有重大差别的社会等级，同时也限制了公民对于居住地和劳动地点进行选择的自由”④。这使得农村在教育、医疗、社保、就业、经济收入等方面长期落后于城市，更重要的是这直接造成了农村人与城市人身份上和心理上的等级差异。20 世纪 90 年代以来城市经济迅猛发展，不仅没有给乡村带来改观，反而加快了农村的凋敝。调查资料显示：“一个城市居民的消费水平相当于一个农村居民消费水平的倍数，在改革开放以前，高的时候曾达到 2.9 倍；改革开放初期，由于农村改革充当了先锋，低的时候曾为 2.2 倍到 2.3 倍。然而，随着市场改革在城市的推进，到了 90 年代以后，城乡消费差距比例不断攀升，到 90 年代末期和新世纪初叶，已经超过 3.6 倍。”⑤ 当改革开放人口政策出现松

---

① 邱华栋：《闯入者》，《闯入者》，湖南文艺出版社 2011 年版，第 140 页。

② 方方：《涂自强的个人悲伤》，《十月》2013 年第 2 期。

③ 马克思、恩格斯：《马克思恩格斯选集（第 3 卷）》，人民出版社 1995 年版，第 640 页。

④ 孙立平：《断裂——20 世纪 90 年代以来的中国社会》，社会科学文献出版社 2003 年版，第 94 页。

⑤ 李强：《影响中国城乡流动人口的推力与拉力因素分析》，《中国社会科学》2003 年第 1 期。

动，“进城”便成为农村人摆脱贫穷的最强烈的行为方式，城市在经济层面的优越性是农民闯入城市的最直接也是最大的推动力。这些来自农村的闯入者并不能真正触及繁华鼓噪的城市肌理，他们居住在脏乱差的贫民窟，从事着城里人不屑的苦累工作，从而换取低廉的报酬，他们甚至不能取得城市底层市民的生存保障，然而这足以使他们体会到城市相对农村的优越性，进而引发他们心灵和精神的震动，安土重迁的传统价值观在生存的本能和欲望面前分崩离析，“从前老话都说，金窝银窝，不如自家的狗窝，但是现在的人不这么想了，现在背井离乡的人越来越多了。”①

根据马克思的需求理论，当人从低层次的生存需要的控制下解放出来时，就会产生新的更高层次的需要，如交往的需要、认识的需要、享受的需要、发展的需要等，并且“我们的需要和享受是由社会产生的，因此，我们对于需要和享受是以社会的尺度，而不是以满足它的物品去衡量的。”② 马克思从需要的社会性发现了人的需要的满足不能以是物理的量为尺度，而应该以社会普遍需求的满足程度为尺度。正是在这一层面，闯入城市的农村人感受到了身处城市的无力和匮乏。

来自农村的闯入者最初像候鸟一样往返城乡是迫于生存的需要，当他们走进城市后，更高的欲望被唤醒，改变身份和命运、做真正的城市人成为他们具有超越性的精神需求。《瓦城上空的麦田》（鬼子）中，父亲在病重之际交代给“我”的最重要的话就是：“只要你不离开瓦城，我们村上的任何一个人都比不上你，不管他们读过什么书，只要他们还住在村上，他们就永远也比不上你。”③ 这种信念是农裔闯入者的普遍心理。城乡差序体制赋予城市身份高于农村身份的等级意义，对拥有城市身份的执着追求，是生存压力下的必然诉求，也因为闯入者的坚忍执着具有了解放自我、超越自我的形而上意义。但是这

① 范小青：《城乡简史》，《山花》2006 年第 1 期。

② 马克思、恩格斯：《马克思恩格斯选集（第 1 卷）》，人民出版社 1995 年版，第 72 页。

③ 鬼子：《瓦城上空的麦田》，《人民文学》2002 年第 10 期。

种城乡差异既是激发闯入者超越自我的动力，也是阻止他们融入城市的限制力。农村人的标签意味着贫穷、落后、愚昧，这些在熟悉的土地上生龙活虎的男女青年，在城市面前情不自禁地呈现出卑微、胆怯、讨好的姿态，孙惠芬《民工》中初到城市的鞠广大，曾经因为和城市人挤公交车而被城里人打翻在地，从此，他看见挤公交车的场面膝盖就条件反射般发抖；墨白《重访锦城》中的谭鱼，听到城市人说乡巴佬就敏感地觉得是在说自己，看看自己土里土气的衣着打扮，难堪得无地自容。在强势的城市面前，这类闯入者不得不自觉地放低姿态，选择隐忍的生存哲学，隐忍脏乱的生存环境，隐忍高强度劳动廉价报酬的不平等待遇，隐忍各种轻蔑和歧视。“在城市里活，你知道没有根基的人是什么？我告诉你：是蛆。是一条没尾巴蛆。蛆要什么，蛆要一条缝儿，一条小缝儿。有了这条小缝儿，你就能活下去。”[①] 但是即便放低姿态，他们依然很难挤进城市的门缝，《北京候鸟》（荆永鸣）中来泰历尽千辛万苦积攒下开饭馆的钱全部被骗走；《泥鳅》（尤凤伟）中的国瑞英俊善良、有理想、有能力，却稀里糊涂做了城市权贵的替罪羊；《涂自强的个人悲伤》（方方）中涂自强专业能力并不比他的同学差，但是农裔身份使他根本无法和他的城市同学获得平等的就业机会，尽管他心平气和地接受了生活的种种不公，坚韧、勤奋、向上，依然被逼迫着节节败退，直至被疾病夺走年轻的生命。《我的生活质量》（邵丽）中的王祁隆、《城的灯》（李佩甫）中的冯家昌是少有的成功立足城市的农裔闯入者，但是在他们成功的背后是以付出人格、道德、尊严为代价的精神悲剧，正是因为他们丢掉了乡土文明赋予他们的善良质朴的品质，谙熟了城市文明中的金钱和权利法则，才成为农裔闯入者中的成功者。

农村人口的城市化是现代化发展的必然结果，研究者根据 2010 年全国人口普查结果分析，我国大部分流动人口是从农村流动到城市的

① 李佩甫：《城市白皮书》，长江文艺出版社 2001 年版，第 28 页。

年轻劳动力，2010 年全国流动人口总量 2.2 亿，"其中约有 1.5 亿人来自农村。省内流动人口中有 54% 来自农村，跨省流动人口中则有近 82% 来自农村"①。但是城市并没有因为历史的选择而给予他们自由平等的机遇，因袭着城乡不平等的历史惯性，他们无法和城市人站在同一起跑线上，勤劳、善良、隐忍、顺从这些乡土社会的优秀品质不仅救不了他们，还常常成为他们融入城市的障碍，要么他们被抛出城市的轨道，要么这些优秀的品质被扭曲和吞噬，这是现代化进程中农裔闯入者无法逃避的精神苦难。

二　外省知识青年

这类闯入者包括刚刚毕业的大学生、职场白领、艺术青年、各种文化人和创业者等，他们大都来自异地的中小城市，受过高等教育，有知识、有能力，有明确梦想——作家梦、明星梦、发财梦、创业梦，对于他们而言，城市象征着财富、自由、机遇、成功。对于农裔闯入者，只要比他们世代居住的乡村发达的地方就是他们理想的城市，而这些知识青年的要求要高得多，他们要闯入的是北京、上海、深圳这样的真正现代化大都市。《手上的星光》里初来北京的乔可和杨哭，尽管不名一文却信心满满，因为他们相信机会"就像退潮后留在沙滩上的漂亮的小鱼一样多"②。《啊，北京》里梦想着成为作家的"我"毕业后坚定地做了"北漂"，因为"人人都说北京是个机遇遍地的地方，只要你肯弯腰去捡，想什么来什么"③。这些外省青年以寻宝的姿态来到大城市，他们信心百倍、摩拳擦掌、跃跃欲试，成为现代都市肌体中最有生命力、最活跃的分子。接下来以邱华栋、李师江、徐则臣塑造的"京漂"为例，来分析这类闯入者的形象特点

① 郑真真、杨舸：《中国人口流动现状及未来趋势》，《人民论坛》2013 年第 11 期。

② 邱华栋：《手上的星光》，《闯入者》，湖南文艺出版社 2011 年版，第 1 页。

③ 徐则臣：《啊，北京》，《人民文学》2004 年第 4 期。

和城市经验。

邱华栋对这类文学形象倾注了巨大的热情，不仅用“闯入者”来命名他的单篇小说，还将一部作品集也命名为“闯入者”。他以现代北京为叙事空间塑造了一大批闯入者形象，《手上的星光》中的乔可和杨哭，《闯入者》中的吕安、赫建、杨灵，《所有的马群》中的乔可、叶晖、林格，长篇小说《城市战车》中的青年艺术家们……这些闯入者多是“拉斯蒂涅”式的人物，初入城市野心勃勃，“当我们站在三元立交桥上眺望遥远的北京城区时，我想我们想在这里得到的不只是名利、地位，还有爱情和对意义的追求。……我们站了许久，我取出了巴尔扎克的《高老头》，我朗读了该部书中的一个充满了雄心的人物拉斯蒂涅，站在巴黎郊外一座小山上，俯瞰灯火辉煌的巴黎夜景时所说的一段话：‘巴黎，让我们来拼一拼吧！’”① 邱华栋笔下，闯入者所面对的北京早已不是那个雍容典雅、历史悠久的皇城古都，而是充斥着强烈的商业文化、消费理念和国际化气息的欲望之都。“在那里，如同一座灯光的岛屿一样在黑暗之中浮了起来，积木般的楼厦林立，到处都是霓虹灯广告在闪烁，那是欢乐的物质世界，美女加汽车加洋房加名牌电器是那些广告的内容，那是一种生活，城市生活的象征。”② 这是一个以物质和消费鼓动起人的激情和欲望的世界，购物中心、娱乐会所、大酒店、高级公寓、别墅、时装、酒吧这些浮华躁动、光怪陆离的城市文化符号，刺激着闯入者的世俗欲望不断膨胀，《手上的星光》里的乔可辞去了艺术剧院的工作，决定靠写作发财和挣得爱情；杨哭为了仕途投入地追求政界要人的女儿，爱情失败后从机关跳槽，成立了公关广告公司，很快便成为开着奔驰600SL的跑车、出入上流社会的成功者。《所有的骏马》中的乔可从国企跳槽到日企，苛刻的管理方式让他倍感压抑，但是“一个月有三千多元的收入，年底还有可观的奖金和红包，就是在日本人开的公司里当狗腿子，也比

① 邱华栋：《手上的星光》，《闯入者》，湖南文艺出版社2011年版，第2页。

② 邱华栋：《午夜狂欢》，《闯入者》，湖南文艺出版社2011年版，第256页。

在国营企业里当小头目强。”[1] 这些年轻的闯入者以征服者的姿态，全力投入到繁华喧嚣的城市生活中，像拉斯蒂涅一样使尽浑身解数不断向城市社会的上流攀爬。凭借青春的闯劲和悟性，他们有能力在城市拥有体面的工作、可观的收入，能够出入各种娱乐社交场所，但是他们很快就发现所谓成功不过是按照城市的要求把自己改造成简单的物质主义者，“一切梦想和浪漫在远离我，我发现原来一切都是实实在在的，原来每一个人都是在为房子、票子和位子而活着”[2]。闯入者在城市的腾挪挣扎只是获得了世俗意义上的成功，但是他们的城市梦不止如此，还要展示生命的价值和意义，城市被这类闯入者视为生命的目标和方向，承载着自我价值实现与建构的意义，这让他们闯入城市的行为具有了审美意义和乌托邦性质。但在闯入城市的过程中，他们从理想主义者变成了物质主义者，不仅丢弃了梦想，也丧失了自我，引发出生命存在的阵痛和虚无，梦想和意义在现实面前变得荒唐可笑。

李师江的城市小说也塑造了一批在北京漂泊闯荡的文化青年，不过他们大都混迹在城市的底层——不得志的作家、小报记者、文化掮客、寻找出路的艺人等，生活漂泊，形容落魄，游戏人生，完全不像邱华栋笔下的闯入者那样生机勃勃、富有野心。在李师江的闯入者形象中几乎找不到一个体面的人物，要么形容猥琐、盲目狂妄；要么虚无委顿，以猎艳寻欢寻求生活的刺激；要么机械刻板，做了商业社会的挣钱机器。最落魄潦倒的莫过于吴茂盛，以天才自诩的吴茂盛从十几岁出来闯荡，到三十多岁依然一事无成，求学不成、工作处处碰壁，好不容易找到一个女朋友还被朋友横刀夺走。这本是一个多么不幸的人，但是在李师江笔下，吴茂盛的悲惨遭遇很难唤起人的同情，从形象到性格毫无可取之处，一张酱紫色的脸，满脸皱纹，满嘴口臭，衣衫不整，喋喋不休地说大话，处处讨人嫌而不自知。这些闯入者既没有能力改变自己的生存处境，也没有更高的精神目标，但他们依然把

---

① 邱华栋：《所有的骏马》，《闯入者》，湖南文艺出版社 2011 年版，第 180 页。
② 邱华栋：《所有的骏马》，《闯入者》，湖南文艺出版社 2011 年版，第 161 页。

城市作为生命的目标和方向，《逍遥游》中的“李师江”有一段自白：“我不知道自己在北京瞎混干什么，过着白天黑夜颠倒的生活，扎在人堆偷摸女人的屁股，我只是知道在其他城市待不下去，而我喜欢鱼龙混杂的北京，一来到这里，我就像一粒精子来到子宫，我活过来了，虽然活得跟死了似的。也许我在找一粒卵子，搞在一起，就会搞成一个人，一只体面的动物，靠，我是想混成一个体面的人吗？这不是我所追求的。那么也许我只是想找一粒卵子聊聊天，真的，没有别的意思，只是聊天，聊聊那些变成人模狗样的精子，聊聊我在精囊里孤独自由的生活。哦，我相信在北京可以找到很多聊天的卵子。”① 李师江笔下的闯入者已经远离了物化都市的“中产阶级”理想和情调，以摒除概念和幻象的冷静和理性逼近城市闯入者的生存像。“我怀疑自己现在一直生活的虚幻之中。小米是虚幻的，马恬静也是虚幻的，因为她是别人的妻子，我所有的思念和牵挂都会无依无靠随风散去。我的生活也是虚幻的，装作玩世不恭地活着，内心渴求着不可能得到的东西，多像一棵草籽，没有生根便被风儿飘起。”② 如果说邱华栋笔下的闯入者是在和城市博弈之后体会到了城市的冷漠与暴力，而李师江笔下的闯入者从来就没有对城市抱有幻想，但在对闯入者无根的生存状态的揭示上、对生命的孤独与虚无的体验上是一致的。

徐则臣笔下的京漂在生存境遇上更接近李师江笔下的京漂们，他们来自小城镇，所受过的教育和生活经验在北京这个国际化和现代化的大都市毫无用处，“他们和所谓的‘有为青年’不一样，他们没有北京户口，没有正式工作，除了身份证，很少有拿得出手的证明，时常也需要躲躲藏藏。他们基本上是金领、白领、蓝领之外没有‘领’的那个阶层”③。他们甚至比李师江笔下的京漂更惨，连一份文化人的工作也找不到，例如《啊，北京》里的边红旗原本是苏北小镇的语文

① 李师江：《逍遥游》，远方出版社 2005 年版，第 45 页。

② 李师江：《比爱情更假》，《花城》2000 年第 6 期。

③ 徐则臣：《跑步穿过中关村 · 自序》，《跑步穿过中关村》，重庆出版社 2008 年版，第 2 页。

老师，以诗人的身份闯入北京，最后却偷偷摸摸地贩卖假证为生。卖假证、卖盗版光碟是徐则臣笔下的京漂们最常见的职业。但是这些在法律和道德的阴暗处求生存的京漂们，完全没有李师江笔下京漂们的纵情声色、游戏人生的态度。作者从不将这些人物描写成猥琐、卑劣的形象，对于梦想和未来他们可能懵懵懂懂，但是大都踏实肯干，态度认真，充满生命的坚韧与正义的光辉。《啊，北京》里怀着诗人梦的边红旗，在北京住合租房，从事办假证的违法工作，提心吊胆朝不保夕，他的生活和流光溢彩的都市现代化毫无关系，却依然真诚地赞叹北京的美好。边红旗从小城镇的教师变成了大城市里游走在法律边缘的办假证者，落魄的生活并没有消磨掉边红旗身上非常本色的诗人的激情、男人的豪爽和几分落拓不羁的魅力。《跑步穿过中关村》中，卖盗版光碟在敦煌身上体现出来的是卓越的工作能力和敬业精神，他懂得根据性别、职业、身份划定购买人群；知道怎样帮助有购买欲的人克服心理障碍；对出售的光碟都要认真检查质量，保证信誉；为保证稳定客户源，不辞劳苦地送货上门。另外，敦煌对保定的知恩图报，对夏小容的仗义相救，更是展示了他人性里诚实、善良、正义的可贵品质。尽管这些闯入者依然会不断跌入生活的困顿里，但是他们在困境中依然坚守美好人性，不放弃对未来的希望，在日常和坚韧中显现生命的尊严和光辉，这是徐则臣的京漂与邱华东、李师江的最大不同。

三　城市里的女性闯入者

在上述两类闯入者之外，我们不得不把女性闯入者单独提出来。一方面因为无论在现实生活中还是文学作品中，她们都是一个数量庞大的群体，段成荣等人利用自 1982—2005 年的全国人口普查和人口抽样调查数据分析指出：在 20 世纪 80 年代的我国流动人口中，女性在数量上占据了多数；20 世纪 90 年代，流动人口更多地集中在年轻力壮的男性上；进入新世纪之后，女性流动人口迅速增长，在 2005 年流动人口中男女两性在数量上基本达到了平衡。而且新世纪之后，女性人口的流动原因构成发生了根本性变化，婚姻、投亲靠友、家属随迁等使社会性流动人口大大降低，而务工经商的经济型流动人口比例大大增加，大多数女性和男性一样作为独立主体参与人口流动。[①] 另一方面，在众多的闯入者文本中，女性在闯入城市的过程中表现出不同于男性的生命形式和更为强烈的生命意识。女性闯入者面对城市，既不像那些自比为拉斯蒂涅的知识青年那样摆出征服者的姿态，也不像农裔青年那样背负着种种传统的负荷、步履维艰，她们以弱者的姿态出现，需要男性的发现和帮助，但比男性更柔韧、更理性，更懂得顺时处变。王安忆说："与'人类出生地'相比，城市是'更富于生存源泉的世界'，更为适合女性生存。作为一个崭新的场所，城市不仅忽略了女性天生弱于男性的体力，而且认可了女性的各种才能，'机器代替了繁重的劳动，社会分工全过程分解为琐细的、灵巧的、只需少量体力及智慧便可胜任的工作。谋生的手段千差万别，女人在这个天地里，原先被土地所不屑的能力，却得到了认可和发挥。自然给女人的太薄，她只有到了再造的自然里，才能施展。还由于那种与生俱来的柔韧性，使她适应转瞬万变的城市生活比刚直的男人更容易而见成效。'"[②] 总之，城市为从土地上脱离出来的女性提供了一个崭新的舞台。

女性闯入者也是怀着梦想进入城市的，在真正接触城市之前她们的梦想跟她们的心灵一样单纯美好，崔喜借给弟弟送饭的时机去看住到镇招待所的城里人，"每一个城里人都会给她一种意想不到的新鲜，每一个城里人都会是一个水分子，他们一个一个走过来就是一条城市的河。崔喜从没去过真正的城市，但从那条汩汩流动的河水里她看见了城市，看见了天堂一样的生活。"[③] 初到北京的黄红梅

① 段成荣等：《改革开放以来我国流动人口变动的九大趋势》，《人口研究》2008 年第 6 期。

② 王安忆：《男人和女人，女人和城市》，《漂泊的语言》，作家出版社 1996 年版，第 410 页。

③ 李铁：《城市里的一棵庄稼》，《十月》2004 年第 2 期。

"就想挣一点钱，回到四川家乡去养猪、种花，叫家乡的女孩也一起致富"①。《北妹》中的钱小红从农村走到小镇、从小镇到了县城，又一步步走到深圳，最初的动力不过是在百无聊赖的生活中寻找一点刺激和乐趣。《世间再无陈金芳》里的陈金芳为了留在北京不惜和家人决裂，不过为了"活得有点人样"。现代化的城市为女性的独立和自我实现提供了更大的可能性和更广阔的空间，但另一方面一切都商品化、欲望化的城市也让她们承受了传统女性不曾经历的诱惑、压力和考验。钱小红和李思江到达深圳的第一站龙岗，就被消费城市的"性"观念洗脑：

> 村长，想请你帮我们办个暂住证。
>
> 你是不是处女？
>
> 我？钱小红噎住了。
>
> 我只给处女办。
>
> 村长办的是处女证？钱小红把这句话咽下了。②
>
> ——盛可以《北妹》

无路可走的情况下，李思江以自己的处女之身换来了二人的暂住证。黄红梅在一个富人家做了保姆，女主人养尊处优的生活，对乡下人的歧视，激起了黄红梅的嫉妒和占有欲，"我想成为我给她当过保姆的那个女主人那样的人：住在花桥村的高级公寓里，房间里二十四小时都有热水供应，有一辆高尔夫牌子的汽车，养一大堆宠物"③。这些女性闯入者很快调整了自己与城市的关系，在一个一切都商品化、利益化了的世界里，"交换"是基本的生存方式，就像黄红梅所说：

① 邱华栋：《行为艺术家》，《闯入者》，湖南文艺出版社 2011 年版，第 90 页。

② 盛可以：《北妹》，天津人民出版社 2011 年版，第 28 页。

③ 邱华栋：《行为艺术家》，《闯入者》，湖南文艺出版社 2011 年版，第 65 页。

"我明白了只要我敢于交换，我就会得到我想要的东西。"① 对于这些女性，青春的身体是能和城市交换的最大的资本，黄红梅用身体交换到在北京的起家的资本；林薇得到成名的机会（邱华栋《手上的星光》）；眉宁交换到自己十年才能挣到的房子（邱华栋《生活之恶》）；孟叶换来杂志社稳定的工作（邱华栋《天使的洁白》）。而那些来自破败贫穷的农村的乡下打工妹，最大愿望就是用身体去换一个城市户口，香香死缠烂打嫁给了丧妻、年近五旬的城市人刘德民（李肇正《傻女香香》）；崔喜用尽心机嫁给了丧妻秃顶的宝东（李铁《城市里的一棵庄稼》）。而更多的乡下女性付出了自己的身体并没有换来她们想要的东西，而是做了发廊女、按摩女，用身体换取廉价的生存保障。戴锦华曾说"作为商业化大潮的首当其冲者——女人，她们不仅仍是中国社会现代化的主体与推进者，而且无可回避地成了商业化的对象；商品社会……必然在此以女人作为其必要的代价与牺牲"②。在市场化的城市里，女性的身体也可以成为商品和消费品，但是这些为男性付出肉体的女性，已经不同于文学史上那些"被侮辱与被损害"的女性形象，在她们眼里男性并不是命运的安排者和掌控者，她们利用男性并不依赖男性，借助男性作为第一性的盲目自信来化解城市对女性闯入者的排斥力。林薇、廖静茹、黄红梅、陈金芳都借助男性闯入了城市的上流社会，香香和崔喜也是用这种俘获男性的办法获得了梦寐以求的城市户口。她们也不同于文学史上那些靠出卖色相维持生活的堕落女性形象，她们有强烈的自主意识、有情感、有梦想、有奋斗的勇气，并非彻头彻尾的物质主义者，她们不乏真爱，如林薇与乔可，廖静茹与杨哭，黄红梅与"我"，崔喜与大春。但在爱情和利益只能选其一时，她们义无反顾地选择了后者。城市的法则教会了女性闯入者把身体作为通向城市的阶梯，这并不会带给她们多少道德的负罪感，"因为道德在今天已不是首要的标尺，金钱正在成为一个新的杠杆，来确

① 邱华栋：《行为艺术家》，《闯入者》，湖南文艺出版社 2011 年版，第 89 页。

② 戴锦华：《奇遇与突围——九十年代女性写作》，《文学评论》1996 年第 5 期。

定与重组人与人之间的关系”[①]。当黄红梅、陈金芳靠着这样的生存法则跻身城市上流社会时，环境赋予她们的成功者的荣耀远远超越了道德反省。

对于女性闯入者的生存样态，简单的批判或是同情都是无力的。“消费社会作为颠倒的社会，并不是靠稳定的规则而运作，相反的，是靠其不稳定而运作。”[②] 梦想、青春、爱情虽然美好，但都飘忽不定、不可依恃，唯有金钱与物质实实在在，只有掌握了消费社会的法则才能在现代城市生存下去，面对新的生存法则，传统的道德观念又是多么苍白无力。在与男性的关系中，她们与城市合谋，完成了对男性话语体系的颠覆。但是她们开放的性观念并不是基于个性解放，而是不得已的生存手段，正是在这个意义上，女性闯入者既是城市气质的展现者，又是城市法则的受害者。

综上所述，闯入者既是梦想主义者，也是现实主义者。他们带着各自的城市梦闯入城市，既渴望外在处境的改善又希冀内在自我的和谐。但是城市没有让他们朝着梦想的方向发展，而是用城市的法则改造和挤压他们，推搡着他们走向现实与梦想的断裂地带，陷入生存的困厄与精神的困顿，他们或在欲望与梦想夹缝中挣扎徘徊，或被城市冷酷地拒之门外，那些取得了世俗成功的闯入者又陷入自我迷失的虚无。这样宿命般的悲剧命运使“闯入者”成为20世纪90年代以来最具时代特征、最富精神张力的文学形象，这个时代不知疲倦、积极向上、主动争取的现代性之善在他们身上彰显；这个时代欲望膨胀、冷酷无情、不择手段的现代性之恶也在他们身上流露。闯入者以个体之躯承担了文化转型期价值观念的矛盾和冲撞，他们在城市的种种不适、焦虑、矛盾是这个时代共同的精神难题，这一特征使20世纪90年代以来城市文学中的“闯入者”形象具有强烈的现实主义精神。

---

① 邱华栋：《天使的洁白》，《闯入者》，湖南文艺出版社2011年版，第234页。

② 高宣扬：《当代法国哲学导论（下卷）》，同济大学出版社2004年版，第717页。

第二节　从"闯入者"到"异乡人"

鲍德里亚曾说："消费社会既是关切的社会也是压制的社会、既是平静的社会也是暴力的社会。"[①] 闯入者所体验的城市就是这样一个矛盾的场所，既充满自由与繁华的诱惑，又充满压制与异化的暴力，他们始终无法成为与城市和谐相处的城市的"主人"，"他者"化的生存状态使闯入城市的人们变成了始终处于精神漂泊状态的城市"异乡人"。

一　闯入者眼中的城市景观

列斐伏尔在《空间的生产》中指出，空间是社会、历史、空间的三元辩证统一，包括空间实践（Spatialpractice）、空间的再现（Representationsofspace）和再现性空间（Spaceofrepresentation/representationalspaces）。而"再现性空间具体表达了复杂的、与社会生活隐秘的一面联系的符号体系，这些有时经过了编码，有时则没有，这些同样与艺术（可能被最终定义为一种表征空间符码的而不仅仅是空间的符码）紧密联系"[②]。闯入者对城市空间的想象方式，也体现了他们对于城市的认知和自身生存处境的感受。

对于来自农村或小城镇的闯入者，他们向往城市生活，满足于城市生活的丰富、现代与便利，而事实上城市却从未那么大度地向他们敞开过大门。《民工》（孙蕙芬）里的农民工，劳作在工地、吃住在工地，和真正的城市生活根本没有什么联系，就连他们观望和想象中的

① ［法］让·鲍德里亚：《消费社会》，刘成富、全志钢译，南京大学出版社2014年版，第173页。

② 张子凯：《列斐伏尔〈空间的生产〉述评》，《江苏大学学报》（社会科学版）2007年第5期。

城市也不过是城市中的边角。702 路公交站旁街道上“有理发店、烧烤店，有卖杂志卖影碟的门头、冲洗照片的门头和擦皮鞋的门头，还有服装专卖店、水果店、超市、药房。这里终日有各色的车各色的人穿行、走动，是真正意义上的川流不息”①。这已是鞠广大们心中繁华的城市了，而事实上它不过是城市的一个边角，离繁华地带很远，但是众多的店铺、衣着时尚的人群，大手大脚花钱的年轻人，已经满足了他们对繁华城市的全部想象。但即便这样的城市边角和这些农民工也没有实质的联系，他们根本没有经济能力和机会去体验那种生活，他们只是城市生活的观望者，从城市人的热闹中获得一种想象的满足。这样的城市想象不仅是鞠广大的，在急速的城市化进程中，每一个城市里都有大量的流水线工人、捡垃圾人、三轮车夫、小商贩等从事苦累体力劳动的农民工，他们为城市化提供了劳动力，但是只能处在城市的最边缘，根本没有机会接触到和城市的商业文化、消费文化联系在一起的城市空间。

徐则臣、李师江等人的“京漂”系列小说中，那些来自小城镇的青年接受过一定程度的教育，有的甚至接受了高等教育，他们比农民工有机会接触大城市的繁华空间，但依然没有机会和这些城市空间产生实质性联系。例如，徐则臣笔下那些以贩卖盗版光碟、办假证为生的“京漂”们，他们常常活动在北京的繁华地段，“海淀区”“中关村”“西单”这些空间名词频频出现，但也只是作为一个空间符号出现在文本中而已，作者从不聚焦这些空间里高楼林立、流光溢彩的现代与繁华，而那些隐藏在都市边缘或缝隙里的灰暗空间——如廉价出租屋、火车站、地铁站、小饭馆、过街天桥、地下通道等——才是与“京漂”们的日常活动、社会关系、文化心理密切相关的生存空间，这些空间的共同特点是流动性与破碎感，这成为他们与城市关系的最真实写照。《跑步穿过中关村》中，敦煌的出租屋简直不能算作房子，

① 孙蕙芬：《民工》，作家出版社 2005 年版，第 227 页。

只是搭建在院子里的临时屋棚，单砖跑到顶，几块楼板盖顶，再上面是弄成一面坡的石棉瓦，尽管如此简陋，但是和寄居在夏小容处相比、与陌生人合租地下室相比，敦煌还是感到了满足，“敦煌这里拍拍那里打打，一不小心拽了灯绳，白灰粉刷过的墙壁四下生辉。他突然觉得有一间自己的小屋有多好，他可以买电视，看碟，夜晚在北京有了一块可以安心放置身体的地方，风吹不到雨打不着”①。同样，《异乡》（魏微）中的许子慧在出租屋里发出了相同的感慨，许子慧和小黄合租了一个六七平方米的小房间，狭小幽暗，两人合住在一张双人床，“子慧的眼睛突然一阵发干发涩，谁承望她这么快就有了‘家’！一间租来的房子，带厨卫，每天可以洗热水澡！”② 出租屋作为临时性居所成为底层闯入者肉体和心灵的庇护所。这些年轻的闯入者一厢情愿的把未来安放在这个繁华的大都市，偌大的城市只有出租屋给他们提供了暂时的安全感和归属感，成为他们和城市踏实可靠的唯一联系，而这恰恰成为他们在城市里漂泊无依的证明。

对于那些“拉斯蒂涅”式的闯入者，他们的目标是成为城市的主人，邱华栋笔下闯入者看到的北京是一个商业化、现代化、国际化的大都市：

> 一座座雄伟的大厦，国际饭店、海关大厦、凯莱大酒店、国际大厦、长富宫饭店、贵友商城、赛特购物中心、国际贸易中心、中国大饭店，一一闪过眼帘，汽车旋即又拐入东三环快速路，随即，那幢类似于一个巨大的幽兰色三面体多棱镜的京城最高的大厦京广中线，以及长城饭店、昆仑饭店、京城大厦、发展大厦、鱼阳饭店、亮河马大厦、燕莎购物中心、京信大厦、东方艺术大厦和希尔顿大酒店等再次一一在身边掠过，你会疑心作家在这一刻置身于美国底特律、休斯敦或纽约的某个局部地区，从而在一

① 徐则臣：《跑步穿过中关村》，北京十月文艺出版社 2015 年版，第 52 页。

② 魏微：《异乡》，《姐姐和弟弟》，山东文艺出版社 2005 年版，第 73 页。

阵惊叹中暂时忘却了自己。灯光缤纷闪烁之处，那一座座大厦、购物中心、超级商场、大饭店，到处都有人们在交换梦想、买卖机会、实现欲望。①

——邱华栋《手上的星光》

这样的镜头掠影式的城市景观也是邱华栋闯入者文本的标志性叙事空间，在《生活之恶》《行为艺术家》《午夜狂欢》等多部作品中均有呈现。高楼林立的宏观城市空间，加上美食名酒，汽车、服装品牌，别墅与酒店的豪华设施等微观消费符号，共同构成了国际化、商业化的现代都市符码。邱华栋曾说：“一座城市，它的标志，就是进入一座城市的钥匙，是一座城市的象征性符号，是一座城市内涵的表征。”② 那些“拉斯蒂涅”式的闯入者就游走在标志性的城市符码中，它一方面最大程度激发了闯入者的物质欲与占有欲；另一方面又呈现出城市庞大、高傲、排他的一面，使闯入者在城市面前感到渺小而无助，他们只能仰望城市华美的外表，始终无法获得城市主人的家园之感。闯入者与城市始终处于紧张的关系中，在邱华栋的闯入者文本中，叙述者经常情不自禁对城市做一番评价，城市像“肿瘤”、像“绞肉机”、像“老虎机”，像飞速旋转的“大轮盘”、像“猛兽”，这样的比喻反复出现。而置身其中的闯入者则像微尘、像细菌、像蚁群、像鼠群，在两者的关系中城市强大残酷、闯入者渺小无力，闯入者融入城市的过程就是被城市挤压、控制、异化的过程，“城市在大地之上旋转着，把机会和成功顺便抛给一些幸运的人。城市同时也是一个磨盘，把那些失败的人的梦想一点点碾得粉碎”③。“我和城市就像两个骗子一样互相提防，而又不得不互相信任。”④ “这座城市像一个

① 邱华栋：《手上的星光》，《闯入者》，湖南文艺出版社 2011 年版，第 1—2 页。
② 邱华栋：《印象北京》，广西师范大学出版社 2010 年版，第 4 页。
③ 邱华栋：《手上的星光》，《闯入者》，湖南文艺出版社 2011 年版，第 22 页。
④ 邱华栋：《环境戏剧人》，《闯入者》，湖南文艺出版社 2011 年版，第 36 页。

大轮盘一样飞速旋转，而每一个人都来到这座城市下注，大多数输得精光。”① 不仅邱华栋，几乎所有试图闯入城市中心的闯入者与城市都处在这样的紧张关系中，徐坤的《春天的第二十二个夜晚》中北京是和毛榛夫妇不断的较量对手，他们用十年时间在北京占有一席之地，却丢失了理想、爱情、归宿：“北京啊，北京！你这地理版图如此之大、交通状况如此之差的北京，从根本上说你这不适合谈恋爱的地方，难怪单身男女越来越多了。”② “我从窗户眺望城市的夜晚，黑压压的一堆像垃圾”，“我认为城市是很多悲剧的肇事者”③。“这就是深圳，八点钟的深圳，危险而华美的城市，一只倒覆之碗，一朵毒蛇缠身的花。”④

闯入者对城市空间的感受就是他们城市生活的感受。从上述分析中可以看出，无论是城市底层的闯入者与城市的脆弱关系，还是试图成为城市主人的闯入者与城市的紧张关系，他们都无法真正融入城市。闯入者融入城市需要自我认同感的建构。根据泰勒的观点：“我对我的同一性的发现，并不意味着是我独自做出的，而是我通过与他人的、部分公开、部分隐藏在心的对话实现的。我自己的同一性根本上依赖于我与他人的对话关系。”⑤ 城市归属感的获得不是来自闯入者自身，而是在闯入者与城市的互动关系中得以建构。因此，城市只是闯入者暂时的寄居之地，对于所有的闯入者，无家可归的漂泊感是他们挥之不去的生存感受。

二 闯入者的家园缺失

闯入者文本有一个共同的现象：闯入者作为城市里的异乡人，单

① 邱华栋：《所有的骏马》，《闯入者》，湖南文艺出版社 2011 年版，第 161 页。

② 徐坤：《春天的第二十二个夜晚》，安徽文艺出版社 2015 年版，第 2 页。

③ 李师江：《比爱情更假》，《花城》2000 年第 6 期。

④ 慕容雪村：《大堂向左，深圳往右》，中国和平出版社 2011 年版，第 1 页。

⑤ ［加］查尔斯·泰勒：《自我的根源：现代认同的形成》，韩震译，译林出版社 2001 年版，第 49 页。

枪匹马，漂泊无依，却很少流露对家或亲情的渴望，他们并未强大到可以独自面对这份孤独，但是现实残酷地隔断了他们与家园的精神联系。

《吴茂盛在北京的日子》中的吴茂盛从十六岁开始闯荡城市的生活，但处处碰壁，三十多岁依然一无所成，他像阿Q一样对失败和伤痛麻木健忘，没有反省意识，自吹自擂，在他被打住院之际，叙述者第一次以严肃和正面的态度面对吴茂盛的落魄和孤独："李师江，你太不了解我了，我比你大好几岁，我都三十好几了，有个女人我就不一样了……我想通了，我要是有个家，就不会跟人打架了。这么多年来，我东奔西跑，我不知道自己图什么，现在我知道了，我要女人。"① 对于这些漂泊不定，在城市的夹缝中求生存的闯入者，"家"的安全感、归宿感无疑是他们最大的精神慰藉。闯入者有两种途径可以找到"家"，一是在城市建立家庭，二是回到故乡。对于前者，这是多少闯入者的梦想，但是事实上，无论是挣扎在城市底层的闯入者还是已经进入城市上流社会的闯入者，爱情、婚姻、家庭都是超越了生存层面的奢侈品。吴茂盛多次让李师江为他介绍女朋友，李师江不厌其烦，"你拿什么追求人家，你长得像农民，穿上西装也就是个进城的民工，皱纹一条条，还是个老民工，口袋里又没钱，又没地位，而且呀，你嘴里还有口臭，一想到有人跟你接吻我就要呕吐，你的愿望是美好，但任务太艰巨你知道吗!"② 郭小海跟许子慧上过床后，非常理性地澄清了他们的关系，"他们的关系是哥们的关系，他们上床，是为了各自取暖"③。这样的冷静和理性透着清醒的冷酷与悲凉，却揭示了闯入者的生存真相。徐则臣写出了北漂族艰辛生活中的暖与善，但是敦煌与夏小容、七宝的同居关系何尝不是孤独中的各自取暖呢?他们没有游戏爱情的资本，也同样没有承诺爱情、建立婚姻的能力。

---

① 李师江:《吴茂盛在北京的日子》,《上海文学》2002年第1期。
② 李师江:《吴茂盛在北京的日子》,《上海文学》2002年第1期。
③ 魏微:《异乡》,《姐姐和弟弟》,山东文艺出版社2005年版,第85页。

而具有了相当物质基础的闯入者，在不断膨胀的欲望的驱使下，已经无法安于“家”的稳固与日常，对于“家”总是既渴望又不断逃离。《春天的第二十二个夜晚》里的毛榛夫妇拼命工作，用十年时间使自己成为闯入者中的佼佼者，就在他们即将像真正城市的主人一样有大房子、有体面稳定的事业之际，不堪精神负重的家庭破碎了，城市像怪兽一样吞噬了毛榛的爱情和婚姻。离婚之后，毛榛又遇到了庞大固埃、汪新荃，他们都是风光无限的成功人士，有地位、有名誉、有钱财、有情调，当然还有各式各样的情人，他们对情人们也有情有义，但是这种情谊从不指向实质性的爱情和婚姻，毛榛在一次次受伤和疼痛中知道了爱情对现代人的无意义：

> 吃不缺，穿不缺，性生活上也不缺。人们有什么必要非要结婚呢？
>
> 在这茫茫大街上，
> 在这都市人潮里，
> 总有一个酒吧里聚着人。
> 总有一个单身女人家里半敞着门。我们还要婚姻干什么？
> 是啊，是啊，是啊，我们还要婚姻干什么？
> 干什么？
> 干什么？
> 干什么？[①]
>
> ——徐坤《春天的二十二个夜晚》

所以，在闯入者文本中有各式各样的临时性居所——公寓、宾馆、出租屋，但没有“家”；有各式各样的同居关系却少有指向婚姻的爱情。

① 徐坤：《春天的第二十二个夜晚》，安徽文艺出版社 2015 年版，第 366 页。

返回故乡是家园建构的另一种方式，但是对于农裔及小城镇青年，故乡与城市在现代性上的巨大差距破坏了闯入者对故乡的家园想象。涂自强尽管在武汉过的是最贫困的底层生活，但是再回故乡时他已然不适应山里的生活，“昏暗的灯光，无边的寒冷，清寂的空气，还有肮脏的厕所。第一天回去，他蹲在两片木板上，冻得哆哆嗦嗦，根本屙屎不出。早起一推门，迎面便是一架山。山中色彩永远如此，夏天绿秋天黄，冬天发暗的树梢上浮着白。家里没有网络没有电视也没有书。除了母亲，甚至也没有其他亲人。每一天的生活都与头天相同。过百年也只一日。偶尔有亲朋过来坐坐，所说的话，所问的事，大同小异，全然引不起涂自强的谈兴。涂自强在家不足十天，便对这样的生活深感厌倦”①。对于从小生活过的地方，涂自强的思乡和眷念只是精神上的，经历过现代城市的涂自强无论如何也无法退回到还处在前现代文明中的乡村，家乡贫穷、落后、呆滞的现实击碎了思乡的浪漫，涂自强清醒地意识到“这个地方我是绝不会回来的”②。敦煌在沙尘暴之夜游荡在北京大街上，大风、流浪让他本能地产生了朦胧的思乡之情，“他发现大风经过树梢、地面、和高楼一角时被撕破的样子，和故乡的风像水一样漫过田野丝毫不同。北京的风是黑的，凉的；老家的风是淡黄的，暖的”③。这一刹那故乡是温暖的，但是离开这一情境，敦煌从未想过要离开北京回老家。边红旗宁肯在北京过着东躲西藏、朝不保夕的生活，也不愿意回到苏北小镇过安逸又乏味的生活。对于这些农裔及小城镇青年，相比城市的辛苦与漂泊，故乡的单调与贫乏更让他们难以忍受。偶尔的思乡不过是一种情感寄托仪式，故乡和家园已经无法提供给他们安全感和归宿感，即便暂时回去也会重新逃离。

那些要征服城市的外省知识青年们更没有前现代的经验可以依恃，

---

① 方方：《涂自强的个人悲伤》，《十月》2013 年第 2 期。

② 方方：《涂自强的个人悲伤》，《十月》2013 年第 2 期。

③ 徐则臣：《跑步穿过中关村》，北京十月文艺出版社 2015 年版，第 35 页。

没有精神的家园可以回归，当然在漂泊中他们也会寻找灵魂的栖息地，所以“找寻”在他们身上成为具有象征意义的行为。《环境戏剧人》中的胡克，以对艺术的追求与坚守作为对抗物质化的城市武器，把“爱达荷”作为青春寄存地的象征，四处寻找能够和他一起演“回到爱达荷”的龙天米，在经历了一系列和龙天米相关的病态城市人后，最终以龙天米的死亡宣告寻找的失败，“我们已经回不去了……我们进入了都市就回不去故乡”①。《所有的骏马》中的乔可像一匹失群的骏马，在快餐化的城市里寻找生命中坚实可靠的、永恒的东西，他在事业中寻找，在爱情中寻找，从北京寻找到西藏、深圳，又返回北京，但是他只体验到城市中转瞬即逝的东西；《天使的洁白》中的袁劲松在实用主义盛行的城市寻找超越物质与欲望之上的生命的意义，最终以死亡达成对虚无的超越，而作者又用一则程式化的“晚报消息”解构了袁劲松死亡的超越现实的意义。闯入者的找寻和救赎成为没有结果的游荡。女性闯入者比男性更有抗争精神，她们从异乡闯入城市，从边缘奔向中心，在这样的追求和抗争中并没有真正实现自我，而且也无法回到当初的自我，对于这样的境遇她们甚至没有救赎的念头，这让女性闯入者比男性闯入者与城市的关系更复杂，命运的悲剧色彩也更浓烈。

三　城市里的“异乡人”

在“人与城”的紧张关系中，闯入者始终无法获得精神上的归属感，因而他们成为“异乡人”群体中的一员。“异乡人”（也译作局外人或陌生人）概念最早由盖奥尔德·西美尔提出，他认为“异乡人”“不是今天来明天去的漫游者，而是今天到来并且明天留下的人，或者可以称为潜在的漫游者，即尽管没有再走，但尚未完全忘却来去的

① 邱华栋：《环境戏剧人》，《闯入者》，湖南文艺出版社 2011 年版，第 61 页。

自由”[①]。西美尔从现代社会的时空秩序角度揭示了“异乡人”精神流浪的特质，现代社会时间与空间分离，空间成为心灵活动区域，因而空间距离造成了人们的心理距离，异乡人脱离了既定的地域空间成为时空紊乱的精神流浪者，因此对家园的怀念也总是处于精神层面。

20世纪90年代以来城市文学中的闯入者也是从熟悉的环境中脱离出来，把自己投掷到陌生的城市中，这种空间的跨越给他们带来的是精神和心理的断裂与冲击。在闯入者与城市的关系上有一点不容忽视，尽管闯入者所属的社会阶层不同、文化背景各有差异、怀着不同梦想奔赴城市，但他们都是从现代化程度较低的场域闯入现代化程度较高的场域，故乡与城市间的等级差别是先在的，这使他们不由自主地以渴望与仰视的姿态面对城市。在闯入者意识中，城市不仅是生存之地更是梦想之所。在《涂自强的个人悲伤》中，涂自强宁肯忍受着歧视、劳累、贫穷也不愿意回到老家去，因为他相信城里的生活有奔头，省吃俭用再加上拼搏，日子是天天向上的。《所有的骏马》里乔可在列车上想象着北京“这座城市巨大、庄严而又森严壁垒，一些铜马和石狮子守候着深宅府第的门口，镶有巨大铜钉的朱漆大门紧紧闭着”。“一些古老的天象仪停在空地上，旁边的沙漏在不停地泄露着沙子。”[②] 边红旗来到北京的第一个夜晚“来到了天安门前，见到毛主席的巨幅画像时，眼泪又下来了。从小就唱《我爱北京天安门》，现在竟然就在眼前了，像做梦一样。他趴在金水桥的栏杆上，看见自己的眼泪掉进了水里，泛起美丽精致的涟漪。他就想，北京啊，他妈的怎么就这么好呢”[③]。刚来北京的敦煌尽管做着办假证的非法生意，依然心怀理想，“梦里除了数不完的钱，就是迎风飘扬的国旗，他能听见仪仗队咔喳咔喳的脚步声整齐划一地经过他的梦境”[④]。这些带有乌托

① ［德］盖奥尔格·西美尔：《社会学》，林荣远译，华夏出版社2002年版，第152页。

② 邱华栋：《所有的骏马》，《闯入者》，湖南文艺出版社2011年版，第159页。

③ 徐则臣：《啊，北京》，《人民文学》2004年第4期。

④ 徐则臣：《跑步穿过中关村》，北京十月文艺出版社2015年版，第4—5页。

邦色彩的城市想象显示了闯入者对城市认识的错位以及闯入行为的盲目性。孙立平教授在《断裂——20 世纪 90 年代以来的中国社会》中指出，20 世纪 90 年代中国社会处于断裂状态，不是断裂成两个部分，而是断裂成多个部分，而且这种断裂不仅发生在城乡之间，也发生在城市内部[①]。城市从中心到边缘的空间划分也是文明层次的划分。因此，闯入者从故乡到城市的跨越不是空间距离，而是心理和文化的距离，那些来自农村或小城镇的闯入者在知识与能力上的局限，只能被囿于城市的边缘（如鞠广大们）或灰色地带（如敦煌们）；那些知识青年具备了闯入城市中心的能力，但是难以完成文化与心理上的同步跨越。闯入者并没有弄清楚现代城市是什么，融入城市要付出怎样的代价，认识的错位、行为的盲目，导致闯入者既栖身于城市又无法融入城市的精神流浪结局。从根本上来说，这种错位和盲目源自故乡与城市在现代化程度上的差异，文化差异产生的断裂感是无法通过物质与欲望的满足来弥合的，所以无论闯入者是否取得世俗层面的成功，都无法逃脱成为异乡人的结局。

在西美尔之后，鲍曼又发现了“异乡人”的矛盾性、不确定性的特点，他认为“异乡人”是“不可决断者家族中的一个成员”，“既非朋友也非敌人”，“因为他们什么都不是，所以他们有可能什么都是”[②]。这使异乡人对本土文化产生两难处境：一方面，“留下来”渐渐会“将他的临时寓所改变成一个家园——正像他的其他的即‘原初的’家园退回到过去，或者完全消失一样”；另一方面，“他保留着离去的自由，因而能够以本地人很难具有的平静之心来察看本地状态”[③]。也就是说，选择融入本土文化就意味着否定和放弃自我赖以维

① 孙立平：《断裂——20 世纪 90 年代以来的中国社会》，社会科学文献出版社 2003 年版，第 6—8 页。

② ［英］齐格蒙特·鲍曼：《现代性与矛盾性》，邵迎生译，商务印书馆 2003 年版，第 84—85 页。

③ ［英］齐格蒙特·鲍曼：《现代性与矛盾性》，邵迎生译，商务印书馆 2003 年版，第 90—91 页。

系的生活方式和价值观念，以本土的文化观念重新建构；而坚守原来的自我，又使他们始终都是“此在”的他者，游离在本土文化之外，两种选择无疑都是痛苦的。

闯入者并不打算在城市面前刻意坚守自我，他们从故乡到城市完成空间迁移的同时，也渴望在心理和精神上完成身份和文化上的转移，他们强烈渴望城市的接纳和认同，因此他们的真正痛苦不是来自于坚守还是放弃原有的文化与价值观念，而是在急切的身份和文化转移过程中自我的撕裂与迷失。谙熟了城市的规则的林格说，“咱们得挣它一大笔钱才行。感伤有什么屁用？妈的，这是一个物质世界，得先占有了物质才能蔑视它。”而后林格“号啕大哭了起来，如同曾经失败的巴尔扎克笔下的拉斯蒂涅一样”①。在这一瞬间庸俗不堪的林格仿佛有了鲁迅笔下魏连殳的意味：在城市面前胜利了，却又真的失败了。他们顺应了城市的消费文化观念却并不能与之融为一体，那个按照传统观念建构的自我时常跳出，站在道德的高度审视现在的自我和城市，导致闯入者城市生存状态的分裂——喧哗与孤独、沉迷与厌恶、狂欢与救赎，如同《午夜狂欢》中的四个人，白天是正派的汽车经销部门经理、电视制片人、出版社编辑、信托公司部门经理，晚上变成了失意的人、说谎大师、超级骗子、神经质、恐惧者和狂欢的人，迷恋接近死亡的狂欢——卧轨、飙车、吸毒、高空飞行，“通过恐惧和接近死亡的体验促进了一种颠倒了的生命感”②。而对于底层闯入者，融入城市的痛苦不仅在于对自我的否定与撕裂，还要面对城乡差序文化带来的身份歧视，《谁能让我害羞》（铁凝）里送水少年为了引起女主人的好感，穿着偷来的衣服——皮鞋、西装、领带，把自己打扮成城市人的样子，扛着50斤的水桶爬上八楼。少年以自己理解的方式努力靠近城市，却让女主人对他更加鄙夷和嫌恶，尊严被彻底践踏时少年由

① 邱华栋：《闯入者》，《闯入者》，湖南文艺出版社2011年版，第175—176页。

② ［美］刘易斯·芒福德：《城市文化》，宋俊岭、李翔宁、周鸣浩译，中国建筑工业出版社2009年版，第308页。

艳羡而生仇恨，他本能地以暴力方式表示对抗，却被女主人的假枪震慑住，又被女主人5岁儿子一个电话送进了警察局，少年在高贵的城市女人面前失去了理性也失去了判断力，孱弱的不及一个五岁的孩子。警察问什么能使你害羞呢，少年回答是“枪”。少年不想抢劫更不想谋杀，他本能地拔出那把小刀不过是维护尊严的最后武器，然而他那把小小的折刀在女主人的假枪面前变得毫无意义，小刀和手枪的对峙，在少年心中就是他与女主人的对峙，乡下人与城市人的对峙，小刀“因为低档而更显委琐，因为委琐而格外低档”①，这让少年彻底崩溃。“谁能使我害羞”这是对卑琐乡下人的质问也是高傲的城市人的质问，但这不是道德问题，而是制度、文化甚至包括传统的问题。送水少年的虚荣、猥琐、盲目无知，并不是他自身的人格缺陷，女主人的高傲、冷漠也并非她的道德欠缺，长期的城乡二元结构把农民阻止在现代化之外，两者之间的差距不仅是生活方式与价值观念的问题，甚至是两种文明程度的差异，这样的精神鸿沟不是农裔闯入者的个人努力就能弥补的。方方把涂自强（《涂自强的个人悲伤》）在城市的奋斗命运放在人与城表面相对缓和的关系中展开，贫穷的涂自强并没有受到城市人睥睨或歧视，相反他身边的老师同学朋友也都对他充满善意，涂自强也几乎拥有了一个农裔闯入者的所有优点，勤奋、向上、知足常乐，但是好品质、好成绩、好人缘都没有给予涂自强实现从农村人向城市人的转变的能力，无论读书还是工作，他所有的努力始终是生存层面挣扎，贫穷把他紧紧地束缚在狭小的空间里，从未真正触摸到城市的脉搏。刻板、无知、目光短浅是从贫穷里滋长出来的限制力，这不是涂自强的个人过错，但却是他和农裔闯入者不得不背负的十字架。涂自强的优秀与悲剧命运恰恰成为农裔闯入者融入城市之艰难的证明。

闯入者最终成了双重的“异乡人”：一方面，对于此在的城市，

---

① 铁凝：《谁能让我害羞》，《新华文摘》2002年第8期。

他们是他者化存在；另一方面，闯入者经历了现代城市文化，不可能再退回故乡的生存状态，无论对于城市还是故乡，闯入者成了无所归属的“异乡人”。“城市的空气带来自由的感觉”①，闯入者之所以对城市心向往之，历尽种种苦痛仍然充满留恋，是因为在当下这样的差序社会，他们坚信城市相比故乡能给予他们更多改变先赋身份约束、实现自我价值的机会。城市像黑洞一样把千千万万个来自农村和小城市的人们吸引进来，但是它并没有呈现出多元包容的气度，而是用城市的法则异化和改造他们，“大批涌入城市的农民或其他移民，则难以保持自己的文化主体性，他们是城市的‘他者’，必须想尽办法尽快适应城市并生存下来。流动性和不确定性是这些新移民最大的特征，他们的焦虑、矛盾以及不安全感是最鲜明的心理特征”②。在文化转型时期，他们是没有归属感的一代人，从“闯入者”到“异乡人”的精神历程，象征着我们民族从乡土文明向现代城市文明迈进的心路历程，展示了文化转型时期城市外来者无法抗拒的悲剧命运。

第三节　闯入者叙事的人性视点与生命关怀

20 世纪 90 年代以来的城市文学中，闯入者叙事大都是悲剧性的，“闯入——挣扎——失败”，这成为基本叙事模式。闯入者的悲剧命运因与时代的密切联系成为最具时代感的主题，但闯入者叙事不是对社会问题的转述，不对人物的行为和选择做出世俗意义上的道德审判，更不会为具体的社会问题提出解决方案，它从生命视角关注个体生命在文化转型期的生存境遇与精神诉求，是基于个体命运和人性关怀的文学叙事。

---

① ［加］简·雅各布斯：《美国大城市的死与生》，金衡山译，译林出版社 2005 年版，第 408 页。

② 孟繁华：《建构时期的中国城市文学——当下中国文学状况的一个方面》，《文艺研究》2014 年第 2 期。

一　世俗伦理与自由意志的悖论

基于人性视点，创作者发现了世俗伦理与闯入者自由意志间的矛盾冲突。刘小枫说："对于现代人来说，伦理行为变得艰难，首先不是因为社会的道德观念秩序的混乱，何谓善、恶已经没有了社会共识，人们难以找到可以遵循的道德品质，而是虽然知道什么是善、什么是诚实、什么是信任，却做不到。自由伦理的艰难表现为个体的道德能力的软弱，有心愿，甚至有意志向善，却没有体力为善。就像有爱的欲望，却没有能力抱住爱者的能力。"[①] 伦理行为的艰难在闯入者身上表现得尤为明显，闯入者从故乡到城市的空间跨越，同时也是文化与心理的跨越，这使得闯入者在城市要承受双重的压力，一是生存的压力，二是心理与精神的压力，所以融入城市的过程也是闯入者被城市异化的过程，其后果便是使闯入者对传统伦理的坚守、个性自由及自由意志的实现都变得格外艰难。《北妹》（盛可以）通过钱小红的打工经历，揭示了在深圳这个一夜暴富的城市里，人的伦理和价值观念被金钱、权利、欲望扭曲后的众生相。混迹于城市底层的"北妹"们，处于社会地位、文化水平、性别的多重弱势地位，无论是世俗的道德伦理还是个性自由与自我实现，都变得异常艰难。钱小红一出场就是处于道德伦理和自由意志悖论中的人物，她丰满的胸部成为世俗眼中放荡的标志。钱小红有着性感的身体和旺盛的性欲，但从未因为钱或利益出卖过自己的身体，她与众多男人的性行为都是"为欲望服务"，这是钱小红强烈的自由意志的体现。但是这样的观念一次次把本性善良的钱小红驱逐到世俗伦理的对立面去，和姐夫的性关系使他在姐姐和村人面前成为一个放荡的女人；性感的身体使想占有他的男人和嫉妒她的女人都把她当作妓女。作品中另一重要女性李思江，纯洁、善

① 刘小枫：《沉重的肉身》，华夏出版社2015年版，第298页。

良、保守，固守着世俗的伦理观念，对爱情、婚姻、家庭充满美好幻想，却被扭曲了的价值观念一次次伤害。最终“为欲望服务”的钱小红像背负十字架一样承受着巨乳的负累，而渴望成为贤妻良母的李思江失去了生育能力，这是人的自由意志和世俗伦理的双重失败。林中月是小说中一闪而过的人物，但她身上凝聚的人性的矛盾与复杂却让人过目难忘。她原本是一个被损害的、值得同情的女孩子，十五岁就被骗到深圳做发廊妹，染上性病并怀孕，被老板发现后赶出发廊，绝望的林中月在医院产生了轻生的念头，医院为避免麻烦便为林中月免费治病、手术，并捐助她一千元钱，面对众人的帮助、钱小红的照顾，“林中月感动地哭过一回后，其余的她都笑吟吟地面对了。”“林中月每天吃药打针，没见过一个吃药这么开胃的人，似乎是免费的东西不吃白不吃”①，病好出院时将钱小红的好看的衣服、鞋子，傻瓜相机，一百多块人民币和五十块港币全部带走。从贫瘠的故乡到繁华的城市，林中月不仅没有获得更从容的生存空间，也没有激发起向上的力量，反而浸染了虚荣、享乐、不劳而获的习气，这个还处在发育期的女孩子既不为自己从事的卖淫工作感到屈辱，也不为依然没有出路的未来担忧，她既没有对恶的痛恶也没有对善的感恩，贫穷使她坠入不幸，不幸又成为她心安理得地享受他人帮助的理由，在她身上既看不到对世俗伦理的坚守，也看不到对自由意志的向往。在价值与道德的失序中，“北妹”们的一切行为选择都退回到了“活着”层次，正如《北妹》最初在《钟山》发表时的使用的名字“活下去”，现实生存的艰难导致了城市底层女性闯入者伦理行为的艰难和自由伦理的艰难。

和始终处于城市底层的闯入者相比，那些试图挤进城市中心成为城市主人的闯入者，往往有着明确的自我意识，坚定的个人意志，有着强烈的自我实现的目标。但是当不断向上的意念变成实际行动的时候，他们发现城市并没有给他们留下多少上升的空间，向上的努力最

① 盛可以：《北妹》，天津人民出版社 2011 年版，第 187—188 页。

终变成与世俗道德伦理的博弈。在这一过程中，他们渐渐放弃了道德伦理的约束，失去了爱的能力、诚信的能力、梦想的能力。例如《闯入者》（邱华栋）中的杨灵明确知道自己爱着吕安，但是吕安只能满足她的情感需要却不能满足她的物质享受欲望，所以她一面在吕安面前扮演职业女性和贤妻良母的角色，一面为几个富有的男人提供服务。杨灵并非不知道这样的行为是违背道德伦理的，她为真相败露失去爱人而痛哭但不会因此改变生活的方式，在她看来这种分裂的生活符合了自己的道德标准，“我希望我能自由生活，并且真正的漂亮”①。《天上人间》（徐则臣）中的子午更是这样一个在伦理困境中走向毁灭的典型，初来北京的子午聪明、帅气，还有点多愁善感，他胆小懦弱，处处依赖表哥。仅有电大学历的子午在偌大的北京除了办假证没有找到更好的生存方式，但半年的北京生活让他迅速地脱胎换骨，子午变得目标明确、意志坚定，野心勃勃：要娶个北京老婆，在北京安家，开公司，做老板，总之“什么事都有可能，只要你想”②。子午似乎掌握了城市的法则，生活朝着他理想的方向发展：获得了北京女孩闻敬的爱情，住月租一千五的房子，配置了超薄液晶电视、豪华音响、电脑、跑步机。在与城市博弈的过程中，子午的变化并非因为他真正具备了征服城市的强大力量，而是一次次的打击使他突破了原有的道德底线，“我想明白了，文哥说得对，大胆大胆再大胆，赚钱赚钱再赚钱”③。抛却了道德的负重，胆小懦弱的子午变得越来越大胆、有主见，还学会了敲诈勒索，在生活表象的光鲜美好的背后，子午在道德和人性的阴暗处越陷越深，最终惨死于被勒索者之手。《行为艺术家》（邱华栋）中的黄红梅、《世间已无陈金芳》（石一枫）中的陈金芳都经历了类似的生命历程，城市生活激活了他们身上积聚着的生命潜能，迸发出顽强的生命意志和生命力的光彩，这原本是人性之善的呈现，

① 邱华栋：《闯入者》，《闯入者》，湖南文艺出版社 2011 年版，第 157 页。

② 徐则臣：《天上人间》，《跑步穿过中关村》，北京十月文艺出版社 2015 年版，第 159 页。

③ 徐则臣：《天上人间》，《跑步穿过中关村》，北京十月文艺出版社 2015 年版，第 147 页。

但不幸的是他们并不具备实现它的能力和力量，甚至找不到获取这种力量的合理途径，最终以冒犯和冲撞道德伦理的“恶”的方式来完成。子午不断向办过假证的人敲诈勒索；黄红梅把帮助过她的人当成向上的踏板；陈金芳以杀熟的方式骗取乡亲和朋友的钱。这些闯入者并非不知道他们的行为之恶，但是在他们看来，个体向善的行为目的已成为他们“恶”的行为的正当理由，子午将不择手段赚钱归因于对女友的爱；黄红梅不断强调她所经历的人和事对她的伤害；当陈金芳被警察带走时，她平静地说：“我只是想活得有点儿人样。”[①] 为了加入更高的生活序列，他们不惜冒犯道德伦理，个人意志的上升和道德伦理的下滑成为这类闯入者不可调和的悖论处境，但是他们的决绝精神和无可避免的悲剧结局又让人心生悲悯。对于这些雄心勃勃的闯入者，对物质的占有是他们实现自我价值最直接最可靠的方式。《行为艺术家》中的“我”，因为“开始自由出入这座城市的巨型购物中心、大饭店、酒吧、地铁、银行、国家机关、医院、大学校园、快餐店而毫无陌生感，我有三张信用卡、一张本市身份证、一个邮局保密箱、一个汉字寻呼机、两张电话磁卡、一个数字式大哥大”[②]。对于这些城市文化符号的占有，使“我”自信已经成为城市的主人。但是这种建立在物质符号上的自足感是脆弱的，鲍德里亚认为：“在作为使用价值的物品面前人人平等，但在作为符号和差异的那些深刻等级化的物品面前没有丝毫平等可言。”[③] 消费社会物质的符号价值取代了实用价值，对物质占有的等级差异等同于人的自我价值的等级差异，黄红梅（《行为艺术家》）对我的两居室房子的嫌弃瞬间解构了“我”作为城市主人的存在感；叶晖（《所有的骏马》）因为拥有了别墅和名车而理所当然成为闯入者中的英雄。这种新的等级秩序造成了闯入者欲望的

---

① 石一枫：《世间已无陈金芳》，北京十月文艺出版社 2016 年版，第 96 页。

② 邱华栋：《行为艺术家》，《闯入者》，湖南文艺出版社 2011 年版，第 62 页。

③ ［法］让·鲍德里亚：《消费社会》，刘成富、全志钢译，南京大学出版社 2014 年版，第 73 页。

无限膨胀，在现代城市里只有不断的追求者，没有成功者。这些外省知识青年本是为了实现梦想、完成自我才闯入城市，但是他们被时代搅动得躁动不安，在物化法则的挤压下放逐梦想、迷失自我。那些谙熟了城市法则的闯入者取得了世俗的成功，却陷入了精神的虚无，沦为城市的平面人、空心人、没有历史的人；那些不能完全接受城市法则的闯入者则成为城市的游离者，在理想与现实、精神与欲望之间左右徘徊。

闯入者的理想无非就是最大限度地融入都市，无论自觉与否，这种诉求代表了自我实现与自我发展的自由伦理诉求，但在文化转型的特殊时期，生存的压力、欲望的驱使，往往使个体的自由伦理与社会规范性的伦理秩序处于冲突状态。闯入者种种违背社会性伦理的行为不是因为道德意识的淡漠，而是因为行为选择的艰难，这也使闯入者叙事呈现出道德的丰富性和多义性。

二 闯入者叙事中的生命关怀之一：“咆哮”

闯入者的叙事大都是悲剧性的，文明的进步总是以一部分人的血泪为代价，闯入者的悲剧命运是个体无法抗拒的时代症候。徐则臣笔下的那些办假证、卖光盘的“北漂”，李师江笔下的城市文化民工，荆永鸣笔下在北京开饭馆、蹬三轮的乡下人，盛可以笔下的深圳打工妹，作为底层的闯入者他们始终无法摆脱生的困顿；邱华栋、徐坤笔下那些试图挤入城市上流社会的闯入者又往往付出了巨大的情感、人格甚至生命的代价，这样具有时代内涵、充满张力的悲剧故事，理应在叙事中产生大悲愤、大震撼，但事实却不是如此，我们往往看不到斩钉截铁的社会批判或时代批判，而是感受了个体生命在时代洪流中的挣扎与无奈、追求与失落后产生的希望与虚无、温暖与清冷、慰藉与疼痛交织的复杂情感，其中，“咆哮”和“抱慰”成为闯入者叙事中最鲜明的美学风格。

城市在闯入者面前呈现的是残酷、异化的一面，闯入者强烈认同城市，城市却毫不留情地对他们进行挤压和驱逐。在文本中，叙述者常常情不自禁地表达对城市的愤怒和控诉，“也许这就是城市的象征，充满了假面人和在假面后面转动的眼睛。城市本身就是一个巨型的假面舞会，在这里，一切的游戏规则被重新规定，你必须学会假笑、哭泣、热爱短暂的事物、追赶时髦。你必须要以冷漠的态度对待一切事物，因为这里的一切都将转瞬即逝，再也没有了永恒和停止不动的事物。连哭泣都成了游戏，已丧失了哭泣本身的深刻内容与实质”[①]。《春天的二十二个夜晚》里毛榛经历了一次次失败的爱情后，“她明白了其实他们都有病，庞大固埃和汪新荃，这些表面溜光水滑的都市成功者，他们的病比她的还要深”[②]。就连一向以文风稳重著称的徐则臣也禁不住在文本中低诉：“我既觉得自己恶心，也难受得要死。难受的把眼泪都憋出来了。不是身体的欲望让我难受，而是心理空荡荡的感觉让我难受。那是两只手伸出去，什么都抓不到的空落。……所有的繁华近在眼前，但是距我却极其遥远。我不知道这些繁华具体都是什么，也许不是女人，也不是金钱，那它到底是什么?”[③] 这样的叙事熔铸了作者强烈的情感，包含着对闯入者的巨大同情和对城市不可遏制的愤怒，情绪化的咆哮远大于理性的反省与批判。

这一现象首先与闯入者文本的经验化叙事有关。这类小说的创作者常常也是城市里的闯入者，文本中闯入者的城市经验熔铸了作家自己的城市感受和认知，叙事中不自觉地将作者、叙述者、小说主人公合而为一。例如，邱华栋作品中的叙事者经常是一些漂泊在北京的记者或作家；徐则臣笔下的叙事者常常是毕业留京的大学生；荆永鸣笔下的叙事者总是和他一样有着做矿工、开饭馆的经历；李师江的京漂

① 邱华栋：《手上的星光》，《闯入者》，湖南文艺出版社 2011 年版，第 34 页。

② 徐坤：《春天的第二十二个夜晚》，安徽文艺出版社 2015 年版，第 366 页。

③ 徐则臣：《天上人间》，《跑步穿过中关村》，北京十月文艺出版社 2015 年版，第 169—170 页。

小说更是带有鲜明的自叙传记色彩；徐坤的《春天的二十二个夜晚》也被认为是半自传式写作。这样的经验化写作，使作者在创作过程中难以与叙事者和故事主人公保持理性距离，对闯入者的孤独与痛楚总是带着切肤之痛的情感体验，在叙事中放弃了理性的精英姿态，既不做时代价值的审判者也不做人物命运的指引者，从笔下人物的境遇出发表达了感同身受的理解与宽容，对城市的控诉和批判带有了鲜明的经验性、情绪化色彩。其次，叙事的“咆哮”风格与作者对城市的暧昧态度有关。尽管作者借叙事者或主人公之口批判了城市的冷漠、残酷、魅惑，但已经无法像沈从文、张炜等乡土作家那样立场鲜明，那样信赖乡土文明，以乡土文明之“善”对抗城市文明之“恶”。城市“闯入者”的创作者从经验出发，对乡村失去了信任，认定城市文明代表了现代性的方向，认同世俗欲望的合法性，认同物质之于人的第一性而存在，所谓“梦想”“价值”“自由”这些精神层面的追求都是以生存需求的满足为前提条件的。因此，作者对消费主义盛行的城市文化在感情上是逆反的，理性认知上是顺从的，闯入者的叙事“是一个时代有一个时代之文学的现代性的顺应式的进化与建构，而不是逆反性的破坏与抗争。”① 因此，在这类文本中，叙事者对城市文明的态度是具有两面性的，享受和留恋城市的自由、丰富、便利，痛斥城市的冷漠、排他。闯入者都有出人头地、改变命运的渴求，这既包括生存层面的物质与欲望的满足，也包括精神层面的自我实现，叙事者对城市的愤怒和控诉不是来自物质化和欲望化的城市文明本身，而是生命诉求得不到满足的悲愤与痛楚，“我来到这里就是来索取的，可到目前为止，它连一个子儿都没有给我，它充分地蔑视我这个穷光蛋”②。从文本的理性深度上，情绪化的“咆哮”也许不利于从本质上对城市破坏性和异化性进行彻底地批判，但是在这样的叙事中，我们看到了对生命的情感和情怀，作者以丰沛的情感，控诉现实的残酷、

---

① 张未民：《中国“新现代性”与新世纪文学的兴起》，《文艺争鸣》2008 年第 2 期。
② 邱华栋：《手上的星光》，《闯入者》，湖南文艺出版社 2011 年版，第 10 页。

命运的诡异和小人物的不幸与不甘。真实流露出创作者在现实、理性精神之外的另一种情怀，表达了对渺小的个人生命的世俗欲求的珍视与认同，对世界充满了牵挂和真诚的关怀。

三 闯入者叙事中的生命关怀之二：“抱慰”

闯入者小说中生命关怀的另一个体现是对个体悲剧命运的“抱慰”。“咆哮”是对个体命运的情感认同，“抱慰”是对生命的宽容和慈悲。闯入者身份的特殊性，使这一群体在城市中很难逃脱悲剧的命运，但是展示苦难和无望并不是叙事的意义所在。我们必须看到越来越多的闯入者文本中，在虚无背后展示的人性的温暖、对善的渴望以及不断向上的力量。叙事者从不为无望的人们指出光明的道路，却对他们的悲惨命运表现出切肤之痛的理解、尊重和抚慰，对于闯入者的现代化诉求方式和在这个过程中爆发出来的生命力量给予积极肯定。

邱华栋笔下的闯入者都是被膨胀的欲望扭曲了的病态人，无论怎样的拼搏挣扎都免不了虚无的结局。对此，邱华栋表示了极大的理解，他坦率地说：“我表达了我们这一代青年人中很大一群的共同想法：既然机会这么多，那么赶紧捞上几把吧，否则，在利益分化期结束以后，社会重新稳固，社会分层期结束，下层人就很难跃入上层阶层了。”[①] 这不仅是对都市人的欲望行为的理解，也是对消费时代城市文化的接纳。《行为艺术家》中的黄红梅就是拼尽全力从底层跃入上层的典型，她从一个清纯美丽的打工妹，变成了被金钱和物质攫取了的黄经理，名利双收后惨死在自己豪华的别墅中。在她短暂的城市经历中，靠着聪慧谙熟了城市的生存法则，用这法则征服了城市同时又被这法则毁灭。这一过程中，她的贪婪、自私、心狠手辣和她的美丽、聪慧，不知疲倦、一直向上的热情一样闪烁着生命的魅力。黄红梅的

① 刘心武、邱华栋：《在多元文学格局中寻找定位》，《上海文学》1995 年第 8 期。

身世和死亡都是一个谜，她的生命价值不在于目的和结局，她一直在通过一己之力和她的处境、和城市对抗，生命的意义就在这个过程中绽放，叙事者在最后宽容了黄红梅，也谅解了这个时代，“我在这一刻对黄红梅，对这个时代每个企盼成功的人都充满了祈愿，那是一种复杂的情感。毕竟我们每一个人都在创造中毁灭，在毁灭中溅起激越的人生浪花，而在城市中行动，则成了我们唯一的纲领。哪怕有死亡，可仍旧有新的人在加入”①。《世间已无陈金芳》（石一枫）中的陈金芳是和黄红梅有着类似经历和命运的女孩，作者把她跌宕起伏的命运放到二十年的时间里去展示，尽管是第三者限制视角的片段性叙述，仍然不动声色地展示了这个人物丰富强大的精神世界。初到北京的陈金芳家境贫寒、土里土气，备受同学的歧视；初中毕业后“我”再次看到的陈金芳已经成为北京胡同里小有名气的女顽主；十年后“我”在一次音乐会上邂逅的陈金芳，已经是雍容华贵的艺术投资商。在陈金芳大起大落的命运中，唯一不变的是她义无反顾的勇气和倔强，这份勇气和倔强成全了她短暂的辉煌，也彻底毁了她年轻的命运，在最后殊死一搏的风投中彻底输光。无论黄红梅还是陈金芳，她们都是大时代里的小人物，但她们信奉的却是消费社会中成功者的哲学，她们是现实世界的弱者，却一心成为时代的强者。我们可以说陈金芳们是有着明确自我意识和强烈自我实现愿望的一类人，这正是城市现代性启蒙的积极结果，但她们的觉醒是片面的甚至只是一种假象，她们拼尽全力要成为时代赋形的那类人，却从没有去追问“我是谁”；她们一心要到时代的漩涡中去，却不回望“我从哪里来”；她们所有的努力是告别自己，而不是成为自己。这种不可避免的悲剧是性格悲剧、时代悲剧，又何尝不是人性的盲目呢？就在陈金芳被警察带走的那一刹那，她对命运的毫不妥协的抗争终于化为平静：

① 邱华栋：《行为艺术家》，《闯入者》，湖南文艺出版社 2011 年版，第 96 页。

> “再见。”她的声音出人意料的清脆，还有一切都安顿好了的踏实感觉。这样的道别倒也平和，甚至还称得上有几分洒脱。然而被抬进依维柯的后备厢时，陈金芳突然欠起身来，直勾勾地盯着我。
>
> “我只是想活得有点儿人样。”这是她对我说的最后一句话。[①]
>
> ——石一枫《世间已无陈金芳》

在悲剧爆发点的平静叙事，让我们看到文本的超越与宽容，人性的善与恶、现实残酷与命运不公交织在一起，“合奏成周而复始的乐章”[②]，使悲剧变得柔和。

徐则臣笔下的“北漂”、荆永鸣笔下的“外来者”、盛可以笔下的“北妹”都是典型的城市底层闯入者，他们在陌生的城市毫无仰仗，只能在城市的夹缝里挣扎求存，过着颠沛流离朝不保夕的生活，作者没有因为闯入者身上所拥有的勤劳、善良、执着上进的美德而期许他们一个美好的未来，冷酷地否定了他们改变自己身份与命运的可能，但是这类叙事既没有批判生活的不公，也没有沉浸在命运的残酷里，而是对闯入者在困境中展现的生命的韧性给予抚慰和赞赏。荆永鸣说：“在创作外地人系列小说时，我没有过多地去描写这个群体的苦难，而是从不同的角度，去探索那些卑微人物进入城市之后复杂的精神境遇，关注他们在城市夹缝中的生存能力和精神承受力，以及由此所引发的内心冲突及精神嬗变。”[③] 徐则臣也说，“我写他们，也包括我自己，与简单是非判断无关。我感兴趣的是他们身上的那种没有被规训和秩序化的蓬勃的生命力，那种逐渐被我们忽略乃至遗忘的‘野’的东西”。[④]《出京记》（荆永鸣）中武月月的婚姻里，爱情的成分远没

---

① 石一枫：《世间已无陈金芳》，北京十月文艺出版社 2016 年版，第 96 页。

② 石一枫：《世间已无陈金芳》，北京十月文艺出版社 2016 年版，第 96 页。

③ 荆永鸣：《一个外来者的城市书写》，《当代作家评论》2015 年第 2 期。

④ 徐则臣：《跑步穿过中关村 · 自序》，《跑步穿过中关村》，重庆出版社 2008 年版，第 2 页。

有现实的计较多，但是作者通过武月月对婚姻的经营展示的是她的聪慧、理想和努力，从进京到出京，虽然武月月的努力是失败的，但是作者的着力点却在于武月月迷途知返的悟性和为尊严而放弃的勇气。徐则臣笔下的北漂者不是卖盗版光碟就是做假证，但是作者一直在发掘他们身上的善，这不仅是指我们在第一节已经分析过的他们性格里的正义、善良、朴素，无论现实怎样残酷他们都没有泯灭人性的善，都没有斩断相互之间的温暖和对未来的希望，这让徐则臣的京漂们的边缘世界充满了温暖和人情味。如果对人性的尊重和抱慰仅限于此的话，正如作者所说“我只要煽情就可以了”[①]。“漂泊者的温暖肯定是我希望表达的一个方面，……我当然希望所有人都能相依着取暖，希望告诉读者，这个世界不管多么残酷，不管你有多么绝望，总归还是蕴含了某种可能性”；更重要的是“我想和大家一起，努力看清楚他们与这个城市的来龙去脉，努力看清楚我们是谁，从哪里来，要到哪里去。”[②] 正是后者让我们读到了作者对芸芸众生的爱和温情。在作者笔下，城市与人的关系超越了单纯的压抑和对抗，而是寻找和建构，闯入者不像前文分析的陈金芳那样急切地告别自己，而是成为完整和谐的自己，如边红旗、敦煌、夏小容、沙袖、一明，成为没有被时代裹挟走的自己，这在更高层次上给生活以希望。

李师江笔下的城市闯入者小说中咆哮和反讽的成分比较多，他笔下的人物几乎没有起承转合的变化过程，从头至尾都落魄不堪，作者好像对他们的生存和精神困境毫无同情之心，“一个占满文人习气的人，带着一点点艺术梦想，在市场经济中找不到生存的窍门，笨，就该死。我是个比吴茂盛更衰的家伙，他还懂得挣扎，而我基本上放弃抵抗了。一看见像我这样占满文人习气的人在自艾自怜，感叹怀才不遇生不逢时，我就觉得他们统统该死，毫不可怜地死掉，避免这个世

---

① 徐则臣、张艳梅：《我们对自身的疑虑如此凶猛》，《创作与评论》2014 年第 6 期。

② 徐则臣、张艳梅：《我们对自身的疑虑如此凶猛》，《创作与评论》2014 年第 6 期。

界哀鸿遍地”[1]。这段议论充满了对道德伦理和既定价值观念的调侃、解构和反讽，但在传统价值祛魅的背后，我们看到了两个对立的世界，一个是既定的世俗世界，另一个是基于自我生命感觉的自由的、真实的、人性的世界，例如《她们都挺棒的》结尾处说：“我要感谢擦肩而过的她们，带给我原汁原味的遭遇，不是爱情，不是友情，不是任何冠冕堂皇的字眼，只是生活，在你们看来没有什么意义的生活。”[2]“我”的价值标准和“你们”的标准是不一样的，“我”依据的是个性自由的真实感觉，而“你们”代表了对个体生命具有规约性的世俗伦理世界，“我”没有能力也不愿意去和世俗世界对抗，守住个体的自由意志就是“我”的最高目标。在李师江建构的闯入者世界里，在都市漂泊的意义不是追求世俗成功，而是让生命恢复真实与自由，抛却世俗伦理的负累与虚伪，让生命的孤独和脆弱得以抱慰。

在社会转型和快速的现代化时期，闯入者是夹缝中的群体，传统的乡土文明与现代城市文明冲撞、断裂直接发生在他们身上，他们在理性和行为选择上追随以商业文化和消费文化为表征的现代城市文明，而在心理和情感上难以与之契合，这是文化转型时期必然经历的心灵阵痛，因此“闯入者”是最有时代共名性的人物群体。文化冲突带来的感性与理性、精神渴求与行为选择的矛盾与分裂，以及由此导致的生命的不自由，是“闯入者”叙事所关注的重心，这些正体现了中国现代化进程中独有的生命体验。因此，闯入者的叙事在个人化叙事的立场上获得了更为广阔的时代性、社会化视野，无论咆哮还是抱慰，对人性的丰富性与差异性的开掘都达到了前所未有的深度，对人性的理解与宽容也使之具有了超越性的精神向度，彰显了这类创作的美学价值和思想价值。所有这一切，都让我们感受到了城市文学的精神担当。

① 李师江：《吴茂盛在北京的日子》，《上海文学》2002 年第 1 期。

② 李师江：《爱你就是害你》，时代文艺出版社 2003 年版，第 178 页。

第五章　财富捕猎者与物化之城

司马迁在《史记·货殖列传》中说“天下熙熙，皆为利来；天下攘攘，皆为利往”，概括出人追求财富的本性。但是在中外历史上，财富欲望一度被置于道德和社会秩序的对立面，追名逐利被视作思想和行为上的“恶”而受到限制或谴责。在西方，直到宗教改革后新教开始肯定“世俗精神”，财富欲望才开始出现去道德化倾向，为资本主义的兴起奠定了价值基础。在中国，建立在农耕文明和宗法制度基础上的传统文明更是崇尚以俭养德、重义轻利的精神。直到20世纪80年代的经济改革以来，人们才开始正视欲望的积极意义，尤其是20世纪90年代商业文化和消费文化的兴起，人们对财富的认识发生了反转性变化，不仅不再作为道德的对立面存在，而且视之为推动社会发展的活力因素。20世纪80年代的经济改革已经唤醒了人们压抑已久的物质欲望，90年代的市场经济体制又进一步保障了人们追求财富的合法性和合理性。在社会层面，求富既是现阶段社会发展的目标，也是社会发展的动力；就个人而言，人们对物质的占有已不是生存的需求，而是存在的标志，是人的意志力的凝聚，是现实生活中身份建构的依据。

总之，在20世纪90年代以来的消费文化中，人们对物质的占有欲、对财富的追求成为了这一时代人们的特性标识，成为社会转型以来中国人面对的最直接、最核心的问题。因此，“求富”理所当然成为城市文学的重要主题。毫不讳言，这类作品把城市视作一个欲望化场所，在叙事上往往耽于表面的欲望展示，缺少超越性的精神探寻，但是它和当下生活的血肉相连，记录和见证了物欲横流的时代人们的喜悦与焦灼，这一主题本身就有着不可忽视的美学意义。“这个时代的生活已经没有内在性，人们为脱贫所困扰，为爆发所怂恿，‘晚生代’们抓住这个时代的趋势，把这种混乱不堪而又生气勃勃的生活性状不加雕饰呈示出来，它们是一些不加深究的表象之流。他们那种直接呈现生活表象的方式，强化了粗鄙生活的本色形状。……他们算是参透了这个时代新的写作法则，只要制作一些具有观赏价值的欲望化的表象，就足以支撑起小说叙事，而且作为一个意外的收获，这些欲望化的表象又恰好准确概括了这个时代的生活面貌。”① 本章主要以何顿、张欣、朱文颖三位作家的城市小说为案例，分析 20 世纪 90 年代以来城市文学所塑造的财富捕猎者形象、财富捕猎者与城市的关系以及欲望追逐者的自我实现问题。

第一节　20 世纪 90 年代以来城市文学中的财富捕猎者形象

一　底层的先富者：个体商人

何顿是在 20 世纪 90 年代以对城市欲望人群的集中书写而著称的作家，他的小说多数以改革开放和市场经济时期的长沙为背景，塑造了一批社会转型初期投入商海的个体商人形象。这些个体商人主要来自两个群体：一是普通的底层市民；二是边缘化的小知识分子。两者都是城市里的灰色阶层，但在商业大潮暗流涌动之际，他们或凭着违禁的勇气或迫于生存压力，下海一搏，抓住了市场经济的先机，由普通市民转型为个体商人，跻身时代所倡导的“先富”群体。

① 陈晓明：《晚生代与九十年代文学流向（代序）》，何顿：《生活无罪》，华艺出版社 1995 年版，第 6 页。

自近现代以来，长沙作为内陆城市其现代化进程远远落后于东部沿海城市，但是随着改革开放的深入和市场经济的发展，20 世纪 90 年代的长沙已在迅速崛起，成为中部地区经济和文化上的核心城市。与之相应，商业社会和消费社会的价值观念，如“拜金主义”“享乐主义”也已被普通市民广泛接受。何顿不厌其烦地在小说中诉说金钱的巨大魔力，“世界上钱字最大，钱可以买人格买自尊买卑贱买笑脸，还可以杀人”[①]。“人的价值，说穿了就是钱和权的价值。有钱，哪怕你再没地位都能赢得尊敬。”[②]“这个世界就是钱权的世界，你有了钱，就连市长也会对你很客气。我老爹一个电话打出去，就能改变一个人的命运。”[③] 历经十几年的经济改革，到 20 世纪 90 年代社会上已经树立起一大批“富人”的形象，“拥有成百上千万元的资产，高级汽车、别墅、美女等超级享受一应俱全。他们那具有传奇色彩的发家史，他们的人生观及挥金如土的生活方式，对社会有不可低估的影响，不少年轻人将他们奉为偶像”[④]。更重要的是，这些暴富的阶层改变了人们的财富观念，“在他们的影响下，‘勤劳致富’早已成为一种过时的思想观念”[⑤]。一个个暴富的神话使人们已经没有耐心恪守规则、日积月累，一夜暴富才是这个时代的传奇。在这样躁动不安的转型时期，摆在普通市民面前的有两条路，要么做一个“冷也好热也好活着就好”的安守本分的小市民；要么放手一搏，投身商海，追求富足潇洒的生活。何顿城市小说则关注的是后一类市民。

在风云变幻的现代城市讨生活的底层市民，既无资本优势，也无权力优势；既无知识优势，也无经验积累，推动他们从底层市民转向个体商人的原动力，不是洞察实事的远见卓识和人生智慧，而是对财富以及财富的附带价值的本能欲望，还有他们身上充满野性的胆量和

---

① 何顿：《生活无罪》，华艺出版社 1995 年版，第 120 页。
② 何顿：《黑道（上）》，湖南文艺出版社 2010 年版，第 96 页。
③ 何顿：《物欲动物》，湖南文艺出版社 2011 年版，第 37 页。
④ 何清涟：《现代化的陷阱》，今日中国出版社 1998 年版，第 140 页。
⑤ 何清涟：《现代化的陷阱》，今日中国出版社 1998 年版，第 140 页。

勇气。"男人在阳世上混，不冒点险又有什么意思？不白活了？"[①] "你想在社会上混首先要学会欺诈，要黑心。"[②] 转型期社会的失序躁动，加上这份蛮勇，使底层市民强烈的财富欲望转化为一种盲目的违禁行为，靠着敢于冒犯法律、道德，靠着粗暴的好勇斗狠从底层市民中脱颖而出，如《我们像葵花》中走私进口烟的冯建军，《弟弟你好》中卖白粉的刘金秋，《只要你过得比我好》从事暴力拆迁的江哥，《生活无罪》中和黑社会斗狠的狗子，《我不想事》中在中越边界走私倒卖的王经理，《黑道》经营舞厅和夜总会的丁建，还有大毛、罗雄、李跃进等这些大大小小的个体商人，他们身上敢想敢干的蛮劲，欲望与暴力交织的发家史，使他们身上带有浓重的匪气而非一个健康成熟的商业社会中的商人气息。例如《生活无罪》中狗子到常德追债的情形，完全是黑社会老大的手段和做派：

> 狗子把姓汪的扔给他的烟捏碎，撒在地毯上，然后不慌不忙地从衣服内抽出了枪，慢慢端起，用一只眼睛去瞄。"三万块钱对我是小菜，"狗子说，"但我不能白送给你。我再往你这里跑也没意思。干脆你让我在你膝盖上打两枪，一万五千块钱一枪，这个生意还是做得?!"姓汪的看着狗子端着枪瞄着他左腿的膝盖，紧张起来道："朋友，我给钱。"他向他的保镖递个眼色，那个保镖的一只手插进了裤口袋。狗子的朋友说他们见状就一齐解开了衣服，现出两人左腋下的枪，同时右手都按到了枪柄上。[③]
>
> ——何顿《生活无罪》

这个场景如同港匪片中常见的镜头，在文化转型的无序时期，这些来自底层的市民，靠着打架斗狠的蛮勇、兄弟义气的社会关系、弱

① 何顿：《弟弟你好》，《生活无罪》，华艺出版社 1995 年版，第 292—293 页。

② 何顿：《生活无罪》，《生活无罪》，华艺出版社 1995 年版，第 79 页。

③ 何顿：《生活无罪》，《生活无罪》，华艺出版社 1995 年版，第 134 页。

肉强食的简单观念，以及一些灰色的经营手段，完成了向个体商人的转型。这类人物身上的匪性构成了对既定社会秩序和世俗道德伦理、价值观念的破坏和颠覆，如果说在社会转型初期这种破坏和颠覆一定程度上表现出人的创造性力量，但是在本质上与商业社会的现代文明背道而驰。这些来自底层的先富者尽管衣食无忧，甚至有些人财大气粗、锦衣玉食，但并没有从精神上完成华丽转身，获得了巨大的财富之后他们的精神依然一片空白，享乐成为生命的最大追求。《黑道》中的丁建一个月消费二十七万，而同时期中学老师每月工资仅百元，他的观念是"有钱不用那不等于没钱?!"[1] 这与梁山好汉打家劫舍后大碗喝酒、大块吃肉的享乐思想同质异象，完全没有自由、平等、民主、尊重等现代性人格，在经营管理上也没有现代的理念与经营手段，这注定他们无法在现代社会走远。我们看到在何顿笔下这类先富者常常快意一时而后死于非命，如丁建（《黑道》）、狗子（《生活无罪》）、刘金秋（《弟弟你好》）、李跃进（《我们像葵花》）等，在文化转型之初的商业社会上演了一出草莽好汉的悲剧。

何顿的小说中成为个体商人的另一类人物——边缘化的小知识分子，往往和那些由底层市民转变来的个体商人同时出现在一部作品中，具有颠覆性意义的是前者往往充当了后者财富欲望的启蒙者。那些小知识分子本来都是有理想、有追求的青年，但是社会转型造成了他们人生的断裂，他们成长在崇尚知识的年代，却生活在拜金的商业社会，知识和理想没有给他们带来任何的便利和优越感，反而被逼迫到生活的灰暗地带，那些没有读过几天书的混世青年因为早早下海成为时代的骄子，也成为了那些边缘化小知识分子在财富道路上的启蒙者。

《无所谓》中有理想、有才华的李建国，抱着为国家培养人才的高尚理想，毕业后选择到偏僻地区的大学任教，但是在崇尚金钱和权利的社会，他的理想主义使他处处不合时宜，大学里混不好到了中学，

① 何顿：《黑道（上）》，湖南文艺出版社2010年版，第127页。

在中学因评职称不公和校长打架进了看守所，最后只好到菜市场做了鱼贩子。而毕业论文都由李建国代写的混子王志强，因善于利用关系，早早下海经商成为同学中最成功的人物，而李建国在走投无路的时候做了王志强的打工仔。李建国的清高被拜金的现实一点点抹去，成为什么都无所谓的虚无主义者，从大学老师一步步成为鱼贩子，最后死于非命。《弟弟你好》中的弟弟邓和平一心要考上北大，在他发奋考大学的时间里，刘金秋初中毕业就做生意。五年后，弟弟做了生活灰暗的小学老师，刘金秋却是志得意满的商人，正是在刘金秋的引领下弟弟成了颇为成功的商人。此外还有《生活无罪》中的“我”与曲刚，《我们像葵花》中的“我”与冯建军等。知识分子与个体商人错位的关系彻底颠覆了人们的价值观，“大学生几个钱一月？……我一个月赚的钱是几十个大学生的收入”①。“你以为你读了大学就了不起了？大学生算什么？我们单位甩了一层，还不是都夹着尾巴，老老实实做人。”② 和拜金主义连体同生的是反智主义的盛行，在生存的压力和物质欲望的诱惑下，这些边缘化的小知识分子终于接受了知识无用、金钱万能的价值观，纵身一跃投入商海，成为时代大潮中的弄潮儿，也是随波逐流的一员。《生活无罪》中的“我”、《我们像野兽》中的黄中林都很快变成了商海中的成功者，《弟弟你好》中的邓和平从被停课的小学老师，变成年收入十万元的鸿运歌厅的总经理，又成为年收入七十多万元的宏泰装饰材料店的老板，这个过程不过用了三年时间。在追求财富的过程中，知识并不是促成他们成功的核心要素，知识在他们身上的作用是比普通市民更容易领会和习得的那些灰色规则和非常规手段。邓和平能够承包到鸿运歌厅，不是因为他的策划书写得比别人好，而是他每年从承包费里拿出一万元贿赂章总，由此攫取到进入商海的第一桶金。《生活无罪》中的“我”在码头饭铺，下了最大力气压榨三个来自乡下的服务员，虚心假意对她们好以博得她们

---

① 何顿：《生活无罪》，《生活无罪》，华艺出版社 1995 年版，第 287 页。

② 何顿：《黑道（上）》，湖南文艺出版社 2010 年版，第 18 页。

的忠心。

下海后的知识分子很快清洗掉了身上的书卷气，他们也可以和街头的混世青年比勇斗狠，也和其他暴发户一样追求享乐。这些从困顿中挣扎出来，跻身富人行列的知识分子并没有实现精神的超越，他们费尽心机地追求金钱和财富，是以丢弃人格、违背自己的理想与信仰为代价的。说到底，这些下海的知识分子并不能真正成为商业文化、消费文化的真正代言人，在财富欲望满足后的精神虚无是不可避免的悲剧。

二 中产阶层的实利主义新女性

早在20世纪40年代，张爱玲直言不讳地表达了她的梦想，“我要比林语堂还出风头，我要穿最别致的衣服，周游世界，在上海有自己的房子，过一种干脆利落的生活”[①]。如果说张爱玲的愿望在当时只能代表摩登上海的知识女性的价值观，到20世纪90年代这样的世俗成功成了都市女性的普遍梦想，《浮华背后》中的莫亿亿说：“我想过的好日子不是多吃几份卤肉饭，而是随心所欲地刷金卡，到世界各地旅游，拥有顶尖级的名牌，住花园洋房，开白色的跑车……”[②] 这正是消费主义都市女性的中产阶级梦——拥有繁华富丽的物质生活，以及基于物质金钱之上的浪漫。

这些追名逐利的女性形象也是20世纪90年代以来的城市文学中不可或缺的靓丽风景，她们在王安忆、张欣、张梅、朱文颖等众多女性作家笔下活跃着，这些被物质欲望鼓动着的女性，青春靓丽、气质优雅，热爱时尚，追求物质的享乐，但她们不是欢乐场上的“性感尤物”；她们受过良好的教育，聪明努力，在职场上巾帼不让须眉，但她们也不是献身职场的铁姑娘；她们理性务实，在现实和浪漫之间有

① 张爱玲：《张爱玲散文集》，京华出版社2005年版，第170页。

② 张欣：《浮华背后》，花城出版社2014年版，第56页。

着清醒的认识和选择。这使她们在城市能够获取更多的机遇和发展空间，也懂得如何去抓住机遇，同时城市的物质诱惑也极大刺激着她们对物质的占有欲和享乐欲，这些欲望不是扭曲人性的极端欲望，也不是生命的原欲，而是由消费社会培养起来的实利主义，这种欲望集中表现在她们的婚恋观和人生观上。

对于消费文化下的城市人，“物质第一性，精神第二性”的道理不是抽象的哲学、社会学理论，而是渗透到日常生活方方面面的生存经验，“有饭吃，插花就是插花艺术，没饭吃，插花就是狗屁，是吃饱饭的人撑的。”[①]《冬至》中小米悟到：“有钱会出现两种情况，幸福或者不幸福，没钱就只有一种情况，不幸福。”[②]莫亿亿和剧虎恋爱三年若即若离，和卓童相处三天便已疯狂，使莫亿亿疯狂的与其说是卓童自身的人格魅力，不如说是金钱的魔力，挥金如土的豪气、自由不羁的个性、让莫亿亿带来眩晕的浪漫经历——12 万港币的“阿玛尼”晚礼服、香港豪华游轮上的船长晚宴、当选“丽星之星”，这些都是以巨大的财富为底子的。传统的价值观一再告诫人们，建立在金钱和物质基础上的爱情是虚幻的、不可靠的，然而现代都市爱情却一再演绎贫穷导致的爱情危机。《爱又如何》中可馨和沈伟的爱情曾被朋友称为梁祝式的痴恋，婚后生活幸福甜蜜，但是一系列的家庭变故，终于让清高的可馨意识到了金钱的力量，困窘的生活让她和丈夫都失去了从前的从容和优雅，彼此态度冷漠、互相责难，最终导致婚姻的破裂。爱情“不是空心岁月而是一个个实心的日子，它需要物质基础，需要钱，需要感觉和情调，也需要一些虚幻的东西做调剂，一句话，爱情是奢侈品”[③]。贫寒夫妻的爱情成了传统社会的爱情神话，在物质和财富居于主导地位的消费社会，殷实的经济基础才是爱情的基础。

这些都市丽人坦然地接受了以财富为价值尺度的商业社会法则。

---

① 张欣：《商战情战》，《张欣文集》，群众出版社 1996 年版，第 364 页。

② 张欣：《惊途末路》，《张欣文集》，群众出版社 1996 年版，第 119 页。

③ 张欣：《浮华背后》，花城出版社 2014 年版，第 163 页。

《仅有情爱是不能结婚》中渴望跻身上流社会的尚晓燕，谙熟了现代社会的成功之道，她一方面扎扎实实地投入工作，另一方面投资自己的青春和美貌，而后者才是都市女性的终南捷径。在被喜新厌旧的总经理甩掉之后，她在智雄身上找到了爱情的补偿，但是爱情并没有让她失去实利主义的理性，她冷静地拒绝了智雄的求婚，而重新投入对他回心转意的总经理的怀抱。尚晓燕坦言："我是很看重自己利益的，智雄和一个房地产总经理，无疑我会选择后者。"① "总经理是不是回心转意我都会和他分手，只不过不用这么着急就是了……好聚好散是游戏规则"② "……至于总经理，如果他不是说跟我结婚，我没精神跟他谈什么爱情，我不贪财，但需要他的财力和社会关系……"③ 面对被实利剥夺的爱情，被财富绑架的婚姻，这些都市女性并没有多少感情纠葛和道德负疚。《高跟鞋》中的王小蕊爱的是张治文，也知道张治文深爱着她，但是她果断告别了这份爱情，甘愿做房地产商的二奶。《水姻缘》中的沈小红以断臂求生之勇拒绝了小技术工，费尽心机嫁给了并不那么爱她，但能力和经济实力远胜于小技术工的康远明。如果说这些女性是因为对自身获取物质满足的能力不自信，才寄托于一份可以带来物质保障的婚姻，那么那些出身优渥的女性对于财富仍然看得很重，则是因为她们更明白金钱对人格的影响。《浮华背后》中家境富足、才貌出众、事业有成的晓丹痴心地爱着一事无成的花花公子卓童，晓丹并不存在高攀家庭的问题，但依然看重卓童显赫的家庭背景，"我想如果他没有任何背景不会像现在这么可爱。这是真的，有钱才能潇洒"④。《高跟鞋》中的安弟和王小蕊也有同样的认识，"富裕明亮的生活，才是一个人纯净坚韧品质的最好营养，而不是苦难贫穷的生活"⑤。安弟和王小蕊原来的生活都不是富裕明亮的，她们是如

① 张欣：《惊途末路》，《张欣文集》，群众出版社 1996 年版，第 431 页。
② 张欣：《惊途末路》，《张欣文集》，群众出版社 1996 年版，第 431 页。
③ 张欣：《惊途末路》，《张欣文集》，群众出版社 1996 年版，第 431 页。
④ 张欣：《浮华背后》，花城出版社 2014 年版，第 45 页。
⑤ 朱文颖：《高跟鞋》，《水姻缘》，作家出版社 2012 年版，第 166 页。

此的年轻美丽，她们要用富足的物质托起她们的美丽高雅。

这些都市女性在爱情观和人生观上的实利和理性，并不是她们的个性使然，而是消费主义的产物。消费社会不断制造着时尚刺激人们的消费欲望，“女性强烈地寻求一切相关的个性化与可能的非凡性。时尚为她们最大限度地提供了这二者的兼顾，因为在时尚里一方面具有普遍的模仿性，跟随社会潮流的个体无须为自己的品位与行为负责；而另一方面，又具有一定的独特性，对个性的强调、对人性的个性化装饰”①。《深喉》中做时尚编辑的雷透透深深体会到物质欲望怎样在时尚的诱惑下一天天膨胀，越懂得美越难以拒绝。时尚对女性的诱惑又是具体的，《浮世缘》中天生丽质的落虹穿上巴厘牌的皮鞋、挎着路易威登的手袋、腕上戴着欧米茄的手表时，才真正能够让路人侧目；《高跟鞋》中的安弟和王小蕊实现了物质上的富足后，才真正光鲜亮丽起来，“更重要的是，她们现在与身后的巨型商厦、弧形的向上提升的城市、街道、匆忙而面无表情的人群、甜腻如名品般的空气、组成空气的纤维，她们与它们协调起来了，融合到一起了。她们已经成为巨变的一部分。不再孤单了”②。现代都市女性认为物质的富足与自由，是她们获得安全感和个性自由的基础，所以尽管她们追逐财富，但不能把她们简单地归结为拜金女；她们对男性的依附早已不同于封建社会的男尊女卑，而只是她们实现物质欲望的手段。但根本的问题是，物质真的让她们获得安全和个性自由了吗？“唯有找到金矿之后你才会发现它是怎样的黯淡和无趣，你会更加深切地感觉到你其实一无所有。”③ 雷透透、安弟、王小蕊、莫亿亿……在这些都市实利主义女性的命运轨迹里，我们看到的不过是一个又一个从物质匮乏到物质丰富再到精神虚无的雷同故事。

---

① ［德］齐奥尔格·西美尔：《时尚的哲学》，费勇译，文化艺术出版社 2001 年版，第 81 页。

② 朱文颖：《高跟鞋》，《水姻缘》，作家出版社 2012 年版，第 218 页。

③ 张欣：《深喉》，花城出版社 2014 年版，第 254 页。

三　极端的暴富者

前面分析的两类欲望化城市人，他们的财富欲望或因为生存的逼迫，或是实利主义的驱动，尽管存在违禁或僭越道德的情况，但是基本没有跨越世俗性欲望的范畴。在20世纪90年代城市文学的欲望人群中，还存在一类极端的财富捕猎者，他们才大志高、雄心虎胆，但是贫寒的出身却限制了他们的发展，在欲望的驱使下，他们通过极端的方式和灰色手段跻身暴富者的行列，成为上流社会中的一员。这类人物形象尽管数量不多，如《黑道》中的钟铁龙，《浮华背后》中的高锦林、冉洞庭，《水姻缘》中的康远明，《高跟鞋》中的老魏，但是他们大起大落的人生，集大智大勇与大奸大恶于一身的性格，使他们成为20世纪90年代以来的城市文学中具有鲜明个性和高度辨识度的人物形象。在湖南文艺出版社2010年出版的《黑道》的封皮上，编辑写道："在中国社会的转型时期，先富起来的大部分人是通过自己的努力奋斗与智慧而获取财富的，但也有极少数人是打着政策的擦边球、干着犯罪的勾当赚取第一桶金进而暴富的。为攫取财富，他们心狠手毒，巧取豪夺，钻山打洞寻求保护伞……他们虽然能得逞于一时，却不能得逞于永远……"① 这是对钟铁龙性格与命运的经典概括，也概括出了这类财富捕猎者的性格与命运。

这类人物大都出身贫困家庭，贫困给他们留下了难以愈合的心灵创伤，也激起了他们攫取财富的极端欲望。《浮华背后》中高锦林的父亲因为抢粪被打成残疾，高锦林小时候只得靠捡垃圾为生。冉洞庭小时候发高烧母亲抱他去乡里的卫生站，因为交不起两毛钱挂号费，便无人搭理，母亲只得以厕所的冷水给他降温。《水姻缘》中的康远明对自己的过去讳莫如深，通过小跑堂之口知道他也是个苦出身，而

① 编辑手记：《黑道》，湖南文艺出版社2010年版。

且父母死得早。《黑道》中的钟铁龙因为出身不好，小时候在小镇上备受冷落和歧视；中学时候爱上了家庭条件好的李秋燕，被同学讥笑癞蛤蟆想吃天鹅肉；大学时期和出身公务员家庭的刘丽云谈恋爱，被刘丽云的母亲无情羞辱。贫穷永远不是一个物质问题，比单纯物质匮乏更可怕的是由此导致的心灵伤害和人格扭曲，尤其是对那些聪明、敏感、心高气傲的人。当钟铁龙对自己说“我钟铁龙一定要站起来”①时，这种求富意志已经隐含了仇恨和报复的恶念。冉洞庭多年来在杜党生面前低眉顺眼、逆来顺受，“他图的就是在这种富人游戏区占有一席之地，且能挥洒自如，同时利用一切手段，让财富像火山的金黄色岩浆那样，源源不断地流入他的腰包”②。在追求财富的过程中，他们也曾尝试合法正当的手段，高锦林做过各种小本生意，但是无一成功；钟铁龙大学毕业后的工资八十几块钱，还要受到学校官僚思想的压制。严密的权力体制产生了不公平的“出身论”，剥夺了穷人平等发展的权利和机会，使他们感到合理改变命运的无望，因此产生了铤而走险的念头，高锦林说：“这年头没有胆子，搞什么搞?!”③ 石小刚鼓动钟铁龙：“人无横财不富，马无夜草不肥。”④ 当他们放下道德、良知甚至法律的约束时，便轻松撬开了财富和权利的灰色大门。高锦林通过海上走私发了一笔小财，又用这笔钱投资房地产赚到了人生里的第一桶金，然后摇身一变成为港商，用大量的金钱来贿赂政府官员，为走私谋得保护，他不仅获得了巨额财富，而且成为各级官员极力巴结的对象。钟铁龙以杀人抢劫的血腥手段获得了人生的第一桶金，然后从学校辞职做了夜总会老板丁建的助理，从此踏入金玉其外败絮其中的上流社会。投资老总、银行行长、公安人员甚至包括黑社会结成利益集团，官商勾结、职权腐败，经过这番精神洗礼的钟铁龙对于财

① 何顿：《黑道（上）》，湖南文艺出版社 2010 年版，第 9 页。

② 张欣：《浮华背后》，花城出版社 2014 年版，第 62 页。

③ 张欣：《浮华背后》，花城出版社 2014 年版，第 48 页。

④ 何顿：《黑道（上）》，湖南文艺出版社 2010 年版，第 9 页。

富的欲望成了生命的最强欲望，他的内心变得越来越坚硬，没有什么可以阻挡他的财路，无论是黑恶势力丁建，还是秉公执法的关局长，以及曾与他生死与共的石小刚，他都一一铲除毫不手软。相比之下，《水姻缘》中的康远明、《高跟鞋》中的老魏要老实得多，但是康远明一样善于经营人脉——政府官员、电影明星、富商，利用彪哥对他的欣赏和信任，设计让彪哥经营毫无市场前景的“花晏”而破产，轻而易举地吞并了彪哥的财富。《高跟鞋》由于叙事的焦点在安弟和王小蕊身上，老魏的身世经历是借安弟的视角观察的，安弟不知道老魏的发家史，但是直接指出了老魏作为商人的特点“心狠手辣”，贫穷和贫穷产生的屈辱，让老魏对世界产生了仇恨，怎样索取和报复都不为过。

这些极端的欲望者除了野心和胆量，他们更是抓住了社会转型时期财富资源的命门，“在这一轮积累财富的竞赛中，社会成员之间的竞争资本其实主要是权力。在掌握资源配置大权的部门任职者、国有企业的管理者，以及善于攀附权势者，由于能轻而易举地将手中掌握的权力市场化，因而……快速完成资本的原始积累”①。这些极端的欲望者就是善于攀附权势的人，“人际关系才是无所不能的制胜法宝”②。高锦林以钱铺路帮着凌向权当上公安局长，又出钱为他搞政绩，和凌向权建立了密切关系；在冉洞庭没有做海关副关长时，高锦林贿赂他价值六十万的高尔夫球场会员证，让穷人出身的冉洞庭感激涕零；海关关长杜党生不贪钱、没爱好，高锦林就利用她的母性把她拖进自己的关系网，送给卓童无限额的金卡，捧红卓童的女朋友莫亿亿，让冉洞庭以权力庇护卓晴，使她的通关公司成为走私门户。高锦林高明的攀附手段使他的非法走私畅通无阻。《黑道》中钟铁龙告诫石小刚：“干我们这一行，以后我们要这样，赚一块钱，要分五角钱给别人，钱如果是大家赚，大家就都会来维护这架赚钱的机器。钱如果只是我

① 何清涟：《现代化的陷阱》，今日中国出版社 1998 年版，第 141—142 页。
② 张欣：《浮华背后》，花城出版社 2014 年版，第 48 页。

们两个人赚，就有人不舒服，当然就有人会想方设法地踩我们。"[①] 钟铁龙花大钱买通了银行行长、公安部门、投资老总，让他们心甘情愿地成为他的大树和保护伞；又用小钱收买了一帮可以为他舍生赴死的兄弟，让他在黑白两道畅通无阻。高锦林、钟铁龙们明明从事着非法的生意，却通过攀附关系使他们和监管者成了共生共荣的利益共同体，使非法行为获得了合法性。

作为极端的欲望者，高锦林、钟铁龙等人心狠手辣，为了金钱毫无底线，但是他们并没有暴发户身上的狰狞和夸饰。高锦林朴素得像个农民，为人诚信，出手大方，并热心公益，在家乡盖希望小学、盖福利院，家乡甚至流传出"翻身不忘共产党，幸福全靠高锦林"[②] 的美谈。同样，钟铁龙谦虚低调，仗义诚信，还是长益市的神秘好人，帮助遭受车祸的女学生治病，为浏阳县盖教学楼，半年就捐出400多万元人民币。他们在阳光下的光彩形象，不能掩饰他们的罪恶。高锦林、冉洞庭、钟铁龙都没有逃过法律的制裁，老魏破产，只有康远明用阴险的手段搞垮彪哥后喜气洋洋地做了新郎官，但那喜气是属于沈小红的，谁知会不会有更阴险的人站在康远明背后呢？但是这些恶人的悲剧又实在无法让人拍手称快，尤其是作为故事主人公的钟铁龙，电视剧《黑道》热播后，女性观众纷纷写信给何顿要求修改结尾，让钟铁龙逃到美国去，这让人啼笑皆非的要求至少告诉我们，这类极端的欲望者毕竟来自社会的最底层，他们求富的愿望、他们不屈不挠的努力，多少投射着普通人的世俗愿景，他们的悲剧不是结局的失败而是人性的扭曲，这正是文化转型时期无法避免的阵痛和灰暗。

总之，20世纪90年代城市文学中的财富捕猎者是一个极具时代感的群体，也是一个矛盾的群体，从他们身上让我们看到了现代化的艰难性和复杂性。商业社会和消费社会的物质景观和价值理念，激发了人们身上旺盛的物质和财富欲望，坚决地追求高质量的物质

① 何顿：《黑道（上）》，湖南文艺出版社2010年版，第129页。

② 张欣：《浮华背后》，花城出版社2014年版，第48页。

生活，既进取也享乐，既感性也理性，这样的精神面貌和20世纪90年代以来在现代化道路上高歌猛进的时代气象相互印证。但是他们为了欲望得以满足常常付出道德的、人格的代价，放逐理想，扭曲人性，无不在物质满足的同时无可挽回地滑向精神的虚无，他们以人性自由为目的对物质和财富的追逐，最终走向了人性的扭曲，成为时代的悲剧人物。

第二节 物化城市中人的自由与焦虑

底层的个体商人、中产阶层的都市丽人以及跻身财富与权力中心的极端暴富者——通过这三类城市欲望人群，20世纪90年代以来的城市文学立体建构了一个烦嚣浮华的物质之城和欲望之城。但是物质丰富、欲望解放的城市并没有带来人的自由和谐，财富捕猎者最终迷失在消费城市的物质幻象中。

一 物质镜像中的财富自由

商业文化和消费文化在20世纪90年代的全面兴起，使人们盲目相信一个以物质和财富为核心的自由平等竞争的时代已经到来，人的幸福和自我价值实现变得简单而直接，那就是尽可能的占有物质和财富，一个全民求富的时代奔腾而来。“时代几乎发展到抢钱的阶段了，人人都在高速运转，希望及时地拥有金钱和权势，发财要趁早哇，就跟过去革命要趁早一样。”①

我们看到在何顿笔下那些刚刚下海的底层市民或小知识分子，无不被滚滚而来的财富震惊。《我不想事》中的罗雄在化工厂做司机，一个月三百元的工资，懒散、傲慢，上班时间睡觉、打鸟，顶撞领导，

① 张欣：《惊途末路》，《张欣文集》，群众出版社1996年版，第492页。

一副混世青年的模样。而经营中巴后，一个月二千多元的收入让罗雄脱胎换骨“好像一架庞大的机器加了油，拼命运行着”，“这个世界太让罗雄爱了，他很后悔早几年把时间愿望扔在阳世上了，原来这个世界真真是只属于那些有胆量撬开生活这扇铁大门而闯进去的人，往往这扇铁大门一打开，那扇铁门也可以进去了。”[①] 社会的转型使城市变成处处充满希望、遍地机遇的世界，“你只要不要面子……炸葱油粑粑也能赚钱”[②]。这些不想事的青年找到了和这个崭新的经济时代相应的价值观和生活方式，变得积极上进、野心勃勃。那些刚刚下海的文人也一次次被唾手可得的财富震惊，邓和平（《弟弟你好》）承包歌厅一年的收入是十万，当他为此志满意得的时候却发现做投机生意的宝华一笔生意的收入就是十万，转行经营建筑材料后五个月的纯收入是三十二万多元，他再也不是那个让家人头疼、被同事瞧不起的邓和平。《生活无罪》中的“我”接的第一笔装修收入就净赚八千元，“我尽量不让喜悦之色爬到脸上，忙把烟含到嘴中，让烟雾罩着自己的瘦脸”[③]。在 20 世纪 90 年代初，这些钱包膨胀起来的个体商人，操着粗俗又充满力量的长沙方言，骑着本田或铃木的摩托车，载着美丽妖娆的女人穿行在灯火辉煌的大街上，出入于饭店、商场、歌舞厅，他们和百业待兴的城市景观一起构成一个粗鄙、躁动，但是充满勃勃生机的欲望化城市图景。

中产阶层的都市丽人视角下的城市是另一番景象：高档社区、名牌汽车、华丽的商场、时装、首饰、高档化妆品，琳琅满目、五彩缤纷，彰显着繁华都市的时尚与品位。她们关于爱情、未来、人生的美好想象是建立在这样的时尚与物质丰富的基础之上的，她们不断向人生目标迈进的过程，也是日益接近和展示城市中心欲望景观的过程。

朱文颖的《高跟鞋》把安弟和王小蕊安放在了一个有性情有温

---

① 何顿：《我不想事》，《生活无罪》，华艺出版社 1995 年版，第 228 页。

② 何顿：《弟弟你好》，《生活无罪》，华艺出版社 1995 年版，第 282 页。

③ 何顿：《生活无罪》，《生活无罪》，华艺出版社 1995 年版，第 71 页。

度，同时又是以物质和欲望为底色的城市空间——“十宝街”。这是一个有象征性的城市空间。十宝街位于城市的中间地带，“它既不与南京路、霞飞路、外滩这些具有标志性意义的马路接壤，但也不是条太名不见经传的小巷”[①]。“南京路、霞飞路、外滩”是现代化、国际化、欲望化上海的符号，它们是高傲的、排他的，让安弟和王小蕊这样出身贫穷的女孩子望而却步；而弄堂小巷是日常性上海的符号，贫穷、仄逼、庸俗，是安弟和王小蕊这样有欲望的女孩子要逃离的地方。“十宝街”介于两者之间，它是物质的但又不高高在上，充满暧昧的情调和无限变化的可能，也因此变得丰富和诱惑，十宝街的个性投射在它的商铺和街景上，“十宝街上最多的商店有两种：文物古玩店与酒吧咖啡馆。这是由十宝街特定的性质决定的，这两种商店都有着某种虚幻的本质，都已经脱离了柴米油盐的基本阶段，迈升至更高的层面。当然，这迈升至更高层面的基础是极为实际的：金钱”[②]。街上的人与事、物与景不断唤醒她们对于物质的欲望，为安弟和王小蕊确立了人生目标，“要有钱，强大，具有力量”[③]。对于众多的实利主义新女性，城市就是她们的“十宝街”，是她们欲望启蒙的场所和生命蜕变的场所，开启她们基于物质欲望的人生想象，让她们相信应该也有能力向更高的阶层迈升。物化城市既刺激了都市丽人们关于美好人生的想象，也限制了她们的想象，所有的美好不过是消费社会物质堆积的符号，就像《浮华背后》开篇便把读者带进极尽奢华的物质空间：“那是一间维多利亚式的极其宽敞的房子，三面墙均是顶天立地的穿衣镜，配套的软缎沙发也是维多利亚式的，喑哑的酒红色中深藏秋香色的细密花纹，似乎也藏着许多香艳无比且年代久远的嫔妃故事。梳妆台却是红木的，简约的明代遗风，一尘不染的与穿衣镜相映生

① 朱文颖：《高跟鞋》，《水姻缘》，作家出版社 2012 年版，第 157 页。
② 朱文颖：《高跟鞋》，《水姻缘》，作家出版社 2012 年版，第 167 页。
③ 朱文颖：《高跟鞋》，《水姻缘》，作家出版社 2012 年版，第 171 页。

辉。”[①] 这样风韵无限的房间是王妃的卧室吗？继续读下去才发现原来这只是商场的一个试衣间。作者这样吊人胃口的叙事方式不过是为了让读者感受莫亿亿在奢华面前的巨大震惊。一天时间里，家境贫寒的无名小星莫亿亿拥有了价值十二万港币的阿玛尼晚礼服，豪华的游轮晚宴的经历，在争奇斗艳的女人中被选为“丽星之星”。作者极其夸饰地展示了莫亿亿的震惊：“暗吸一口气，险些惊叫”“窒息”“眩晕”“惊呆”“受宠若惊”“腾云驾雾”……对莫亿亿来说，这是一个比童话更加美丽的现实，以巨大的金钱和财富堆积起来的幸福感说到底不过是消费社会的物质诱惑带来的虚幻光环，这原本不是属于莫亿亿的世界，但是当这样的世界向她敞开过一次，她又如何能退回到从前呢？所以莫亿亿不自觉地坠入到物质与欲望的幻境中。此外，还有《仅有爱情是不能结婚的》中的商晓燕、《深喉》中的雷透透等都市女性，无不陷入了消费都市物质堆积的幸福幻境中。

钟铁龙、高锦林这类城市极端暴富者跻身上流社会的过程也揭示出社会转型期巨大财富欲望背后隐藏的罪恶和丑陋——钱权交易、权力腐败、物欲横流、血腥暴力。在极端暴富者的视界中，城市不仅是一个物质和欲望的世界，也是一个在制度和文化上与经济的高速发展没有匹配起来的权力社会和关系社会。高锦林（《浮华背后》）的财富来源于走私，他能够成为走私界的明星是因为拥有手眼通天的关系，“要想在这个圈子里有所作为，靠的不是钱、权，而是关系”[②]。农民出身的高锦林以钱铺路为自己搭建了一张三教九流、彼此联结的关系网络——电影明星、银行行长、公安局局长、海关关长和副关长、万顺通关公司，又用这些关系捞取更多的钱。同样，钟铁龙（《黑道》）也通过金钱搭建包括银行行长、投资老总、装修公司老总、公安局局长、派出所所长在内的关系网，这些人一方面担任着阳光公职，另一方面又在背后从事着钱权交易。一无所有的钟铁龙之所以能够打通他

① 张欣：《浮华背后》，花城出版社 2014 年版，第 1 页。

② 张欣：《浮华背后》，花城出版社 2014 年版，第 33 页。

们的关系，是因为这些人早已变成了金钱、权力、性等欲望的奴隶。龙行长既贪财又好色，钟铁龙说服川妹做龙行长的情人取得了他的信任，又以百分之二十的高额回扣获得银行了五十万的贷款。钟铁龙以一半的价格从刘总手下租到了银城大酒店的二十间房，条件是每年交给刘总五万元的现金作为回报。钟铁龙又借王总搭上了公安局的刘副局长的关系。王总的仗义提携并非因为对钟铁龙才干的赏识，而是回报他与黑社会争抢女歌手时的救命之恩。钟铁龙踏着这样的关系，从一无所有的马仔成为桑拿中心的老板，洗白了杀人抢劫来的五十万块钱，并且在生意场上扶摇直上成为身价过亿的富豪、政协委员、慈善家。透过高锦林、钟铁龙这样的极端暴富者，我们看到了一群被财富欲望扭曲了灵魂又位高权重的食禄者，正是他们手中的权力和心中的欲望助长了钟铁龙们的极端的财富欲，不仅是无限制的占有金钱，还要以金钱支配世界，这两类人的存在构成了城市现代化进程中的灰色阴影，揭示出黑社会、官场、商场之间千丝万缕的联系，勾勒出一幅城市文化转型初期的无序场景。

二 物化城市中人的存在焦虑

在物化城市中，三类财富捕猎者无不盲目相信基于财富占有之上的自我实现和幸福观。那些游手好闲的底层市民、生存困顿的小知识分子，一夜之间成为一掷千金的富人，这种骤然而来的成就感和幸福感刺激起他们更大的物质欲望，而更为重要的是，他们要以财富为基础重新定位自己在社会中的等级和位置，这种财富欲望便具有了自我实现的精神意义；那些都市丽人原本是崇尚自我的精神性存在的，但是同时她们也是理性的实利主义者，毫不避讳自身的物质欲望，并且把物质占有和消费的能力作为精神提升的条件和基础；而极端欲望者更是盲目相信金钱和财富的力量，并以之建构自我的关系世界。但遗憾的是，这三类财富捕猎者在获得财富自由之后并没有像预想的那样通往自由和幸福之门，而是陷入惶惑和虚无之境。

在《生活无罪》的开头和结尾，何夫两次巧遇同学，也两次陷入自我价值的焦虑。在小说开头，何夫在商场遇到了初中同学曲刚，何夫大学毕业做了美术老师生活黯然无色；曲刚却成了宏光商场的经理，拥有豪华气派的三室一厅、东芝大彩电、录像机、美国狮龙音响、羊皮沙发、“三五”香烟、本田125摩托，还有漂亮的情人，所有这些贴在曲刚身上的符号都表明他是商业时代的成功者。两者境遇的巨大反差，让何夫第一次陷入自我价值认同的焦虑，那是由物质和财富的匮乏导致的焦虑，因此何夫毅然辞职下海。到小说结尾何夫已经是宏光集团的副总裁，可谓是经济时代里的成功者，这时何夫遇到了潜心作画、生活寒酸的大学同学，何夫以成功者的姿态对同学的艺术理想和造诣不屑一顾，但是这种自足心态并没维持多久，同学失望离去后，何夫怅然若失，放逐理想的生存状态使他再次陷入自我价值认同焦虑。对财富的无限追求，已然掏空了他的灵魂，变成没有理想、没有真情的空心人，这样的精神反省让他意识到“在此之前称得上是一幅美好蓝图的东西，忽然在心里变成了零零碎碎的瓦片”[①]。何夫在追求财富过程中的心理历程基本代表了下海文人的精神状态——从物质焦虑到精神虚无。《我们像野兽》中的王军经历了俗世的繁华与情欲后遁入空门；《弟弟你好》中的邓和平在商场上一帆风顺，但是与宋英英的不幸婚姻，女友丹丹的意外死亡，从根本上消解了他建立在财富基础上的价值观。那些没有知识的个体商人没有这样的反省能力，但是作者以更直接的方式宣告了他们不择手段谋取财富的价值虚无，他们靠着违禁和斗狠的蛮勇跻身富人之列，又同样是因为蛮勇或入狱或死亡，消解了他们谋求财富的价值，《我们像葵花》中，冯建军靠走私外国烟发财也因此入狱，李跃进因偷情被杀。《生活无罪》中的狗子靠着仗义和勇猛在商海赢得名声，也死于仗义和打斗。《弟弟你好》中的

① 何顿：《生活无罪》，《生活无罪》，华艺出版社1995年版，第146页。

刘金秋卖白粉发家也因此被枪决，还有《我不想事》中的柚子、《黑道》中的丁建都死于非命。

实利主义的都市女性把对物质和财富的占有当作把握世界、实现自我、获得身份感与安全感的最可靠的凭借。朱文颖曾说："上海是我看世界的方式……上海就是你活着，就还得与生命打打仗，还得发生点这样那样的故事。"① 那些实利主义女性的都市生活就是与生命打仗，赢得物质和时尚就是她们的胜利。她们都以为自己认清了世界的本质，尽最大力量索取到想要的东西，然后抵达精神的自由，但是在她们身上，物质欲望满足后，精神的问题才得以显现。《深喉》中呼延鹏告诫雷透透"女孩子不能太贪钱，尤其是漂亮的女孩子，金钱就是陷阱。雷透透赌气说，你放心，等我有了钱以后，一定会视金钱如粪土的，可我现在没钱也只好跳陷阱。"② 而事实上，当她跳进金钱的陷阱就只能越陷越深。她根本无力购买那套豪华住房，但是抵不住欲望的诱惑，沉重的房贷压力最终让雷透透放弃了爱情，嫁给根本无法交流的日本商人龟田，"她现在穿香奈儿的时装，钻戒单颗有黄豆那么大，一双细跟的名牌鞋也要三千五百块钱。"③ 家具是名贵的花梨木，几万块钱的水晶吊灯，梳妆台上布满贵重的护肤品，贵妃榻上扔着闲书和真丝披肩，"所有这一切无不让人眩晕和沉醉。"④ 雷透透用青春、美貌换来了她梦寐以求的优渥的物质生活，但是物质欲望满足后，人的精神需要才真正觉醒。从实利角度，雷透透并不认为自己是失败的，"她毕竟找到了一个金矿，然而唯有找到金矿之后你才会发现它是怎样的黯淡和无趣，你会更加深切地感觉到你其实一无所有。"⑤ 她能理性地接纳生活的无聊，但是无法驱逐内心的虚无。《高跟鞋》以细腻和缓的笔触记叙了安弟和王小蕊摆脱物质贫困而滑向精

---

① 朱文颖：《避免受到伤害的途径》，广西师范大学出版社 2004 年版，第 197 页。

② 张欣：《深喉》，花城出版社 2014 年版，第 58 页。

③ 张欣：《深喉》，花城出版社 2014 年版，第 253 页。

④ 张欣：《深喉》，花城出版社 2014 年版，第 254 页。

⑤ 张欣：《深喉》，花城出版社 2014 年版，第 254 页。

神虚无的历程。安弟和王小蕊出身于小市民家庭，在她们看来，贫穷使她们和繁华的上海拉开了距离，她们乐观地以为物质是抵达精神的阶梯，她们凭借青春、美貌和恰到好处的精明终于成为了上海富人中的一员，安弟成了淮海路上的高级白领，王小蕊享受着艾温公寓的奢华，物质上的富有使她们“与身后的巨型商厦、弧形的向上提升的城市、街道、匆忙而面无表情的人群、甜腻如名品般的空气、组成空气的纤维，她们与它们协调起来了，融合到一起了。她们已经成为巨变的一部分。不再孤单了。”① 但是“走在安弟、王小蕊后边的任何一个女人，只要她走在她们身后，走上那么几分钟、几秒钟，她都会非常明显地感觉到：其实，这两个女人，她们仍然都孤独。”② 富裕的生活没有给她们带来纯净坚韧的品质，反而失去了曾经的纯净美好，安弟始终没有找到她所追求的浪漫和高贵，王小蕊过上了金丝雀的生活却无法抵御精神的空虚。这些失去精神依傍的都市丽人始终是理性的，不会放弃现实的物质与财富去抵御精神的虚无，“孤独”“寂寞”就成为她们日常性的精神状态。拥有了金钱和物质后，人们才发现精神是这个时代的奢侈品。这也成为消费社会的典型现象：物质丰富和精神的匮乏并存。

可以说，城市里的欲望化人群既是物质和财富面前的理性主义者，又是在欲望中沉醉的非理性主义者，在消费社会的物质幻境中迷失了自我的主体。相比于底层暴发户的盲目，下海小知识分子的价值困惑，都市丽人的寂寞空虚，那些极端暴富者仿佛始终保持清醒的理性，运筹帷幄、淡定从容，而实际上他们才是彻底失去了自我主体的非理性主义者。《生活无罪》中的曲刚曾狂妄地说：“我是生活的大师，我在为自己设计生活，我不被任何人控制。我就是领导。”③ 他们暂时的成功使他们盲目相信金钱的魔力，试图用金钱建构一个游离在社会秩序

① 朱文颖：《高跟鞋》，《水姻缘》，作家出版社 2012 年版，第 218 页。

② 朱文颖：《高跟鞋》，《水姻缘》，作家出版社 2012 年版，第 222 页。

③ 何顿：《生活无罪》，《生活无罪》，华艺出版社 1995 年版，第 120 页。

和规则之外的王国，而他们就是手握权杖无所不能的国王。《浮华背后》中的高锦林是“手眼通天，打通各路关节，从而大摇大摆出入海关的走私犯”①。凌向权第一次听到别人对高锦林的介绍时惊讶地“目瞪口呆”，他的东泽国际中心破土动工时，“嘉宾云集，场面宏大，从省市到中央就有两千多人来祝贺，真可谓花篮如海歌如潮。”② 一个从事违法犯罪工作的高锦林，可以让公安局局长把他视作铁杆兄弟，也能让不贪不腐的海关关长落进他的陷阱，当红明星是他的红颜知己，手下的兄弟愿意死心塌地跟他卖命，他有慈善家的美名，也能轻松摆平一切挡着他财路的人。同样，《黑道》里的钟铁龙在长益市拥有政界、商界的朋友，有能够赴汤蹈火的兄弟，能够救出被双规的龙行长，也能让乡长感恩戴德地向他下跪，十几年的打拼使他从不得志的中学老师成为资产过亿的房地产商、政协常委、慈善家。这一切都让高锦林、钟铁龙盲目相信他们完全建立起了自己的王国，但是他们都在最辉煌的时候一败涂地，可谓是“其兴也勃，其亡也忽”。高锦林以走私发迹，钟铁龙通过杀人抢劫获得第一桶金，建立在罪恶基础之上的辉煌注定只能是暂时的幻影，高锦林自认为掌握了转型期社会的游戏规则，钟铁龙则不断从历史的成败中汲取常胜之道，让他们为之自信的理性恰恰是他们迷失自我的非理性。如果说焦虑和虚无情绪的产生是因为真实的自我还没有完全被欲望化自我所吞噬，而极端暴富者早就完成了和真实自我的决裂。高锦林能够像讲别人的故事一样冷静地讲述小时候的捡垃圾的贫穷生活，表现出的不是他内心的超然而是冰冷和坚硬；钟铁龙杀人抢钱之后不断告诫自己心要硬一些，再硬一些，他对三狗等人的仗义疏财，并非友谊，而是施恩图报，让他们死心塌地为他效命。钟铁龙们是被财富欲望彻底异化的一类人，在消费社会如果说欲望在一定程度上激发了人的创造性，在这些极端欲望者身上激发起的是人潜在的恶魔性，无论作者和读者对他们倾注了怎样的情

① 张欣：《浮华背后》，花城出版社 2014 年版，第 33 页。

② 张欣：《浮华背后》，花城出版社 2014 年版，第 62 页。

感，毁灭都是无法避免的结局。

三 物化城市的欺骗性

在消费文化体系中，物质的符码意义超越了它的物理属性，"一旦人们进行消费，那就绝不是孤立的行动（这种'孤立'只是消费者的幻觉，而幻觉受到所有关于消费的意识形态话语的精心维护），这便使人们进入了一个全面的编码价值生产交换系统中。在那里，所有的消费者不自主地相互牵连"[①]。例如，《高跟鞋》（朱文颖）中，"高跟鞋"吸引女人的不仅是它的使用价值或审美价值，更因为它是一个具有多重精神内涵的象征物，"高跟鞋改变了一切，改变了阶级，改变了事物的性质，当然，归根到底，还是能够归结到情感上来"[②]。因此，人对物质的追逐以及由此产生的生存焦虑最终还是人的自我实现的困境。

欲望追逐者的悲剧结局证明建立在物质和财富基础上的幸福观的虚幻性，这正是鲍曼所说的消费主义的欺骗性，"它允诺的是一种幸福的普遍性：每个人都可以自由地选择，也就是说，人们被同样允诺进入消费主义的商店，他们同样被允诺得到幸福，这是欺骗性之一。其二，消费主义的另一欺骗性在于它设定了一个虚假命题：一旦你提供了消费者的自由，你就完全解决了自由问题。因此，自由事实上被降格成了消费主义。这一虚假命题使人们忘却了：除了买一套漂亮的衣服以外，还存在着其他自我实现的途径"[③]。欲望追逐者的焦虑正源于消费主义的欺骗性。

首先，20 世纪 90 年代市场经济的建立，使人们相信消费面前人

---

① ［法］让·鲍德里亚：《消费社会》，刘成富、全志钢译，南京大学出版社 2014 年版，第 60 页。

② 朱文颖：《高跟鞋》，《水姻缘》，作家出版社 2012 年版，第 155 页。

③ 包亚明：《游荡者的权力消费社会与都市文化研究》，中国人民大学出版社 2004 年版，第 8 页。

人平等的社会已经到来，但是消费社会以物质为媒介建立起新的等级秩序，任何一个物质符号都是人的等级标签，曲刚说：“现在社会上看你是不是做生意的，有钱没有钱，看你一眼脚上的鞋子就明白了。”[①] 因此他宁可让意大利鳄鱼皮鞋磨破了脚，也要穿着代表他身份的昂贵但不合脚的鞋子。雷透透戴上江诗丹顿手表立马引起女同事的羡慕和嫉妒，“名牌就是名牌，总能在平庸和沉默中显现独有的光芒”[②]。钟铁龙把本田雅阁换成了奔驰600，不是因为虚荣，而是“别人摸不清开奔驰车人的底细，不晓得他有多少钱和多大的背景，就不敢乱来。……比如王总从奔驰车里下来，一些人就露出羡慕和尊敬的目光，就不会找王总的麻烦，连的士和公交车都绕开奔驰这走，这说明这个社会很势利”[③]。在以对物质和财富的占有来衡量人的价值的消费社会，人们具备了表面上的平等的消费权力，但却不具备平等的消费能力，而和人的衣食住行相关的一切物质都被打上了等级化的标签，人人都处于物质标签所确定的社会定位里。在消费社会，人们不过从旧的等级结构进入新的等级结构，更残酷的是，新的等级秩序明码标价再无秘密可言，小到一支口红、一根香烟，大到房子、汽车，消费的等级决定了人的社会等级，人们总是渴望进入比现实更高一等的消费秩序，这便让人普遍处于相对的物质匮乏的焦虑中。

其次，我国自20世纪80年代初以来的经济改革，一直特别注重其经济成效，而对相应的精神建构关注不足，“对城市文化结构的考虑容易偏重于经济的合理性而忽视其情感的合理性。这样，主要是为了经济生活而建立起来的社会秩序，常常构成对人的全面丰富需要的压抑。如果一种文化只注意人的感官需要即文化的最表面层次的需要，那最终无疑会导致充裕的外部世界与贫乏的内心世界对立”[④]。而消费

① 何顿：《生活无罪》，《生活无罪》，华艺出版社1995年版，第95页。

② 张欣：《深喉》，花城出版社2014年版，第76页。

③ 何顿：《黑道（下）》，湖南文艺出版社2010年版，第1页。

④ 晓华、汪政：《一种文学两种文化——论城市和乡村两种文化意识》，《文艺争鸣》1987年第4期。

文化又进一步加大了物质与精神不平等关系，在物质和精神的关系中，物质成为衡量人的精神性存在的标准。《深喉》中龟田送给雷透透一条珍珠项链，雷透透本对龟田毫无感觉，并认为珍珠项链老气，根本不喜欢，但是当她知道项链价值二十四万八千元时，雷透透立刻被龟田感动了，不是贪恋龟田的财富，而是认为她在龟田心中是有价值的。她以项链的价值来评判她在龟田心中的价值，这正是物化理念给人造成的假象，决定礼物价值的不只是龟田的感情，更是龟田的经济实力，但这却是渴望通过物质富足抵达精神自由的雷透透们无法明白的。《世界》（朱文颖）中的范思德可以说拥有消费社会组成快乐的所有东西——“财富、成功、健康、孩子、女人（还不仅仅是一个女人），甚至还有个人的生活空间。要知道，对于很多男人来说，这可是件十足的奢侈品……现在，这个名叫范思德的男人，他什么都不缺，什么都有了，但可笑的是，惟独最重要的一样东西——快乐却不见了。”[①] 消费主义的价值观把物质和财富作为衡量人的价值和幸福感的标准，实际上是对人的精神性的降低，所以这些有精神渴求的人，在占有财富之后发现了精神的虚无。对于没有反省精神的人，把物与性的享乐当作自我实现的目的，同样是对人的精神性的降低。《黑道》中，钟铁龙款待他的兄弟刘松木的方式是安排俄罗斯小姐给他洗了一次桑拿；收买孙厂长的手段之一也是请他洗了一次桑拿，让孙厂长受宠若惊。

追求财富和享乐本身并没有错，但是建立在财富之上的幸福观消解了人的精神追求，在获得财富之后，除了肆无忌惮的感官享乐，完全没有更高的价值追求。《黑道》中丁建奢靡的生活并不是个人的粗俗浅陋，龙行长、王总等居于社会上层的权贵们，他们的社交、休闲生活就是打牌赌钱、吃喝、找女人，龙行长觉得没泡过洋妞是他人生的遗憾；王总喜欢给女歌手下春药；发了财的石小刚千金买美人笑，沉溺于糜烂的性生活，石小姐、杨小姐、周小姐、女模特，“石小刚觉得自己

① 朱文颖：《世界》，新疆美术摄影出版社 2013 年版，第 118 页。

真像个皇帝，过去的皇帝说不定还没有他这么肆无忌惮和快乐呢”[①]。他们不为这些病态的享乐行为感到可耻，反而认为是成功者的特权享乐。在《黑道》中，丁建经营的是舞厅、夜总会；钟铁龙经营的是桑拿中心、卡拉OK娱乐城；石小刚开设了赌场；宋经理经营的是酒吧，这些红红火火的娱乐行业正是充满感官享乐的欲望都市的缩影。这是一个物质不断丰富的世界，但却没有建构起相应的意义内涵和精神追求，富起来的人们朝着物与性的享乐深渊渐渐沉沦。钟铁龙这样的极端欲望者没有在暴富后走向享乐，不是因为他有超越物质财富的精神追求，而是他的财富欲望永无止境，他必须时刻警醒、谨慎、克制才能使自己立于不败之地，同时为了保护和挣得更多财富而不择手段。如果说他和石小刚抢钱是迫于正常上升渠道的无望，打死会计只是一时失手；如果说他杀死丁建是对黑社会势力压榨下的被迫反抗，那么他杀死关局长、杀死石小刚已经是极端自私自利的罪恶行为。试想如果刘松木不被公安机关抓获，钟铁龙会不会因为刘松木知道他太多罪恶而被列入被杀者的名单呢？尽管作者没有把钟铁龙刻画成一个彻头彻尾的恶魔，他仍有真情和不忍的一面，但是在罪恶的惯性中他已经无法止步。钟铁龙的成功始终伴随着对罪恶恐惧，当他得知郑小玲怀孕时，“钟铁龙的内心被深重的罪恶感狠狠地纠缠着，就像一头狮子死咬着一头挣扎着的雄鹿不放一样，这种感觉让他窒息，甚至在他快乐的时候，这种罪恶感会突然而至，侵蚀他的心，污染他的快乐，犹如油轮泄漏了石油，仿佛能清晰地瞧见油污沾到了他身上，腥臭难闻，致使他的快乐会突然萎缩，让他怅然。”[②] 但是这种恐惧是对罪恶结果的恐惧，而不是对罪恶本身的认识。

后来，钟铁龙大发善心，捐助遭受车祸的女学生，捐建教学楼、资助几十名大学生，这种善行是对罪恶的补偿，而不是真正的灵魂救赎。在小说结尾尽管钟铁龙已经预感到惩罚的到来，但是当真相即将

---

① 何顿：《黑道（下）》，湖南文艺出版社2010年版，第22页。

② 何顿：《黑道（上）》，湖南文艺出版社2010年版，第82页。

大白的那一刻，一向内心坚硬的钟铁龙终于崩溃了。在以物质和财富为核心的时代，没有精神指向的财富追求，野心与欲望纠缠在一起，最终把人推向毁灭的深渊。

生活在消费世界的人们，接纳了消费社会的法则，从物质角度建构人与世界的关系，衡量人的存在价值，既发现不了自己的精神中心，也发现不了世界的精神性存在，以及人与世界的精神联系。人只有对物的依赖性，无法从中获得幸福的自在人性。鲁迅在《娜拉走后怎样》里曾说："在经济方面得到自由，就不是傀儡了么？也还是傀儡。无非被人所牵的事可以减少，而自己能牵的傀儡可以增多罢了。因为在现在的社会里，不但女人常作男人的傀儡，就是男人和男人，女人和女人，也相互地作傀儡，男人也常作女人的傀儡，这绝不是几个女人取得经济权所能救的。"① 鲁迅的这段话在今天终于应验，人的自由和幸福感不是物质欲望的满足和财富的占有就能解决的问题，只有物质上富有而没有精神追求的人们依然还是傀儡——消费社会中物质和欲望的傀儡。幸福自由的人生与人性要以物质的丰富为内容，这是消费主义社会建构起来的价值观。马克思也肯定了财富对于人的价值实现的重要作用，人的自由个性必须建立在"个人全面发展和他们共同的、社会的生产能力成为从属于他们的社会财富"② 的基础上。但是马克思主义财富观与消费主义的财富观的根本不同在于对财富本质的认识，马克思从"现实的人"出发，从实践维度考察人与财富的关系，认为"真正的财富就是所有个人的发达的生产力"③。从两个方面指出了财富的本质：首先，财富体现了"人"的主体价值，无论财富的外在形态怎样变化，从根本上是人的活动的产物；其次，财富的价值体现为为人所用的使用价值，是对人的有用性，服务于人的能力发

---

① 鲁迅：《那拉走后怎样》，人民文学出版社 1980 年版，第 156 页。

② 马克思、恩格斯：《马克思恩格斯全集（第 30 卷）》，人民出版社 1995 年版，第 107—108 页。

③ 马克思、恩格斯：《马克思恩格斯文集（第 8 卷）》，人民出版社 2009 年版，第 200 页。

展和价值实现。马克思所说的财富的“有用性”不仅是财富的物质性品质，更是指它的精神品质，马克思认为真正的财富是“可以自由支配的时间”[①]，即闲暇和娱乐的实践。人的自由时间一部分用于消费产品，一部分用于从事自由活动，可见，真正的财富是促成人的主体自由和全面发展。而消费主义以人对物质财富的占有来驱动社会发展，把人作为手段、财富作为目的，颠倒了人与劳动、人与财富的关系。另一方面，消费主义把物质财富作为社会财富的全部内容，把财富占有的个体差异视作人的社会等级差异，导致了人的片面发展。由此可见，消费主义的财富观异化了人的本质，以之为价值指引，城市里的“财富捕猎者”们，在求富历程中迸发出的主体力量最终成为自我异化、自我毁灭的力量。

第三节 物质与精神分裂的二元叙事

这类城市小说尽管认同商业社会、消费社会的价值观，对文本中主人公追求物质、放纵欲望的享乐主义和拜金主义行为报以理解和同情，但是文学不可避免地要关心人的心灵状态和精神诉求，这是文学的审美品格使然，也是创作者严肃的文学态度使然。雷达曾对张欣的都市欲望小说评价道：“她始终关怀着她的人物在市场经济中的灵魂安顿问题。”[②] 这一评价可以扩大到20世纪90年代的财富捕猎者这类城市小说中，物质化城市和欲望化人群只是这类城市小说的叙事起点，它终究在探索物化城市中人的精神与灵魂的和谐与自由问题，这导致了创作者价值立场的暧昧与矛盾，在文本的叙事层面和人物形象塑造上都留下了分裂的痕迹。

---

① 马克思、恩格斯：《马克思恩格斯文集（第8卷）》，人民出版社2009年版，第200页。

② 雷达：《当代都市小说之独流（总序）》，张欣：《浮华背后》，花城出版社2014年版，第1页。

一　叙事文本的分裂：叙事视角的叠加和转换

“叙述视角是一部作品，或一个文本，看世界的特殊眼光和角度。……是作者和文本的结合点，是作者把他体验到的世界转化为语言叙事世界的基本角度。同时也是读者进入这个语言世界，打开作者心灵窗户的钥匙。”① 所以叙事不仅是文本的形式技巧，也体现了作者的价值倾向和立场。城市文学的创作者对炫技的形式主义失去了兴趣，他们的叙事普遍呈现出朴素的现实主义的特点，但是笔者发现，在欲望追逐的叙事中经常出现不同叙事视角的相互叠加和转换的现象，与其说这是叙事的技巧使然，不如说是创作者的价值立场使然。自布斯的《小说修辞学》推出之后，叙事学研究对叙事视角的划分越来越精细，概而言之，可以分为两大类：全知叙事视角和限知叙事视角。在欲望追逐的叙事中常常出现全知视角与限知视角的互补、内部聚焦和外部聚焦的转换。

何顿很多小说采用了第一人称的“我”作为叙事者，当然“我”与故事的关系各有不同，如《生活无罪》《只要你过得比我好》的叙事者是故事的主人公“我”；而《无所谓》《我们像野兽》《我们像葵花》中的“我”仅是故事的参与者，是次要人物，主人公的很多活动并未参与和见证；在《弟弟你好》中“我”仅仅在故事开头的时候出场，而在小说的主体故事中，“我”从未出场。从叙事学角度看，第一人称“我”的视角属于内部聚焦的限知叙事，但何顿这类小说中的叙事并不受“我”视野和活动范围的限制，“我”缺场时的事件、人物也得以一一展现，显然在文本中还存在一个全知的叙事者。《生活无罪》的开头写道：“生活安排我和曲刚重逢了。那天我若不去宏光商场而是上另一家商店卖花我就绝对碰不到曲刚。”② 这里的叙事者显

① 杨义：《中国叙事学》，人民出版社 1997 年版，第 191 页。

② 何顿：《生活无罪》，《生活无罪》，华艺出版社 1995 年版，第 67 页。

然是“我”，叙事者和主人公的统一，和故事中的人物处于同一层面。在“狗子”一节中写道：“狗子不喜欢坐在司机座位上闻汽油味，更讨厌抓着方向盘转来转去，那很危险的。一个月后，他把父亲二万六千元买来的卡车作价一万八千元卖给了别人。”① 这些事情并不在小说人物“我”的视野和活动范围内，这里的叙事者变成了潜在作者，成了全知叙事，在其他章节如“秋妹”“蓝妹”“曲大师”等章节中叙事者变成了全知的潜在作者。而在结尾一节，叙事视角又变成了故事主人公“我”。“我瞧着根本就不可能停的大雨，自语说：‘这是世界真令人感到痛苦。’话一出口，蓦地感到，我为之兴奋得连续好几个月不能正常入眠的那些——在此之前称得上是一幅美好蓝图的东西，忽然在心里变成了零零碎碎的瓦片。”② 以第一人称叙事视角深刻揭示了人物内心价值失落的迷茫和痛苦。在《生活无罪》中，两种叙事视角代表的是两种价值立场，主人公“我”是带有作家个人自传色彩的人物，不仅经历上有作家的影子，价值观念和精神立场也有着作家个人因素的投射。而在全知视角下展开叙事的狗子、曲刚、秋妹、蓝妹等人物，以及他们经营的宏光商场，则构成了一个充满勃勃生机的物质欲望的世俗世界。作为知识分子的“我”无法拒绝物质和财富的诱惑，但是也不能彻底泯灭掉知识分子对高质量精神生活的渴求。两种叙事视角交错运用正是知识分子的精英价值立场和商业社会的世俗价值立场的矛盾与冲撞。《物欲动物》包括“上篇”“下篇”“外篇”三部分内容，上篇是第三人称的全知视角，叙事者以客观的态度讲述了刘汉林的故事，以及它与周围人和世界的关系，塑造了一个真诚善良但又无所事事的虚无主义的富二代形象；下篇是第一人称叙事，以主人公刘汉林为叙事者，他向读者剖露了他的内心，让我们看到一个在欲望年代洁身自爱，执着追求真爱的正直青年；“外篇”的叙事视角也是第一人称，但是这个“我”只是故事的次要人物。故事中的叙述

① 何顿：《生活无罪》，《生活无罪》，华艺出版社1995年版，第73页。

② 何顿：《生活无罪》，《生活无罪》，华艺出版社1995年版，第146页。

者“我”是刘汉林的朋友，也是一个作家。刘汉林成了“我”观察和讲述的对象，“我”见证了置身商海的刘汉林的蜕变过程，从一个超拔于金钱与欲望之外、忠于爱情的青年变成了一个物欲时代的宠儿，一个挣钱的机器、一个沉溺声色的花花公子。面对朋友的蜕变，“我”的讲述冷静客观，除了注定失去的友谊，“我”无能为力，因为无法判断他是时代的“猎犬”还是“猎物”。

《浮华背后》是全知视角叙事，叙事视点在不同人物身上随意游移，但是无法成为故事中的人物，而在文本叙事中通过聚焦于故事人物，使故事人物成为叙事中的观察者，不仅使故事更具现场性，还可以进入任何一个人物的心灵深处挖掘隐私。例如在“慈善星辉”晚会这一场景中，故事中的主要人物几乎全部出场，人物间的矛盾关系也全部展开，通过聚焦莫眉、杜党生、凌小丹、卓童等故事人物，观察者的视角不仅在这些人物之间切换，还要常常回归俯察一切的全知者视角。对慈善晚会的叙事首先从莫眉的视角展开，在莫眉眼中“这里是演出规格最高的雅格文化中心，素色的装饰，完全没有金碧辉煌的暴发户习气。灯光相当讲究……来宾看上去不光是穿戴整洁，重要的是还很有教养”①。莫眉高洁、自尊，但是拮据的生活依然限制了她的精神追求，仅有爱心和耐心解决不了爱心驿站资金匮乏的问题，而卓童的一个慈善晚会策划就解决了她们的巨大难题，从莫眉对晚会品格的由衷赞赏可以看出，她已经向卓童所代表的物质和财富的力量投诚。叙事视角再回到第三者的全知叙事人，又展示出晚会时尚的一面，“朱曼俏只穿了一件阴士丹布的蓝旗袍，素到了极致，但一颦一笑却是风情万种，令人无不感叹她的无穷魅力。……莫亿亿，也是英气逼人，她只穿一件白背心，牛仔裤是洗白、破洞，不系扣也不拉拉链自由敞开……在小腹呈现出 V 字形，露出里面的短裤也是白色”②“风情万种”“无穷魅力”“英气逼人”这种极具感情色彩的肯定性评价体现

① 张欣：《浮华背后》，花城出版社 2014 年版，第 118 页。

② 张欣：《浮华背后》，花城出版社 2014 年版，第 128 页。

了叙事者对时尚的审美立场。但是当观察视角转向杜党生，晚会的品格却是庸俗不堪，“杜党生冷眼看着场上莫名其妙的热潮，真是一件令人无奈而又心酸的事。如果拍卖的是她的‘五一’劳动奖章，人们一定嗤之以鼻，这她知道，可眼前的东西又有什么意义呢？有什么价值呢？奇怪的却是它们备受人们推崇，这真是时代的悲哀！理想、信仰、精神可以说一文不值。”① 叙事视点的跳跃和转换让不同生存境遇中人的心理诉求和价值观念自我呈现，作者对此并没有做出价值评判，物质和金钱的好处实实在在，这是消费时代无法回避的问题，然而消解了精神追求，人们只能向浮华的幻境中滑去，对此又从杜党生的视角做了批判。

何顿的《黑道》也是第三人称的全知叙事，整部作品的叙事主要聚焦于钟铁龙，部分具有了第一人称的叙事功能，通过钟铁龙的视角去打量外部世界，并且使叙事深入到他的内心，将他的思想、心理变化甚至最幽秘的情感都展示出来，例如钟铁龙童年时期姐姐被杀害给他造成的心理阴影一次次再现；钟铁龙在电厂子弟学校的孤独、压抑通过给郑小玲的情书直接再现；杀人后钟铁龙不断后悔做了最愚蠢的事情，自责自己是个罪恶之人；在小说后半部分钟铁龙一次次陷入噩梦的困扰，这样的叙事站在人性角度，展示了钟铁龙复仇的潜意识、自尊好胜的性格、被残酷的现实激起的野心与欲望，很容易使读者理解和原谅钟铁龙的罪恶。作者对钟铁龙的偏爱毫不掩饰地流露在文本中，对家庭负责、对朋友义气、对情人有真情，在经商方面有眼光、有魄力、有手段，但是钟铁龙一而再再而三地杀人，显然又是违背法律、道德和人性的，他被欲望扭曲的人性和罪恶行径又禁不住使隐含作者站在正义的立场上对其进行道德批判。我们看到在陈大队长调查关局长被杀案、刘松木案件时，钟铁龙暂时退场，叙事的聚焦点转移到了陈大队长身上，“陈大队长听钟铁龙说自己是‘好人’，觉得‘好

① 张欣：《浮华背后》，花城出版社 2014 年版，第 129 页。

人'这两个字从这个人嘴里说出来十分刺耳，简直带着巨大的讽刺"[①]，"陈大队长想他们都不知道钟铁龙有枪，这越发显示出钟铁龙这人不简单。他能把朋友捧在手上，让朋友都为他唱赞歌，这更证明他不是一般人"[②]。借助陈大队长的视角，以法律和道义的外视角来打量钟铁龙的时候，他身上阴险狠毒、人性扭曲的一面得以显现，这样的人性之恶是无法让人宽恕的。"叙事作品不仅蕴含着文化密码，而且蕴含着作家个人的心灵密码。"[③] 欲望追逐者叙事是以物质和欲望为出发点和内核构建的故事文本，由于作者对主人公价值观念和行为方式的认可态度，这就要求叙事者对作品主人公的贴合度非常高，第一人称叙事和对主人公的内聚焦给读者带来了强烈的代入感，有利于读者与故事主人公情感共鸣的产生。但是知识分子的使命感又使作者无法完全认同金钱至上的价值观，无法完全认同被欲望扭曲灵魂的病态的人们，叙事视角的转换让作者的怀疑和批判得以发声。在财富捕猎者这类作品中，叙事视角的叠加和转换，正是创作者价值观念矛盾和游移的表现，也是文化转型初期社会价值观念驳杂的表现。

二　人物塑造的分裂：肯定与否定的游移

"那是九十年代中后期，真正的世纪之末，一些概念正在变得越来越清楚，比如说：物质与精神；也有一些概念正在变得越来越不清楚，比如说：究竟要走过多久，物质才能抵达精神的边缘，或者换句话讲，精神要付出怎样的代价，才能得到它赖以生存的基础。"[④] 这是《高跟鞋》中安弟的困惑、叙事者的困惑、创作者的困惑，也是消费时代每个人都要面对的困惑。这样的困惑投射在欲望化城市写作中形

① 何顿：《黑道（上）》，湖南文艺出版社 2010 年版，第 197 页。
② 何顿：《黑道（上）》，湖南文艺出版社 2010 年版，第 202 页。
③ 杨义：《中国叙事学》，人民出版社 1997 年版，第 204 页。
④ 朱文颖：《高跟鞋》，《水姻缘》，作家出版社 2012 年版，第 164 页。

成了人物形象上的肯定性写作与否定性写作的矛盾，在作品中呈现在两类人物的命运悲剧：一是财富捕猎者的悲剧，二是精神追求者悲剧。

对于财富捕猎者，作者首先对他们一心求富的观念与行为进行了肯定性写作。消费社会是物质与精神、现实与理想较量的时代，但是自20世纪90年代至今的城市经验一直在告诉人们：物质第一性，精神第二性。财富捕猎者正是接受这种价值观念的城市人群，从这一层面讲，他们是真正的时代代言人，“敢于正视作家真实的需要，并能为这个需要而有所行动了。这就是都市新一代青年与他们父辈的区别，也是他们的进步之处”①。作家们从自身的经验出发，也肯定了欲望的合理性。张欣说，“我实在是一个深陷红尘的人，觉得龙虾好吃，汽车方便，情人节收到鲜花便沾沾自喜；当然我也对沦落街头的人深表同情，对失学儿童捐款热心，痛惜妙龄女郎因物欲所委身大款”②。何顿也坦言欲望的合理性：“这个世界充斥着欲望，可以说每条街上、每个窗口都充斥着欲望。欲望是不会逃离人的大脑的，除非你没有大脑，你不是人。在我看来，欲望能产生向上的力量”，“欲望并不可怕，关键是你怎样使用自己的欲望”③。因此，作家们首先对大胆追求物质财富的城市人群进行了肯定性写作，那些来自底层的商人个个生龙活虎，实利主义的都市女性青春靓丽，即便是那些极端暴富者也都是有胆识有智慧的英雄，对他们在追求财富过程中迸发出的创造力更是给予了情不自禁的赞赏。张欣在作品中不断地演绎同一个理念：物质是爱情和尊严的基础。朱文颖借小说人物之口宣布：“富裕明亮的生活，才是一个人纯净坚韧品格的最好营养。”④ 但是欲望的边界在哪里呢？财富自由后人的追求是什么？现代城市不应该只是一个物质之

① 谢有顺、石非：《物质生活及其幻觉——朱文颖和她的〈高跟鞋〉》，《当代作家评论》2001年第6期。

② 张欣：《身陷红尘重拾浪漫》，《小说月报》1995年第5期。

③ 张钧：《小说的立场新生代作家访谈录》，广西师范大学出版社2002年版，第497、506页。

④ 朱文颖：《高跟鞋》，《水姻缘》，作家出版社2012年版，第166页。

城、欲望之城，城市不应该只是一种生活方式，还应该是一个能够安放人的灵魂的家园，提供一种让人的灵魂获得安宁的价值观念，而这些财富捕猎者身上是看不到这种精神提升的。作者对这样的主体形象不禁反省和怀疑，给了他们一个悲剧的或晦暗不明的结局，从而否定了财富捕猎者的价值意义。

除了上述欲望追逐者的形象，作家们还塑造了一类精神探求者的形象，他们不是以精神抵御物质的道德主义者，而是在富裕明亮的生活中滋养起来的人，他们超越了贫穷，超越了物质渴求，因而具有一定的精神自由，例如《高跟鞋》中王建军的姨妈，《浮华背后》的卓童、晓丹，《物欲动物》中的汉林。

《高跟鞋》中王建军的姨妈是精神象征式的人物，她是经历了20世纪三四十年代老上海的繁华的资产阶级女性。老上海的时代对于她来说不仅是一种生活方式，更是一种价值观念和精神信仰。在日新月异的物质化的时代，她一直固守着三四十年代小资产阶级的精神品位。安弟第一次见到这个打扮过时、画着浓妆的老女人时就被她身上奇特的力量震慑，“在这个穿着花孔雀衣服、涂了血盆大口的姨妈身上，却一点都看不出俗气。”[①] “她竟然穿了一双细高跟的皮鞋。非常古老而经典的式样。这鞋子衬着她已显臃肿的体态，有些像河边的细脚仙鹤。更为奇特的是，在她的身上，这种明显的不协调，却表现为一种莫名其妙的虔诚与定力。……她越是打扮得过分，却越显得高贵。因为每个细节都是经得起推敲的，都是极为精致的。有着一闪而过的光芒。”[②] 她的长毛宠物狗的叫声在安弟听来也是威严而华丽的。老式的石库门洋房、老式的红木家具、老式的细高跟鞋，王建军姨妈对生活的高度自信，对生活方式的顽强固守，这一切凝聚起威慑的力量从她身上散发出来——沉着、坚定、高贵，这正是安弟所向往和渴望抵达的精神。毫无疑问，作者借安弟的视角对王建军姨妈的高贵和力量表

① 朱文颖：《高跟鞋》，《水姻缘》，作家出版社2012年版，第182页。

② 朱文颖：《高跟鞋》，《水姻缘》，作家出版社2012年版，第184页。

达了肯定性态度。但是作者也借安弟指出了王建军姨妈的高贵和力量的根本，“如果王建军的姨妈没有那么多钱，她还会拥有这样的力量吗?”① 在小说结尾部分，王建军的姨妈再次出场，显然她已经没有那么多钱了，她的老式洋房被拆了，尽管她仍然化着浓妆，牵着长毛狗，但是没有了金钱和物质作为底子，她高贵的气质和震慑力都不再了，在商店买假钻石的姨妈面色憔悴，长毛狗营养不良毛色失去光泽，王建军姨妈对资产阶级生活方式的固守完全变了味，不仅没有了从前的雍容高贵，反而变成了虚荣和庸俗。在这个庞大的物质社会里，心狠手辣如老魏的商人都不过沧海一粟，被时代洪流不由分说裹挟而来，也会转眼被淹没消失。“城市是那样的热闹。那样的富于变化。只要几天不见，这个城市就像立刻换了一种模样一样。”② 一个衰老又过时的王建军姨妈再顽强再坚定又怎能抵御时代的洪流呢?

王建军姨妈代表已经逝去的繁华时代的精神固守者，《浮华背后》的卓童、晓丹，《物欲动物》中的汉林是在当下的物质城市成长起来的青年，他们是站在父辈肩膀上的“富二代”。彭卓童聪明、帅气，也有一身花花公子的习气：游手好闲、任性而为、花心、挥金如土，但是作者并没有把他塑造成一个穷奢极欲的纨绔子弟，他的放荡不羁恰恰是他摆脱了物质的、功利的羁绊后表现出的率性和洒脱。大学时因为迷恋摇滚乐而放弃学位，穷得住地下室、喝糖水度日也要坚持艺术之路，但是当他被唐朝乐队看重，终于要在摇滚乐上有出路的时候，他却觉得索然无味，再也不摸吉他了。为了赢得莫亿亿的芳心他挥金如土，送给她价值十二万港币的阿玛尼晚礼服，带她坐直升飞机，参加豪华邮轮上的船长晚宴，为亿亿母亲所在的动物协会组织慈善募捐。在莫亿亿眼里卓童是分分钟钟带给她刺激和惊喜、满脑子即兴的新花样的浪漫王子。在晓丹眼里卓童所有的缺点都是优点，他的放荡不羁正是他的可爱之处。但是卓童所有的魅力和能力不过是母亲的权力和

① 朱文颖：《高跟鞋》，《水姻缘》，作家出版社 2012 年版，第 185 页。
② 朱文颖：《高跟鞋》，《水姻缘》，作家出版社 2012 年版，第 296 页。

地位投射到他身上的光环，他率性而为的资本，挥金如土的豪气都是以金钱为基础的，抽掉这一基础他甚至没有生存的能力。然而不得不说他是整部小说里最纯粹、最超脱的人，当周围人因为金钱、权力、名誉、虚荣心、贫困等各种因由压抑和扭曲了本性的时候，卓童的世界里完全没有功利计较，他为爱好放弃学业；为爱情不计门第观念；不因为父亲的贫穷和落魄而减少对父亲的爱。莫亿亿也单纯，但是虚荣，一心想着成名，她对卓童的爱掺杂着功利的因素；晓丹对卓童的爱是没有功利因素，但是有富人的优越感，而且参与了假车祸的阴谋；一生正直的杜党生为了保住卓童的性命，制造假车祸，以莫亿亿的死亡换来卓童的偷生。只有卓童在生死关头也没有放弃良知和真情，拒绝和晓丹去加拿大，“我还是想守着母亲，守着亿亿，守着父亲和来福，守着他们在我身边时的感觉”①。在这个权力、金钱、欲望交织的功利世界里，卓童的纯粹和超脱有着诗性的光辉，但这光辉却没有现实的根基，他根本没有认清自己，也没有认清生存的现实，所谓纯粹和超脱只是个美丽的幻影，不仅没有把他从物欲的世俗世界里提拔出来，反而把他母亲和自己推进罪恶的深渊。

《物欲动物》中的汉林是真正的富二代，父亲经营着长沙市最大的产业，资产过亿，“我老爹教育我说，他的成功是我的开场白”②。但是在小说的“上篇”和“下篇”中，汉林完全没有富二代的骄奢享乐，他生活节制，洁身自好，忠于爱情，敏感多思。他对金钱的超拔源于他对生活的感悟，汉林从父亲的身上看到了金钱的好处，“这个世界是钱权的世界，你有了钱，就连市长也会对你很客气”③。也从穷人身上看到钱的可怕，“钱使得人人鬼迷心窍，人格散失，身体也随之散失”④。而更多时候他悟到的是金钱的虚无，“不要把钱看得太重

---

① 张欣：《浮华背后》，花城出版社 2014 年版，第 227 页。
② 何顿：《物欲动物》，湖南文艺出版社 2011 年版，第 37 页。
③ 何顿：《物欲动物》，湖南文艺出版社 2011 年版，第 37 页。
④ 何顿：《物欲动物》，湖南文艺出版社 2011 年版，第 54 页。

了，钱多了就是废纸。很多人看不到这一点。欲望越大，视力就越差，视角膜被欲望腐蚀了”①。在以物质为中心的消费社会，领悟到金钱的虚无也就看透了生活的本质，“我想其实更好的生活是没有的，那只是头脑对未来的一种设计。所谓轰轰烈烈，只是看上去罢了。一个人干得无论多么出色，生活在他周围的人都能清晰地感受到他的平凡……占有只是假象。你只是被占有欲欺骗了，好像你真的占有了很多财富一样。其实那些钱财在实质意义上没有一天是属于你的，它只是你生活流程的另一部分，并没有真正进入你的生活”②。当张红被华天大酒店的豪华慑服的时候，汉林是淡定的，“其实凿开漂亮的外壳，也不过是钢筋混凝土和砖罢了，本质是一样的，不同的是表面”③。所以，他不想成为赚钱的机器，不想成为欲望的奴隶，没有欲望也就缺少了生活的热忱，通透的人生领悟没使他向自由的人性迈进，反而成了生活的虚无主义者，成为物质时代的“多余人”。在父亲看来他既无能力也无担当；和朋友史斌比缺少雄性的激情和力量。他唯一追求的就是真挚的爱情，他把这份感情寄托于冯丽，却遭无情背叛；湘西之行中，对貌似冯丽的三陪女李艳真诚以待，却被骗走两千多元钱；毫无计较的爱上家境贫寒的张红，不仅遭到父母反对，还差点被张红的前男友杀死。生活在物质时代的汉林，超脱于物质的思想和行为使他成了生活的弱者。在小说的“外篇”，汉林被父亲强行推向了社会，在消费时代的大潮里他很快脱胎换骨，爱钱、享乐、游戏爱情，成为典型的物质主义者和享乐主义者，成了连爱情也不相信的彻底的虚无主义者。

卓童、汉林超脱于物质和功利的品质都遭到了无情否定，他们的精神历程告诉我们，在这个物化的时代，富裕明亮的生活也不必然养成一个人纯净坚韧的品质。在欲望化城市写作中，无论是欲望的追逐

① 何顿：《物欲动物》，湖南文艺出版社 2011 年版，第 66 页。
② 何顿：《物欲动物》，湖南文艺出版社 2011 年版，第 144 页。
③ 何顿：《物欲动物》，湖南文艺出版社 2011 年版，第 155 页。

者，还是试图寻求自由人性的超脱者，最终都走向了虚无的心灵结局。创作者们对这两类人物的态度都是从肯定转向否定，表明作家们对消费主义支配下人的主体性建构的悲观态度。

三 "欲望合理"的悖论与表达难题

财富捕猎者写作在叙事文本和人物塑造上的分裂是作家的经验世界和价值世界分裂的表现，对此我们不能简单苛责作家批判意识的消失和超越精神的不济，这根本上不是作家如何表达人的求富欲望的问题，而是我们的时代如何定位财富与人的主体性的问题。"欲望合理"是消费社会的价值逻辑，但也是一个悖论式的价值难题。

首先，欲望与人性的悖论关系。经济的发展、物质的丰富以及由此带来的人们生活质量的改善是20世纪90年代以来城市现代化的最直接最醒目的成就，相应的，它激起人的心理和价值观念上最明显的变化就是人的物质占有欲和享乐主义。基于人性立场的文学，应该对物化社会的拜金主义、享乐主义进行深入的谴责和批判，这也正是欧洲十九世纪的批判现实主义文学的伟大贡献。但是进入消费社会，欲望和人性的关系发生了变化，"在过去，满足违禁的欲望令人产生负罪感。在今天，如果未能得到欢乐，就会降低人们的自尊心"①。消费社会提供的本就是基于物质和财富基础之上的生活方式，改善生存的物质欲求、追求自我实现的物质欲求，都是人性"善"的表现。在消费社会物质已经部分具有了精神的功能，欲望也成了人性的"善"的一部分，若一味站在抽象的道德主义高度上，对欲望进行彻底批判并不能体现文学的人性关怀。但这并不是说人就可以无止境的追求物质满足，在物质和享乐之外没有更高的精神欲求，所以真正的难题是，我们如何把握欲望的合理边界？如何把它控制在人性"善"的尺度

① ［美］丹尼尔·贝尔：《资本主义文化矛盾》，赵一凡等译，生活·读书·新知三联书店1989年版，第117页。

内？面对物质的贫乏，我们的传统文化中有丰富的价值理念来安顿人的灵魂；但是在今天在物质相对丰富而精神贫乏的时期，如何来安顿人的灵魂，显然我们还没有做好准备。从这一层面来说，城市欲望人群书写中的矛盾与游移呈现了城市生存经验的真实状态。

其次，欲望与人的主体性的悖论关系。在传统观念中，欲望总是作为人性中的非理性部分而被理性压制，而消费社会的欲望属于理性欲望。法国哲学家乔治·巴塔耶将人的欲望划分为三个等级："动物性欲望""人的欲望"和"神圣的欲望"，其中"人的欲望"是人性确立后的"理性欲望"——如占有欲、禁止欲，它是功利性的、目的性的[①]。消费社会人们对于物质和财富的欲望就属于典型的"理性欲望"，充满了功利性、目的性的算计和谋划。消费社会的欲望满足不是人生存层面的需要，而是改善人的生存状态的欲求，带有自我实现和人性自由的目的，因此欲望不是理性的威胁而是理性本身。这是逻辑层面的结论，而经验世界却不是如此，前面我们分析的欲望化人群在实现了物质目标后，都走向了精神虚无。他们最初对物质的追求都是自主的理性选择，在这里我们不禁要问，这个理性是否具有个人主体性?《无所谓》中的王建军放下知识分子的清高到市场卖鱼，《生活无罪》中的何夫丢弃画家的梦想做了饭店老板，《深喉》中的雷透透放弃爱情选择能够带给她奢侈生活的婚姻，这种欲求不是来自个人化的主体需要，而是外在消费文化对个人化需求的规范和钳制。"消费逻辑则通过意象性的符码关系让人们进入一种他们欲望深处企盼的消费游戏，这种游戏通过一种'你追我赶'的竞争性购买，自发地生成了一体化的'无意识的纪律'，由此，消费逻辑在阴暗处实现了自己的统治。"[②] 所以欲望追逐的理性选择满足的不是个人的需要，而是消

① 参见汪民安编《色情、耗费与普遍经济乔治·巴塔耶文献》，吉林人民出版社 2003 年版。

② 张一兵：《费意识形态：符码操控中的真实之死——消费社会代议序》，[法] 让·鲍德里亚：《消费社会》，刘成富、全志钢译，南京大学出版社 2014 年版，第 9 页。

费文化的“无意识的纪律”对人的规范，这种理性是失去自我主体性的、是他者化的理性，不可能带来自我的实现和人性的自由。所以，消费社会的“欲望合理”本身就是一个悖论式的命题，它既是对人性的解放也是对人性的压抑。

在城市消费文化蓬勃发展的今天，如何面对和表达欲望这一问题是文学的难题，也是当下城市文化建设的重点问题。这类小说尽管在叙事价值立场上矛盾、暧昧，但是我们仍然无法忽略这类小说试图把握时代精神、超越世俗欲望的努力和贡献，面对物质与精神较量的时代难题，创作者们没有表现出高高在上的道德优越感，而是选择呈现出存在者的真实状态，从中表达了一代人的希冀、渴求、矛盾和焦虑，“究竟要走过多久，物质才能抵达精神的边缘，或者换句话讲，精神要付出怎样的代价，才能达到它赖以生存的基础”①。这样的追问具有不可忽视的文学意义。创作者们通过“欲望合理”的悖论揭示了消费主义的欺骗性，但是如何才能使人的主体建构回到合理的路径，却是目前这类创作不能回答的问题，因此财富捕猎者叙事总是走向虚妄的雷同结局。当然我们不能要求文学“开药方”，但是建构性的文学必然需要确认叙事的价值立场，立足人性的城市叙事，应从人的主体性、对人的有用性去考量人与财富的关系。

① 朱文颖：《高跟鞋》，《水姻缘》，作家出版社2012年版，第166页。

第六章 欲望突围与家园之城的探寻

城市的现代化是人类进步和文明的表征，带给人们前所未有的物质的丰富、生活的便利、选择的自由，但是现代城市的善与恶连体共生，以消费文化为主导的现代城市，消费逻辑支配着城市人的外在行为和内在观念，物质不是外在于人的东西，它们裁决人的存在与价值，左右人的情感与灵魂，现代城市因此成为人的异化场所。前面三章分析了城市里的“游荡者”“闯入者”“财富捕猎者”演绎了物化城市对人的异化——欲望膨胀、情感冷漠、主体破碎、家园迷失。在文化转型时期，城市的异己性显而易见，但是城市毕竟是现代人无法回避的生存场所，所以理性接纳城市，全面感知城市的丰富与可能，体认现代城市的精神和伦理，寻找城市的家园性存在，在当下更有建设性意义。当然这也更需要人们的耐心和气度。其实，在 20 世纪 90 年代以来的城市书写中，除了物质、欲望、断裂、异己、摩登这些显在的城市经验外，一些作家也在致力发现和表达城市的另一种生存经验——日常的、恒久的、审美的、温情的，那是投注着作家的审美理想的城市空间，如王安忆的边缘上海，魏微的微闸湖、鲁敏的东坝、徐则臣的花街等。即便是写现代都市，作者的城市经验资源也不再直接来自于金钱、酒吧、香水、性这些表象化的城市符号，不再把物质、金钱作为不可抗拒的力量，让人不得不在身心疲惫后缴械投降，或沉迷其中不知所以，而是进入城市的日常和细节，在对爱情、婚姻，甚至一日三餐的体验和思索中，产生了叩问精神和灵魂的力量，带着对世道人心的理解与宽容，寻求现代城市生活中恒久的、温情的一面。笔者把这类城市书写称为“欲望突围叙事”。“突围”是对物质化、欲望化城市的突围，对日常性、心灵化城市的渴望，也是尝试将“他城”转化“我城”的探索与努力，在叙事视点上实现了从外在的“物化城市”“欲望城市”到内在的“精神城市”的转换。这使得叙事深入到人物复杂的内心世界，传达出对人性、欲望、伦理的深刻认知，探寻人与城市深层次的精神联系。这类城市文学的叙事重心转移到价值和精神层面，产生了寻找新的生命体验和获得丰富的社会性的可能。相比于城市里的“游荡者”“闯入者”“财富捕猎者”三类城市书写，这类城市书写还没有形成一个有鲜明的类型化特征的人群形象，因此在这一章的论述中，没有对主体形象做集中分析，而重在分析这类城市书写主题类型、审美化的城市想象以及这类叙事所体现的人性关怀。

第一节　20 世纪 90 年代以来欲望突围书写的几类主题

西美尔在他著名的《大都市和精神生活》一文中指出：“现代文化发展的特征是人们所说的‘客体精神’对‘主体精神’的胜利。”① 西美尔认为文化发展中，主体总是追随着客体精神，而且两者的发展是不一致的，“在关于精神性、精神灵敏度和理想主义的个人文化中注意到了一种衰退现象。这种不一致本质上是由劳动分工的发展导致的。因为劳动分工需要个体更加单面的技能，而且在单面追求中最大的进步更经常地意味着个体缺乏个性。……个体被弱化成无足轻重的人，这一点在他的意识中比在他的实践和源自这种实践的整个模糊精神状态中或许更少”②。大都市正是这样一种文化场所。20 世纪 90 年

① ［德］西美尔：《大都市与精神生活》，陈恒主编：《都市社会学》，上海人民出版社 2014 年版，第 302 页。

② ［德］西美尔：《大都市与精神生活》，陈恒主编：《都市社会学》，上海人民出版社 2014 年版，第 302 页。

代以来转型的城市也正是朝着这样的文化发展，文化断裂的无根性、工具理性对完整人格的扭曲、物质文化对人的精神的挤压，是转型期城市人面临的普遍的精神困境，也是现代城市生活必须面对的现实。对欲望城市的突围并不是要逃离现代城市，回到前现代的文明中去。而是在经历了各种现代城市病之后——如物质匮乏的焦虑、与世界无法交流的孤独、爱与性的困惑等，对物化城市的精神品格的探寻，对人的心灵和精神需求的正视；是在接纳了城市的物质化、商品化特征后，以更加宽容冷静的心态思考人与城、精神与物质的关系。

一　物质欲望的突围与精神意义的探寻

根据前面一章财富捕猎者的叙事，可以看出人们强烈的物质占有欲首先源于对贫困的恐惧。20 世纪 90 年代消费文化在中国普遍兴起，但是我们并没有像西方社会那样经历工业社会的充分发展，人们是带着对贫穷的切身感受和深刻记忆进入消费社会的，贫困给人带来的局限、富裕给人带来的自足自由都是实实在在的，人们追逐和占有财富的目的，不仅是享乐和自我实现，还有对贫困的挣脱。根据鲍德里亚的观点，丰富或匮乏作为人的主体感受，不是在物质财富本身基础上产生的，而是在人与人之间的交流中产生的，“在我们这个‘区分性的社会’中，每个关系都增添着个体的不足，因为任何拥有的东西都在与他人比较的时候被相对化了”[①]。人的交际群体是差异性的符码体系，消费就是人的地位和身份的符码，在与他人的参照中获得各自所属的社会阶层。《化妆》（魏微）中说，“那些西装革履的男子，以及刚从写字楼出来的浓妆艳抹的小姐……若在平时，他们必互相打量一眼，每人心中一杆秤，秤出对方的容貌、身份、地位、年薪”[②]。以消

① ［法］让·鲍德里亚：《消费社会》，刘成富、全志钢译，南京大学出版社 2014 年版，第 49 页。

② 魏微：《化妆》，江苏凤凰文艺出版社 2016 年版，第 125 页。

费文化为主导的现代城市，每个人都存在于这样的差异体系中，每个人都处于因比较而产生的“心理贫困”中。所以，我们常常看到欲望化叙事的起点不是“需要”，而是“贫困”。因此，在城市文学中对物质欲望的突围，并不是要抵制和拒绝物质，而是在物质面前守住人性的尊严，保持个人化的主体理性。

魏微的城市小说表达了城市人在物质面前的人性挣扎与坚守。她的许多小说是以“贫困”为叙事起点的：“子慧是穷惯了的”①（《异乡》），“我们一家重新变回穷人，是在父亲入狱的那年秋天”②（《家道》），“栀子想，她应该辍学去工作，帮母亲还清债务，资助妹妹学费和生活费”③（《情感一种》）。许嘉丽“不能忘记她的穷，这穷在她心里，比什么都重要。她要时刻提醒自己，吃最简单的食物，穿最朴素的衣服，过有尊严的生活”④。在《乡村、穷亲戚和爱情》中贫穷成为家族特征的一部分，“我们这个家族基本上都是穷人，他们分布于江淮一带，世代以务农、捕鱼为生。”⑤ 穷困不仅是一个可以量化的社会学或经济学概念，更是人与人、群体与群体相互参照中的主观感受，在魏微笔下的穷人同样存在富贵对比下的价值失衡和心理失衡。《家道》中，母亲在家道通达的时候充分体验了富贵者的尊荣——满足、体面、精明，而家道败落后母亲脸上是贱民的表情——受了惊吓的、寒窘的、梦游一般的，让人同情也让人厌烦；《乡村、穷亲戚和爱情》中，“我”的穷亲戚在乡间生龙活虎、落落大方，到了城市就变得紧张、生涩。若止于此，魏微不过是对欲望化写作的重复演绎，但是她的重点不在于写出人在贫困中的窘迫、物质对穷人的诱惑，而在于人在贫穷或物质面前的那份坚守和笃定。

《感情一种》中的栀子从小接受传统价值观念教育，具有温顺、

---

① 魏微：《异乡》，《姐姐和弟弟》，山东文艺出版社 2005 年版，第 73 页。

② 魏微：《家道》，《化妆》，江苏凤凰文艺出版社 2016 年版，第 45 页。

③ 魏微：《情感一种》，《化妆》，江苏凤凰文艺出版社 2016 年版，第 67 页。

④ 魏微：《化妆》，江苏凤凰文艺出版社 2016 年版，第 115 页。

⑤ 魏微：《乡村、穷亲戚和爱情》，《化妆》，江苏凤凰文艺出版社 2016 年版，第 253 页。

随和、谦让的美好品性，但作为都市女性，她同样接受消费社会的“身体”观念，“关于身体，栀子是这样想的：它不重要，对女人来说，它只不过是身体，需要维持它基本的需求，吃饭、排泄、做爱——她喜欢和谁做爱，就和谁做爱；和这个男人是做爱，和那个男人也是做爱；做爱不但能够得到快乐，然而比快乐更重要的，还是利益”[①] 在贫困的压力下，栀子和众多都市欲望女性一样，决定用“身体”换取物质和财富，于是半推半就投入潘先生的怀抱。但是浸淫到骨子里的传统道德的力量始终在意识深处抵抗着欲望的诱惑。在和潘先生的交往中，栀子始终都把身体与道德、尊严，性与爱联系在一起，栀子意识到听从身体的需要，会更接近于人的真实，这让她欢喜，但是远离理想，远离了从前的自己，这又让栀子害怕。栀子的心灵挣扎是现代社会的物化观念、工具理性和传统价值观念的冲突与较量，动物性与精神性的较量，本能欲望与道德伦理的较量，栀子最终放弃了以身体换取物质的机会，选择了认同道德和传统。栀子挣扎的过程很容易使叙事滑向刻板机械的道德说教，可贵的是魏微非常真诚，她没有刻意拔高道德的力量，只把它放在意识深处，以一种不自觉的、惯性的方式约束着栀子没有滑向欲望和工具理性的深渊。放弃身体交换并没有使自我和未来变得明朗，回归传统也没有使灵魂找到归宿感，栀子依然是困惑的、迷茫的，但是她选择相信传统，“她那样家庭出身的女孩子，不管时代的道德标准堕落到什么地步，不管她内心是如何激荡贪欲，恐怕表面文章还是要做的，尽可能地做一名良家妇女，做下去，保证会有好处”[②]。《家道》中，随着父亲入狱，家道骤然败落，母亲便彻底体会了作为“贱民”的滋味，但是母亲没有被突如其来的变故击垮，也没有沉溺于世态炎凉的怨气中，而是自尊自强，从小餐馆做起，吃苦耐劳加上审时度势，最后再次进入了“富裕阶层”。在这个过程中，作者没有刻意拔高母亲的品德和志向，她的坚强中带

① 魏微：《情感一种》，《化妆》，江苏凤凰文艺出版社 2016 年版，第 92 页。

② 魏微：《情感一种》，《化妆》，江苏凤凰文艺出版社 2016 年版，第 107 页。

着小市民的精明，在经营小饭馆时，母亲既懂得在饭菜上下功夫，也懂得利用她的形象价值，但是又恰好控制在道德的范围内。母亲把家道翻转的希望寄托在“我”的婚姻上，“可是即便在我们最困难的时候，她也没有把我往火坑里推，她没有让我嫁给一个老头子，或是暴发户，……她对女婿的要求是，一是人品，二是能力”①。魏微的《情感一种》和《家道》让我们看到，人们在贫穷的压力和欲望诱惑前的另一种状态：守住道德的底线和人性的尊严。魏微通过她的作品，为欲望画上了底线，这个底线就是人本性中的真与善，魏微相信真和善是战胜欲望诱惑的力量，守住它就能守住面对物质和财富的那份笃定。《化妆》中的嘉丽，在贫穷的时候是真实的，而在富裕之后却成了生活在面具后面的人，失去了本性中的“真”，嘉丽根本无法从物质和财富中获得快乐的。与之相反，作者相信那些贫穷却守住了“真”和“善”的人是踏实快乐的，在《乡村、穷亲戚和爱情》中，“我”在回乡送奶奶的骨灰时真正认识了曾经被我鄙夷的穷亲戚们，看到了他们贫穷外表下的高贵、尊严和善良，“那眼睛里有老实和平安，有慈善，也有忠诚”②。“我”在他们身上找回了生命的根性，唤醒了被都市里的物质和欲望扭曲了的自我，找回了流逝的尊严。

王安忆的上海书写在文坛举足轻重，但是在《长恨歌》之后，她果断回避了繁华喧嚣的欲望城市，在城市空间上从中心走向边缘，在街口、弄堂或上海的边缘地带寻找踏实、安宁的人性与人生，在故事人物上也由消费社会符号化的都市人群转向底层市民，如《妹头》《富萍》《上种红菱下种藕》《众生喧哗》都是这样的作品。《众生喧哗》的里的欧伯伯中风偏瘫，他口齿不清手脚也不灵便，但思维清晰，不愿意过儿女奉养的日子，于是在房子的临街一面开了一扇门，做起了卖纽扣的生意。保安囡囡憨厚内向，和欧伯伯成了忘年交，囡囡在其他保安的蛊惑下一度沉溺于打牌赌钱，迷失了本性，欧伯伯用

① 魏微：《家道》，《化妆》，江苏凤凰文艺出版社2016年版，第59页。
② 魏微：《乡村、穷亲戚和爱情》，《化妆》，江苏凤凰文艺出版社2016年版，第275页。

他数纽扣的方式告诉囡囡，不要焦急，保持内心的宁静。保持内心的宁静就是普通人在众声喧哗的时代的生存哲学。《富萍》中的富萍是从扬州乡下来上海探亲的女子，在上海几个月的生活唤醒了她的自我意识，她再也不愿意回到乡下去了，于是坚决和李天华悔婚。不过出人意料的是悔婚后的富萍既没打算攀附一门富贵的婚姻从而改变处境，也没像奶奶一样做帮佣自食其力地扎根上海，她甚至拒绝了苏州河上的运输工人光明，最后选择梅家桥贫寒的孤儿寡母家庭，一间潮湿的披屋，靠糊纸盒子度日，男子一条腿还是残疾，但是始终和环境不和谐的富萍在这里感到心境安谧。富萍在脏乱的棚户区感受到了善良和仁义，从母子身上看到了弱者的安然与自尊，淮海路的高贵华丽使富萍惊慌失措，苏州河上工人的热情中带着优越感，只有在梅家桥富萍感受到了人性的尊严、生活的诗意。富萍完成了一次对自我尊严的寻找过程，人性的尊严、生活的诗意并非以物质的富足为基础，而是基于人的真诚、善良、自尊自爱。王安忆这类作品展示的都是普通人的生存哲学，他们过着精打细算、柴米油盐的日常生活，但是他们将物质的诱惑屏蔽在人性之外，不奢望、不焦躁，以朴素的人生道理守住了内心的和谐与安宁。

王安忆和魏微最终把抵御物质欲望的人性力量寄托在边缘化的城市人，甚至是贫穷的农村人身上，这或许多少有些乌托邦的色彩，但是在物欲横流的消费社会，这些故事为我们树立了一种信念，物质并非人性尊严和安宁生活的基础；也为我们演绎了一种美好，庸常人生的温情与宁静。

二　重回“性”与“爱”的契合

在20世纪90年代以来的城市文学中，身体、欲望、性成为商业社会和消费时代的标志性符码。“身体”作为一种写作的策略，在不同作家群体中产生了不同功用，在新生代作家那里“身体”是革命的主体，颠覆了传统赋予的价值和意义；在林白、陈染等女性作家那里身体是女性主义的旗帜；在卫慧、棉棉等作家那里，身体是在城市消费主义文化刺激下的欲望的宣泄。身体的多重意蕴有一个共同的虚设前提：传统观念赋予身体伦理的、精神的价值，以及各种规约是对自由人性的压抑，欲望解放、身体回归生理本原被贴上了“现代性”的标签，因而这类写作具有了先锋精神和另类姿态，“性”与感情、与道德都没了关系。但是当这些身体理念与“主流意识形态、消费主义、‘后殖民’背景及新的传播方式纠缠在一起时，意义就显得芜杂，并常常被改变原有的方向”①。时至今日，身体禁忌的解除，不仅没有带来预想的自由，相反生命不能承受之轻的虚无、暗淡、漂泊成了新的时代病。不过，20 世纪 90 年代以来的城市文学有关身体的写作，并非只有欲望的喧哗与尖叫，仍然有一类涉及爱情、婚姻题材的文本，低调地在道德、伦理、精神的老路上对爱与性、身体与灵魂的关系自觉反省。

徐坤的《爱你两周半》就文本的故事层，讲述了一个再通俗不过的婚外情，顾跃进是京城房产大咖，登上福布斯富人排行榜的人物，社会地位和物质财富赋予他“想睡谁就睡谁”的权力而不受道德的拷问；于珊珊是电视台主持人，年轻、漂亮、虚荣、功利，为了一朝成名全力寻找靠山，“这两个相差二十岁的男女，他把她和‘电视台’捆绑在一起宠爱，她把他和‘出资人’和‘赞助商’打包在一起送抱投怀”②。梁丽茹是大学教授、系主任、博士生导师，事业有成、情感失败，与丈夫顾跃进分居十年，婚姻形同虚设，年轻教师董强为了职称曲意逢迎，以爱的名义投其所好。两对情人本质上都是商业社会最常见的钱、权与性的交易。“非典”这一突发事件使这个通俗的故事发生了本质的逆转，两周半的隔离把顾跃进和于珊珊“情人”的非日

① 梁鸿：《小城镇叙事、泛意识形态写作与不及物性：七十年代出生作家的美学思想考察》，《山花》2009 年第 4 期。

② 徐坤：《爱你两周半》，天津人民出版社 2010 年版，第 24 页。

常性关系，变成了“夫妻”的日常性关系，维系前者只需要肉体的欢愉，逢场作戏，各取所需；维系后者却需要面对事情的本质和真相、面对琐碎和细节的考验，需要耐心和理性。从情人的视角，顾跃进是光环闪耀的成功人士，从妻子视角，顾跃进是个肌肉松懈、睡觉打呼噜、脾气暴躁、散发着老人味的老男人。正是这样的角色转换，使于珊珊看清了依附于金钱和权势的性爱，付出的不仅是青春和肉体，还有精神和灵魂。于珊珊在“非典”前线的生死考验，也让她学会从社会和人类的视角理解生命的意义，“第一，活着。第二，热爱生活。第三，珍视幸福。第四，人类需要彼此的服务与牺牲。”顾跃进的人生是建立在财富基础上的，“最能证明身价的，是他的财产；最放心不下的也是财产。然而，当他在床上想找口水喝的时候，最没用的也是财产”①。顾跃进第一次感到自己是个彻头彻尾的失败者。董强的别有用心让梁丽茹体会到短暂的美好，但是“非典”到来，给她安全感让她强大的却是亲情。“非典”这一非常事件把所有人都摆在真相面前，看到了在物质、权力、欲望遮蔽下的灵魂，让每个人找到了自己的位置，实现了精神超越。徐坤的另一篇小说《橡树旅馆》也有异曲同工之妙，一次意外流鼻血，让伊玫在丈夫和情人之间做出了选择，“她把难看相留给了丈夫，因为丈夫是自己人；她用愉快相面对情人，因为情人是熟悉的陌生人。到了丈夫那里，是休憩；到了情人那里，却是燃烧。而她更多的时候，并不是要燃烧，只是受了委屈和惊吓时，有个地方哭。有个安全温暖的怀抱供她哭。肉体的燃烧只是偶尔，更多的时候，她却是希望得到灵魂的慰安和满足”②。两篇小说都通过突发事件，使主人公从爱情、婚姻和性的迷失与摇摆中回归道德伦理，以亲情的温暖和韧性拯救迷失在欲望中的灵魂，这种戏剧性的转变多少有点牵强，但也是作者的匠心所在，把欲望化身体向着道德、精神的方向提升。婚姻中坚实可靠的不是欲望和激情，而是由爱而生的亲情。

① 徐坤：《爱你两周半》，天津人民出版社 2010 年版，第 187 页。

② 徐坤：《橡树旅馆》，《早安，北京》，华东师范大学出版社 2016 年版，第 108 页。

盛可以的《道德颂》把一场欲望化婚外恋提升到前所未有的精神高度。小说的外层故事非常通俗，讲述了一个女人与三个男人的故事。故事的主线是旨邑与水荆秋轰轰烈烈的婚外恋，同时她还与谢不周保持着介于情人与朋友间的暧昧关系，与秦半两产生了纯洁又朦胧的爱情。盛可以不通俗的地方在于，她把男人与女人的性与爱的故事，从欲望层面提升到精神层面。旨邑与三个男子的关系全部缘于灵魂的吸引，毫无世俗功利之心，尤其是与水荆秋的恋情更是一个精神事件。他们的爱从讨论尼采、聂鲁达、庞德开始，思辨的哲学一直伴随着他们的情感。旨邑迷恋水荆秋的思想和才华，"将水荆秋比德如玉，是和田玉，玉之精英。玉首德而次符，她最看重的是男人的德。她以为他的思想将深入，并延续到她的整个生命"①。旨邑不是普通的世俗女子，她集美貌、才情、精神品位于一身，关键是她有着强烈的自我意识，爱恨取舍都源于个人的自由意志，她不拘泥于世俗道德，又对一切人保持了极大的善意。旨邑每一次与水荆秋的矛盾冲突，最后都转化为旨邑的个人意志和世俗道德的博弈，旨邑也在不断的道德内省和精神追问中升华自己。但是旨邑仍然没有把爱情关在精神的笼子里，欲望把精神拉进了日常，旨邑开始关心水荆秋的衣食起居、家庭生活、夫妻关系，变得猜疑、任性、占有，甚至搬到了水荆秋的城市，与水荆秋太太从猜疑、嫉妒到实际较量，经过怀孕、堕胎的伤痛后，旨邑结束了与水荆秋的恋情，精神之恋归于失败。"在水荆秋看来，日常生活与精神生活是敌对的，甚至前者瓦解后者，他做梦都想逃离日常生活，最终只是越陷越深。"② 水荆秋不断地给旨邑寄书，要把旨邑从世俗欲望里升华起来，和她成为精神上的纠缠者，但是世间不存在从日常生活中剥离出的纯粹的精神世界，他们的爱情始于精神却败于日常。《道德颂》的情感困境是每一个人的，不仅是旨邑和水荆秋，谢不周、秦半两、原碧、梅卡玛都是生活在困境中的人，面对理念的世

① 盛可以：《道德颂》，四川文艺出版社 2016 年版，第 5 页。

② 盛可以：《道德颂》，四川文艺出版社 2016 年版，第 40 页。

界，每一个人都信誓旦旦，面对现实的日常世界，每一个人都无能为力。“人类的精神矛盾和困境没有终点，欲望之水永远高于理性的堤坝，这就是精神困境难以解救的最大原因。”① 这样的结局无非是再一次演绎了理性的无力与生命的虚无，《道德颂》的意义不仅是精神对肉体的超越，还有对虚无的超越。小说一开始就在做出超越虚无的努力，不时穿插的精神说教，在旨邑经历了一系列失去后——失去孩子，失去与水荆秋、秦半两的爱情，尤其是谢不周的死——发生作用，精神真正得到升华，“假使人（水荆秋）是一条不洁的河，你应该成为大海，包容一条不洁的河并不致被它污染”②。旨邑原谅了水荆秋，对梅卡玛产生真诚的同情和歉意，理解并珍惜原碧。旨邑成为作家道德的化身，以极大的宽容和悲悯修复了人生的虚无，正如李敬泽所说，在这个欲望泛滥的时代，“《道德颂》是迄今为止小说对我们这个时代人的道德境遇和道德体验的最为有力的表达和探索”③。

三　对现代城市人“根性”的追寻

20 世纪 90 年代以来的城市转型，造成了城市文化与历史、传统的断裂，尤其是在道德伦理和价值观念方面的冲击与断裂，使城市人产生了无根的焦虑、漂泊和惶惑，“在失去意义的世界里不带信仰的生活”④。对于历史根性的追寻，是现代城市人经历了转型之初的恐惧与焦虑后的必然选择，这在城市文学中表现为对传统价值观念的情感认同和理性回归，其中具有代表性的是城市文学中出现的比较密集的关于“父亲”的书写主题。

---

① 孟繁华：《地方性与普遍性——魏微的〈家道〉和盛可以的〈道德颂〉》，《南方文坛》2007 年第 4 期。

② 盛可以：《道德颂》，四川文艺出版社 2016 年版，第 314 页。

③ 李敬泽：《“我”或“我们”——〈道德颂〉的叙述者》，《当代文坛》2007 年第 2 期。

④ 韦伯语，转引自王岳川《迁徙的城市和变迁的文化》，《杭州师范学院学报》（社会科学版）2004 年第 6 期。

“父亲”是一个具有传统观念内涵的象征符码。城市文化的转型必然带来对传统文化的断裂和反叛，因此，20 世纪 90 年代以来的城市文学中对“父亲”形象的想象与建构是从颠覆父亲的权威、斩断与父亲的精神联系开始的，这在本书第三章已做过论述，如，王朔《顽主》中，对道德主义的父亲进行了无情的挖苦和讽刺；朱文《我爱美元》中，从生理和欲望层面平视父亲，将父亲的权威彻底解构；在卫慧、棉棉笔下，父亲成为一个缺失的角色，无力参与子女的成长。在文化转型的特殊时期，父辈与子辈的文化冲突不可避免，而且因为子辈所代表的文化因历史的合理性而充满战斗力，战胜父辈是历史的必然，但同时也意味着成为没有历史根性的一代人，虚无主义成为无法逃脱的精神困境。因此，自 20 世纪 90 年代中后期以来，城市文学在“弑父”之后，踏上了“寻父”之旅，重新思考子辈所代表的现代价值观念与父辈所代表的传统观念的根性关系，努力对父亲所代表的文化观念去追寻和靠近，文中的“父亲”形象整体上呈现出正面的、积极可靠的精神品质。

东西的《我们的父亲》、魏微的《寻父记》、艾伟的《寻父记》都设计了一个父亲突然失踪的情节，由此展开了对父亲以及他所象征的价值观念的追寻。《我们的父亲》是以小儿子“我”的视角展开叙事的，乡下父亲来省城里探望“我”，碰巧“我”要出差，出差回来发现父亲失踪了，于是开始了对父亲的寻找。由于“我”的不在场，只能依靠妻子、姐姐、大哥的转述来还原父亲的经历。从转述和事实之间的差距可以看出，对于父亲的存在，我们都是漠然的，直到父亲失踪，才产生了对父亲的愧疚。小说在构思上更具启发性的是父亲死在姐夫的医院、由大哥签署了死亡记录，可是他们谁也没有意识到那是“我们的父亲”。对父亲长期的漠视，已经侵蚀掉我们和父亲之间的亲情感应，他的存在对于“我们”就像一个陌生人，正如做院长的姐夫所说：“在医生们的眼里，死岳父和死一个陌生人是一回事。”① 最后，

① 东西：《我们的父亲》，《作家》1996 年第 5 期。

“我们”一起来到了埋葬父亲的土坑前，拨开泥坑却发现“我们的父亲”不见了。“我们的父亲到哪里去了呢?”小说在这样振聋发聩的追问中戛然而止，父亲的“失踪与再失踪，构成了对于我们的记忆、存在的真实性的追问”[①]。魏微和艾伟的同名小说《寻父记》显然比东西走是更远，两篇小说都是从父亲失踪两年后开始叙事的，他们不约而同地发现了我们和父亲的血肉联系。艾伟的《寻父记》以妻子作为叙述人，她从旁观者的角度发现了丈夫与父亲真实却一直被忽略了的血脉联系，“我傍晚回家时，公公一般坐在院子的角落打盹。这时，他的面容有平时难得一见的安详。在这张安详的脸上，我发现了丈夫的影子。我突然发现丈夫很像他的父亲”[②]。尤其是在父亲失踪后，丈夫越来越像父亲，独自傻笑、摇头叹气、脾气古怪。魏微的《寻父记》采取第一人称叙事，我对父亲的情感认同更直接、更热切，“常有人说我长得越来越像父亲了。我喜欢这个‘比喻’。我是他的女儿，他身体的某一瞬间的一部分，是他带我来到这个有空气、水、阳光的地球上，他给了我生命、情感、痛苦和希望……我感激着，并承恩”。“他还给了我形体和容颜，少女的四肢，饱满的胸脯，健康的胃，爽朗的笑声……十六岁那年，我惊诧地在自己的身体中找到了父亲。一样的眉宇和嘴唇。那坦荡的眼神、步履，说话的声音和语气……那不是像，那简直是——总有一天，我就是。”[③] 子女和父亲相像意味着对父亲的血脉认同，是走向“寻父”的情感基础。艾伟《寻父记》中，父亲与儿子陌生、隔膜，没有任何交流，父亲的存在让“我”和丈夫倍感压抑，我们一直希望他能回乡下去，然而“父亲的失踪，带给我们巨大恐惧。往日的生活再也找不回来，我们生活在不安之中，好像一切都敞开了，裸露了，就好像父亲在远处看着我们”[④]。内心深处对父亲

---

① 张钧:《在意念和感觉之间寻求一种真实——东西访谈录》,《花城》1999 年第 1 期。

② 艾伟:《寻父记》,《山花》2004 年第 1 期。

③ 魏微:《寻父记》,《大家》2000 年第 3 期。

④ 艾伟:《寻父记》,《山花》2004 年第 1 期。

的不敬、诅咒，使丈夫产生了无力承受的罪恶感，为了灵魂的解脱救赎，竟从街上找了一个陌生老头当作父亲来侍奉。魏微《寻父记》中的父亲留给我的记忆是积极的、正面的，父亲相貌英俊、口碑极好，富有感染力，和母亲相亲相爱，可是在父亲失踪后我们才发现父亲的陌生而虚幻，"我们不知道他是谁"。父亲缺席，给我和母亲带来的巨大情感和精神空白，"我从来没有像今天这样迫切地需要父亲，需要他来支撑起我们的生活，重树我和母亲存在的意义。"① 父亲的失踪让"我"认识到了父亲存在的意义，"这个男人将成为我和母亲一生中的劫数，我们躲不了他，将终生与他在一起，直到生命结束。"② 父亲是与我的生命同在的，父亲消失了，我的存在也就失去合理性，寻找父亲就是完成自己，而我最终要成为父亲。因此"我"坚定地踏上了寻父之路。

东西所曾说，"我们这一代人有弑父情结的"③，从先锋派开始，对"父亲"的解构和祛魅成为子辈自我完成的方式，然而由于"我"与"父亲"的无法斩断的血脉渊源，对父亲的解构最终导致自由失控、价值失序、道德残缺，"我"永远无法完成自己。如果说艾伟的"寻父"是"弑父"后的道德忏悔与精神救赎；魏微的"寻父"成了人的宿命和目的，是生命的内在要求，"我们每个人都必须去寻找，我们是为了寻找父亲而诞生的。"④ 其实在《寻父记》之前，魏微在《父亲的来访》（1999 年）中，已经把"父亲"升华为精神实体，与小玉同楼道的人们都没有父亲，他们的生活被各种不幸困扰，"直到有一天，他们才知道，这是因为他们没有父亲——他们的父亲有的死了；有的还没生下来；有的就在本城，有也等于无；有的虽在外地，然而相见不成为障碍，还可以常常通电话……他们没有像小玉那样需要等待的父亲。人生充满着悲哀。"⑤ 表达了对"父亲"介入"我"

① 魏微：《寻父记》，《大家》2000 年第 3 期。
② 魏微：《寻父记》，《大家》2000 年第 3 期。
③ 张钧：《在意念和感觉之间寻求一种真实——东西访谈录》，《花城》1999 年第 1 期。
④ 魏微：《寻父记》，《大家》2000 年第 3 期。
⑤ 魏微：《父亲的来访》，《姐姐和弟弟》，山东文艺出版社 2005 年版，第 235 页。

的生活的渴望。子辈对“父亲”的认同究竟会给他们的生活带来何等改观？魏微在2001年创作的《乡村、穷亲戚和爱情》中把对父亲的认同提升到对家族血脉的认同，“我”理解了他们朴素的善良和尊严，看到他们贫穷背后的安乐、坦然，“我”不仅开始接纳他们，而且渴望融入，“有一种古老的情感在我身上复苏了”①。“我”甚至爱上了贫穷的表哥陈平子，尽管这场爱情只能是心照不宣的感应，但是这爱像镜子一样照出了我曾经的浪荡生活和过往精致而虚伪的爱情。这次短暂的归乡使“我”断裂的生命找到了源头，对故乡产生了强烈的认同感和归属感，“我”血液里流淌着的来自于土地的美好品质被唤醒，“我”作为漂泊的城市人完成了对生命根系的续接。戴来在《练习生活练习爱》中交差般叙述了两代人的爱情：范典典们的病态爱情；父亲有责任、有担当的传统爱情。生活在现代都市里的青年们渴望自由、渴望真爱，但他们自私又孱弱，不敢面对、不敢付出、不敢承担，最终丧失了爱的能力。范典典整日隔绝在屋子里写作，偷窥是她让生活获得刺激和吸引力的唯一方式；马力爱上了自己的亲妹妹，过着东躲西藏、无法示人的隐秘生活；小芸把爱情安放在虚幻的世界里，和一个又一个仿真人谈着恋爱。和这一群病态青年形成对照的是范典典父亲实实在在的爱情和婚姻。学生时代，父亲的初恋懵懂纯洁，到老还心怀那份美好；工作后，父亲爱上了比自己大十几岁的寡妇，在那个视恋爱为毒草的年代，父亲宁可被打骂批斗也义无反顾地要承担责任；和母亲无爱的婚姻里，吵吵闹闹几十年却始终相随相伴。小说没有任何说教意义，病态青年依然深陷困境，但是作者为病态青年们树立了一个父亲的榜样，父辈的爱情是通过范典典的视角讲述出来的，使两代人的爱情观建立起联系，为范典典们走出困境提供了可能和方向。

上述三类欲望城市的突围主题，不是对现代城市的逃逸，不是站在前现代文明立场上对现代城市文明的批判，而是认可了城市的现代

① 魏微：《乡村、穷亲戚和爱情》，《化妆》，江苏凤凰文艺出版社2016年版，第277页。

属性，由内而外地反思消费社会的城市精神，人与城市的关系。"突围"的根本不是变革和破坏，而是对日常性生活的重新建构和回归。让城市人的生活日常起来，完整起来，安宁下来，没有那么多的断裂、碰撞、焦虑和扭曲。这是普通的精神诉求，也是城市成为家园的根本特征。毫不讳言，这类城市写作中还存在着说教、道德美化的色彩，还没有能力理性地反省和批判消费主义的城市文明，展开更高层次的精神救赎。也许成熟的"突围"的时机还没有到来，但是这类写作表达了人们对城市温情和诗性一面的渴望，预示着时代精神从喧哗骚动向安稳人生的转向。

第二节 审美想象中的城市家园空间

波德莱尔认为"现代性是短暂的、易逝的、偶然的，它是艺术的一半，艺术的另一半是永恒和不变的"①。即现代性是瞬时性和永恒性的统一，断裂和继承的统一。断裂和继承、变化和永恒的统一也是现代城市文化的发展逻辑，但是处于转型期的城市，"断裂""变化"似乎成了常态和显性特征，正是这特征使人们在城市失去了原有的安稳位置，成了和城市保持距离的"游荡者"；成为无法融入的"闯入者"；成了财富的捕猎者。只有发现了现代城市继承性、稳定性、恒久性的一面，焦虑的城市人群才能获得安全感和归属感，城市才会由异化空间变成家园。所以对物质化、物欲化城市的突围，表现在空间意识上是对具有历史继承性或恒久性的城市空间的探寻。现代城市的主流空间是追求变革性、瞬时性的空间，因此作家们对具有继承性和恒久性城市空间的追寻，回避了现代城市的物化景观和消费空间，而专注于城市细部的日常街巷、节奏和缓的小城小镇，在这些投注了作家审美理想的意象空间发现了城市精神"变"中之"常"。

① ［法］波德莱尔：《波德莱尔美学论文选》，人民文学出版社1987年版，第478—479页。

一　大都市里的小街巷

在消费主义都市，摩天大楼、商业街、酒吧成为标志性的城市景观，这样的城市物像总是与现代人的人际疏离、精神焦虑、欲望泛滥联系在一起，这是现代城市的符号化特征，但并不是城市生活的全貌，恰是在那些时代感不太强烈的空间里，蕴含着城市独特的气质与个性，成为普通城市人群可以依附的精神空间。

上海是有过鲜明的消费文化历史的城市，20 世纪 30 年代的“新感觉派”对“十里洋场”“外滩”“南京路”的物质化与欲望化书写，建构起人们对消费城市的最初想象。当 20 世纪 90 年代消费文化再度掀起热潮的时候，沉寂多年的上海实现了它的华丽转身。以卫慧为代表的充满感官刺激的城市书写，使文学中的上海呈现一派欲望狂欢的景象，“站在顶楼看黄浦江两岸的灯火楼影，特别是有亚洲第一塔之称的东方明珠塔，长长的钢柱像阴茎直刺云霄，是这座城市生殖崇拜的一个明证。轮船、水波、黑黢黢的草地、刺眼的霓虹、惊人的建筑，这种植根于物质文明基础上的繁华只是城市用以自我陶醉的催情剂”①。这些文学想象把上海“国际化”“商业化”“时尚化”的同时，也使上海成为一个消费文化中概念化的城市符号，并非普通城市人经验中的日常上海。在摩登上海之外，王安忆开始了日常上海的探寻，她把探寻的视角聚焦于“弄堂”，通过对弄堂生活的细腻描写，发掘弄堂生活的精神意义，揭示出摩登之外的另一种城市精神，如《纪实与虚构》《妹头》《长恨歌》等。王安忆认为弄堂才是凝聚着上海精神的空间，“这城市像一架大机器，按机械的原理结构运转，只在它的细部，是有血有肉的质地，抓住它们人才有依傍，不至陷入抽象的虚空。所以，上海的市民，都是把人生往小处做的”②。弄堂就是上海这

---

① 卫慧：《上海宝贝》，春风文艺出版社 1999 年版，第 14 页。

② 王安忆：《长恨歌》，南海出版公司 2003 年版，第 204 页。

座大城市的根基，是生长城市精神的细部。在《长恨歌》中作者用了一个单独的章节对上海弄堂工笔细描，弄堂是上海的背景，“街道和楼房凸现在它之上，是一些点和线，而它则是中国画中称为皴法的那类笔触，是将空白填满的。当天黑下来，灯亮起来的时分，这些点和线都是有光的，在那光后面，大片大片的暗，便是上海的弄堂了。……上海的几点几线的光，全是叫那暗托住的，一拖便是几十年。这东方巴黎的璀璨，是以那暗作底铺陈开。一铺便是几十年”①。在王安忆看来，物质化、欲望化的摩登上海是以日常上海为依托的，凝聚在日常性之中的现代性才是上海精神的主要特征。《长恨歌》是借王琦瑶的生活经历为上海精神作传的小说，写的“其实是一个城市的故事”，是“城市的街道，城市的气氛，城市的思想和精神”②。王琦瑶只是旧上海的代言人，她从弄堂走出，辗转一圈，最终又回到弄堂，在平安里王琦瑶感受到“窗外是五月的天，风是和暖的，夹了油烟和泔水的气味，这其实才是上海芯子里的气味”③。王安忆有意规避了与主流意识形态或具有宏大记忆的城市空间，从“弄堂”这一上海的底层空间和日常空间写起，它选择弄堂女孩而不是闺秀、名媛做上海的代言人，王琦瑶的美是大众日常的美，王琦瑶的梦想也是大众的梦想，“‘沪上淑媛’是平常心里的一点虚荣，安分守己中的一点风头主义，它像一桩善举似的，给每个人都送去一点幻想”④。个人传奇、时代动荡在王琦瑶身上转化为空间的流转，从弄堂到爱丽丝公寓到邬桥，再到平安里，以空间转换呈现时间流转，不变的是渗透到日常衣食中的精致、耐心、坚韧，是在柴米油盐中积累的生命的质感，弄堂养成的生活哲学构成了上海性格与气质的底色，孕育了可以传承与绵延的上海城市的精神。王琦瑶的四十年经历了上海三个不同的历史阶段，她始于弄

① 王安忆：《长恨歌》，南海出版公司2003年版，第1页。
② 齐红、林舟：《王安忆访谈》，《作家》1995年第10期。
③ 王安忆：《长恨歌》，南海出版公司2003年版，第149页。
④ 王安忆：《长恨歌》，南海出版公司2003年版，第44页。

堂终于弄堂，弄堂生活才是她最真实最有意蕴的部分，小说注重的是不同历史时段的连续性而不是断裂性，其意在发掘上海城市精神中稳定、绵长的因素。在小说中即便写到“茂名路”这样具有强烈商业符号性的城市空间，其着眼点也是那些静谧恒久的事物，“太阳已经下去了，光还在街道上流淌。这种黄昏，即便一千年过去，也是不变，叫人忘记时光流转。这一条茂名路也是铁打的岁月，那两侧的悬铃木，几乎可以携手，法国式的建筑，虽有些沧桑，基本却本意未改。沿着它走进去，当看见那拐角上的剧院，是会有些曲终人散的伤感。……这一路可真是永远的上海心，那天光也是上海心”[①]。这与棉棉笔下只有当下性、商业性，没有记忆和温度的茂名路截然不同，“我们走在茂名路上，我们路过迪生百货、国泰电影院、花园酒店，穿过淮海路”[②]。《长恨歌》以“弄堂”为凭借，面向历史寻找文化身份的想象性认知，把目光聚焦在不变的景物上，使之成为当下上海的根基和命脉。但这种连续性只持续到80年代，之后的消费文化是对上海精神的真正断裂而不是续接，小说借王琦瑶的感受表达了城市经验的断裂，街道上又热闹起来，但在王琦瑶眼里热闹的街景不是繁华而是粗鲁。“上海的街景简直不忍卒读。前几年是压抑着的心，如今释放出来，却是这样，大鼓大噪的，都窝着一团火似的。说是什么都在恢复，什么都在回来，回来的却不是原先的那个，而是另一个，只可辨个依稀大概的。霓虹灯又闪起来了，可这夜晚却不是那夜晚；老字号，名字号也挂起来了，这店也不是那店了。路名是改过来了，路上走着的就更这人不是那人了。”[③] 尽管王安忆努力从“弄堂”这样的寻常空间探寻上海精神的恒久性、传承性的一面，但她仍然不能缝合历史与现实之间的裂缝，于是她把探寻的目光转向了城市边缘，这一点我们放在

---

① 王安忆：《长恨歌》，南海出版公司2003年版，第329页。

② 棉棉：《告诉我通向下一个威士忌酒吧的路》，《白色在白色之上》，群言出版社2005年版，第58页。

③ 王安忆：《长恨歌》，南海出版公司2003年版，第306页。

下一部分分析。

魏微也是一个在细部空间发掘城市精神的作家。魏微在南京生活过6年，她既是南京的居住者也是观察者，这种有限归属的身份使她获得了超越性的视角，与物质化的都市景观拉开适度距离，保留了追问与反省的精神空间。魏微有很多关于南京的散文和小说，如散文《贴身的南京》《南京的声音》，小说《从南京始发》《在明孝陵乘凉》《父亲的来访》《薛家巷》等。在这些作品中，魏微反复讲述现代南京的历史记忆，“生活在这样的城市里，到处都有错综复杂的从前的影子，到处都会有暗示和启迪”①。“纵然隔了这么多年，这已经完完全全是另一个城市了。纵然秦淮河的水脏了，人散了，从前的嫖客和妓女都死了，从前的精神和物质……然而那精神和物质还存在着。”②“这就是南京的好处，你在任何一个地方，都可以找到从前的时光，看到一些熟悉的场景和事物，还有人。”③ 南京“安静而陈旧，偏于内向，骨子里有遗传的疯狂”④。

魏微有意识地发掘隐藏在现代城市的传统精神，她终于在城市深处的巷子里找到了鲜活存在的旧南京。“薛家巷”隐藏在南京的繁华地带，“位于著名的新街口和鼓楼之间，也有很多标志性的建筑物和单位，如南京大学、鼓楼广场、江苏电视台、北京东路。总之，出了薛家巷口，天地一下子变得开阔了，明朗了，静静的空气里有种盛世的气息，它是物质的、现在的、沾满了灰尘的、享用的”⑤。与现代南京的喧哗、躁动、变动不居不同，薛家巷是宁静、舒缓、恒久的。这是一条不足五百米的小巷，“住在这一带的人，大多是一些中下层的平民，虽不是老南京，但大约也在南京生活了几十年，很小的时候就住在这里，现在还住在这里”。“这一带的房子，大多也是低矮潮湿的

① 魏微：《在明孝陵乘凉》，《姐姐和弟弟》，山东文艺出版社2005年版，第160页。
② 魏微：《父亲的来访》，《姐姐和弟弟》，山东文艺出版社2005年版，第227页。
③ 魏微：《薛家巷》，《姐姐和弟弟》，山东文艺出版社2005年版，第322页。
④ 魏微：《父亲的来访》，《姐姐和弟弟》，山东文艺出版社2005年版，第216页。
⑤ 魏微：《薛家巷》，《姐姐和弟弟》，山东文艺出版社2005年版，第298页。

平房，灰砖灰瓦，看上去很旧了。也有楼房，两层小楼，沿街的墙壁上开出窗户来。不管是平房还是楼房，都有飞檐和尖屋顶，下雨的时候，雨水沿着瓦缝往下淌，细细的，很文静。”① 人是生活了几十年的人，房子是有历史的老房子，薛家巷是一个稳定的熟人社区，有着天长日久的日常生活积聚起来的邻里情感，但是又不同于建立在血缘和宗法之上的乡村，它是一个彼此独立又相互协调、有限依赖的半公共空间。作者把叙事视角聚焦于薛家巷 1 号，它“是个长方形的院子，临街，里面挨挨挤挤地住着十来户人家，都是些中底层的平民，开修车铺的，卖茶叶蛋的，也有家稍好一些的，比如鼓楼医院的退休护士，或者是烤鸭店的厨师，他们是薪水阶层，每个月靠那么点微薄的工资吃饭，然而觉得很平安”②。下岗工人陈三并不落魄，他二十年的工作生活留下的是有尊严的记忆；姜老太太在秋阳中读《扬子晚报》，和孝顺体贴的女儿聊着家常；吴老太为儿子的暴脾气烦恼言语中却不失体面；吕东升在东游西逛中流露出内心的不安分，也因为丰盛的晚餐找回了好心情……他们性格、年龄、职业、家境各不相同，却和谐地生活在同一个院落里，享受着丰衣足食的日常幸福，彼此嘘寒问暖，充满着人情味儿。这和谐是长期在同一空间杂居共处形成的人生智慧，懂得计较和退让的分寸，“街坊关系中的和谐，是利益文明的成果，以极世俗的形态包含了中国人的文化心理特点”③。每一个里巷都形成了和空间结构相融合的情调、氛围和精神气质，宁海路的巷子整洁、寂静，华侨路的巷子明朗、挺拔、精致，太平南路的巷子有着沉醉糜烂的气息。外面的世界日新月异，巷子里的格局不变，气息也不变。“这么多年过去了，成百上千个时代在这里变更着，开始了，又衰亡了。每一天都处于变化莫测中。物质世界呢，它在上升，前进，它是如此的富丽堂皇，人们已经认不出它了。——可是这么多年过去了，

① 魏微：《薛家巷》，《姐姐和弟弟》，山东文艺出版社 2005 年版，第 296—297 页。

② 魏微：《薛家巷》，《姐姐和弟弟》，山东文艺出版社 2005 年版，第 299 页。

③ 赵园：《北京：城与人》，北京大学出版社 2014 年版，第 191 页。

还有一些东西没变，人们还在过着从前的生活，有着从前人的情感和道德，还有一些场景，它也是从前的。”① 这并不意味着魏微在刻意怀旧，她曾说：“南京于我，就像一件贴身穿的棉内衣，很旧了，有的地方甚至有点破损，却有着上好的品牌和质地，它是合身的，从肌肤里生出温暖和清香来。”② 能够使肌肤生出温暖和清香的质地才是作者所关注的。魏微并不回避消费时代对薛家巷的影响，年轻一代，如吕小风和吕敏的生活就是面向物质的、欲望的、现代的南京，小敏看《ELLE》杂志，推销韩国化妆品，要和一个她喜欢的人谈恋爱，然后要嫁给另一个人，去过物质生活。吕小风拥有自己的别墅、跑车和女人，喜欢飙车，“车飞行在中央路上，到了薛家巷口，吕小风并不停下，一径地飞过去了。他觉得自己快要飞起来了。他是风，是速度，他是风。……他们是情欲的人，物质的人，可是他们都是无聊的”③。速度、变化、断裂是由现代性决定的城市的必然，魏微并无意于创造一个现代都市中的世外桃源，薛家巷的意义在于它是现代与传统对接的场所，在巷子里凝聚的道德和情感，构成南京的集体记忆，通过人和物一代代传承下来，在现代南京的映衬下，它成为波德莱尔所说的“永恒和不变”的另一半，因此具有了审美意义，抵御着转瞬即逝的现代城市文化的虚幻性，就像北京的胡同，魏微笔下的里巷。是能够唤起人的家园感的城市空间，成为漂泊的现代城市人情感与心灵的慰藉。

二　作为审美空间的小城

在急剧的城市化进程中，乡村和都市处于转型的两极状态，两者之间的小城成为两种文明碰撞的缓冲和过渡地带，无论是地理空间还

---

① 魏微：《薛家巷》，《姐姐和弟弟》，山东文艺出版社 2005 年版，第 323 页。
② 魏微：《贴身的南京》，《既暧昧又温存》，安徽文艺出版社 2001 年版，第 121 页。
③ 魏微：《薛家巷》，《姐姐和弟弟》，山东文艺出版社 2005 年版，第 344 页。

是社会空间都占有着重要的地位，因此在文学上，小城是一个充满张力的叙事空间。在现代文学史上已经出现了一批优秀的小城文学，如茅盾《林家铺子》、沙汀《在其香居茶馆里》、萧红《呼兰河传》、师陀《果园城记》等，这些作品中小城是作为泛化的乡村形态存在的，在当时的语境中，对其文化落后性的批判成为主要基调。而在当下，消费主义的时代浪潮把小城裹挟到现代化的快速车道，小城原有的节奏、面貌和精神气质都发生了相应的变化，同时小城又比乡村开放、丰富、便利，“就中国的社会结构而言，‘小城镇’存在正处于最富历史性的时期，介于传统与现代，乡村与都市，农民与市民，坚守与抛弃之间，是一个‘中间物’，也是中国目前各种负责矛盾的最基本载体”①。不同于悲悯情怀下的批判性叙事，当下的小城书写更多的是对传统的回归与认同。小城书写是对当下物化和欲望化城市文学的补充与丰富，使得对城市精神的探索更加注重传统根性。

评论家李敬泽曾这样评价戴来的城市想象，“请设想有这么一座城市，它在中国，它在此时，它不是一座辉煌的大城，它是中国上千个平庸的中小城市中的一座，由于不大，还不曾狂热地超出自己，所以它比较真实——‘真实’的意思是它没有那种梦幻色彩，它和它的过去还保持着联系，比如对历史、乡村的记忆；它是灰色的、暗淡的、沉闷的，所以它总是被外面的世界所吸引或惊吓”②。戴来的小城书写并不是个案，尤其是新世纪以来，越来越多的作家对城市的关注由大城市转向小城镇，构建了一些现代感不强而传统意蕴浓厚的小城意象，如徐则臣的“花街”、张楚的“桃源”、鲁敏的“东坝”、魏微的“小城系列”——《大老郑的女人》《石头的暑假》，并形成了具有浓厚情感意蕴的小城意象。张楚和戴来笔下的小城带有转型时期和“中间物”的普遍特征，它不是流光溢彩、纸醉金迷的，却也充斥着金钱和

① 梁鸿：《小城镇叙事、泛意识形态写作与不及物性：七十年代出生作家的美学思想考察》，《山花》2009 年第 4 期。

② 李敬泽：《失败者和他们的城市》，《山花》2003 年第 10 期。

享乐的气息，在布局和外观上快速跟进大城市，但在意识上仍然是局促的、狭隘的。张楚和戴来笔下，小城的人与城是冲突的，人的生存经验也是焦虑破碎的，这也让他们更逼近人内心的孤独、生存的荒诞和人性的复杂。不过小城的局促也让这困境限制在日常的平稳中，给了他们一个温暖、坚韧的人性底色。相比之下，徐则臣、鲁敏、魏微、王安忆的小城在现代性上是迟缓和滞后的，正是这种保守性，让小城在变化成为常态的时代，守住了文化与传统之“常”，人与城和谐相处，带有淳朴敦厚的乡土色彩，使小城成为寄予着温情和家园想象的意象之城。

徐则臣在《花街》《失声》《镜子和刀子》《水边书》（长篇）《石码头》《水边书》（中篇，和长篇小说《水边书》同名异篇）《花街上的女房东》《耶路撒冷》等作品中，反复书写一个叫“花街”的地方。“花街”是一条临着码头、运河的商业街，挤满了灰旧的小院，大大小小的店铺，“林家裁缝店，蓝麻子豆腐店，老歪的杂货店，孟弯弯的米店，冯半夜的狗肉铺，还有寿衣店，小酒馆和服装店”①。但是这条街上浸润着的不是商业气息而是浓郁的生活气息，“生意对着石板街做，柜台后面是床铺和厨房。每天一排排拆合的店铺板门打开时，炊烟的香味就从煤球炉里飘摇而出。到老井里拎水的居民起得都很早，一道道明亮的水迹在青石路上画出歪歪扭扭的线，最后消失在花街一户户人家的门前。如果沿街走动，就会在炊烟的香味之外辨出井水的甜味和马桶温热的气味，还有清早平和的暖昧”②。这里的生意不彰显商品经济的法则，而是和饮食起居掺杂在一起，成为日常生活的一部分，飘荡着寻常也温暖的烟火气息。梅雨季节的“花街”如同一幅水墨画，“青石板路面放出闪亮的青光，雨水一处处汪着，雨点击打路面的声音在两边的高墙间回旋。潮湿的青苔爬满半墙。当时的花街上全是老屋，瘦高，一家家孤零零地站在雨里，像衰弱的老人披着件大

① 徐则臣：《梅雨》，《西部》2007 年第 8 期。

② 徐则臣：《花街》，《当代》2004 年第 2 期。

衣裳。檐角在半空里艰难地飞起来。墙很多年前是白的，现在布满霉斑，瓦色灰黑，瓦楞和屋脊里长出了一丛丛野草”①。老槐树、青石板路、瘦高的门楼、屋脊上的野草，这些景物都带着朴素陈旧的色彩，灰墙野草的颓败营造着现世安稳的平和宁静，花街是没有年代感的，“走着走着就有点恍惚，像行进在陈旧的时光里”②。花街不是一个实体的物理空间，而是一种寄予着作者审美理想的、恒久的、安稳的生活方式和价值观念。

时间性的淡化和时代感的模糊正是小城叙事营造家园情感的方式，鲁敏《纸醉》中的“东坝”、魏微《大老郑的女人》中的无名小城都是有着稳定的文化内涵的小城，“这是一座古城，不记得有多少年的历史了，项羽打刘邦那会儿，它就在，现在它还在；项羽打刘邦那会，人们是怎么生活的，现在也差不多这样生活着”③。这样超稳定的文化为小城营造了一幅静态的生活图景，《纸醉》中开音在北窗下剪纸的侧影，《大老郑的女人》中那个飞快地剥着青豆的女子，她们都仿佛可以穿越历史、亘古如斯。但是处在时代中的小城并非世外桃源，它的不变不是因为对时代的排斥，而是因为稳定的文化内涵赋予它的强大吸纳力，“另一种时候，我们小城也是活泼的，时代的讯息像风一样地刮过来，以它自己的速度生长，减弱，就像变成我们自己的东西了”。在时代的影响下，小城有了发廊，有了做生意的外地人，卖五金、卖电器，开服装店，做生意的大老郑带着他的兄弟们租住到“我”家，陌生人的加入，并没有改变小城的单纯、洁净和古老，“我们两家人，坐在那四方的天底下，关起院门来其实是一个完整的小世界”④。后来，大老郑又带来了姘居的女人，小院依然宁静和谐，“我家的院子似乎又恢复了从前的样子，甚至比从前还要好的。一个有月

---

① 徐则臣：《梅雨》，《西部》2007年第8期。

② 徐则臣：《花街上的女房东》，《西湖》2004年第10期。

③ 魏微：《大老郑的女人》，《姐姐和弟弟》，山东文艺出版社2005年版，第43页。

④ 魏微：《大老郑的女人》，《姐姐和弟弟》，山东文艺出版社2005年版，第50页。

亮的晚上，人们寒缩、久长、温暖。静静地坐在屋子里，知道另一间屋子里有一个女人，然而她给我们带来了一种岁月悠长的东西”①。小城的“变”只是表面，它强大的吸纳能力最终把这些“变”都融合为和谐宁静的精神之“常”。徐则臣的“花街”、鲁敏的“东坝”、魏微的“无名小城”，都不是一个物理实体，而是一个情感实体、精神象征，尽管各种悲欢离合的故事依然会在小城发生，但是最终一切都会回归平静，时代的风尚就像衣服上的装饰，只是表面的新鲜热闹，小城始终在现实的功利之外保持着恒久的平和安宁。当大城市成为消费理念下物质与欲望的符号性场域的时候，小城市成为文学想象中的情感空间和现代人的精神乌托邦。它以“小城镇”的“审美间性”营造了一种质疑现代城市文明的人文空间，城市社会和乡野的现实性都构成了“他者”。

王安忆也在上海的周边建构了这样安稳宁静的空间意象，如《上种红菱下种藕》中的“华舍镇”，《富萍》中的“苏州河”“梅家桥”。《上种红菱下种藕》借小女孩“秧宝宝”的视角展开了小镇吵吵嚷嚷、柴米油盐的日常生活，其落脚点却是人性的质朴、和谐之美，而这又和貌似杂乱实则妥帖的小镇空间形成契合。小镇“是那么弯弯绕，一曲一折，一进一出，这儿一堆，那儿一簇。看起来毫无来由，其实是依着生活的需要，一点一点增减，改建，加固。……它忠诚而务实地循着劳动、生计的原则，利用着每一点先天的地理资源。比如，邻水的房屋，少占地，水上又有枫，多用青砖铺地，青砖透风透气，不回潮；杉木的板壁最经得起风吹水噬；瓦呢，冬暖夏凉；那沿水而设的街市，与河道互相依偎，便于起居和出行；河道窄处设一领桥，好过河，宽处，建鸭棚，好放鸭；无数个断头河，也就是溇，那就‘上种红菱下种藕’；高处防潮，簇拥着多一些的院落，凹处地肥，栽树，或者瓜棚豆架。你要是走出来，离远了看，便会发现惊人的合理，就

① 魏微：《大老郑的女人》，《姐姐和弟弟》，山东文艺出版社2005年版，第58页。

是由这合理，达到了谐和平衡的美”[①]。对华舍镇空间的这番描述，显然超出了九岁小女孩“秧宝宝”的观察和叙述能力，饱含着隐含作者的情感与价值认同，字里行间的喜悦和欣赏寄托着他对人与城市和谐关系的期望。小镇之美在于“谐和平衡”，空间之美正是人性之美的显现，生存空间“与居住其中的人，彼此相知，痛痒相关”[②]。乡土文明崇尚人与自然的和谐相处，若人也能与城市这一再造自然如此和谐相处，不是城市生活的至善至美境界吗？《富萍》的叙事空间虽然是从淮海路开始，但是这里的淮海路不是上层人眼中的淮海路，而是边缘人的淮海路，其视角时而是“奶奶”、时而是富萍、有时还可能是吕凤仙、陶雪萍等，但她们都是繁华都市的底层人、外来者。在富萍看来淮海路的繁华是幻影式的，街景混沌一片，人与物都不真实，“走在街上，就像走在水晶宫里似的，没有一星土，到处是亮闪闪的，晃眼”[③]。真正引起她观摩兴趣的是布店、烟纸店、裁缝铺子，这些和劳动、吃饭等扎扎实实的日常生活相关的“水晶宫底下”的空间。贫寒的弄堂女孩陶雪萍感受到的是繁华下的威严和冷漠，“她走在大理石的楼梯上，听得见自己的脚步从高大的弯顶上碰回来的声音，有一股森严的空气笼罩了她”[④]。即便是在淮海路生活了大半辈子的奶奶、吕凤仙们和淮海路的繁华也是隔膜的，她们是属于后街的。在底层人视角中淮海路褪去了灯红酒绿的繁华，提供了不同于消费意识形态下的别样的城市景观。如果说淮海路还仅是观察视角上的边缘，小说后半部分直接将叙事空间转移到了城市的边缘——苏州河岸的棚户区，“这片棚户，是狭长的一条，有些像弄堂，但不像弄堂那么齐整，而是相当凌乱。房屋一丛丛地挤在一堆，巷道七拐八折。但在低矮歪斜的屋檐底下，却也钉著正式的，蓝底白字的地址门牌。地名叫做‘梅

① 王安忆：《上种红菱下种藕》，北京联合出版公司2014年版，第235页。
② 王安忆：《上种红菱下种藕》，北京联合出版公司2014年版，第236页。
③ 王安忆：《富萍》，湖南文艺出版社2000年版，第33页。
④ 王安忆：《富萍》，湖南文艺出版社2000年版，第70页。

家桥’。过去，这里是一个垃圾场，后来拾荒人在上面用芦席盖起了滚地龙。渐渐地，滚地龙翻成了土房，砖房，最终被市政认可为正式住宅”①。与空间表面的贫穷杂乱不同，富萍在梅家桥感受到的是友善、谦恭、自爱、仁义，这里的人们“诚实地劳动，换来衣食，没有一分钱不是用汗水换来的。所以，在这些杂芜琐碎的营生下面，掩著一股踏实，健康，自尊自足的劲头”②。母子简陋的披屋传递出的不是贫寒，而是普通人的安稳人生，“房间里很静，炉上焖着一锅菜饭，不时从锅盖沿下发出‘咝’的一声。她走过去，将饭锅略斜着，慢慢在炉上转着。房间里暗下来，门外却亮着，她的侧影就映在这方亮光里面”③，即便是大水漫进披屋的局促场景下，生活依然安静有序，“母亲在床这头，悬了脚剥毛豆，儿子靠著半张方桌，摆弄一架收音机。那半张桌上，放了一个煤炉，炉上炖著一锅鸭壳子汤”④。总之，“华舍镇”“梅家桥”在王安忆笔下是一个日常生活的诗意空间，是王安忆对“上海心”探寻的新境界。王安忆说：“钢筋水泥的上海，因有了扬帮人的乡俗，方才变得柔软，有了风情……在纷攘的时世中，其实常态的生活永不会变，常态里面有着简朴的和谐，它出于人性合理的需求而分配布局，产生力度，代代繁衍。”⑤ 建构起不同于消费意识形态的物质化和欲望化的上海，充满温情和韧性的日常上海。

斯宾格勒曾说：“真正的奇迹是一个市镇的心灵的诞生、一种完全新型的群众心灵——它的终极的基础永远是我们所看不到的——突然从它的文化的一般精神中长出来了。它一旦觉醒起来，就为自己形成了一种可见的实体。从那各自有作家的历史的一群乡村农田和茅舍中出现了一个整体。它生活着、生存着、生长着并且获得了一种面貌

① 王安忆：《富萍》，湖南文艺出版社2000年版，第229页。

② 王安忆：《富萍》，湖南文艺出版社2000年版，第230页。

③ 王安忆：《富萍》，湖南文艺出版社2000年版，第243页。

④ 王安忆：《富萍》，湖南文艺出版社2000年版，第254页。

⑤ 王安忆：《水色上海——关于写作〈富萍〉》《街灯底下》，山东画报出版社2005年版，第34页。

和一种内在的形式与历史。”① 在当下的城市文学中，作家对城市恒久性、传承性的精神探寻，不约而同地都转向了城市的细部或边缘，上海弄堂、南京里巷，具有乡土气息的小城、小镇，在这些空间带着历史的、陈旧的气息，面对当下物化城市、欲望城市，透过浮华表面展开对城市历史根性的探索，这无疑是可贵的。这种城市想象多少是浪漫的，但是那种温润和谐的美是让人向往的，尤其在一片焦虑异化的消费文化都市中，构建这样的凝聚着诗意和温情的城市意象空间实在是作者带给人们的善意。

第三节　欲望突围叙事的人性视点与生命关怀

以欲望突围为主题的城市小说在叙事上有很强的内省力，无论喜乐都内化到精神层面，对人性的开掘达到前所未有的程度。叙事态度上也极少情绪化的宣泄，而是对世俗世界中艰难生存的人情人性产生了善意的宽容和人道的理解，对个体生命的残缺与挣扎真诚抱慰，使叙事呈现出朴素又深远的暖意。

一　人性视域中的道德模糊

社会学中的道德作为一种价值观念是既定的、公共性的，体现为人的社会性对个体性的约束和规范。欲望突围叙事常常以个体生命为基点，因此会造成文本中道德选择的艰难，叙事的人性立场肯定了自在自为的人性之善，“这就怂恿个体欲望的自由想象突破传统的宗法道德规约，神定或天生的道德秩序没有了社会法权的力量，其人伦关系的规定也漂浮在不确定之中”②。因此，生活中善恶分明的道德，在以人性为立场的文学叙事中成为善恶难辨的模糊概念，情欲与贫困是

① ［德］奥斯瓦尔德·斯宾格勒：《西方的没落》，商务印书馆 1991 年版，第 200 页。
② 刘小枫：《沉重的肉身》，华夏出版社 2015 年版，第 306 页。

最容易引起道德争议的主题。

盛可以的《道德颂》把一个婚外恋故事由欲望层面提升到精神层面，并进行道德追问，无论如何都没有话语优势。整部小说没有一个人物可以用世俗道德做出简单评判，水荆秋无论是背叛妻子，还是让旨邑堕胎，都是不道德的；但是从水荆秋的角度，妻子多年卧病在床，夫妻关系道义大于男女之爱，他完全有追求爱的权力，但是他对妻子不离不弃，对旨邑的爱也是真诚的，这样看来，也不能简单把水荆秋钉在道德的耻辱柱上。谢不周通达又虚无，一方面游戏爱情，另一方面又善良率真，以自己的方式担当着对妻子和情人的责任。作为故事主人公的旨邑也处在道德的相对性中，她把和水荆秋的爱情视作“比德如玉”的真爱，毫无世俗计较，勇于追求，和那些有欲无爱或以金钱衡量爱情的都市女性相比，旨邑的爱不仅道德而且高尚。但是她同样以爱的名义伤害了病弱的梅卡玛，使自己和水荆秋都陷入困窘。原碧的保守与狂野，秦半两的单纯与犹豫，作者将每一个人置于道德相对性的模糊区域。不过小说的人性关怀和灵魂拷问的意义也因此得以体现，叙事超越了文本表层的婚外恋故事，成为文化转型时期对个体人的道德困境和如何超越困境的探索，正如《道德颂》题记中所说，“没有道德现象这个东西，只有对现象的道德解释”①，这意味着道德不是先验的、既定的、一成不变的理念，道德与个体的经验和感受相关，需要人类不断体验、探索和阐释，而旨邑正是这个时代对道德自觉探索和超越的代言人，“旨邑是这个时代的小说所刻画的最道德的人之一，……她之道德不是出于畏惧和虚荣，而是出于绝对认真、绝对严肃的生命意志，她真的在自己的内心深处体验到道德之艰难，她决不仅仅是攻击婚姻制度所凭依的道德律条——她不仅是个冒犯者，她的真正问题是：她决意做个善好之人，为此她不仅要与他人斗争，更要与自己斗争”②。旨邑的可贵在于她对爱的追求与放弃都不受现实道德的支配，而是遵从自我的道德意志，在

① 盛可以：《道德颂》，四川文艺出版社2016年版，题记页。

② 李敬泽：《“我”或“我们”——〈道德颂〉的叙述者》，《当代文坛》2007年第2期。

与世俗道德碰撞、自我反省中实现超越与提升，彰显了自我主体性在道德建构中的价值。

魏微的城市小说中有许多非道德的情欲故事以及情欲化的人物，比如《情感一种》《暧昧》《异乡》《到远方去》《石头的暑假》《储小宝的婚姻》《大老郑的女人》《一个人的微湖闸》等，这些作品或多或少、或隐或显地写到了来自生命本能的情欲。在叙事中作者摒除了世俗的道德和伦理，从纯粹人性立场上表达性欲的真实存在，我们不仅能感受到作者对那些年轻生命的宽恕和理解，甚至能感到对奔腾着“爱”与“性”的鲜活生命的欣赏。例如，《一个人的微湖闸》中生活在微湖闸的那些青年们，储小宝、我叔叔、陈森森、吕建国、鲁小冬、孙闯……他们一个个生龙活虎，周身迸射着生命的活力，在那个简单、明朗又无聊的年代，“性”与“爱”成为他们排泄旺盛精力的方式。靠不停奔跑才能宣泄旺盛精力的储小宝，遇到了同样青春洋溢的吴姑娘，他们的恋爱是那样欢喜喧腾，70 年代的禁忌也不能约束他们青春的肉体欢愉；我的“叔叔”英俊又花心，他的爱情在一个又一个姑娘身上浮动，离开了的司令员的女儿，抛弃了温柔美丽的朱姑娘，和婶婶奉子成婚仍然花心不改；已经结婚生子的小佟在院子里露出她饱满的乳房给孩子喂奶，她与微闸湖的多个男子发生性关系，满足自己的性欲，和母亲一样排解男子们的忧伤；一向端庄大方、事事周全的杨嫂，抵不住身体的欲望和年轻的男司机发生了关系，在突然的一天，撇下了丈夫和孩子，跟着年轻的司机弃家而去。这些青年的男女之事，通过懵懂的小女孩的视角表达的那么健康、纯洁，完全是内在生命的真实涌动，不带任何猥亵色彩。多年后，每个人都历经人事沧桑，储小宝被不幸的婚姻磨砺成平庸、沉静的中年人；我叔叔也成了一个规规矩矩有责任感的男子；人尽可夫的小佟对于微湖闸年轻的男子们已经没有了吸引力。再过些年，“我”也经历了爱情，站在生命的高度再次回望，更是充满了对人性的宽容、理解和悲悯。“我”终于明白微湖闸的青年为什么热衷男女之事，“男女之间最主要的联结还是身体。那里头有人世间最基本的元素，欢腾，喜悦，某种情感，虚无；那里头有索取和付出。——那里有安抚”[①]。对背叛储小宝的“吴姑娘”，“我”报以理解，“我很以为，我明白吴姑娘这样的女性。那几乎是她们体内与生带来的东西，她们生命的气息结实而饱满，那有什么办法呢，她们约束不了自己。就这么简单。她们身上的动物性更强一些，理性，道德，责任心，与身体的欲望比起来，也许并不算什么。——她们是天生有着破坏欲的那一类女人”[②]。对于小佟“我”也是理解的，她像地母一样给予脆弱的男人指引，“她教他们成长，给他们抚慰和愉悦。改变他们的人生方向，使他们一点点懂得，人和人之间是这个样子的，而不是那个样子的”[③]。让“我”缅怀的正是这份纯粹的、喧腾的情欲，和与之相连的人的本真的生存状态。随着时间的流逝它已经不可挽回地从每个人的生命里流逝，当它从记忆深处唤醒，彰显的是与道德无关的人性之真和人性之美。在《大老郑的女人》中作者对商人大老郑和暗娼的爱情给予了人道主义的理解与赞美。大老郑尽管是个商人，但是他身上没有商人的精明算计，老实持重、懂礼节有分寸。当大老郑带着一个陌生女人住进院子的时候，大家对大老郑给予了宽容和理解，对这个身份不明的女人，以赞许的眼光肯定了她身上的种种优点：勤劳、朴素、善良。大老郑和女人的相处，处处流露出安稳生活的温暖气息。当女人的暗娼身份暴露后，叙事者表达的是对这类女性的无限悲悯，“她们用一个富人该有的细心、整洁和勤快，慰藉这些身在异乡的游子，给他们洗衣做饭，陪他们说话；在他们愁苦的时候，给他们安慰，逗他们开心，替他们出谋划策；在他们想女人的时候给他们身体；想家的时候，给他们制造一个临时的安乐窝……她们几乎是全方位地付出，而这，不过是一个富人性情里该有的，于她们是本色。她们于其中虽是得了报酬的，却也是两情

① 魏微：《一个人的微湖闸》，安徽文艺出版社 2015 年版，第 73 页。
② 魏微：《一个人的微湖闸》，安徽文艺出版社 2015 年版，第 61 页。
③ 魏微：《一个人的微湖闸》，安徽文艺出版社 2015 年版，第 73 页。

相悦”①。作者不是从道德角度，而是从人性视角肯定她们善良的天性与真诚质朴的品德，同时又对她们的不幸寄予了深切的同情。自“性”与“爱”分离的价值观流行以来，文学中性与爱的描写既不浪漫也没美感可言，魏微从尊重人性之真与人性之美的价值立场，弱化了现实道德的介入、弱化了人性的分裂与冲突，对性与爱重新赋予尊严和浪漫，表现出超越世俗善恶的宽广与仁慈。

现实生活的艰辛也往往把人置于“道德”与人性之“真”、人性之“美”对立的两难选择中。鲁敏的一部分城市小说叙述了底层市民的生存的艰辛和困窘，如《镜中姐妹》《笑贫记》《墙上的父亲》等，贫困不仅带来了生活的困窘，也暴露了他们道德和人性上的种种弱点，但是与底层写作的苦难展示和道德批判不同，鲁敏的这类小说在叙事上温和宽厚，对普通人在困苦面前的弱点给予宽容和理解，对他们试图突破困境的努力和韧性给予肯定和赞赏。《墙上的父亲》中，父亲去世后，母女三人生活寒窘、卑微，比物质上的匮乏更可怕的是她们精神上的匮乏和不安全感。母亲从此丢掉了端庄和柔弱，变得粗俗、泼辣、贪小便宜：带着姐妹二人软磨硬泡向工会主席争取抚恤金；在菜市场捡商贩扔掉的鲜贝煮豆腐汤；为省燃气费每天到工厂里打热水、蒸米饭；为了生活的便利，跟三个男人有暧昧关系；不停地给女儿灌输功利的婚姻观念，把婚姻作为翻身的机会。物质匮乏造成的紧张和不安全感在王蔷王薇身上更为明显。王蔷一心要找到功成名就的男人来改变自己和家人的命运，她随时携带父亲的照片，让不幸的身世成为博取异性的同情和关注的砝码；王薇对食物的贪恋近乎病态，从顺手偷取一个鸡蛋、棒棒糖的小恶小坏中获得巨大快乐。小说写出了母女三人生存的艰辛，以及由此造成的心灵困境，但是这些只是小说的出发点，其着力点在于普通人面对困境的坚韧，以及谋求幸福的热情和努力。母亲用尽浑身解数来抵抗住生活的困窘，也以精神胜利的方

① 魏微：《异乡》，《姐姐和弟弟》，山东文艺出版社2005年版，第64页。

式抵抗住了周围人鄙夷的眼光，她给每一个说三道四的邻居取了一个外号"笑面虎""坛子肉""地刷子"，在刻薄幽默中获得精神上的胜利。"活着不就是如此，要么你对别人说三道四，要么别人对你说三道四。"①"爱情是个什么东西？跟块豆腐似的，放个一两天就会变质……再说，我们这样的人家，别的不好图，只一条，经济上要牢靠……"②母亲的哲学是世俗的，但是在贫困面前又是结结实实的，因此，对于母亲的粗俗、母亲近乎卑琐的生活方式，还有什么可批判的呢？他们母女是最普通的市民，有朴素的善良、坚韧和尊严，尽管他们虚荣、功利、贪婪甚至带着一些心灵病态，但都守住了道德底线，他们无法超越生活的层次，却充满了与贫困抗争的勇气。王蔷的婚姻不能说是幸福的，也不能说是不幸的，但是她终于带着母亲摆脱了锱铢必较、死缠烂打的生活，给读者留下一个通往幸福的希望。

二　日常生活里的"真实"与"诗意"

对日常生活的肯定体现了一种不同于理性叙事的价值立场，它认定生命的意义不在于宏大事件中的历史意义与价值，而是具体的家长里短、儿女情长、穿衣吃饭的日常生活，人生的趣味和力量就从这些细碎中生长出来。《长恨歌》贯穿了上海40年起伏跌宕的历史，经历了抗日战争、解放战争、"社会主义改造"、文化大革命、改革开放一系列重大历史事件，这些历史大事不仅没有进入文本的叙事视域，作为时代背景都做了模糊的远景处理，就算在物质极度匮乏的年代，普通人也将对生活的热情和信心显现在穿衣饮食匠心独运的细密处，"这是一九五七年的冬天，外面的世界正在发生大事情，和这炉边的小天地无关。这小天地是在世界的边角上，或者在缝隙里，互相都被

① 鲁敏：《墙上的父亲》，新星出版社2012年版，第48页。

② 鲁敏：《墙上的父亲》，新星出版社2012年版，第56页。

遗忘，倒也是安全。窗外飘着雪，屋里有一炉火，是什么样的良宵美景啊！他们都很会动脑筋，在这炉子上做出许多文章。烤朝鲜鱼干，烤年糕片，坐一个开水锅涮羊肉，下面条。”① “在六十年代末到七十年代上半叶，你到淮海路来走一遭，便能感受到在那虚伪空洞的政治生活底下的一颗活泼跳跃的心。当然，你要细心地看，看那平直头发的一点弯曲的发梢，那蓝布衫里的一角衬衣领子，还有围巾的系法，鞋带上的小花头，那真是妙不可言，用心之苦令人大受感动。”② 在几个陌生人之间滋生的是类似亲情的氛围，“上海屋檐下的日子，都有着仔细和用心的面目。倘若不是这样专心致志，将注意力集中在这些最具体琐碎的细节上，也许就很难将日子过到底。这些日子其实都是不能从全局推敲的。所以，在这仔细的表面之下，是有着一股坚韧。”③ 普通人的生命正是靠了这种细水长流的坚韧，无论是风起云涌的大时代还是按部就班的小时代都能够把握住那份日常的安宁。以同样方式处理叙事视角的还有魏微的《一个人的微湖闸》，作者从一个不谙世事的小女孩的视角展开了“文革”后期微湖闸的人与事的叙述。在小说的楔子部分我们看到了一个世外桃源般的微湖闸，“那里头的世界是完整的，人民安居乐业，闲适而满足，极好地象征了那个时代。”④ 从小女孩的视角，看不到“那个时代”的政治和革命的风起云涌，只有衣食住行的日常生活的具体场景和细节。在小女孩眼里作为“一把手”的爷爷和杨站长只是日常生活中的男性长辈，在摆着蚕豆、花生米的餐桌前看报纸、听听收音机，就连周恩来去世这样“文革”结束的标志性事件，在小女孩眼里也是和日常生活联系在一起的。“我记得有一年冬天，我爷爷从城里回来，他脸色阴沉，显得那样的沉痛和悲伤。我奶奶在墙角削土豆皮，我爷爷走至她身边，蹲了

① 王安忆：《长恨歌》，南海出版公司2003年版，第199页。
② 王安忆：《长恨歌》，南海出版公司2003年版，第297页。
③ 王安忆：《长恨歌》，南海出版公司2003年版，第276页。
④ 魏微：《一个人的微湖闸》，安徽文艺出版社2015年版，第7页。

下来，他拿起来一只土豆，看了很久。他说：‘奶奶，周总理没了。’”[①]“我奶奶呢，她一直在哭着，即使下厨房做饭了……她又拿起了刀，开始削土豆了。这对她来说再自然不过了，情感代替不了吃饭；悲伤总是难免的，可是吃饭，它永远是吃饭。”[②]

作者无意于建构一个世外桃源，但是她的确颠覆了当代文学史上对“文革”的讲述方式，没有残酷的斗争、没有混乱和疯狂、没有人性的扭曲和黑暗，“革命时代的种种风潮，并没有太大地影响到这个地处偏僻的水边大院。这里既不发生武斗，也不常发生政权更迭的现象。在某一种时候，我甚至觉得，她们与那个时代隔着很遥远的距离”[③]。“外面的世界是如此的辽阔，那里面有很多空泛的东西，革命和理想，还有主义。……可是这一切，跟微湖闸的人们有什么关系呢？他们蛰居在一块四方的天底下，那么安稳、踏实、沉着。”[④] 作者通过小女孩的记忆进入那个时代，只写小女孩看到和感觉到的日常生活，将政治、时代的话语屏蔽在意识之外，这不是“集体记忆”中的历史真实，只是五岁小女孩“一个人的微湖闸”，“平行的、互不相干的人物，时间，场景，一些声音，某种气味，天去如何……也许它们过于琐屑，没有逻辑”，但是它们是“沉淀在时间深蹙的日常生活，……具有某种强大的真实”。[⑤]

日常叙事是对个体生命的理解和珍视，那些庸常的人物、琐碎的事件、普通的场景，个人的小喜悦、小悲伤，根本进入不了历史的宏大的叙事；作家们也不想微言大义，从日常中升华出宏大意义。他们有意悬置了理性叙事立场，把主人公放在主流风潮已经式微或波及不到的封闭或边缘的空间里，尽量化解时代和人的矛盾，让叙事视角集中于日常生活中绽放的普通人性，因为小说讲述的不是关于国家、民

① 魏微：《一个人的微湖闸》，安徽文艺出版社 2015 年版，第 39 页。
② 魏微：《一个人的微湖闸》，安徽文艺出版社 2015 年版，第 40 页。
③ 魏微：《一个人的微湖闸》，安徽文艺出版社 2015 年版，第 29 页。
④ 魏微：《一个人的微湖闸》，安徽文艺出版社 2015 年版，第 33 页。
⑤ 魏微：《一个人的微湖闸》，安徽文艺出版社 2015 年版，第 1 页。

族、时代的大事，而是和个体存在、生命感觉相关的小故事。“我认为历史不是由事件组成的，我们现在总是强调事件，大的事件。我觉得事件总是从日常生活开始的，等它成为事件实际上已经从日常生活增值了。历史的变化都是日常生活里面的变化。”① “我们每个人、每时每刻都处在‘日常’中，就是说，处在这些琐碎的、微小的事物中，吃饭，穿衣，睡觉，这些都是日常小事，引申不出什么意义来，但同时它又是大事儿，是天大的事儿，是我们的本能。”② 《长恨歌》《一个人的微湖闸》里的主要人物及命运都不能做时代的注脚，因为他们都是超拔于时代的，他们的超拔不是因为境界高明，而是因为他们一直处在日常的维度。文学要表现的正是从日常生活中流淌出的个体生命的真实和意义，而不是把超验的、抽象的意义附加于日常生活。王琦瑶穿家常碎花布旗袍的照片被选为《上海生活》的封里，王安忆不惜笔墨以精细入微的笔触描述了照片里王琦瑶亲切、自然、乖巧的美，分析了这种寻常之美与摩登之美的区别，然后满怀信心地下了结论：“这照片与‘上海生活’这刊名是那么合适，天生一对似的，又像是‘上海生活’的注脚。这可说是‘上海生活’的芯子，穿衣吃饭，细水长流，贴切得不能再贴切。”③ 在王安忆看来，相比于符号化了的“摩登”，凝聚在日常生活里的“适度、从容、亲切、节制”才是更真实的上海精神。魏微也说：“当时间的洪流把我们一点点地推向深处，更深处，当世间的万物——生命，情感，事件——一切的一切，都在一点点地堕落，衰竭，走向终处，总还有一些东西，它们留在了时间之外。它们是日常生活。它们曾经和生命共沉浮，生命消亡了，它们脱离了出来，附身于新的生命，重新开始。”④ 这是魏微对生命里的“常”与“变”最真实的体验，她要写出的就是日常生活中抽

① 刘颋：《常态的王安忆　非常态的写作》，《文艺报》2002 年 1 月 15 日。

② 魏微：《日常经验：我们这代人写作的意义》，《文艺争鸣》2010 年第 23 期。

③ 王安忆：《长恨歌》，南海出版公司 2003 年版，第 42 页。

④ 魏微：《一个人的微湖闸》，安徽文艺出版社 2015 年版，第 2 页。

象出的超越时代的生命之“常”。爷爷的严肃是日常生活的，奶奶的精明是日常生活的，杨婶的端庄和风韵也是日常生活里的，“家常的干净的衣衫”，“极普通的对襟式样，精致的盘扣”，“亲热地和人打着招呼，拉着人家的手，摸摸孩子的头”。[①] 杨婶融入日常生活里的时候，各种美好的品质——善良、厚道、宽容、亲和、雅致，在她身上得到了完美的统一。但是有一天杨婶背离了日常生活，她变得臃肿、拖沓、悲伤，使一家人的生活滑进混乱的悲剧。

王安忆、魏微的日常叙事不同于其他城市作家倡导的“去政治化”“去历史化”“去意识形态化”的日常写作，后者在解构“宏大叙事”的同时陷入对“物质”和“性”的感官化展示，日常生活成为没有精神向度的碎片。王安忆和魏微的日常叙事之所以具有突围欲望叙事的意义，是因为她们的日常生活是有精神的，就像魏微所说“如果日常没有精神笼罩，它就是一个破抹布”[②]。叙事的日常视角就是生命叙事的维度，它超越价值理性的真实，从细微处通向更广阔的生命真实，发现了生命和存在的意义，也发现了凝聚在日常生活中的诗意和美。

三　对善的发现与信心

城市文学总是聚焦于人性的扭曲、异化，这在游荡者、闯入者、欲望追逐者的叙事中已有充分表现。小城叙事有一个共同特点，就是对人性善的发掘和守护。城市突围者叙事，不回避人的现实困境，但是这类叙事在冷峻之外总会留下一丝温暖和善意，给坚韧的心灵带来希望。

张楚的城市小说关注的都是小城市里的普通人，小公务员、小商贩、工人，在张楚笔下这些小人物同样有着波澜壮阔的精神世界，他

---

① 魏微：《一个人的微湖闸》，安徽文艺出版社 2015 年版，第 8 页。

② 魏微：《日常经验：我们这代人写作的意义》，《文艺争鸣》2010 年第 23 期。

们总是处于各种精神和心灵的困境中，孤独、矛盾、迷惘、焦虑，为改变困境做出了种种挣扎与努力，但结果往往陷入更大的困境中。例如《长发》中的王晓丽一直在不幸的夹缝中咬牙生存，先嫁给一个性无能的丈夫六年后离婚，为了找个真正的男人生活，不惜卖掉长发给男友买摩托车，结果又遭遇了买发人的强暴。《七根孔雀羽毛》中的宗建明，他最大的心愿是能够从前妻那里要回儿子，为了筹到买房子的钱，稀里糊涂卷进了一场谋杀案。《细嗓门》中的林红想尽一切办法要挽救好朋友岑红濒临破裂的婚姻，这不仅是对朋友的帮助也是对自己杀死罪恶的丈夫的救赎，但是当警察将她包围的时候，她不仅没有找到朋友婚姻里的第三者，甚至无法把那盆“蔷薇”交到朋友手上。这样的叙事无疑是冷酷的，他从不给笔下的人物虚构光明的出路，任凭无助的人们被驱逐到沉重与黑暗之中。但是作者又通过两种方式化解了作品的灰暗，一是在作品中设置了贯穿始终的有情感内涵的意象，二是不违背故事逻辑却充满暖意的结尾。张楚总喜欢在小说中设置一个特别的意象，如《草莓冰山》中的草莓味雪糕，《曲别针》中的曲别针，《七根孔雀羽毛》里的孔雀羽毛，《细嗓门》里的蔷薇，《夏朗的望远镜》里的水母云团，它们总在不经意间出现，一种无法言明的韵味就出来了。这些意象也许并没有特别的象征意义，但是给了无奈中的人以温暖和寄托。张楚说：“人有时就需要一些没有意义的东西，它安静地存在着，跟我们所处的这个庞杂混乱的世界形成一种美学意义上的反差。当然，你可以说它是精神世界对诗意的一种向往和梳理。”① 这些小意象所折射的微弱的希望之光，让复杂的人性有了以善为本的底色，使作品充盈着善意和光亮。张楚小说的结尾别具特色，总是在故事走向高潮的时候戛然而止，《七根孔雀羽毛》在小说结尾宗建明因卷进谋杀案而入狱，这是他的人生之底，故事在此终结并不意味着生命的彻底沉沦。宗建明躺在监狱的地上，感受到了久

① 张楚、行超：《写作是一种自我修行方式》，《朔方》2014 年第 10 期。

违的温暖与轻松，“中午的阳光透过铁栏杆射进来，在肮脏的地板上打着形状不一的亮格子，不计其数的灰尘在光柱里安静地跳舞。那一刻，我谁都没想，我谁都想不起来了。我只知道，阳光躺在眼皮上，太他妈舒服了”①。这样的结尾给整个低沉的故事一个向上的力量，让生命的希望盈盈升起。《夏朗的望远镜》到故事结束，夏朗也没有跳出庸常生活的桎梏，在妻子的唠叨和催促中去药店煎药，但晴朗的秋天带给夏朗的心情是好的，“改天一定要把天文望远镜翻出来，而且还要添置一个新的赤道仪。他早就想买了。秋天来了，所有的天文爱好者都知道，这个季节，正是观测星云的黄金时期”②。日常生活不止有琐碎和庸常，也有小小的诗意。

鲁敏的《逝者的恩泽》是一个充满激烈伦理矛盾的故事，陈寅冬死后，情人古丽带着儿子达吾提投奔妻子红嫂；女儿青青和古力都对同一个青年产生了好感，但是小说表达的是超越道德伦理的人性至善。每一次矛盾的交锋，都是人性的善与爱的深入展开，古丽的到来使红嫂明白了丈夫的真正死因，在妻子和情人无法兼顾的情况下，丈夫以死换来一笔可供他们生活的抚恤金，善良又木讷的陈寅冬以他能够想到的极端方式延续了作为丈夫和父亲的责任，也唤起了四个人彼此之间的亲情。红嫂也从丈夫的死中明白，丈夫并没有真正疼爱过她，包括他的死或许更多的也只是为了古丽和那个男孩。这样荒凉的发现并没有让红嫂把委屈转嫁到古丽身上，“她只是微微叹口气而已——本来嘛，对她来说，陈寅冬死与不死，不都是一回事儿！他活着，也只活在古丽那里，对红嫂来说，相当于是死了；他死了，对她红嫂而言，仍跟从前一样，他活在那里，她活在这里，她并没有特别少掉什么……”③红嫂以她朴素的人生道理和源自本性的善良，宽容和接纳了古丽母子。古丽的美丽、热情、自由率真也照亮了红嫂灰暗枯燥的生活，红嫂穿

① 张楚：《七根孔雀羽毛》，上海文艺出版社 2012 年版，第 62 页。
② 张楚：《七根孔雀羽毛》，上海文艺出版社 2012 年版，第 312 页。
③ 鲁敏：《逝者的恩泽》，《北京文学》2007 年第 4 期。

上了确良褂子、试穿青青的红塑料拖鞋、偷吃达吾提的泡泡糖，“迟来的乐趣呀，如此细小、真实，可是，却又残酷地让她意识到她前面那些年月的孤独与虚度”[①]。古丽爱美、多情、享乐，但是一样有着源自天性的善良，她与张玉才互相爱慕，但当她知道青青也爱张玉才时，立刻放弃自己的情感，鼓励青青勇敢追求所爱；当她发现红嫂的病时，立即劝她用抚恤金治疗，自己与达吾提都不会要一分钱。而红嫂坚决忍着病痛把抚恤金留给达吾提和青青。小说中所有的愁怨、境遇的坎坷与悲凉都被人性中朴素又广博的善与爱化解了，生活的不幸被人性的善良包裹，使哀伤中透着暖意和阳光。在这几个人之外，东坝小镇也是洋溢善良的地方，镇上的人们有着中国小市民的普遍特点，对他人的私事充满热情和好奇，他们用各种方式关注古丽并议论纷纷，但是他们不是鲁迅笔下冷漠的看客，他们传递给红嫂的善意，作者说：“这是镇上人们的美德，人们酷爱窃窃私语，同时也愿意把善意加以放大和传播。”[②] 在东坝这个虚构的小镇上，人的善良被最大限度开掘出来，普通人心灵的高贵，使它成为人类诗意栖居的地方。

魏微是一个心怀悲悯和善意的作家，她一直坚信人性中善的存在和力量。《乡村、穷亲戚和爱情》中，正是穷亲戚们贫穷背后的高贵和明朗，天性中的善良，把我从追求刺激和享乐的浪荡生活中解救出来。如果说这里善还带有道德伦理的色彩，那么作者在《家道》中所展示的善超越了道德，而指向人性的宽广。父亲入狱后，家道中落，我和母亲深刻体会了世态炎凉，但世界并非一片黑暗，冷酷中残存的朴素的人情温暖，大杂院里的穷邻居们给了母女很多恩泽，帮着料理奶奶的后事，帮着照顾生病的母亲，哀叹母女的不幸，更重要的是“他们从来不以道德的眼光看我们，——他们是把我们当作人看了”[③]。而小说最大的善意在于对人性的宽容与悲悯，尽管母亲一度充满仇恨，

① 鲁敏：《逝者的恩泽》，《北京文学》2007 年第 4 期。

② 鲁敏：《逝者的恩泽》，《北京文学》2007 年第 4 期。

③ 魏微：《家道》，《化妆》，江苏凤凰文艺出版社 2016 年版，第 53 页。

情不自禁感慨世态炎凉，但是作品整体的叙事风格宽和平静，对苦境的言说淡然超脱，这其中包含了作者对人性之善的感恩与敬畏，也有对人性之恶的宽恕与包容，对那富贵时趋之若骛，贫困时弃之如履的势力之人，“我从来没有责怪过这些人；设身处地，我自己难保就不是这等势利之人，那就是对富贵的趋近，对贫寒的逃避，这才是人世啊！”①在这样的世道人心的感喟之中包含着对芸芸众生的悲悯和宽恕。

从“景观之城”“他者之城”“物化之城”到“家园之城”，可以看出城市文学试图突破物质对人性的苑囿，使城市成为有情感、有温度、可以安放灵魂的生存之所。家园之城的想象性建构通过两个方面完成：一是叙事中回避了现代化的城市空间，从商场、宾馆、咖啡厅等消费城市的繁华空间转向了弄堂、胡同、郊区等城市边缘空间，呈现出恒久的、稳定的诗意空间的意蕴；二是放弃了工具理性对人的支配，从日常生活的细微之处发现人性之美，突出城市伦理与传统的关联性，人与城的冲突在对世道人心的理解和宽恕中得化解。整体来说，家园城市的想象性建构在表达了人与城重回和谐状态的美好愿景，但是其建构方式具有明显的“去现代化”“去城市化”倾向，退回前现代并不是解决当下城市问题的办法，如果沿着这一路径发展下去，城市文学关照现实的能力将被消解，所以这类作品不可避免地带有虚幻的基调。但是它为现代城市家园品质建构进行的探索给了我们深刻思考，现代城市的根性到底在哪里？如何使城市的精神性得以彰显？这也许是未来城市写作和城市建设的突破点。

① 魏微：《家道》，《化妆》，江苏凤凰文艺出版社2016年版，第57页。

结语　“现实的人”的回归与城市文学的建构性

20 世纪 90 年代以来的城市文学不是典型意义上的写实文学，它关注的是城市现代化进程中的人的精神困境而非生活难题，并通过人与城的冲突来展现人的精神困境。“现代小说在反思和批判中省思自我、观察世界，它不仅书写人和世界是什么样的，也思考人和世界应该是什么样的。”[1] 本书正是从城市文学所建构的“人与城”的本然关系与应然关系来讨论城市文学的价值，探究提升城市文学叙事能力的路径。

笔者认为，城市文学的价值主要表现在三个方面：一是创造了新型的“城市人群”，即“城市游荡者”“城市闯入者”“财富捕猎者”。这些新型的城市人群不是现实主义文学中“个性化”的典型人物，读者也许记不住他们的名字、样貌、所经历的事件，但是作为城市化进程中特殊的“类”，具有鲜明的“类”的个性和时代特征，成为这个时代城市人的精神剪影，在中国现当代文学史上具有较高的时代辨识度。二是发现了人与城市的新型关系，并由此揭示了城市人普遍的精神困境。“游荡者与景观之城”“闯入者与他者之城”“财富捕猎者与物化之城”，是城市文学建构的三类新型关系。人与城的关系即是主体建构的场域，城市消费主义通过物质化、等级化的文化符号把人纳

① 谢有顺：《对自我与世界的双重确证》，《中国文学批评》2022 年第 3 期。

入城市逻辑，从而使人在与城市的博弈中逐渐迷失自我，丧失主体性。在城市现代化进程中，社会各领域的矛盾和问题最终都汇聚为人对城市和自我价值的认知，城市人的困境即是现代化的困境，城市文学捕捉到并表达出了我国现代化进程中最根本的难题和矛盾。三是城市文学对“人”与“城”的关系思考走过了从断裂、对抗到重构的过程，体现了城市文学的省察反思精神。“游荡者与景观之城”“闯入者与他者之城”“财富捕猎者与物化之城”三种关系模式，表达了一个共同的主题，即城对人的异化。“欲望突围与家园之城探寻”叙事中，通过对道德力量的重塑、对纯粹的爱的呼唤、对城市精神根性的追寻，对“人与城”的和谐关系进行了想象性建构。从道德、爱等精神层面探究人的存在意义，虽然存在说教之嫌，但显然是对消费主义物化观念的有意识纠偏；在城市的文化体认上，这类作品突破城市文化与乡土文化二元对立的思维，从乡土审美和乡土精神中寻找现代城市的根性，体现出建构有标识性的中国现代城市文化的自觉性。

当然，肯定城市文学的意义，并不能无视它在表现力和创造力上的不足。

个人化叙事是城市文学创作的主导方式。个人化叙事源于对宏大叙事的反叛，通过解构载道观念、宏大主题、英雄主义等对文学的绑架，让文学回归本体。在我国的文学语境中，个人化叙事的“反叛”姿态有着具体的历史与文化原因，但是当个人化叙事被贴上“反叛”“解构”的标签，它获取合法性的手段便被固化为内在特征，导致它在叙事的题材范围、主题类型、美学风格等方面与宏大叙事形成了二元对立思维，“个人话语”与“时代话语”、“日常生活”与“社会生活”、“经验”与“理性”、“小人物”与“大英雄”等，这必然限制了个人化叙事关照世界的格局和视野。仅从个人狭小的视界去观察和表达世界，就像盲人摸象，把握的永远是片面的、破碎的信息，无法对世界做出整体性的认知。“作为主体，我们只感到重重被困于其中，无奈有力不逮，我们始终无法掌握偌大的网络实体，未能于失却中心的迷宫里，寻找自我究竟如何被困的一点蛛丝马迹。”① 二元对立思维让个人化叙事走向狭隘和局限，以这样的视角城市关照人与城，造成以“物质”与“欲望”为核心的同质化的城市和单向度的人，既不能把握城市现代化的纵向进程和横向全貌，也不能洞察人性的丰富，阻断了文学与社会、时代的深广联系。同时，当解构成为个人化叙事确保文学主体性的方式时，价值、意义等精神性内涵便被瓦解，人的自由便指向本原意义上的欲望解放，而消费主义趁机打着欲望解放、消费平等的幌子将人规训在以物为衡量标准的价值体系里，消散了主体的个性和自由意志，同样造成外在意志对个性自由的压抑。个人化叙事对宏大叙事高度对抗，而对消费主义对人的压制只有无可奈何的接纳，面对“城市游荡者”“城市闯入者”和“财富捕猎者”三类城市人群无一例外的悲剧宿命，作者有同情、有理解、有宽容，却看不到批判、唤醒和救赎。城市文学在叙事上的无力感，正来自于个人化性叙事价值基础的虚无。与宏大叙事的有意对抗，让它选择了一个无中心、无真相、无意义的破碎的世界，叙事的表面化、同质化、欲望化是新的困境。

与“游荡者与景观之城”“闯入者与他者之城”“财富捕猎者与物化之城”三种关系模式中城对人的异化不同，“欲望突围与家园之城的探寻”表达了对稳定秩序与恒定价值的崇尚，这一特点显现了城市文学的建构性品质。这类作品通过道德重塑和日常生活的审美化，来重构人与城的和谐关系。它的叙事方式仍然是个人化的，自我主体仍然没有跨越个人与社会、人的现代化与社会现代化二元对立的樊篱，而是通过“向后看”和“向内看”的方式回避现代化进程中人的精神难题。“向后看”使主体退回到前现代的道德体系和审美体系，放大琐碎日常生活的诗性价值，以此发现人性的永恒原则，确立世界的稳定性，王安忆的“弄堂”、鲁敏的“东坝”、徐则臣的“花街”、魏微

① ［美］詹姆逊：《晚期资本主义的文化逻辑》，陈清侨等译，生活·读书·新知三联书店1997年版，第497页。

的“微闸湖”这些的小街小巷无不是象征着自由与安宁的意象化空间。魏微在《一个人的微闸湖》中写道，在“文革”时期微闸湖“人民安居乐业，闲适而满足，极好地象征了那个时代”①。这显然不是历史的真实，而是和现在形成对比的心灵化的真实，“那个时代”和现在对比点在于今天是物质的、欲望的、功利的时代，“那个时代”是质朴的、自在自为的，微湖闸人的自由自在的生命状态，人与环境和谐相处的关系，成为今天迷茫焦虑的城市人的理想。“向内看”则通过主体的自我内省、道德提升，来化解自我与现实的矛盾，让世界的物质性与精神性获得平衡。但是促成人反省的契机无不是“非日常”事件的发生，如徐坤小说里“非典”（《爱你两周半》）、盛可以小说中男主人公的“死亡”（《道德颂》）。以偶然的方式发现本质和必然，这本身就不可靠。无论“向后看”还是“向内看”，都是以乡土社会的价值观念慰藉现代社会的人，两种方式无疑带有乌托邦色彩。这恰恰说明欲望突围叙事所营造的家园之城的虚幻性，是人面对现代化的无力感的另一种表现。

城市文学的上述表现与其说是城市文学的叙事困境，不如说是狭隘的个人化叙事的困境。宏大叙事、个人化叙事本是观察世界的两个视角而已，并不存在两者的绝对对立，“大”要以“小”呈现才产生美，“小”要升华到“大”才能获得意义，两者建构的世界理应是一体两面、互通互渗的。古往今来的伟大作品，如《红楼梦》《战争与和平》《双城记》等，无不从个体的生命关怀入手，又无不超越了个体生命关怀指向人类终极关怀。而如今的个人化叙事局限于个人主体性的追求，隔绝了与时代、社会、国家、民族等公共领域的关联性，人的主体性建构无法获得超越性的价值支撑，只能走向个体性的消散。个人化叙事要具有时代的普遍性，甚至人类的普遍性，文学才能从个人的喃喃自语上升为群体的共鸣，从不可知的虚妄、破碎走向完整。

① 魏微：《一个人的微湖闸》，安徽文艺出版社 2015 年版，第 73 页。

个人的具体经验向普遍性的提升，则意味着个人化叙事要在底层逻辑上打破“个人”与“社会”的对立，在思维方式上打破个人化叙事与宏大叙事的二元对立。本书在第一章已经分析，马克思从“现实的人”入手揭示了人的“个人性”与“社会性”的统一，为个人化叙事与宏大叙事在现实中的和解提供了依据。因此，城市文学叙事困境的突围在于“现实的人”的回归，在于对人的本质的正确理解。只有从“现实的人”出发，明确人的本质，才能正确把握人与城市的关系、人的现代化与社会现代化的关系，写出真实全面的城市生活，反映人真正的精神吁求。漫长的城市乡村化的历史、当代快速的城市现代化转型、20 世纪 90 年代以来消费主义的兴起，历史的、文化的、政治的、经济的种种因素碰撞造成的文化转型甚至是“断裂”构成了城市人存在的现实规定性。城市文学对“人”的塑造离不开现实的规定性，他既是有着独特生命轨迹的个人，也是大时代里的小分子，正是一个个具体的生命际遇构成了时代的大基调。20 世纪 90 年代以来城市文学创造的四种类型的“人与城”的关系表达的都是对同一价值的追求，即人的自由发展与自我实现。真正的自由和稳定的价值不能只存在于个体的个人愿望、意向和个体实践之中，他必然要依赖群体性的发展才能实现，正如马克思所说：“只有当现实的个人……成为类存在物的时候……人的解放才能完成。”① 即个体自由只有在社会关系中才能得以实现。因此，在建构性的城市文学中，个人化叙事中的“个人”仅仅是区别于他者或群体的称谓，是叙事的起点，不应该是肤浅的个人主义，也不应该是叙事范畴与风格的美学限定。个体存在实现了“个人性”与“社会性”的统一，人的现代化与社会现代化才能实现统一，人与城才能重回和谐状态，城市叙事才能摆脱虚无主义的宿命，重新回归到秩序与意义的王国，承担起文学的使命。

① 马克思、恩格斯：《马克思恩格斯文集（第 1 卷）》，人民出版社 2009 年版，第 46 页。

参考文献

一　作品类

艾伟：《寻父记》，《山花》2004 年第 1 期。
安妮宝贝：《安妮宝贝作品集》，长江文艺出版社 2016 年版。
陈丹燕：《上海的风花雪月》，上海文艺出版社 2015 年版。
戴来：《把门关上戴来小说自选集》，新世界出版社 2003 年版。
戴来：《戴来小说选》，时代文艺出版社 2004 年版。
戴来：《练习生活练习爱》，作家出版社 2002 年版。
东西：《我们的父亲》，《作家》1996 年第 5 期。
范小青：《城乡简史》，江苏文艺出版社 2011 年版。
方方：《涂自强的个人悲伤》，《十月》2013 年第 2 期。
韩东：《美元硬过人民币》，上海人民出版社 2006 年版。
韩东：《我的柏拉图》，陕西师范大学出版社 2000 年版。
韩东：《我和你》，上海文艺出版社 2005 年版。
韩东：《小城好汉之英特迈往》，上海人民出版社 2008 年版。
韩东：《一条叫旺财的狗》，重庆大学出版社 2011 年版。
何顿：《黑道（上）（下）》，湖南文艺出版社 2010 年版。
何顿：《生活无罪》，华艺出版社 1995 年版。

何顿：《我们像葵花修订完全版》，湖南文艺出版社 2010 年版。
何顿：《我们像野兽修订完全版》，湖南文艺出版社 2010 年版。
何顿：《物欲动物》，湖南文艺出版社 2011 年版。
何顿：《只要你过得比我好》，光明日报出版社 1997 年版。
何清涟：《现代化的陷阱》，今日中国出版社 1998 年版。
荆永鸣：《北京时间》，北京十月文艺出版社 2014 年版。
荆永鸣：《创可贴》，敦煌文艺出版社 2014 年版。
荆永鸣：《大声呼吸》，春风文艺出版社 2012 年版。
荆永鸣：《外地人》，文化艺术出版社 2006 年版。
李佩甫：《城的灯》，长江文艺出版社 2003 年版。
李佩甫：《城市白皮书》，人民文学出版社 2001 年版。
李师江：《爱你就是害你》，时代文艺出版社 2003 年版。
李师江：《比爱情更假》，时代文艺出版社 2002 年版。
李师江：《逍遥游》，呼远方出版社 2005 年版。
李师江：《中文系》，江苏人民出版社 2012 年版。
李铁：《城市里的一棵庄稼》，《十月》2004 年第 2 期。
鲁敏：《21 世纪小说馆惹尘埃》，二十一世纪出版社 2011 年版。
鲁敏：《离歌》，春风文艺出版社 2010 年版。
鲁敏：《墙上的父亲》，新星出版社 2012 年版。
鲁敏：《逝者的恩泽》，《北京文学》2007 年第 4 期。
鲁敏：《我以虚妄为业》，河南文艺出版社 2014 年版。
鲁敏：《纸醉》，江苏人民出版社 2008 年版。
鲁羊：《在北京奔跑》，陕西师范大学出版社 2000 年版。
棉棉：《白色在白色之上》，群言出版社 2005 年版。
棉棉：《糖》，中国戏剧出版社 2000 年版。
邱华栋：《闯入者》，湖南文艺出版社 2011 年版。
邱华栋：《城市战车》，作家出版社 1997 年版。
邱华栋：《花儿花》，作家出版社 2002 年版。

邱华栋：《社区人》，上海文艺出版社 2004 年版。
邱华栋：《印象北京》，广西师范大学出版社 2010 年版。
盛可以：《北妹》，浙江文艺出版社 2016 年版。
盛可以：《道德颂》，四川文艺出版社 2016 年版。
盛可以：《水乳》，四川文艺出版社 2016 年版。
石一枫：《世间已无陈金芳》，北京十月文艺出版社 2016 年版。
孙惠芬：《民工孙惠芬小说精品选》，作家出版社 2005 年版。
王安忆：《长恨歌》，作家出版社 1995 年版。
王安忆：《富萍》，上海文艺出版社 2005 年版。
王安忆：《妹头》，北京联合出版公司 2014 年版。
王安忆：《男人和女人，女人和城市》，《漂泊的语言》，作家出版社 1996 年版。
王安忆：《上种红菱下种藕》，北京联合出版公司 2014 年版。
王安忆：《桃之夭夭》，北京联合出版公司 2014 年版。
王安忆：《王安忆的上海》，生活书店出版有限公司 2016 年版。
王安忆：《我爱比尔》，中国电影出版社 2004 年版。
王安忆：《众声喧哗》，上海文艺出版社 2013 年版。
王朔：《动物凶猛》，人民文学出版社 2006 年版。
王朔：《顽主》，江苏文艺出版社 2005 年版。
王朔：《王朔文集千万别把我当人》，云南人民出版社 2003 年版。
王朔：《王朔自选集》，华艺出版社 1998 年版。
王朔：《一点正经没有》，中国电影出版社 2004 年版。
卫慧：《床上的月亮》，海南出版社 2004 年版。
卫慧：《蝴蝶的尖叫》，湖南文艺出版社 1999 年版。
卫慧：《上海宝贝》，春风文艺出版社 1999 年版。
卫慧：《水中的处女》，花山文艺出版社 2000 年版。
卫慧：《我的禅》，上海文艺出版社 2004 年版。
卫慧：《像卫慧一样疯狂》，珠海出版社 1999 年版。

魏微：《化妆》，江苏文艺出版社 2016 年版。
魏微：《既暧昧又温存》，安徽文艺出版社 2001 年版。
魏微：《姐姐和弟弟》，山东文艺出版社 2005 年版。
魏微：《情感一种》，中国对外翻译出版公司 2000 年版。
魏微：《手记 2003—2007》，《作家》2008 年第 13 期。
魏微：《一个人的微湖闸》，安徽文艺出版社 2015 年版。
徐坤：《爱你两周半》，天津人民出版社 2010 年版。
徐坤：《春天的二十二个夜晚》，安徽文艺出版社 2015 年版。
徐坤：《早安，北京徐坤短篇小说选》，华东师范大学出版社 2016 年版。
徐则臣：《啊，北京》，安徽文艺出版社 2015 年版。
徐则臣：《花街》，《当代》2004 年第 2 期。
徐则臣：《花街上的女房东》，《西湖》2004 年第 10 期。
徐则臣：《回到最基本、最朴素的小说立场》，《当代文坛》2007 年第 6 期。
徐则臣：《梅雨》，《西部》2007 年第 8 期。
徐则臣：《跑步穿过中关村》，北京十月文艺出版社 2015 年版。
徐则臣：《伪证制造者》，上海文艺出版社 2017 年版。
徐则臣：《耶路撒冷》，北京十月文艺出版社 2014 年版。
尤凤伟：《泥鳅长篇小说》，春风文艺出版社 2002 年版。
张楚：《草莓冰山》，山东文艺出版社 2017 年版。
张楚：《七根孔雀羽毛》，上海文艺出版社 2012 年版。
张楚：《夏朗的望远镜》，上海文艺出版社 2017 年版。
张欣：《不在梅边在柳边》，花城出版社 2014 年版。
张欣：《浮华背后》，花城出版社 2014 年版。
张欣：《深喉》，花城出版社 2014 年版。
张欣：《张欣文集——惊途末路》，群众出版社 1996 年版。
张欣：《张欣文集——燃烧岁月》，群众出版社 1996 年版。
张欣：《张欣文集——商情商战》，群众出版社 1996 年版。

张欣：《张欣文集——世事素描》，群众出版社 1996 年版。
朱文：《达马的语气》，上海人民出版社 2006 年版。
朱文：《弟弟的演奏》，上海人民出版社 2007 年版。
朱文：《尽情狂欢》，《山花》1995 年第 11 期。
朱文：《没有了的脚在痒》，《大家》1995 年第 5 期。
朱文：《人民到底需不需要桑拿》，陕西师范大学出版社 2000 年版。
朱文：《什么是垃圾什么是爱》，华夏出版社 2004 年版。
朱文：《我爱美元》，作家出版社 1995 年版。
朱文颖：《避免受到伤害的途径》，广西师范大学出版社 2004 年版。
朱文颖：《戴女士与蓝》，北岳文艺出版社 2014 年版。
朱文颖：《繁华》，新疆美术摄影出版社 2013 年版。
朱文颖：《花杀》，文化艺术出版社 2001 年版。
朱文颖：《水姻缘》，作家出版社 2012 年版。

二　专著类

（一）理论专著

《马克思恩格斯全集（1—50 卷）》，人民出版社 1956—1985 年版。
《马克思恩格斯文集（1—10 卷）》，人民出版社 2009 年版。
《马克思恩格斯选集（1—4 卷）》，人民出版社 1995 年版。
［德］本雅明：《发达资本主义时代的抒情诗人》，张旭东、魏文生译，生活·读书·新知三联书店 2004 年版。
［法］波德莱尔：《波德莱尔美学论文选》，郭宏安译，人民文学出版社 1987 年版。
［加］查尔斯·泰勒：《自我的根源：现代认同的形成》，韩震等译，译林出版社 2001 年版。
陈恒主编：《都市社会学》，上海人民出版社 2014 年版。
陈晓明：《德里达的底线——解构的要义与新人文的到来》，北京大学出版社 2009 年版。

［美］丹尼尔·贝尔：《资本主义文化矛盾》，赵一凡等译，生活·读书·新知三联书店 1989 年版。

［德］恩斯特·卡西尔：《人论》，甘阳译，西苑出版社 2003 年版。

费孝通：《乡土中国》，中华书局 2014 年版。

［德］盖奥尔格·西美尔：《社会学关于社会化形式的研究》，林荣远译，华夏出版社 2002 年版。

高宣扬：《当代法国哲学导论（上、下卷）》，同济大学出版社 2004 年版。

何清涟：《现代化的陷阱》，今日中国出版社 1998 年版。

［加］简·雅各布斯：《美国大城市的死与生》，金衡山译，译林出版社 2005 年版。

李欧梵：《现代性的追求》，生活·读书·新知三联书店 2000 年版。

刘小枫：《现代性与现代中国》，上海三联书店 1998 年版。

［美］刘易斯·芒福德：《城市发展史起源、演变和前景》，宋俊岭、倪文彦译，中国建筑工业出版社 2005 年版。

［美］刘易斯·芒福德：《城市文化》，宋俊岭等译，中国建筑工业出版社 2009 年版。

龙迪勇：《空间叙事学》，生活·读书·新知三联书店 2015 年版。

［美］罗伯特·E. 帕克：《城市社会学》，宋俊岭等译，华夏出版社 1987 年版。

［美］马泰·卡琳内斯库：《现代性的五副面孔》，顾爱彬、李瑞华译，商务印书馆 2015 年版。

孟繁华：《坚韧的叙事——新世纪文学真相》，福建教育出版社 2008 年版。

［捷］米兰·昆德拉：《小说的艺术》，孟湄译，生活·读书·新知三联书店 1995 年版。

［英］齐格蒙特·鲍曼：《现代性与矛盾性》，邵迎生译，商务印书馆

2003 年版。

［法］让·鲍德里亚：《消费社会》，刘成富、全志钢译，南京大学出版社 2014 年版。

孙立平：《断裂——20 世纪 90 年代以来的中国社会》，社会科学文献出版社 2003 年版。

唐小兵：《再解读大众文艺与意识形态》，北京大学出版社 2007 年版。

童庆炳、陶东风：《文学经典的建构、解构和重构》，北京大学出版社 2007 年版。

［法］托多罗夫：《巴赫金对话理论及其他》，蒋子华、张萍译，百花文艺出版社 2001 年版。

汪晖：《去政治化的政治　短 20 世纪的终结与 90 年代》，生活·读书·新知三联书店 2008 年版。

汪晖：《死火重温》，人民文学出版社 2000 年版。

王学谦：《自然文化与 20 世纪中国文学》，吉林大学出版社 1999 年版。

［美］韦勒克、沃伦：《文学理论（修订版）》，刘象愚等译，江苏教育出版社 2005 年版。

吾淳：《中国社会的伦理生活：主要关于儒家伦理可能性问题的研究》，中华书局 2007 年版。

许纪霖、罗岗等：《启蒙的自我瓦解：1990 年代以来中国思想文化界重大论争研究》，吉林出版集团有限责任公司 2007 年版。

杨义：《中国叙事学》，人民出版社 1997 年版。

［英］伊格尔顿：《二十世纪西方文学理论》，伍晓明译，北京大学出版社 2007 年版。

（二）文学史

陈思和：《中国当代文学史教程（第二版）》，复旦大学出版社 2005 年版。

陈晓明：《中国当代文学主潮》，北京大学出版社 2009 年版。

丁帆、许志英：《中国新时期小说主潮》，人民文学出版社 2002 年版。

洪子诚、孟繁华：《当代文学关键词》，广西师范大学出版社 2002 年版。

洪子诚:《中国当代文学史（修订版)》，北京大学出版社 2007 年版。
洪子诚:《中国当代文学史》，北京大学出版社 1999 年版。
胡健玲主编:《中国新时期小说研究资料中》，山东文艺出版社 2006 年版。
胡健玲主编:《中国新时期小说研究资料下》，山东文艺出版社 2006 年版。
孔范今:《近百年中国文史论》，人民文学出版社 2008 年版。
孟繁华:《中国当代文学通论》，辽宁人民出版社 2009 年版。
孟繁华、程光炜:《中国当代文学发展史》，人民文学出版社 2004 年版。
王庆生:《中国当代文学（上下卷)》，华中师大出版社 1999 年版。
温儒敏等:《中国现当代文学学科概要》，北京大学出版社 2005 年版。
吴义勤主编:《中国新时期小说研究资料上》，山东文艺出版社 2006 年版。
杨匡汉、孟繁华:《共和国文学 50 年》，中国社会科学出版社 1999 年版。

三　城市文学研究论著

(一) 期刊论文

艾莲:《改革开放 30 年中国城市文学发展论略》，《成都大学学报》（社会科学版）2008 年第 5 期。
陈刚:《文化转型时期的价值关怀——当代国人的精神危机及价值重建》，《南京社会科学》1995 年第 2 期。
陈国恩、吴矛:《市民世态历史文化欲望叙事——20 世纪 90 年代城市小说的三种表述》，《福建论坛》（人文社会科学版）2006 年第 5 期。
陈继会:《文学传统与新都市小说》，《深圳大学学报》（人文社会科学版）2006 年第 3 期。
陈来:《北京现代城市文化的传统与变迁》，《读书》2010 年第 9 期。

陈辽：《城市文学的可能与选择》，《唯实》1994 年第 8 期。
陈思和：《复杂的叛逆性——现代海派文学的特点》，《郑州大学学报》（哲学社会科学版）2009 年第 1 期。
陈晓兰：《“到达大都市”——英美都市文学研究关键词之一》，《扬子江评论》2007 年第 3 期。
陈晓明：《城市文学：无法现身的“他者”》，《文艺研究》2006 年第 1 期。
陈一放：《论当代中国的文化转型》，《社会科学研究》1998 年第 3 期。
戴锦华：《奇遇与突围——九十年代女性写作》，《文学评论》1996 年第 5 期。
樊星：《20 世纪中国城市文学的风景》，《湖南城市学院学报》2004 年第 1 期。
方乐：《美国城市文化对城市文学的影响》，《湖南城市学院学报》2010 年第 3 期。
韩伟：《都市空间与文学意义生成》，《文艺理论研究》2010 年第 4 期。
何平：《何为“我城”，如何“文学”》，《探索与争鸣》2011 年第 4 期。
贺桂梅：《三个女人与三座城市——世纪之交“怀旧”视野中的城市书写》，《南方文坛》2005 年第 4 期。
黄道友：《现代性视阈下的 17 年城市文学》，《武汉理工大学学报》（社会科学版）2009 年第 1 期。
黄俊业：《当下城市文学发展面临的困境及出路》，《当代文坛》2004 年第 1 期。
蒋守谦：《城市文学：一个有意义的文学命题》，《文学自由谈》1988 年第 1 期。
蒋述卓、王斌：《城市与文学关系初探》，《广东社会科学》2001 年第 1 期。
蒋述卓、王斌：《论城市文学研究的方向》，《学术研究》2001 年第 3 期。

蒋述卓：《城市文学：21 世纪文学空间的新展望》，《中国文学研究》2000 年第 4 期。

李广鼐：《城市文学的诞生》，《文学自由谈》1997 年第 4 期。

李洁非：《城市文学之崛起：社会和文学背景》，《当代作家评论》1998 年第 3 期。

李洁非：《陌生的都市，成长的人》，《当代作家评论》1999 年第 1 期。

李洁非：《躯体的欲望》，《当代作家评论》1998 年第 5 期。

李敬泽：《“我”或“我们”——〈道德颂〉的叙述者》，《当代文坛》2007 年第 2 期。

李敬泽：《在都市书写中国——在深圳都市文学研讨会的发言及补记》，《当代文坛》2006 年第 4 期。

李蓉：《城市文学的日常性与批判性》，《湖南城市学院学报》2004 年第 1 期。

刘宏志：《现代性的追求——1949—1976 年间城市文学叙事伦理的考察》，《河南师范大学学报》（哲学社会科学版）2010 年第 4 期。

刘士林：《文化城市与中国城市发展方式转型及创新》，《上海交通大学学报》（哲学社会科学版）2010 年第 3 期。

刘心武、邱华栋：《在多元文学格局中寻找定位》，《上海文学》1995 年第 8 期。

刘勇、许江：《20 世纪中国文学进程中的“北京”》，《北京师范大学学报》（社会科学版）2009 年第 3 期。

刘勇：《城市文学应植根城市的历史文化底蕴——以北京文学为例》，《探索与争鸣》2011 年第 4 期。

刘中顼：《当代城市文化之批判——从城市文学审视当代城市文化中的消极因素》，《湖南城市学院学报》2007 年第 2 期。

陆扬：《城市的体验》，《杭州师范大学学报》（社会科学版）2011 年第 6 期。

马卫华：《世俗社会的喧嚣与温情——20 世纪 80 年代城市文学论》，《南方文坛》2005年第3期。
孟繁华：《城乡文学叙事与文学转型（专题讨论）：新文明的崛起与城市文学》，《学习与探索》2013年第11期。
孟繁华：《地方性与普遍性——魏微的〈家道〉和盛可以的〈道德颂〉》，《南方文坛》2007年第4期。
孟繁华：《建构时期的中国城市文学：当下中国文学状况的一个方面》，《文艺研究》2014年第2期。
裴毅然：《走向人性深处的九十年代文学》，《山东社会科学》2004年第10期。
钱文亮：《都市文学：都市文化语境中的文学变革》，《求是学刊》2007年第3期。
任剑涛：《现代性、历史断裂与中国社会文化转型》，《厦门大学学报》（哲学社会科学版）2001年第1期。
上官燕：《巴黎城里的游荡者和游荡者眼中的巴黎城》，《外国文学》2013年第1期。
上官燕：《游荡者与现代性》，《中华读书报》2016年7月20日。
申霞艳：《消费社会的文学生产》，《文艺争鸣》2009年第2期。
施战军：《论中国式的城市文学的生成》，《文艺研究》2006年第1期。
司徒杰、钟晓毅：《圆梦都市文学》，《广州文艺》1995年第2期。
宋晓英：《当代城市消费与文学叙事策略》，《齐鲁学刊》2004年第4期。
陶东风、朱国华：《关于消费主义与身体问题的对话》，《文艺争鸣》2011年第5期。
汪晖：《当代中国的思想状况与现代性问题》，《文艺争鸣》1998年第6期。
汪民安：《游荡与现代性经验》，《求是学刊》2009年第4期。
汪民安：《游荡者、商品和垃圾》，《中国图书评论》2009年第12期。
王晓华：《西方主体论身体美学的诞生踪迹》，《学术研究》2009年第

11 期。
王学谦、夏正娟：《新时期文学日常叙事的先驱文本：论刘心武〈立体交叉桥〉及其文学史意义》，《文艺争鸣》2014 年第 7 期。
王学谦：《〈狼图腾〉与新世纪文学的生命叙事》，《文艺争鸣》2005 年第 2 期。
王学谦：《魔性叙事及其自由精神——再论莫言与鲁迅的家族性相似》，《文艺争鸣》2016 年第 4 期。
王学谦：《人民性与公民性：两种语言一种心态——对人民性与公民性文学论争的分析》，《吉林师范大学学报》（人文社会科学版）2007 年第 2 期。
王学谦：《一个意志主义者的勇敢搏击》，《文艺争鸣》2009 年第 11 期。
王学谦：《致命的自由：鲁迅精神遗产的特质及其当代意义》，《文艺争鸣》2011 年第 9 期。
王岳川：《迁徙的城市和变迁的文化》，《杭州师范学院学报》（社会科学版）2004 年第 6 期。
蔚蓝：《城市文学的二度空间》，《文学自由谈》1992 年第 4 期。
吴福辉：《关于都市、都市文化和都市文学》，《上海师范大学学报》（哲学社会科学版）2007 年第 2 期。
吴亮：《酒吧类型学》，《文艺评论》1992 年第 4 期。
吴庆军：《社会·文化·超空间：当代空间批评与文学的空间研究》，《广西社会科学》2010 年第 10 期。
夏锦乾：《城市文学应写出城市的“精神形态”》，《探索与争鸣》2011 年第 4 期。
徐剑艺：《城市文化和城市文学：当代城市小说的文化特征及其形成》，《文艺评论》1987 年第 5 期。
徐剑艺：《论新都市小说》，《当代作家评论》1992 年第 5 期。
薛小和：《城市化道路怎么走》，《经济日报》2000 年 5 月 19 日。
扬苗燕：《摇动的风景——都市文学与都市意识随想》，《特区文学》

1996 年第 2 期。
杨帆：《市场经济一周年》，《战略与管理》1993 年第 1 期。
杨剑龙：《探究都市文化与都市文学之间的关联等》，《文学评论》2007 年第 2 期。
杨经建：《90 年代“城市小说”：中国小说创作的新视角》，《文艺研究》2000 年第 4 期。
杨经建：《欲识庐山真面目：90 年代文学的“新状态”》，《理论与创作》1999 年第 6 期。
杨绍军：《20 世纪 90 年代以来都市文学研究综述》，《云南社会科学》2005 年第 5 期。
杨扬：《城市空间与文学类型——论作为文学类型的海派文学》，《学术月刊》2008 年第 4 期。
杨扬：《当文学遭遇城市：新世纪中国文学发展的一种境况》，《探索与争鸣》2011 年第 4 期。
叶澜涛：《徘徊在传统与现代之间：20 世纪 90 年代城市小说的现代性困境》，《广东海洋大学学报》2009 年第 2 期。
叶立新：《20 世纪 90 年代城市文学的发展》，《广东社会科学》2002 年第 2 期。
衣俊卿：《论社会转型时期的生存模式重塑——关于价值重建与文化转型的深层思考》，《北方论丛》1995 年第 4 期。
衣俊卿：《现代性的维度及其当代命运》，《中国社会科学》2004 年第 4 期。
幽渊：《城市文学理论笔谈会在北戴河举行》，《光明日报》1983 年 9 月 15 日第 3 版。
曾一果：《论一种文学的“城市叙述史”》，《文学评论》2009 年第 1 期。
张鸿声：《“文学中的城市”与“城市想象”研究》，《文学评论》2007 年第 1 期。
张鸿声：《海派文学的“小叙事传统”》，《郑州大学学报》（哲学社会科学版）2009 年第 1 期。
张鸿声：《文化的缺失——当代都市文学论略》，《理论与创作》2005 年第 4 期。
张鸿声：《中国的“公共领域”及其他——兼论现代城市文学研究的本土化》，《首都师范大学学报》（社会科学版）2006 年第 6 期。
张鸿雁：《中国式城市文艺复兴的发生与第六次城市革命》，《城市问题》2008 年第 1 期。
张惠苑：《城市如何被文学观照：1980 年代以来城市文学的创作和研究得失谈》，《文艺争鸣》2013 年第 4 期。
张惠苑：《城市书写如何本土化？——以 1980 年代以来文学为中心》，《南京师大学报》（社会科学版）2013 年第 1 期。
张俊：《都市生活与城市空间关系的研究》，《同济大学学报》（社会科学版）2009 年第 4 期。
张立群：《文化互动与空间转向：论 1990 年代以来的“都市文学”》，《学术界》2011 年第 10 期。
张柠：《城市与文学的恩怨》，《南方文坛》2008 年第 1 期。
张清华：《比较劣势与美学困境——关于当代文学中的城市经验》，《南方文坛》2008 年第 1 期。
张清华：《城市书写：在困境中展开（外二篇）》，《山花》2011 年第 5 期。
张卫中：《90 年代中国城市小说的现代性》，《华中师范大学学报》（人文社会科学版）2004 年第 3 期。
张卫中：《“他者”视野中的城市：作家的经历与城市意识》，《湖南城市学院学报》2004 年第 4 期。
张颐武：《从“新中国文学”到“新世纪文学”——以认同的确立为中心》，《山花》2009 年第 9 期。
张毅：《中国文论的“现代性”焦虑》，《清华大学学报》（哲学社会科学版）2009 年第 5 期。

张子凯：《列斐伏尔〈空间的生产〉述评》，《江苏大学学报》（社会科学版）2007 年第 5 期。

赵双花：《新时期城市文学"现代性"内涵的变迁：以小说创作为例》，《北京工业大学学报》（社会科学版）2011 年第 1 期。

赵毅衡：《走向边缘》，《读书》1994 年第 1 期。

赵勇：《城市经验与文学现代性断想》，《南方文坛》2008 年第 1 期。

郑虹霓：《性别的突围——当下城市文学中的女性形象》，《当代文坛》2002 年第 2 期。

周韵：《空间乌托邦的现代性建构：以城市空间的先锋派试验为例》，《天津社会科学》2010 年第 3 期。

朱立立：《台湾都市文学研究理路辨析》，《东南学术》2001 年第 5 期。

邹平：《城市化与转型期文学》，《上海文学》1995 年第 5 期。

（二）硕士、博士论文

段劲松：《论"70 后"作家在新世纪的转变》，硕士学位论文，华中师范大学，2006 年。

傅莹：《中国城市化与经济增长》，博士学位论文，华中科技大学，2011 年。

洪蓉蓉：《论二十世纪九十年代以来城市书写的物质化倾向》，硕士学位论文，厦门大学，2009 年。

李小杰：《九十年代南京青年作家群论》，博士学位论文，复旦大学，2010 年。

王斌：《意义与结构》，博士学位论文，暨南大学，2003 年。

吴妍妍：《作家身份与城乡书写》，博士学位论文，苏州大学，2006 年。

肖佩华：《市井意识与现代中国市民小说》，博士学位论文，河南大学，2006 年。

谢有顺：《中国小说叙事伦理的现代转向》，博士学位论文，复旦大学，2010 年。

杨艳平：《90 年代上海想象：中产阶级文化想象与书写》，硕士学位论文，湖北大学，2011 年。
张鸿声：《文学中的上海想象》，博士学位论文，浙江大学，2006 年。
张惠苑：《1980 年代以来城市文学中的城市研究》，博士学位论文，华东师范大学，2012 年。
张满锋：《影像城市》，博士学位论文，山东大学，2008 年。

（三）研究专著

包亚明：《游荡者的权力——消费社会与都市文化研究》，中国人民大学出版社 2005 年版。
包亚明主编：《现代性与空间生产》，上海教育出版社 2003 年版。
陈平原：《北京记忆与记忆北京》，生活 · 读书 · 新知三联书店 2008 年版。
陈晓兰：《城市意象英国文学中的城市》，广西师范大学出版社 2006 年版。
陈晓兰：《文学中的巴黎与上海》，广西师范大学出版社 2006 年版。
陈晓明主编：《现代性与中国当代文学转型》，云南人民出版社 2003 年版。
程菁：《消费镜像——20 世纪 90 年代女性都市小说与消费主义文化研究》，中国社会科学出版社 2008 年版。
戴锦华：《隐形书写——九十年代中国文化研究》，江苏人民出版社 1999 年版。
傅崇兰：《中国城市发展史》，社会科学文献出版社 2009 年版。
何锐主编：《把脉 70 后新锐作家再评析》，江苏文艺出版社 2011 年版。
胡惠林主编：《中国都市文化研究》，上海人民出版社 2009 年版。
蒋述卓：《城市的想象与呈现》，中国社会科学出版社 2003 年版。
焦雨虹：《消费文化与都市表达——当代都市小说研究》，学林出版社 2010 年版。
李今：《海派小说与现代都市文化》，安徽教育出版社 2000 年版。
李欧梵：《上海摩登》，人民文学出版社 2010 年版。

宋俊岭等译：《国外城市科学文选》，贵州人民出版社 1984 年版。

孙逊、杨剑龙主编：《阅读城市——作为一种生活方式的都市生活》，上海三联书店 2007 年版。

汪民安：《身体、空间与后现代性》，江苏人民出版社 2006 年版。

王安忆：《重建象牙塔》，上海远东出版社 1997 年版。

巫仁恕、康豹、林美莉：《从城市看中国的现代性》，（台北）“中研院”近代史研究所 2011 年版。

吴福辉：《都市漩流中的海派小说》，复旦大学出版社 2009 年版。

熊月之主编：《都市空间、社群与市民生活》，上海社会科学出版社 2008 年版。

杨宏海主编：《全球化语境下的当代都市文学》，社会科学文献出版社 2007 年版。

杨建龙：《都市空间与文化想象》，上海三联书店 2008 年版。

张鸿声：《城市现代性的另一种表述》，北京大学出版社 2014 年版。

张鸿声：《都市文化与中国现代都市小说》，河南大学出版社 2009 年版。

赵静蓉：《怀旧——永恒的文化乡愁》，商务印书馆 2009 年版。

赵园：《北京：城与人》，北京大学出版社 2014 年版。

周宪：《审美现代性批判》，商务印书馆 2005 年版。